OS HOMENS COM QUEM NÃO ME CASEI

Outras obras das autoras publicadas pela Record

Os diários do botox
Sara sem silicone

JANICE KAPLAN & LYNN SCHNURNBERGER

OS HOMENS COM QUEM NÃO ME CASEI

Tradução de
FABIANA COLASANTI

EDITORA RECORD
RIO DE JANEIRO • SÃO PAULO

2009

CIP-Brasil. Catalogação-na-fonte
Sindicato Nacional dos Editores de Livros, RJ.

Kaplan, Janice
K26h Os homens com quem não me casei / Janice Kaplan, Lynn Schnurnberger; tradução de Fabiana Colasanti. – Rio de Janeiro: Record, 2009.

Tradução de: The men I didn't marry
ISBN 978-85-01-07963-3

1. Ficção americana. I. Schnurnberger Lynn Edelman. II. Colasanti, Fabiana. III. Título.

09-0060 CDD – 813
CDU – 821.111(73)-3

Título original inglês:
THE MEN I DIDN'T MARRY

Editoração eletrônica: Abreu's System
Ilustração de capa: Nathalie Dion

Impresso no Brasil

ISBN 978-85-01-07963-3

PEDIDOS PELO REEMBOLSO POSTAL
Caixa Postal 23.052
Rio de Janeiro, RJ – 20922-970

EDITORA AFILIADA

Para o homem com quem eu me casei, Ron,
meu primeiro e único, com amor.
— Janice

Com amor para minha mãe, Marian Rosenthal Edelman,
e meu marido, Martin.
— Lynn

AGRADECIMENTOS

Nossa mais calorosa gratidão a três pessoas maravilhosas cujo talento, comprometimento e entusiasmo nos incentivaram: a notável agente Jane Gelfman, a sábia editora Allison Dickens e a invencível Kim Hovey, editora e diretora de marketing da Ballantine. Também somos gratas à Gina Centrello por seu apoio contínuo aos nossos livros. Nossos agradecimentos também à Sally Willcox e à equipe do CAA e aos nossos empenhados agentes internacionais que garantiram que nossos livros fossem lidos em todos os lugares, de Madri a Moscou. Acima de tudo, aos nossos maridos, filhos, famílias e amigos, uma gratidão infinita por sua lealdade, amor e bom humor.

Capítulo 1

MEU MARIDO NEM ESPERA estarmos dentro do carro para jogar a bomba.

Acabamos de trazer nossa filha — a brilhante, linda e adorada Emily — ao seu primeiro dia em Yale. Conheci sua colega de quarto, desfiz suas malas e fiz sua cama com os lençóis macios que compramos durante nossa maratona de quatro horas de compras pré-universidade na Bed Bath & Beyond. Está bem, na verdade não usei os lençóis que Emily e eu compramos juntas. Comprei um jogo melhor na loja exclusiva da Frette na Madison Avenue para fazer uma surpresa para ela. A garota entrou para Yale, pelo amor de Deus; ela não devia dormir em nada menos do que cetim de algodão de 600 fios.

Bill, o pai-coruja, brinca com Emily enquanto instala seu computador e monta uma prateleira ao lado da escrivaninha. Enquanto estamos ambos nos ocupando com nossas pequenas tarefas, podemos protelar o colapso emocional, certo e garantido no segundo em que deixarmos Emily para trás e nos dirigirmos de volta para nossa casa agora muito silenciosa. Emily beija o pai para agradecer pela ajuda, me dá um grande abraço e então promete que ficará bem. É nossa deixa para irmos embora. Com menos segurança, eu digo que nós também ficaremos bem. Agora que nossa segunda filha se tornou oficialmente uma estudante universitária, assim como seu irmão mais velho, Adam, nosso ninho vazio não podia ficar mais vazio.

Na saída do dormitório, passamos pela mesa de boas-vindas do conselheiro dos calouros, cheia de mapas do campus, boletins de orientação e duas tigelas, uma cheia de pirulitos com recheio de chiclete e a outra com camisinhas. Má idéia oferecer todo aquele açúcar — fácil demais ganhar os tais sete quilos do primeiro ano. E, ah, meu Deus, a outra tigela, cheia até a borda de preservativos com protuberâncias, multicoloridos e que brilham no escuro. Será que devo avisar Emily para ficar longe de qualquer garoto que pegue camisinhas do *Guerra nas Estrelas*?

Bill e eu saímos do prédio e eu agarro seu braço e dou um suspiro profundo. Venho temendo este dia desde a primeira manhã em que deixei Amy no jardim-de-infância, mas parece que conseguimos sobreviver.

— Acho que fizemos um bom trabalho, querido — falo, orgulhosa por não ter chorado nenhuma vez.

— Claro que fizemos. Nós criamos uma ótima garota — ele diz, dando tapinhas distraidamente na minha mão.

Ele está certo. Nós dois éramos jovens quando começamos nossa família, mas criamos dois filhos sensacionais e nos divertimos sendo pais. Mas agora é hora de Bill e eu termos novas aventuras juntos. Planejei um fim de semana de degustação de vinhos, uma fugida romântica para uma pousada quatro estrelas em Vermont e até arrumei ingressos para a temporada dos Knicks. Sabendo que este dia chegaria, eu estava na lista de espera para comprá-los há seis anos.

Olho para meu marido, um bem-sucedido corretor de valores. Ele sempre foi bonito, mas percebo que está em melhor forma física do que jamais esteve. Os pneuzinhos laterais se foram, assim como a cobertura de muffin — o novo eufemismo para a camada extra de gordura que desce por cima do elástico das cuecas. Seu abdômen podia estar na capa da *Men's Health* — bem, em uma página lá dentro, pelo menos. E, espere um minuto, o que aconteceu com os tufos grisalhos que estavam aparecendo em suas têmporas? Estico a mão, acaricio gentilmente suas costeletas agora muito castanhas e rio para mim mesma. Não consigo imaginar Bill usando Grecin, mas ele fez alguma coisa. Talvez, depois de todos esses anos, meu amor tenha um ou dois segredos.

— Então, querido, nossa primeira noite só nós dois — falo, apertando ainda mais seu braço forte. — O que você quer fazer? Ir àquele restaurantezinho etíope em New Haven ou devemos ir direto para casa e eu visto alguma coisa confortável? — Inclinome para beijar sua bochecha, mas Bill apertou o passo e eu erro o alvo.

— Hallie, tenho que lhe dizer uma coisa — Bill fala. Ele continua andando, olhando reto para a frente.

Hum. Péssima frase de abertura. Eu tropeço, meu salto prendendo no pavimento. "Eu tenho que lhe dizer uma coisa" nunca vem antes de "Eu te amo apaixonadamente" ou mesmo "Eu sempre gostei da sua carne assada". Não, "Eu tenho que lhe dizer uma coisa" normalmente precede notícias ruins como "O gato morreu" ou "A casa acabou de pegar fogo". Ou, neste caso?

— Estou indo embora — Bill diz sem perder o ritmo.

Está o quê? Reflito sobre essas palavras por um instante. Obviamente, se "indo embora" significasse indo embora para sempre, meu marido, meu companheiro, meu parceiro há duas décadas, o homem que havia feito amor comigo há apenas três noites — ou seriam quatro? — teria me feito sentar antes de me dar a notícia. O meu Bill, meu doce Bill, teria até me comprado uma xícara de café primeiro.

A não ser que ele não seja mais o meu doce Bill.

Indo embora.

O tempo pára e eu fico congelada. Por um momento, o mundo inteiro fica silencioso e o único som que eu ouço é o de um pássaro à distância, com um canto persistente e triste: *Você vai ficar sozinha você vai ficar sozinha você vai ficar sozinha.*

Mas não posso nem pensar nessa possibilidade. De qualquer modo, o que o pássaro sabe? Concentro minha atenção novamente e tento entender o comentário do Bill o melhor que posso.

— Tudo bem, vamos embora de New Haven para jantar em casa — digo. Então, sem parar de falar, acrescento: — Posso descongelar uma lasanha ou fazer um omelete. Tenho um pouco de brie. Você gosta de omelete de brie, não gosta, querido?

Bill finalmente pára de andar e se vira para mim.

— O que eu quis dizer é que vou deixar você. — Ele faz uma pausa e olha para mim com o que tenho certeza acha ser um sorriso carinhoso. — Nós tivemos um passado e tanto. Vinte e um ótimos anos em um casamento feliz. Você é uma mulher fantástica, Hallie. Não tenho queixas. Mas é hora do meu segundo ato.

Do que ele está falando? Seu segundo ato? Nem o Mike Nichols conseguiria se safar com essa. Isso parece um discurso que vem ensaiando na frente do espelho há dias. Mas o show não acabou. Não pode ser. *Ele não está indo embora*. Eu respiro fundo. Aposto que até sei o que está acontecendo. Assim como eu, Bill está chateado com o fato de Emily estar indo para a faculdade e não sabe como reagir. Na verdade, ele é homem. Ele nem sabe que está reagindo. É meu trabalho tranqüilizá-lo.

— Ouça, querido, nós vamos ficar bem — digo carinhosamente. — Eu te amo. Você me ama. Tenho ingressos para a temporada dos Knicks, como você sempre quis. Não precisamos das crianças em casa para ficarmos juntos.

Ele não responde, então, para preencher o espaço, eu continuo falando.

— Estou pensando em fazer um curso de cerâmica.

Bill olha para mim de um jeito estranho por um instante e então assente.

— Que bom, Hallie. Fico feliz que tenha planos. Eu também fiz alguns planos.

Chegamos ao carro e eu me sento no banco do carona, como sempre. Coloco o CD do St. Lawrence Quartet tocando Hayden que sempre foi um dos preferidos de Bill, mas ele o tira imediatamente e substitui Hayden por algo alto e estridente.

— O que diabos é isso? — pergunto.

— Black Eyed Peas — ele diz, orgulhoso. — Meu novo favorito. É ótimo, está no topo das paradas.

Abaixo o volume, mas minha cabeça continua a martelar. Quem é o homem que escuta rap e usa Grecin sentado ao meu lado? Todos esses anos, achei que conhecia cada detalhe a respeito do meu marido, mas algo havia mudado enquanto eu estava ocupada trabalhando, criando os filhos e comprando camisas na Brooks Brothers para ele. De repente, me sinto uma idiota. O que mais eu perdi?

A próxima hora e meia passa como numa névoa enquanto dirigimos pela estreita Merrit Parkway em direção aos subúrbios de Nova York. Com todas essas curvas fechadas, não sei como alguém sobrevive nesta estrada e, no momento, não tenho certeza se quero sobreviver. Com as crianças na faculdade e o Bill indo embora, o que me resta? Fico olhando pela janela, vendo apenas meu futuro sombrio e mal percebo que perdemos a entrada para nossa cidadezinha, Chaddick, até passarmos pela ponte e entrarmos em Manhattan.

— Aonde estamos indo? — pergunto.

Bill não responde, mas sua boca está apertada e a testa está tão enrugada que suas duas sobrancelhas se juntam em uma linha sólida. Uma coisa eu ainda sei sobre o meu marido — a sobrancelha-lagarta significa que está acontecendo alguma coisa. Momentos depois, Bill estaciona em frente a um prédio de arenito em um quarteirão residencial no West Nineties e pára o carro em fila dupla. Ele se inclina na minha direção, me dá um beijinho nervoso no rosto e então me entrega a chave do carro.

— Você sabe como chegar em casa, querida — diz, fingindo indiferença. E, como se nada tivesse mudado, acrescenta. — Dirija com cuidado. Parece que há um engarrafamento ao norte na Henry Hudson, então talvez seja melhor pegar a Riverside Drive.

Minha boca se abre, mas não sai nada.

— Você não vai para casa? — finalmente consigo gaguejar. — Onde nós estamos?

— No meu novo apartamento — Bill diz, apontando para a escadaria de calcário. Ansioso para escapar, ele sai do carro e retira do banco de trás uma mochila grande que eu não tinha notado.

— Você tem um apartamento? — pergunto, pasma.

— Na verdade, não é só meu — ele diz. Ele sobe os degraus até sua nova porta da frente e, quando chega lá, vira-se e acrescenta. — É o apartamento de Ashlee. Ashlee, com dois "es".

Ashlee. Ashlee. Ashlee. Ashlee. Ashleeee. Diga vezes suficientes enquanto está deitada debaixo de um edredom macio e começa a parecer um grito primal. E gritar é terapêutico. Assim como bater com a cabeça na parede, cortar o rosto do seu marido traidor de todas as fotos da casa, comer 12 pacotões de biscoitos com recheio duplo em dois dias e ler toda a pilha de revistas *U.S. News & World Report* que estava juntando poeira no porão. É melhor eu viver no passado, já que não tenho nenhum futuro. Leio todas as edições de 1989 a 1994 do começo ao fim e, numa edição de 1990, leio que o álbum do Vanilla Ice está vendendo feito água e que vai durar para sempre. Hah! Onde está o Vanilla Ice agora? Sua carreira derreteu mais rápido do que sorvete de frutas no verão. Como eu, ele foi substituído.

Não assisto à televisão de dia desde que estava de licença-maternidade com a Emily, mas agora o canal de compras é meu companheiro constante. Tem sido um conforto nesses últimos quatro dias saber que posso encomendar um colar bizantino italiano ou um broche marquesa de tanzanita a qualquer hora do dia ou da noite. E eu encomendei os dois — e mais. O cara da UPS fez tantas entregas que deve achar que sou uma compradora de Natal antecipada e compulsiva. Por outro lado, ele provavelmente deve ficar pensando por que não me incomodei em trazer nada do meu butim para dentro. Infelizmente, isso exigiria que eu saísse da cama e descesse as escadas e, neste momento, estou reservando todas as minhas energias para as coisas essenciais — como repor meu estoque de biscoitos.

Fiz Bill prometer que não contaria a Adam e Emily o que havia acontecido. Expliquei que não queria acabar com o início do ano letivo deles, mas a verdade é que simplesmente não quero falar sobre isso. Acho que é como a árvore caindo na floresta. Se um homem abandona sua esposa e ninguém sabe, será que ele realmente foi embora? Mas eu deveria ter percebido que meu marido não é muito bom em manter promessas. Adam começou a ligar duas vezes por dia da faculdade e perguntar solícito "Como você está, mamãe?" Pelo tom fúnebre da voz de Adam, estou preocupada que Bill tenha lhe contado algo ainda mais trágico do que a nossa notícia — tipo talvez, além de tudo, eu esteja com dengue.

O que quer que haja de errado comigo, liguei para o trabalho dizendo que estava doente pela primeira vez em 15 anos como advogada na Rosen, O'Grady e Riccardi — a primeira e provavelmente ainda a única firma de advocacia judaico-irlandês-italiana de Nova York. Também é a única firma de advocacia que podia contratar uma mulher branca, anglo-saxã e protestante com base no sistema de cotas. Somos especializados em casos antidiscriminatórios e, com os jantares de kugel, presuntada com repolho e cannoli da firma, freqüentemente nos especializamos em indigestão. Ainda assim, eu gosto da empresa e eles gostam de mim. Sempre fui capaz de manter minha semana de trabalho com apenas quatro dias e o emprego vem com um bom plano de aposentadoria e um suprimento regular de complemento vitamínico.

Faz anos que não tenho um dia inteiro para preencher sem trabalho e filhos, que dirá tantos dias assim, mas tentar fazer qualquer coisa útil agora seria impossível. Estou furiosa com Bill e ainda mais furiosa comigo mesma. Como ele pôde fazer isso comigo? Como eu pude deixar que ele fizesse isso comigo? Não se abandona uma pessoa depois de dois filhos e 21 anos de casamento e dizendo *Adiós*, seja feliz. Quem ele pensa que é, indo embora sem nem uma única discussão? Pelo amor de Deus, quando estávamos reformando a cozinha, passamos seis semanas falando sobre que cor de azulejo escolher. Ele queria verde-escuro e eu queria branco e concordamos com verde-claro com bordas creme. Isso se chama compromisso, Bill, e é o que se faz em um casamento. O filho-da-puta. Não sei se quero pegá-lo de volta ou se só quero pegá-lo.

Afundo de novo nos travesseiros, exausta de repetir a mesma coisa na minha cabeça. Preciso fazer outra coisa — qualquer coisa. Estico a mão na frente do rosto. Um pouco de luz entra pelas cortinas fechadas, só o bastante para eu poder fazer a sombra de um animal na parede. Olhe, é um coelho.

O telefone toca e me empurra de volta à realidade, o único lugar em que não quero estar. Praticamente não falo com ninguém há uma semana, a não ser pelas crianças e minha melhor amiga Bellini. Mas, pelo identificador de chamadas, vejo que é um dos sócios seniores da firma, Arthur Rosen — um homem que sempre foi um patrão justo. Eu rolo para atender e acomodo o fone na dobra do pescoço.

Arthur joga conversa fora por alguns minutos e então diz:

— Odeio incomodá-la quando está doente, Hallie, mas tenho uma pergunta sobre o caso Tyler.

Já que vamos falar de trabalho, eu relutantemente procuro debaixo dos cobertores pelo controle remoto para poder baixar o volume de uma propaganda da Victoria Principal anunciando sua linha de produtos de beleza. Mas, assim que eu desligar o telefone, vou encomendar aquele Creme Firmador Prime Secret para os Olhos. Não importa se essa droga funciona, só quero ver como eles conseguem colocar todas essas palavras em um tubinho minúsculo de 50 gramas.

Concentração. Concentração. Concentração. Escuto o que Arthur tem a dizer a respeito do caso. Nosso cliente, Charles Tyler, está sendo processado por assédio sexual — com um detalhe insólito. A querelante alega que o Sr. Tyler não a considerou para uma promoção, dando-a a outra mulher do escritório — com quem ele estava dormindo. Em outras palavras, ela o está processando por transar com outra pessoa. Tento fazer uma ou duas observações inteligentes, mas acima de tudo tento não cair em soluços incontroláveis e derramar todos os detalhes de minha vida agora horrível para Arthur. Mas ele sem dúvida percebe que há algo errado.

— Então, Hallie — diz hesitantemente. — Não quero me intrometer, mas você já está fora há quase uma semana. Devo me preocupar com você?

Se preocupar comigo? Por que alguém se preocuparia comigo? Perdi meu marido para uma pessoa chamada Ashlee, estou deitada aqui há tanto tempo que provavelmente vou ter escaras e minha única fonte de nutrição vem da Nabisco.

Mas ainda não estou pronta para falar sobre isso e certamente não com o meu chefe, um homem tão profissional que eu não sabia que ele tinha se tornado pai até ser convidada para a festa de aniversário de 3 anos de seu filho.

— Não, Arthur, eu só tive... — O que eu tive? Não gosto de mentir, então vou contar alguma versão da verdade. — Eu tirei uma coisa... — E tirei. Só não mencionei que era o meu marido.

— Uma cirurgia de rotina? — pergunta.

— É, foi isso. — Cirurgia de rotina. Bill tinha simplesmente cortado meu coração fora.

Nós desligamos e eu reúno minhas forças para começar minha próxima atividade do dia. Achei que queria chorar de novo, mas meus canais lacrimais parecem ter secado. Em vez disso, passo os braços em volta dos joelhos e me enrosco em posição fetal.

— Ashlee, Ashlee, Ashlee — gemo, me balançando para a frente e para trás. — ASHLEEEE — berro com mais emoção do que Marlon Brando jamais conseguiu reunir para "STELLAAAA".

Ashlee. Ashlee, com a merda de seus dois "E". Quantos anos pode ter alguém que se chama Ashlee? Aposto que tem uns 20 e tal, é loura, massoterapeuta e vegetariana. No único telefonema de Bill que estive disposta a atender, ele me disse que a separação não tinha a ver comigo — tinha a ver com viver a vida plenamente e seguir seu coração. Me poupe. Não é o coração que ele está seguindo até a porcaria da rua 93. O homem nem está tendo uma crise de meia-idade original. Nenhum homem tem. Os fabricantes do Porsche agradecem.

Ainda assim, acho que estou tendo uma reação muito original. Não comi nem uma única taça de sorvete da Ben & Jerry's nem assisti a nenhum filme da Meg Ryan. Em vez disso, rolo de costas de novo e dessa vez estico os dois braços na direção da luz. Estou descobrindo um novo talento. Agora o coelho de sombra está pulando uma cerca.

Emily me tira desse estado.

— Mamãe, acabei de ligar para o seu trabalho e disseram que você ainda está em casa — ela diz quando me liga na manhã seguinte. — O que está acontecendo?

Eu respiro fundo.

— Emily, tenho uma coisa para lhe dizer. — Aquela frase de novo. Será que ela já é grande o suficiente para saber que isso significa más notícias?

Pelo visto, é grande o bastante para saber muito mais do que isso, pois Emily logo diz:

— Não tem que me contar nada. Eu sei que papai a deixou. Adam me contou. O papai contou para ele. E disse que não me contasse, mas ele contou.

Hum. Então não só Emily sabe qual é a situação, como até acertou todos os tempos verbais. Mas aí me ocorre imaginar por que ela não está chateada. Eu esperaria que Emily pelo menos soltasse uma lágrima por causa da ruptura de nossa pequena família.

Mas, antes que eu possa perguntar a ela como realmente está se sentindo a respeito disso tudo, Emily ataca:

— Ainda não entendi por que você está arrasada. O papai é só um homem. Sua vida não acabou.

— Emily, você ficou maluca? É o seu pai. O que você está dizendo?

— Estou dizendo exatamente o que você me disse quando o Paco terminou comigo. A vida continua. Há muitos peixes no mar.

Claro, mas eu não sou mais uma isca maravilhosa. E isso é outra questão. Comparar o Bill ao Paco, aquele vigarista vagabundo, tatuado e de brinco que terminou com a Emily uma semana antes da sua festa de formatura — que nunca deveria ter tido permissão de chegar a menos de 15 metros da minha filha perfeita e preciosa?

— Sei o que você está pensando — diz Emily, que parece saber tudo, diferente da maioria dos adolescentes que só acham que sabem. — Paco era um namorado de três semanas e você é casada a vida inteira. É uma droga. Eu concordo. Mas você sempre foi o meu modelo, mamãe. Você faz as coisas acontecerem. Pode ir em frente com a sua vida sem o Bill.

— Bill? — pergunto zombeteiramente, imaginando quando seu querido papai havia se tornado "Bill".

— Acho que vai ajudar se nós duas pensarmos nele como apenas um cara qualquer — Emily fala com eficiência. — Talvez fosse até melhor se o chamássemos de William. Fica menos íntimo.

Tenho a sensação de que Emily se inscreveu naquele curso de feminismo pós-moderno afinal de contas. Mas tenho que admitir que o raciocínio dela faz sentido. William, enrolo o nome na língua. William. William e Ashlee. ASHLEEEE. Emily está certa, isso tem que acabar.

Estou admirando a maturidade e bom senso da minha filha quando de repente ouço soluços abafados.

— Espere um segundo, mamãe — ela diz, a voz falhando.

— Você está bem? — pergunto.

Só ouço o barulho alto de Emily assoando o nariz e sei que ela está em prantos. Então é isso. Ela percebe a gravidade da situação e, apesar de estar tentando ser forte, está sofrendo. Queria poder passar meus braços em volta dela e fazê-la sentir-se melhor. Um abraço também me faria sentir melhor.

— Desculpe, mamãe — Emily diz sem firmeza quando volta ao telefone. — Quero ser adulta em relação a você e ao papai, mas odeio o que está acontecendo. E eu não entendo. Vocês dois nunca nem brigam.

— Querida, você está certa. Quem sabe por que isso aconteceu? Mas nem por um minuto ache que você tem que agir como um adulto. Mesmo os adultos não estão agindo como adultos.

— Então, quem vai vir para o Dia dos Pais? — Emily pergunta com a voz pequena. Está preocupada com o que isso vai fazer com a sua vida e eu não a culpo.

— Você sempre vai ter pais que a amam. Nós dois sempre estaremos aqui para apoiá-la — digo, dando a resposta oficial. Então, me afastando do protocolo, acrescento. — Apesar do seu pai estar agindo feito um babaca.

Emily ri.

— Não deve dizer isso para mim — ela fala, recuperando um pouco de sua bravata anterior. — Mas tudo bem. Sei o quanto deve estar se sentindo infeliz.

— Não tem sido tão ruim. Minha apendicite há dois anos doeu mais. — Apesar de que pelo menos me deram Vicodin para a cirurgia.

— Bom para você, mamãe — diz Emily, um pouco animada demais. Na verdade, ela soa estranhamente como as líderes de torcida que tanto desprezava no colégio — E sabe o que você devia fazer? O que realmente a faria sentir-se melhor?

— O quê?

— Vá fazer uma caminhada.

— Uma caminhada?

— Saia da cama. Faça uma trilha. Faça o seu sangue circular. Você não é uma covarde. Você é uma mulher — ela fala.

É, eu sou uma mulher. Uma mulher sozinha. Uma mulher cujo marido acabou de abandoná-la. Uma mulher que não consegue encontrar seus malditos Timberlands. Vasculho o closet uma segunda vez. Espere um minuto. Eu sou uma mulher que nem possui um par de Timberlands. Talvez tenha sido por isso que Bill me deixou. Caio em prantos de novo.

Mas, não, eu posso me virar. É disso que se trata minha vida agora — me virar. Tenho tênis de corrida, tênis normais, tênis de ginástica, botas, chinelos de dormir, chinelos de dedo, escarpins de salto alto para o escritório, escarpins de salto baixo para o tribunal e um salto-agulha que usei exatamente duas vezes. Devo ser capaz de subir uma montanha com algum deles.

Amarro meu par de Nikes mais resistente e jogo um lanche e garrafinhas de água em uma mochila, grata por ter um plano. Mas aonde eu vou? Ah, sim — uma metáfora para a minha vida. Posso ir aonde quiser. Só não sei onde fica isso ou como chegar lá.

— Você saiu da cama! — diz uma voz atrás de mim.

Eu grito assustada e giro de frente, a mão em cima do peito. Aí vejo minha melhor amiga, Bellini Baxter, de pé na porta do meu quarto.

— Você quase me fez ter um enfarte — falo.

— Isso é um progresso — diz Bellini. — Ataque do coração é melhor do que dor-de-cotovelo.

— É?

Ela se joga na minha cama e balança a cabeça com segurança.

— Para dor-de-cotovelo só eu venho ao seu quarto. Para um ataque do coração todos aqueles paramédicos gatíssimos vêm, tiram a sua roupa e massageiam o seu peito. — Ela se estica para pegar o telefone. — Quer que eu os chame?

Sacudo a cabeça e rio. Essa é a Bellini. Sempre com idéias. Ela é a única amiga para quem contei sobre o Bill — porque, diferente das minhas amigas casadas e metidas a santas, ela é solteira e tem uma profunda compreensão dos homens. Por sua vasta experiência, está convencida de que eles são indignos de confiança, mentirosos, pervertidos e perversos. Mas são o que há no mercado.

— Trouxe algo para fazê-la sentir-se melhor — diz Bellini, abrindo uma sacola de compras que trouxe da loja Bendel's na Quinta Avenida, onde é chefe de compras de acessórios.

Conheci Bellini quando ela chegou em Nova York, vinda de Ohio, onde era vendedora da Cincinnati Kmart e conseguiu um emprego como temporária em nossa firma de advocacia. Naquela época, ela ainda era Mary Jane Baxter mas, determinada a deixar de lado seus hábitos de cidade pequena e parecer mais sofisticada, mudou de nome. Querendo um clima de *Sex and the City*, pensou em se chamar "Cosmopolitan", como o drinque chique do seriado. Mas ficou preocupada que muitas outras mães batizariam seus bebês com o mesmo nome e então escolheu seu próprio drinque favorito, Bellini — uma mistura de pêssego e vinho espumante. Como o mundo muda. Antigamente os pais batizavam as filhas de acordo com o mês em que foram concebidos — April ou May. Depois, foi onde elas foram concebidas — alô, Paris Hilton. Agora, é o que eles estavam bebendo naquela fatídica noite na cama.

Na firma, atender telefones e arquivar não era o forte de Bellini, mas ela mostrou um gosto precoce para acessórios. Comprou clipes de papel coloridos para o nosso escritório e nós fomos a primeira firma de advocacia em Manhattan a substituir os grampeadores Swingline pretos por modelos de borracha em tons pastéis do Museu de Arte Moderna. Quando pediu demissão para aceitar o cobiçado emprego na Bendel's, nós continuamos boas amigas, e o escritório agradecidamente abandonou os blocos roxo-claros selecionados por Bellini e voltou ao amarelo padrão.

— O que você tem aí? — pergunto.

— Um mimo da Judith Lieber para fazê-la sentir-se melhor — ela diz orgulhosa, puxando uma bolsinha brilhante enfeitada de pedras no formato de um sapo. — Qualquer um pode consolá-la com tortas de maçã ou Valium.

Eu a tomo dela, contente.

— É mesmo para mim?

— Bem, é um empréstimo. Nove mil dólares no varejo. Mas fique com ela o tempo que quiser. Está no seguro.

— A última vez que você me emprestou uma bolsa de noite, eu a usei para ir com Bill a um jantar dançante formal no Plaza— falei, as lágrimas enchendo os olhos.

Ela arranca o presente de volta.

— Opa, falha minha. Desculpe-me, querida. Eu vim até aqui para animá-la, não para fazer você pensar no canalha. — Ela remexe em uma segunda bolsa. — Aqui. Experimente isso. Óculos de sol Chanel. Eu amo o formato e Chanel é uma inspiração para as mulheres solteiras no mundo todo. Seu amante a deixou e ela abriu uma empresa de zilhões de dólares.

Ponho a enorme armação de tartaruga.

— Perfeito — digo. — Não sei se vão me ajudar a construir um império, mas pelo menos vão esconder meus olhos inchados.

Bellini se aproxima e passa os braços em volta de mim.

— Chega de chorar — diz, pegando uma mecha do meu cabelo e colocando atrás da minha orelha. — Você é perfeita. Isso não é culpa sua.

— É claro que é minha culpa. Repassei cada segundo do nosso casamento mil vezes. Será que prestei atenção demais ao Bill ou não o suficiente? Saímos demais ou passamos tempo demais em casa? Ele detestou meu perfume novo?

— Nenhuma das alternativas acima — Bellini fala solidariamente. — Você é uma ótima esposa.

— Então, por que Bill acabou se mostrando um verme?

— Não um verme, um rato. E, infelizmente, o tipo de rato errado — Bellini diz com firmeza. — Eu li no *New York Times*. O arganaz do campo é um companheiro confiável. Mas se os pesquisadores alterarem apenas um gene, eles se tornam promíscuos como os ratos do campo.

— Então, eu fiquei com o cara cujos genes lhe deram olhos azuis e um olho para a Ashlee?

— Algo assim. É nisso que devíamos estar gastando nossas verbas de pesquisa. Se os cientistas podem mudar o código genético de ratos e moscas, o quanto seria difícil mudar um homem?

— Muito — digo desanimadamente.

Bellini suspira.

— Tem razão. Acho que só o que pode fazer agora é sair e procurar um arganaz do campo. — Aí, ela me olha de cima abaixo, percebendo meus tênis e shorts e equipamento de caminhada reunido. — Pelo visto, era o que você estava planejando antes mesmo de eu chegar.

— Uma trilha — eu lhe digo. — Emily achou que seria uma boa idéia. Fazer o sangue circular e sair de casa.

— Garota esperta, essa Emily. Eu também vim para arrastá-la para fora de casa — Então ela pára e range os dentes. — Sabe que eu faria qualquer coisa por você. Qualquer coisa. Quer que eu vá com você?

Ficou genuinamente tocada. Vindo de Bellini, uma oferta para sair na natureza para qualquer outra coisa que não seja um piquenique nos Hamptons é amizade acima de qualquer dever.

— Os seus sapatinhos não vão agüentar subir a montanha. Mas eu te amo por perguntar. E por passar aqui. — Dou um beijo em sua bochecha e aí me ocorre. — Por falar nisso, como entrou na casa?

Bellini sorri.

— Você me disse para não vir e eu sabia que havia desligado a campainha. Mas eu tinha que saber se você estava bem, então encontrei sua chave dentro de um vasinho de flores lá fora — Ela pisca para mim. — Fácil. É onde todo mundo esconde.

Encorajada pela visita de Bellini, percebo que sei aonde vou, afinal de contas. Pelo menos esta tarde. Lembro-me de que Bill costumava levar as crianças para fazer passeios diurnos e o nome de seu lugar favorito surge na minha cabeça. Eu o digito no GPS do meu carro. Uma hora depois estou na linda cidadezinha de Cold Spring, que é cheia de lojinhas bonitas que vendem de tudo, desde bugigangas bobas até antiguidades sérias. Penso em parar para ver se as jóias são melhores do que as do canal de compras. Mas, não, Emily não consideraria fazer compras uma atividade aeróbica. Dirijo até o pé da Taurus, só alguns quilômetros fora da cidade. Tenho uma montanha para escalar.

Saio do carro, faço um alongamento rápido e coloco meus novos óculos de sol Chanel. Estou tão chique que posso até atrair um rato aqui no meio da natureza. Um rato ou um arganaz? Teria medo de levar um novo para casa antes de fazer um teste de DNA.

O céu está azul e, através da copa das árvores, o sol salpica a trilha na minha frente. É incrivelmente pacífico. Não há ninguém por perto além de mim e de dois pássaros adejando, que provavelmente são pardais. Gaviões? Pelo que sei, eles são pingüins. Da próxima vez em que eu me inscrever para alguma coisa, vai ser para a Sociedade Audubon, em vez do programa de recompensas das drogarias Duane Reade.

A subida é um pouco íngreme, mas nem estou ofegando. Estou em melhor forma do que imaginava. Respiro fundo o ar com aroma de pinho, que cheira melhor do que as velas Diptyque de 60 dólares que normalmente espalho pela sala. Acho que estou pegando o jeito desse negócio de trilha. Não é tão difícil. Na verdade, essas tão badaladas endorfinas induzidas por exercícios devem estar correndo pelo meu corpo, já que estou me sentindo quase inebriada. Tomo um gole da minha garrafa d'água, aumento o ritmo e caminho mais determinadamente. Ei, talvez eu devesse ser uma guia de montanhismo. Pode ser a forma de começar minha nova vida sem marido — como uma mulher forte, independente, que escala montanhas. Kilimanjaro, aqui vou eu. O Everest é clichê demais.

Minha subida é regular e, em apenas alguns minutos, pareço ter chegado ao topo. Eu devia ter trazido uma bandeira para fincar. Convencida, contemplo a vista panorâmica de rochas íngremes e montanhas verdejantes. Este vasto campo parece ser onde eu devo me sentar e almoçar. Mas estou confusa. Era de uma subida de sete minutos que Bill e as crianças se gabavam? Começo a tirar a mochila para deitar ao sol quando, a alguns metros de mim, noto uma placa de madeira que diz "Trilha para Taurus" — e tem uma seta apontando para um caminho de verdade em um morro mais íngreme. Então essa subidinha era só uma pré-trilha. Que zen. Quando você pensa que chegou, percebe que só está no ponto de partida.

Reamarro meus tênis, ajusto as alças da mochila e parto cheia de energia e determinação. Rapidamente percebo que devo seguir a sinalização amarela nas árvores. Nos primeiros minutos da minha caminhada, a trilha é bem marcada e, apesar dos sinais nas árvores estarem mais distantes uns dos outros do que eu gostaria, não estou preocupada. Mas, conforme entro mais na mata, a picada passa a ser mais fechada e a densa cobertura de folhas de outono obscurece quaisquer sinais amarelos que possam estar à frente. Paro por um minuto e olho em volta, tentando me situar. Aha. Achei uma marca amarela. Partindo de novo, mergulho em uma vegetação fechada e espinhosa e mal consigo passar por um aglomerado de arbustos. Será que eu sou a única pessoa que já veio tão longe? Abro caminho por 50 metros e, quando finalmente olho para cima de novo, o sinal amarelo desapareceu e eu estou debaixo de um carvalho cujas folhas acabaram de começar a mudar de cor. Para amarelo, droga.

Não vou entrar em pânico. Só tenho que voltar pela trilha. Mas, quanto mais eu tento, mais pareço me afastar dela. Ainda assim, isso não é exatamente a expedição de Lewis e Clark. Enfio a mão no bolso do short e puxo meu celular para ligar para emergência. Não sei dizer exatamente onde estou, mas certamente a equipe de resgate será capaz de me encontrar. Abro o flip do meu telefone high-tech, com conexão à Internet, jogos, vídeos e máquina fotográfica e vejo uma mensagem muito low-tech: FORA DA ÁREA DE SERVIÇO. Proveitosamente, porém, a câmera ainda parece estar funcionando. Pelo menos posso fotografar minha última hora de vida na Terra.

Não, eu tenho que ser realista. Tenho água comigo, mais duas barras de cereais e um sanduíche de queijo. E, tendo em vista a quantidade de biscoitos que comi ultimamente, posso viver da gordura do meu corpo pelos próximos quatro meses. Animada por minhas coxas grossas poderem salvar minha vida, continuo andando e, vinte minutos depois, estou em outra árvore cujas folhas estão ficando amarelas — apesar de que, até onde sei, essa possa ser a mesma árvore e eu só andei em círculos. Se um dia eu sair daqui, vou me mudar para Manhattan. Pelo menos o lugar todo é uma grade. Ninguém nunca se perdeu andando da rua 62 até a 66.

Estou ficando cansada e me abaixo para pegar algum coisa que me sirva de cajado. Estico o braço em direção a um galho comprido em cima de uma pilha de folhas e o finco firmemente na minha frente. A altura exata. Isso vai ajudar. Mas, conforme continuo andando, minhas mãos começam a coçar e eu olho para baixo, para ver que estou com sarampo. Olho mais de perto. Merda! Até sarampo teria sido melhor do que o que está realmente no meu braço — formigas vermelhas subindo e descendo. Estão fazendo um banquete com a minha carne e subindo pelo meu cotovelo a toda velocidade.

Pulo para trás, dando um grito alto e jogando o cajado por cima do ombro. De repente, estou sendo atacada por um inimigo novo, maior e mais agressivo. Aparentemente, o galho atingiu um vespeiro e os habitantes da colméia estão em estado de guerra. Enquanto atacam o meu rosto, eu grito a plenos pulmões, mas as vespas zangadas não se importam. Bato com os pés e giro em torno de mim mesma, tentando afugentá-las, mas elas ficam mais zangadas e me picam com mais veemência.

— Socorro! Socorro! — grito. Saio em disparada, correndo às cegas pela mata até meu pé tropeçar em uma pedra e eu me estatelar de cara para baixo em um riachinho. Fico deitada ali por um momento, tentando recuperar o fôlego. Esta é a parte do filme em que Sam Shepard deve entrar com um ar superior e me salvar. Levanto a cabeça, mas Sam deve ter perdido a sua deixa. Pelo menos as vespas foram embora e a água fria e lodosa acalma a ardência das minhas picadas. Muito bom. Passo um pouco do musgo lamacento nas picadas inchadas no meu rosto e então, só para garantir, espalho mais no pescoço e nos braços. Se eu tivesse um pote, poderia levar esse negócio para casa e economizar as 37 pratas que normalmente gasto naquela famosa Máscara de Lama do Mar Morto. De qualquer modo, deve ser a mesma fórmula básica. Só precisaria acrescentar um pouco de sal kosher.

Passo a mão em volta do meu pé, que aparentemente ainda está preso ao corpo. Mas meu tornozelo está inchando. Não acho que o tenha quebrado, mas com certeza luxei. Entre o rosto e o pé, sou praticamente uma experiência médica em uma mulher só. Talvez a Clínica Mayo esteja pesquisando neste momento: "Picadas de vespa ou queda desajeitada — O que causa mais inchaço?" Mas preciso olhar para o lado bom. Com todas as outras partes do corpo fora de proporção, pelo menos minha cintura vai parecer fina.

Fico feliz por Emily não poder me ver agora. Mas espero que ela possa me ver novamente. Tenho que sair daqui. Passo os dedos pelo riacho e então me ocorre: posso não ser a Garota Natureza, mas um riacho sempre corre para baixo — e para baixo deve me levar para o pé da montanha e meu abençoado carro. Meio andando, meio me arrastando, começo a seguir o riacho. Estou dolorida, estou infeliz, mas não tenho muita opção. Talvez cantar canções de acampamento ajude. Gorjeio "Frère Jacques" em francês e em inglês, mas tenho problemas com os sons redondos. Passo para "99 garrafas de cerveja na parede" e, pela primeira vez na vida, consigo chegar até o dois.

Mas não chego ao um porque, de repente, vejo a estrada.

Fico tão feliz que poderia dar pulinhos. Na verdade, não poderia. Com o estado lastimável do meu tornozelo, tenho que me contentar em mancar até o carro.

* * *

Finalmente fora do mato sem cachorro — literalmente — olho para cima e para baixo da estrada procurando a pequena área de estacionamento onde deixei meu Saab. Suspiro. Nenhum Saab. Mas há uma placa para Cold Spring e, mesmo com meu péssimo senso de direção, percebo que não saí onde comecei e que estou pelo menos a um quilômetro e meio de onde deixei meu carro. E isso é a gota d'água. Depois de toda essa bravura, bravata, heroísmo e estoicismo, eu desisto. Estou cansada de ser uma mulher independente. Está na hora de cair no chão e chorar.

E é o que faço. Bem ali na beira da estrada. Simplesmente ponho a cabeça entre as mãos e solto longos, altos e chorosos soluços.

— A senhora está bem?

Olho para cima, sobressaltada, e vejo que um jipe Cherokee verde parou ao meu lado e que um homem bonito está se inclinando para fora da janela. Tento enxugar minhas lágrimas, mas isso só faz a sujeira da lama aumentar.

— Tive alguns problemas na mata — digo, caso não seja óbvio.

— Deixe-me adivinhar. Pegou a trilha errada. Seu carro está no estacionamento perto da entrada do parque. Acontece com todo mundo — ele diz gentilmente — Posso lhe dar uma carona?

Os carros passam voando e percebo que não é seguro ficar sentada onde estou. Por outro lado, tendo em vista minha sorte hoje, quais são as chances deste bom samaritano ser na verdade um serial killer? Noventa por cento? Noventa e cinco por cento? Pelo menos isso me dá cinco por cento de chance de chegar em casa sã e salva, o que é mais do que eu tinha há uma hora.

— Obrigada — falo, mancando até a porta do carona. Quando começo a entrar, ele olha com um pouco mais de atenção e percebe o quão enlameada e pegajosa eu estou.

— Espere um segundo — fala, esticando-se para trás e pegando uma toalha. Ele a coloca em cima do meu banco, como se estivesse protegendo o couro gasto de uma criança encardida de 6 anos de idade ou de um cãozinho que faz xixi. Mas a essa altura nada mais me deixa sem graça.

— Eu moro aqui perto — ele diz, tentando me fazer sentir confortável no caso de eu estar preocupada por ter entrado no carro de um homem estranho. — Sou o médico local. Meu nome é Tom Shepard.

Eu lhe dou um sorriso. Hum, Sam Shepard não pôde vir, mas mandou o irmão. E este é quase tão bonito quanto o próprio. Alto e com covinhas, com aquele visual de homem esportivo ligeiramente agreste. Está até usando Timberlands. Tento esconder meus pés dentro do tênis sujo debaixo do banco para ele não perceber.

— Oi. Eu sou Hallie Pierpont — falo. E então mudo de idéia. Sobrevivi a um dia sozinha e vou sobreviver a muitos outros. Se não tenho mais marido, não vou usar seu nome. — Na verdade, sou Hallie Lawrence — emendo, esticando a mão.

— É um prazer conhecê-la — agora ele devolve o meu sorriso. — Hallie Lawrence. Fui pescar com um amigo no mês passado e ele me contou tudo sobre uma namorada de faculdade com esse nome. — Ele passa a primeira e desce a estrada.

— Espero que tenha dito coisas boas — retruco.

— As melhores. Meu amigo é Eric Richmond. Alguma chance de você ser a mesma Hallie de quem ele estava falando?

— Pode ser — falo fracamente.

Tom olha para mim, surpreso.

— Uau, olha só. Então você conhece o Eric? Quer dizer, não só de ler sobre ele na *Forbes*?

— Eu não leio a *Forbes* — tento dizer, mas minha garganta parece estar se fechando. Ou as picadas de vespa estão causando um choque anafilático ou estou engasgando com a lembrança de Eric, meu grande romance dos tempos de faculdades, meu primeiro amante — a quem eu abandonei no último ano, por motivos dos quais não me lembro muito bem.

— Conheço o Eric — falo. — Quer dizer, eu o conheci. Em outra vida — pensando bem, se tivesse ficado com Eric, eu teria tido outra vida — que provavelmente não teria incluído subir essa montanha idiota.

Tom Shepard olha para mim e me dá vontade de lhe dizer que eu fico bonitinha quando estou limpa. Ele tem que estar imaginando como a mulher chorosa, inchada, desastrada e enlameada ao seu lado pode ser a Hallie Lawrence de quem ouviu falar através do inteligente, bonitão — e digno da *Forbes* — Eric Richmond.

— Mundo pequeno — diz Tom, entrando no estacionamento onde meu Saab, meu abençoado Saab, está esperando.

— Se vir o Eric, diga oi por mim — sugiro, esticando a mão para a maçaneta da porta apesar de querer ficar sentada ali algum tempo e descobrir como meu salvador rural conhece meu namorado de faculdade. Dois caras numa viagem de pesca falando sobre antigas namoradas. Será que Eric contou a ele daquela noite em que enchemos a cara de uísque escocês — ele já tinha bom gosto mesmo naquela época — e dormimos juntos na praia?

Infelizmente, Tom, como a maioria dos homens, não é telepata. E, em vez de responder à minha pergunta não formulada, ele diz:

— Precisa de mais alguma coisa? Você vai chegar bem em casa?

— É claro — falo, tentando soar de novo como a Hallie confiante e serena que era na faculdade. Na verdade, a Hallie confiante e serena que eu era até poucas semanas atrás.

Tento não fazer uma careta enquanto manobro para sair do jipe alto e aterrisso no meu tornozelo dolorido.

— Ouça, você salvou a minha vida — digo ao Tom. — Não tenho como agradecer o suficiente.

— Sem problema. Mas, se eu fosse você, compraria um Benadryl a caminho de casa. Seu rosto não está parecendo muito bem.

A princípio, me sinto insultada, mas depois eu rio.

— Obrigada, doutor — falo. Claro, eu estou menos do que pronta para tirar uma foto no momento, mas este dia não foi tão ruim, afinal de contas. Perdi a batalha contra as vespas e a montanha, mas sobrevivi e estou aqui. Eu consegui. E, melhor do que tudo, agora posso ir para casa.

Tom acena e vai embora e eu enfio a mão no bolso do casaco à procura da chave do carro. Quando percebo que ela não está lá, remexo na minha mochila, retirando os itens um a um. Onde pode estar? Paro um instante para pensar racionalmente e então a vejo — trancada em segurança no banco da frente do Saab.

Eu suspiro. As aventuras estão só começando.

Capítulo 2

LIGO PARA O DEPARTAMENTO DE POLÍCIA LOCAL com meu celular, que agora está cooperando, para explicar o problema.

— Talvez vocês possam me dar o número do telefone de um chaveiro? — sugiro.

— Não se preocupe, senhora. Vamos mandar alguém — diz eficientemente o sargento de plantão.

Não deve haver muitos crimes em Cold Spring, porque, quase antes de eu desligar, três carros de bombeiro com as sirenes ligadas, dois carros de patrulha em alta velocidade e um policial montado descem pela estrada para me salvar. O bando, no entanto, não inclui uma ambulância, então acho que vou ter que comprar o Benadryl sozinha.

Quando anoitece, estou finalmente em casa. Jogo minhas roupas sujas no cesto e meus tênis sem salvação no lixo. De pé na frente da geladeira, como um resto de Nutella direto do pote. Penso que, quando agradecer à Emily por me empurrar para fora de casa, vou deixar de fora os detalhes menos espetaculares do meu dia de independência, tais como o fato de que para voltar para casa precisei de um homem generoso em um jipe e toda a equipe de resgate de Cold Spring.

Coloco os concertos para violoncelo de Vivaldi, enrolo um saco com gelo em volta do tornozelo e cuidadosamente deslizo o resto do meu corpo dolorido para dentro de um banho de banheira com essência de jasmim. Com o pé balançando na borda da banheira, ponho um saquinho de gel relaxante no rosto e passo os dedos pelas bolhas de espuma. Fechando os olhos, finalmente relaxo.

Quando, é claro, o telefone toca. Deve ser um dos meus filhos. Qualquer mãe sabe que, quando os filhos ligam da faculdade, deve-se atender imediatamente. Se não atender e tentar ligar cinco minutos depois, você vai parar no limbo da caixa postal — também conhecido como inferno das mães. Então, agarro as laterais da banheira, mantenho o tornozelo esticado à minha frente e tento me erguer. Consigo içar meu corpo para fora da banheira junto com mais ou menos 15 litros de água e aderno pelo chão de mármore de Carrara em direção ao telefone que toca no quarto.

— Alô — falo, ansiosa para conversar com um dos meus filhos.

Ouço um clique e então uma voz grossa de homem.

— Alô, Hallie Lawrence Pierpont? Sei que não estava esperando este telefonema, mas pode me dar um minuto do seu tempo?

— Não, não posso lhe dar um minuto do meu tempo — esbravejo zangada. Droga, saí da banheira por um atendente de telemarketing. — Não posso nem lhe dar um segundo do meu tempo — acrescento venenosamente, me preparando para bater o telefone.

Mas escuto uma risadinha.

— Você não mudou nada, Hallie. Ainda é tão sexy quanto antes?

Ah, Deus. Pode ser? Num reflexo, olho para meu corpo nu e faço o inventário. A barriga está bastante reta, os seios não estão caindo, mas as coxas são um pouco generosas. Começo a passar a mão pelos quadris. Espere um minuto. Estou falando com quem acho que estou falando?

— Me desculpe, mas eu o conheço? — pergunto timidamente.

— Você disse ao Tom Shepard que conhecia — ele diz com uma voz retumbante de barítono.

A água agora está escorrendo das minhas pernas para o antigo tapete persa do quarto. Começo a tremer incontrolavelmente, talvez não seja por causa do frio.

— Eric? — pergunto com a voz pequena.

— Sou eu. Espere um segundo — ele diz.

Ouço vozes abafadas ao fundo e depois Eric dizendo a alguém que está ocupado agora e que a ligação do embaixador vai ter que esperar. Ótimo. Há vinte anos que não falo com ele. Eu não deveria ter que esperar nem mais um minuto.

— Então — ele diz, retornando. — Como é que você anda?

Não tenho certeza a qual período ele se refere. Está falando desde que eu saí do carro do Tom ou desde a última vez em que o vi?

— Conte-me tudo — ele estimula.

Vejamos, eu definitivamente tive alguns pontos altos em minha vida pós-universidade. Fiz a Faculdade de Direito de Columbia, escrevi três artigos para uma publicação jurídica e defendi um caso diante da Suprema Corte. Tudo bem, a Suprema Corte estadual, mas abriu um precedente. Levei Adam e Emily para o jardim-de-infância, aulas de ginástica, treinos de futebol e para a formatura do ensino médio — tudo em uma semana só, parece. Aprendi a fazer pão de banana. Finalmente li *Ulisses*. E descobri qual registro fechar quando a máquina de lavar transborda.

Então, por onde começar?

— Tenho dois filhos maravilhosos — conto. — Tive um casamento maravilhoso até o desgraçado ir embora. — Respiro fundo. — E desde que Tom mencionou seu nome, passei o dia inteiro pensando em você.

Ah, não, acabei mesmo de dizer isso? Eu não pretendia dar em cima de ninguém. Fui casada por tanto tempo que parecia haver perdido meus seis segundos de censura — onde você pára para filtrar o que vai dizer antes de sair falando.

Obviamente, Eric não se importa.

— Só hoje pensou em mim? — ele pergunta sugestivamente.

Eu me pego sorrindo.

— Você pode ter cruzado o meu pensamento algumas outras vezes.

— Isso parece mais promissor — ele diz.

— Então, o que tem feito? — pergunto.

— O mais interessante é o que eu vou fazer no fim de semana que vem — ele fala, ignorando a pergunta e indo direto ao ponto. — Vou para Nova York. Acabei de comprar um novo *pied-à-terre* no andar 67 do Time Warner Center com uma vista de 280 graus.

— Que pena que não teve dinheiro para comprar uma de 360 graus — eu rio.

Há um silêncio do outro lado da linha. Aparentemente, toquei num ponto sensível.

— Já tinham sido todas compradas — ele diz, seco.

— Tenho certeza de que é bonito mesmo assim — falo apaziguadoramente. — Sei que é o novo endereço chique na cidade.

— Por que não vem vê-lo? — Eric diz. — Eu lhe mostrarei o meu apartamento e depois podemos ir jantar. Há dois restaurantes sensacionais no prédio. O Per Se é sempre bom. Ou o Masa. Você escolhe.

Eric não está morando exatamente em cima de um restaurante qualquer de entrega a domicílio. O Per Se é tão exclusivo que você precisa de uma cópia do seu relatório financeiro só para fazer uma reserva. Quanto ao Masa, duas pessoas não podem jantar lá por menos de 500 dólares. E é sushi. Eles nem cozinham o peixe.

— Eu adoraria. A que horas? — pergunto, surpresa por me ouvir concordar tão prontamente. Claramente o filtro ainda está desligado e eu vou sair com um homem.

— Mais ou menos na hora do jantar. Eu ligo para você quando chegar e você vem para cá.

— Beleza, está combinado. Quer dizer, a gente se vê — falo, corrigindo rapidamente o meu tom animado. Nós marcamos um encontro amoroso? Provavelmente não. Provavelmente Eric é casado e só está se encontrando com uma velha amiga para jantar.

— Ótimo — Eric diz.

Brinco com meu cabelo molhado por um momento, enrolando-o em volta do dedo.

— Antes de nos encontrarmos, você tem que me contar pelo menos alguma coisa sobre a sua vida. Onde você mora quando não está em Nova York? Você é casado? Você...

Estou começando a perguntar se ele tem filhos, quando percebo que vou ter que esperar para descobrir pessoalmente. Tendo cumprido sua missão, Eric desligara o telefone depois da palavra "ótimo".

* * *

No dia seguinte, meu tornozelo está melhor e meu rosto está quase de volta ao normal, ainda que, sinceramente, o inchaço pudesse ter suas vantagens. Pelo menos preenchia as rugas na minha testa. Eu podia voltar a trabalhar, mas já havia dito ao Arthur que iria tirar a semana. E tenho um plano para hoje. Meu novo lema: não fique zangada, vingue-se. Decidi que definitivamente me sentirei melhor se, em vez de ficar me remoendo, eu fizer algo abominável com o Bill.

Pego uma caixa de vídeos antigos no porão e puxo *O Clube das Desquitadas*. Depois de vinte minutos, desligo. Manso demais. Eu preciso é de *O Poderoso Chefão*. Que delícia pensar em Bill e Ashlee acordando com a cabeça de um cavalo morto na cama.

Entro na Internet, procuro "vingança" no Google e fico pasma ao ver que aparecem 10.432 websites. Claramente, há uma indústria de milhões de dólares sendo construída em cima da idéia de que, em vez de dar a outra face, você deve esbofetear alguém. Empresas virtuais disponibilizam presentes que a FTD nunca pensou em entregar — flores mortas, cocô de cachorro ou, para aqueles dispostos a esbanjar, bosta de vaca da Hereford's (entregue na porta, fresquinha e quente). Uma idéia me atrai. De acordo com o site, se eu enfiar camarão congelado dentro do suporte de cortina do apartamento da Ashlee, em duas semanas o fedor de peixe em decomposição tornaria o lugar impossível de ser habitado. Ela e o Bill poderiam contratar todos os fumigadores, exterminadores ou detetives particulares que quisessem, que ninguém jamais acharia a fonte.

Só de ler sobre essas vinganças parece já ter dado resultado. Posso ficar acima disso tudo por enquanto, sabendo que tenho opções a apenas um clique de distância. Além do mais, viver bem não é a melhor vingança? E, evidentemente, viver bem é o que eu vou fazer no fim de semana que vem. Per Se, Masa, Masa, Per Se. Quem sabe Eric eu possamos jantar em um e comer a sobremesa no outro e — bem, um último drinque no apartamento dele. Não, não vou fazer isso. Quer dizer, eu vou ao apartamento dele, mas não vou pensar no que pode acontecer. Duas décadas desde esse namoro e muita coisa mudou. Esqueça se ele é casado. E se ele for careca?

Antes do meu encontro com Eric, tenho outro compromisso em que pensar — a minha primeira festa como mulher solteira (apesar de que será que ainda posso inaugurar alguma coisa aos 44 anos, depois de mais de vinte anos de casamento e duas episiotomias?). Puxo o convite que recebi da minha vizinha Rosalie Reilly há duas semanas. Rosalie convidou todos os pais da turma de Emily no colégio para sua festinha e o bilhete, escrito à mão em caligrafia banhada a ouro, dizia: "Agora que nossos passarinhos voaram para longe, por favor venha à nossa Festa do Ninho Vazio!" O bilhete está dentro de um ninho de passarinho de ráfia feito à mão. Quem, além de crianças de 5 anos, pacientes de manicômio e mães solitárias tem tempo suficiente para trabalhos manuais?

Vou de carro até a casa de Rosalie porque há uma lei não-escrita nas áreas residenciais nobres de que não se deve caminhar, a não ser que você tenha um cachorro na outra ponta de uma coleira. Como ela mora na esquina, acabo estacionando praticamente na frente da minha casa.

Toco a campainha e aliso minha alegre saia de bolinhas; já que estou aqui, é melhor parecer animada. Estou armada com uma garrafa de Cabernet e uma boa desculpa.

— É tão bom ver você — diz Rosalie, beijando-me nas duas bochechas à porta. Ela entra e coloca o vinho no aparador do corredor, junto com uma fila de outra dúzia de garrafas de presente. Da próxima vez, vou pôr um "X" discreto no rótulo e ver quantas festas vai levar até que a garrafa retorne à minha casa.

— Onde está o Bill? — Rosalie pergunta.

— Está em Nova York esta noite — eu falo, sem mentir. Pois por que eu deveria dizer mais alguma coisa? Não estou pronta para todos os cacarejos de simpatia e os "ah, minha pobre querida" que minha história certamente vai provocar. Todo mundo vai se sentir mal por mim e vão até mesmo ser sinceros quando me oferecerem conselhos e nomes de advogados para o divórcio. Mas aí, amanhã vou ser o principal tema das fofocas durante o café.

Dirijo-me a um grupo de pais juntos de pé — todos mães e pais de amigos que a Emily fez no ensino médio. Depois que os alunos destinados à Ivy League se enturmaram, os adultos também viraram uma turma. Olho em volta e percebo que todos os adultos na festa estão agrupados de acordo com os talentos de seus filhos. Os pais dos alunos que atuaram nas peças do colégio estão perto do bar, gesticulando teatralmente uns para os outros. Os pais dos atletas estão bebendo cerveja na cozinha e se socando amigavelmente. E aqueles cujas crias eram os maconheiros da escola estão reunidos de forma suspeita lá fora no jardim, fazendo sabe-lá-Deus-o-quê. Apertando um e falando sobre reabilitação?

— Oi, Hallie — diz o coro dos pais com inclinações acadêmicas quando eu me junto ao círculo. Nós todos nos beijamos.

— Onde está o Bill? — pergunta Steff Rothchild (mãe do Devon, agora estudando na Cornell).

— É, onde está o Bill? — ecoa Amanda Michaels-Locke (mãe dos gêmeos Michael e Michaela, matriculados em Princeton e Hofstra. Michaela teve um último ano difícil).

— O Bill, é mesmo. Não o vi no nosso trem de 7h42 de sempre esta semana — intromete-se Jennifer Morton (mãe de Rory, na Duke).

Bill, Bill, Bill. É essa a conversa que os pais intelectuais oferecem? Talvez eu vá para a varanda.

— Está em Nova York — digo tão alegremente quanto consigo, quatro palavras que espero que me ajudem a atravessar a noite.

— Ah, trabalhando até tarde — cacareja Steff. Há um tom de crítica e ela nem sabe a verdadeira notícia. — Não pode deixar que ele faça isso. Quando os filhos se vão, maridos e esposas têm que ficar perto um do outro. — Presunçosamente, ela passa o braço pelo braço do marido, uma mulher que claramente desperdiça tardes demais assistindo ao Dr. Phil. Seu Richard dá um gole na vodca com tônica.

— É isso mesmo — Jennifer sussurra — Não queremos nossos homens à deriva.

O drink deve ter descido pelo lugar errado, porque Richard começa a tossir.

Um sorriso minúsculo cruza o rosto da Amanda, mas ela passa o braço em volta de mim.

— Então está tudo bem entre você e o Bill? — pergunta solicitamente. — Não está sentindo muita falta da Emily e do Adam?

— Estamos perfeitamente bem — minto.

Nesse exato instante, a ruiva Darlie aparece de sopetão, equilibrando-se em sandálias Jimmy Choo salto 10 e uma minisaia Gucci tão minúscula que provavelmente mal havia lugar para a etiqueta. Sua meia dúzia de pulseiras de ouro chacoalham no pulso e, de certa forma, seu colar de brilhantes não faz menos alarido. Mas nada a respeito de Darlie, a terceira esposa do rei da importação-exportação, Carl Borden, é sutil.

Tampouco seu motivo para se juntar a nós.

— Hallie, eu soube de você e Bill — ela grita tão estridentemente que o golden retriever de Rosalie, deitado num canto, gane de dor.

É imaginação minha ou a sala inteira pára para descobrir o que a querida Darlie tem a dizer?

— Abandonada, abandonada, abandonada — ela exclama, botando a mão em mim com tanta firmeza que suas garras carmins se enterram na carne do meu braço. — Não acredito que o Bill a deixou assim.

Agora, os pais que estavam agrupados de acordo com os talentos de seus filhos têm um interesse em comum. Eu. Todos se aproximam para ouvir o furo de reportagem.

— Do quê, em nome de Deus, você está falando? Bill só está trabalhando em Nova York — diz Steff. Não consigo decidir se ela está correndo em minha defesa ou estimulando Darlie a ir em frente.

— Eu sou a primeira a saber? — pergunta Darlie orgulhosamente, olhando em torno da sala. Ela balança a cabeça. — Bill foi embora e está morando com aquela Ashlee. Ashlee com dois "E". Fiquei horrorizada quando soube. Ela tem 28 anos. Pouco mais velha do que os seus filhos.

— Emily só tem 18 anos. Ashlee é cinqüenta por cento mais velha do que ela — digo na defensiva, mas por que estou tentando defender o Bill?

— Pode ser — diz Darlie, que não está ali para discutir equações matemáticas. Apesar de parecer gostar de geometria: quer continuar falando sobre triângulos.

— De qualquer modo, você não tem nada do que se envergonhar, Bill escolheu bem. Ashlee é linda com aqueles grandes olhos castanhos e o corpo perfeito que ela tem. Deus, aquele abdômen. Eu morreria por aquele abdômen.

Eu queria que a Darlie realmente morresse por aquele abdômen. Na verdade, agora seria um momento conveniente para isso. Eu devia ficar de boca fechada e me afastar, mas não consigo resistir.

— Cabelo louro esticado? — pergunto, tentando confirmar a imagem que me obcecou nas duas últimas semanas.

— Não, nada tão comum. Camadas curtas onduladas. Cabelos tão brilhantes e sedosos que Ashlee podia fazer um comercial da Herbal Essence.

Ah, sim, o comercial de xampu em que a modelo lava o cabelo e tem um orgasmo. Ashlee não podia parecer com aquela mulher do comercial de reposição de estrogênio? Aquela que não está tomando o remédio?

— Como você sabe de tudo isso? — pergunto humildemente.

— Ashlee é minha personal trainer na Equinox. Ela mencionou que estava tendo um casinho com um de seus clientes há algum tempo. Manteve os detalhes em segredo, mas finalmente me contou tudo semana passada. Juro, Hallie, me sinto tão dividida. Sabe que eu te adoro, mas a Ashlee é tão legal. Eu queria que ela encontrasse um homem para ela há muito tempo.

Eu também queria que ela encontrasse um homem para ela, em vez de um homem que tem uma família, dois filhos, um fícus, três peixes tropicais — e por acaso é casado comigo.

Aí a ficha cai. Meu presente de aniversário para o Bill no ano passado, para fazer com que se sentisse jovem de novo, foram dez sessões com um personal trainer na Equinox. Pelo visto, uma personal trainer com cabelos brilhantes, ondulados e orgásticos. Por que eu simplesmente não lhe comprei uma gravata na Lord & Taylor?

A multidão em torno de nós não pronunciou uma palavra desde que Darlie começou seu relato emocionante. Mas agora Steff solta:

— Não acredito nisso!

— Sim, é chocante — diz Amanda. — Imagine esse tipo de comportamento vindo do Bill.

— Esqueça o Bill — Steff fala — Richard acabou de assinar um contrato de um ano com a Equinox. Vou cancelar amanhã. Se quiser se exercitar, ele pode caminhar.

As outras mulheres no grupo assentem solenemente. Tenho a impressão de que a loja de materiais esportivos local vai vender todo o estoque de esteiras amanhã. Todas as esposas da cidade vão instalar uma academia em casa.

Na manhã seguinte, eu me pego do lado de fora da academia Equinox na rua 43, a apenas alguns quarteirões do escritório de Bill. Não sei bem como cheguei ali. Se alguma coisa horrível acontecer com a Ashlee quando eu entrar, vou pôr a culpa no meu estado mental confuso. As pessoas são absolvidas de homicídio por comerem Twinkies ou tomarem Zoloft, portanto, depois das informações que obtive da Darlie na noite passada, posso certamente alegar síndrome de estresse pós-traumático. Não que vá precisar de uma defesa complicada. Ponha três mulheres casadas no júri e eu estou livre.

Já posso visualizar o assassinato sangrento que vou cometer. No momento em que eu ficar cara a cara com Ashlee, vou puxar uma pistola prateada brilhante da minha bolsa. Não, espere, esqueci que sou contra a violência. Nunca segurei uma arma em toda a minha vida. Não saberia a diferença entre uma Beretta e um pregador de cabelo, e nunca ando com nenhum dos dois. (Podem me chamar de hipócrita — acredito em controle de armas, mas não em controle de cabelos.) Futuco dentro da bolsa. Nenhuma tesoura, pinça, nenhuma lixa de metal. Eu poderia entrar em qualquer avião do país. O melhor que posso fazer é atacar Ashlee com minha lixa de papelão. Tudo bem, vou estragar as unhas dela.

Lá dentro, olho para o cara bombado com cabelo escovinha atrás da mesa de recepção esperando que eu mostre meu cartão de sócia.

— Oi, estou aqui para matar a Ashlee. Sabe me dizer onde ela está?

Graças a Deus eu só penso isso. Não digo em voz alta.

— Posso ajudá-la? — ele pergunta, flexionando os bíceps casualmente quando eu continuo de pé ali, calada.

Pensando bem, não quero matar Ashlee com as minhas próprias mãos, quero?

— Sim, sim, você pode. Quer ganhar um dinheiro extra? Preciso contratar um matador.

Tenho quase certeza de que também não falei isso em voz alta.

— Eu gostaria de ver... a academia — digo, me contendo antes de mencionar que estou ali para ver uma certa personal trainer de cabelos sedosos e ladra de maridos.

— Ótimo — ele diz animadamente, mostrando o sorriso perfeito clareado a laser. — Está com sorte. Se fizer a matrícula hoje, posso lhe oferecer um pacote incrível, vinte por cento de desconto na taxa de adesão, 18 por cento no valor mensal durante um ano e 12 por cento no segundo ano. Mais duas vitaminas grátis.

— Agora não — digo. Mesmo que quisesse me matricular, eu precisaria que o presidente do Citibank, ou pelo menos Suze Orman, avaliasse esse negócio.

— Mas é uma promoção muito boa — diz o garoto bombado, balançando a cabeça. — Só vale até o meio-dia. Não quero que perca a chance. Você parece ser uma mulher muito bacana. — Ele põe a mão significativamente em cima da minha.

Então Ashlee não é a única por aqui que seduz os clientes. Acho que, com toda a concorrência por clientes, as academias têm que fazer mais do que oferecer um grill George Foreman para você se matricular.

— Na verdade, eu esperava poder fazer uma aula de teste hoje — digo, pensando que essa academia já me custou muito.

— Sem problema — ele fala, preenchendo rapidamente um passe e entregando-o para mim.

Abro a boca para perguntar onde posso encontrar Ashlee, mas por algum motivo não pergunto. Ou não agüento materializá-la ou estou tentando encobrir meus rastros. Se ela vai acabar morta hoje, não quero que a trilha leve até mim.

Entro no vestiário para pôr minha roupa de ginástica. Posso praticamente ouvir o promotor se aproveitando dessa escorregada. Como pensei em trazer roupas de ginástica, ele vai aumentar a acusação para homicídio premeditado.

Puxo uma camiseta branca de algodão e sacudo o cabelo. Não, eu não vou realmente atacá-la. Sou advogada, minha arma é o raciocínio. Vou continuar calma e racional e explicar por que isso é um mau negócio para todo mundo. Todos perdem. Mesmo que a Ashlee não esteja preocupada por destruir a minha família, posso argumentar que isso é um erro terrível do ponto de vista dela. Ela quer mesmo um homem cuja idéia de boa mesa é um prato de pipoca? Está pronta para uma vida inteira de presentes de aniversário de casamento da Home Depot? É uma jovem com o futuro todo pela frente. Não precisa de um coroa casado que ronca, toma Lipitor e sente dor nas costas ao levar o lixo para fora. Que lista. Pensando bem, talvez eu também não precise dele.

Subitamente cheia de coragem, me dirijo a uma jovem funcionária da Equinox que está guardando seu equipamento em um armário.

— Sabe onde posso encontrar uma personal trainer chamada Ashlee? — pergunto.

— Claro, está bem ali — ela diz, apontando para uma área separada por uma cortina.

Jogo os ombros para trás, ergo o queixo e vou em frente com a grande confiança que uso no tribunal. Se algum dia eu tive que vencer uma causa, foi essa.

— Ashlee? — chamo, a voz firme e amistosa.

— Sou eu. Só um segundo.

— Não tenho pressa — falo tentando controlar minha respiração, que de repente está acelerada demais. Sério, não tenho pressa. Será que quero esse confronto? O que eu estava pensando?

De repente, a cortina é puxada para trás e eu vejo os cabelos ondulados e sedosos. É Ashlee, em carne e osso. Definitivamente em carne. Ela é para cima, toda sorrisos e está completamente nua. Perfeitamente, eu quis dizer. Sua pele é lisa, os seios são empinados e — não que eu esteja olhando — ela depila quase tudo.

— Está me procurando? — ela pergunta alegremente. — Eu ia entrar no chuveiro agora.

Tento responder, mas estou sem fala. Não importa que eu seja sábia, madura e vá lhe dizer como cuidar da sua vida. Neste momento, quero me virar e sair correndo. Mas o mínimo que posso fazer é tornar a situação real para Ashlee. Enfio a mão na bolsa e, com um floreio, pego a foto de família que carrego na minha carteira. Não o retrato posado, mas a foto de todos nós brincando na praia em Nantucket, no verão passado. Olhando direto para Ashlee, eu a puxo e entrego.

— Tome — digo. — É nisso que você devia pensar quando está com um homem casado.

Ashlee olha longamente para o que eu lhe dei. Ela parece confusa e então me devolve.

— Ouça, não sei quem você é, mas eu realmente tenho que tomar banho. Obrigada por me mostrar isso. Até mais. — Ela dá meia-volta sem se abalar, seu cabelo balançando, seus quadris balançando e, droga, suas coxas sem celulite não balançando.

Estou surpresa com sua compostura. Nenhuma reação? Como ela é fria. Olho para o que estou segurando e, em vez de ver nossa família brincando, estou cara a cara com uma logomarca brilhante. MEMBRO DO SAM'S CLUB nº 4555683310967. Engulo em seco. Foi isso que entreguei a ela?

Mortificada, enfio o cartão de volta na bolsa, ao lado da foto que eu pretendia mostrar. Hoje à noite no jantar, Ashlee vai regalar Bill com sua história sobre uma mulher maluca na academia que estava mostrando seu cartão do Sam's Club.

Corrijo minha postura, tentando recuperar alguma autoridade. Sacudo meu dedo no ar depois dela ter se retirado.

— Nunca se esqueça, Ashlee — grito. — Eu compro com desconto.

Capítulo 3

SAIO CORRENDO DA EQUINOX, sentindo-me uma idiota. Quero rastejar para dentro de um buraco e desaparecer. Ou pelo menos rastejar para a minha cama e me esconder debaixo das cobertas. Mas já passei tempo demais lá e só o que tenho para ver são muitas migalhas de biscoito entre os lençóis.

Mas o que mais posso fazer? É óbvio que não estou pronta para ser parte do mundo civilizado. Não que este mundo, particularmente a esquina em que o Bill mora, pareça muito civilizado no momento. Não acredito que disse ao Eric que o encontraria. O que me fez pensar que eu poderia sobreviver a uma noite com um homem, qualquer homem? Agi como uma debilóide com Ashlee e vou fazer a mesma coisa com Eric. Tenho que cancelar.

Caminho por algum tempo e então paro na esquina da Quinta Avenida com a rua 5, hesitando. Ir para casa ou ir em frente?

Bill encontrou alguém mais jovem, mais bonita e mais depilada do que eu. (Na verdade, qualquer mulher seria mais bem depilada, já que eu nunca depilei a minha.) A pior coisa que podia acontecer com uma mulher da minha idade, certo? Mas talvez exista outra forma de encarar isso. Como é a expressão que diz que quando uma porta se fecha, uma janela se abre? Talvez eu deva começar a procurar por janelas abertas. E, Deus que me perdoe, se elas estiverem bem fechadas, eu mesma vou tentar abri-las.

Eu não queria terminar esse casamento. Eu era feliz — ou pensava que era. Mas ele se foi e não posso voltar atrás. Só o que posso fazer é ir em frente. E que lugar melhor para começar do que com alguém que eu já conheço?

Sigo até a Saks para me preparar para meu encontro/meu compromisso/minha noite — o que quer que seja — com meu ex-namorado, Eric. Talvez a Ashlee seja bonita nua, mas eu estou determinada a ficar bonita vestida.

Dirijo-me ao departamento de grifes no 4º andar e pego vários pares de sapatos para experimentar, todos acima de 300 dólares. Que se danem as compras com desconto. Se finalmente tenho algo para esperar ansiosamente, vou fazer direito. Além do mais, comprar sapatos no saldão nunca dá certo.

— Esse par, definitivamente — diz o vendedor gay de cabelo espetado, depois de eu ter experimentado todos eles e estar de volta ao par número 2. Ele gira os quadris e passa o braço pelos meus ombros.

São sapatos "me foda" absolutamente fantásticos.

Paro em frente ao espelho, contemplando os sapatos sexy abertos na frente e de tira no calcanhar Christian Louboutin que têm tufinhos de penas (que com certeza vão cair) roçando no peito do pé. Sapatos "me foda"? Não sei direito o que estou esperando da minha noite com Eric, mas definitivamente não é isso.

Por outro lado, eles são divinos. Me foda, não me foda. Que se dane, vou comprá-los.

Será que estou tentando impressionar Eric? Nunca fiz isso naquela época. Naquele tempo, eu achava que Eric era engraçado, inteligente, sexy e romântico — mas eu sabia que eu também era. Quando ele foi para a faculdade de administração em Stanford, eu ainda estava no último ano da faculdade e não sonharia em transferir meu curso para o outro lado do país para seguir um homem. Além do mais, os 5 mil quilômetros entre nós me deram uma boa desculpa. Sim, eu o adorava, mas no fundo do meu coração queria ter novas experiências. Como você pode escolher o primeiro cara que ama para passar o resto da sua vida?

Eric voltou ao meu pensamento nesses anos. Eu soube que ele era um grande sucesso e às vezes imaginava que, se tivesse me casado com ele, minha vida seria cheia de festas sem fim e viagens glamourosas pelo mundo. Eu me via hospedada em hotéis cinco estrelas em Veneza ou pedindo suntuosos cafés-da-manhã com champanhe no quarto em Cannes, em vez de (com Bill) andar até a cafeteria do outro lado da rua para sentir o clima local. Clima local o escambau. Meu marido era um pão-duro.

Sexta-feira de manhã, sapatos separados, começo a pensar a que horas devo me vestir. Eric disse que íamos nos encontrar para jantar, mas não sei a que horas ele come. Quando meus filhos eram pequenos, o jantar era às 17h, mas se Eric passou muito tempo na Europa, ele pode pensar que o jantar é às 23h. É melhor me garantir: almoçar tarde mas me arrumar cedo.

Por volta das 16h, pulo no chuveiro e então começo o raro (para mim) processo de colocar mais do que batom e blush. Quase nunca maquio os olhos, mas esta noite eu bem que posso arriscar. Na penteadeira do meu banheiro, desencavo um tubo ressecado de rímel Maybelline preto de 4,99 dólares, comprado em 2001. Não parece promissor. No banheiro de Emily, encontro uma embalagem elegante de Lancôme Définicils Long Lash Extra-Volume azul-escuro que ela deixou para trás. Definitivamente mais novo e de melhor qualidade. Então, será que eu uso meu Maybelline velho e endurecido ou cometo o absurdo definitivo das revistas femininas — usar o rímel de outra pessoa? Bem, Emily é minha filha e todo mundo sempre diz que ela tem os meus olhos, então eu também posso ter seus cílios.

Em uma hora, coloquei todas as maquiagens que consegui encontrar e passo para a parte "o que vestir". Escolho calças pretas porque elas me fazem parecer magra e não vai parecer que estou me esforçando demais. O que usar em cima? Meu suéter de cashmere amarelo-claro é bonito, mas e se estiver quente no restaurante? Pego a blusa cor-de-rosa transparente, que é uma graça — mas transparente demais? Coloco-a de volta no armário. Ao seu lado está a de cetim preto, que é muito Nova York chique. E, toda de preto, estarei preparada para qualquer festa no SoHo ou enterro de última hora.

Dou um suspiro. Eric não ligou, então não tenho que decidir neste minuto. Ando pela casa de calças pretas, sapatos me foda, não me foda de 300 dólares e meu sutiã de renda Lejaby. Olho para o relógio: 18h15. Eu esperava já ter tido notícias dele a essa altura. Que bobeira a minha não ter pego seu telefone para poder ligar para ele. Talvez o avião estivesse atrasado, apesar de eu não saber nem de onde ele está vindo. Ele pode estar atravessando o Hudson de caiaque, pelo que sei.

Sento-me à minha mesa, resolvendo trabalhar um pouco. Olho para um artigo num período jurídico, mas as palavras ficam embaçadas diante dos meus olhos. A mesma coisa com um memorando do sócio sênior, Arthur. Pago algumas contas e respondo alguns e-mails.

São 19h30.

Isso é ridículo. Pego o telefone para ligar para informações, mas Eric não consta na lista e eu não sei o nome de sua empresa. Desligo e fico andando pela sala. Estou realmente sentada ao lado do telefone, esperando um homem ligar? Eu não fazia isso nem quando tinha 16 anos. Sou uma mulher adulta e bem-sucedida e aqui estou eu, vagando de sutiã de renda, ficando mais ansiosa a cada minuto. O que é que transforma todas as mulheres em adolescentes quando estão prestes a sair para um encontro amoroso? E eu nem sei se é um encontro amoroso.

Estou faminta, então vou lá para baixo comer um iogurte diet. De alguma maneira, minha colher vai parar nos quatro litros de sorvete de calda de café e chocolate. Então eu não vou comer sobremesa no jantar. De qualquer jeito, será que os docinhos japoneses do Masa são bons?

Masa. Per Se. Eric deve ter feito reserva em um dos dois. Finalmente, uma idéia construtiva me ocorre. Vou ligar para eles e descobrir a que horas somos esperados.

Mas me dou mal com as duas ligações.

— Sinto muito, senhora, nossa lista de clientes é confidencial — diz o frio maître d' que atende no Masa. — Não posso revelar essa informação.

No Per Se, sou transferida três vezes, mas obtenho o mesmo resultado. Quem diria que restaurantes eram mais sigilosos do que a CIA? Parecia que eu estava pedindo os ingredientes secretos da Kentucky Fried Chicken.

Sem poder fazer nada, desligo e repasso a conversa com Eric na cabeça. Ele definitivamente me disse que me ligaria por volta da hora do jantar. E ele estava chegando este fim de semana. Ah, merda. Por que presumi que "fim de semana" significava sexta-feira?

E estou certa. Quando Eric liga, estou ferrada no sono e são 2 da manhã, o que faz com que seja oficialmente sábado. Ainda vestida, devo ter adormecido na aconchegante poltrona do meu quarto, lendo *Quando coisas ruins acontecem à mulheres bem-casadas.*

— Hallie, é o Eric. Sinto muito ter me atrasado — ele diz quando atendo meio grogue. — Meu piloto não apareceu e tive que esperar duas horas por outro.

— Que frustrante para você — eu falo, tentando sentir alguma solidariedade pelas angústias de um proprietário de um avião particular.

— De qualquer modo, acabo de chegar de Londres. Você mora na Oak Street, 21, certo? — ele pergunta.

— Vinte e sete — digo automaticamente. Levanto-me e atravesso o quarto com o telefone sem fio, tentando me espreguiçar da minha soneca fora da cama.

— Ah, agora eu posso vê-la — ele fala.

Olho em volta do quarto, meio esperando que Eric pule de dentro do closet, e não estou tão enganada assim. Vou até a janela e espio através da escuridão. Debaixo do poste, vejo a silhueta de uma longa limusine preta, encostando em frente à minha casa.

— Belo sutiã — Eric diz alegremente. — É novo?

Olho para baixo e me dou conta de que ele deve estar dentro do carro, olhando para as luzes brilhantes do meu quarto. Instintivamente, jogo os ombros para trás — e então rapidamente procuro o puxador da cortina. Eu a puxo tão rápido que ela despenca em cima da minha cabeça.

— Você está bem? — Eric pergunta.

O desgraçado do Bill. Eu lhe disse há meses que a cortina estava frouxa. Posso pedir ao Eric para consertá-la? Ou talvez ao seu motorista, piloto, caseiro, mordomo ou faz-tudo. Ou esposa. Lembre-se, ele pode ter uma esposa.

— Estou bem. Mas ouça, eu já jantei esta noite. E já passa das 2 da manhã. Que tal se eu for encontrá-lo amanhã? Almoço, jantar, estou livre para qualquer um dos dois.

— Mas eu não estou. Mudança de planos. Achei que estaria aqui o fim de semana todo, mas tenho que viajar amanhã para fechar um negócio nas Bermudas.

— Vai comprar shorts? — pergunto brincando.

— Não, é uma transação internacional — e aí, ele faz uma pausa. — Está bem, entendi. Bermudas. Shorts. Muito engraçado, Hallie. — Ele ri. — Desça. Eu quero vê-la. E venha rápido, não ache que precisa vestir uma blusa só por minha causa.

Eu me pego sorrindo e agarro a blusa cor-de-rosa transparente. Afinal de contas, ele já viu o meu sutiã.

Quando saio para a varanda fria e escura, vejo Eric encostado na limusine, braços cruzados, um grande sorriso espalhado pelo rosto. Sinto-me autoconfiante enquanto desço cuidadosamente os degraus e atravesso a entrada comprida, consciente de que Eric está observando todos os meus movimentos. Graças a Deus pelos sapatos sexy. Desde que eu não tropece, eles realmente acrescentam um reboladinho ao meu andar.

Em vez de me preocupar com a impressão que estou causando, decido me concentrar no lindo homem à minha frente. E ele ainda é lindo. Se já se passaram vinte anos, não sei para onde eles foram.

Seu cabelo espesso ainda cai como o de um menino por cima da testa e seu corpo forte parece tão esguio e musculoso quanto quando ele era capitão da equipe de remo. Da última vez em que o vi, ele não estava usando um terno risca-de-giz perfeitamente cortado com punhos franceses saindo um pouquinho para fora das mangas, mas seus traços lindamente esculpidos são ressaltados pelo sorriso torto e divertido que me ganhou da primeira vez.

— Você deve ser o Eric — falo, esticando a mão com uma risadinha.

— E você não mudou nada — ele diz, me puxando em sua direção e me beijando de leve na bochecha.

Ele abre a porta do carro e nós deslizamos para o banco de trás da limusine. O motorista me dá um olá rápido antes de fechar a janela de vidro que o separa do compartimento de passageiros e se afastar do meio-fio. Eric pega a minha mão. Será que eu realmente não mudei ou simplesmente sempre serei a mesma aos seus olhos? Que romântico. Ou talvez ele só seja vaidoso demais para colocar os óculos.

No carro, Eric me conta sobre seus vários acordos de negócios, que parecem incluir transações de commodities e finanças internacionais. No caso de não ter demonstrado o quanto é bem-sucedido com sua limusine, avião particular e apartamento de cobertura, Eric anuncia que apareceu recentemente na *Forbes*.

— Por acaso você viu? — pergunta.

— O seu amigo Tom Shepard mencionou alguma coisa, mas nunca cheguei a ler a matéria.

— Olhe só — ele diz, puxando uma cópia plastificada do artigo da revista *Forbes* que por acaso tinha no banco de trás.

Eu gostaria de saber o que diz. Eu definitivamente gostaria de saber o que diz. Mas sou tão vaidosa quanto Eric. De jeito nenhum vou colocar meus óculos de leitura na frente dele para descobrir. Na verdade, já procurei no Google os cardápios do Per Se e do Masa e fiz minhas escolhas, só para evitar essa exata situação.

— Está tão escuro, por que você não lê para mim? — arrulho.

— A grande manchete é que eu sou o 277.

Eu sei que essa não é a idade dele. Certamente não é seu peso. E espero que não seja seu colesterol. Será que todos os homens que eu conheço têm que tomar Lipitor?

— Você é o 277 o quê?

— Da lista.

Não me ocorre imediatamente de que lista ele está falando.

— Não se preocupe. Você é o número 1 para mim — eu digo.

Ele ri.

— O número 1 é o Bill Gates. Ou algum príncipe saudita. Eu me saí bem, mas ainda não estou competindo com eles.

Ah, uma lista de caras ricos. Acho que 277 é bastante impressionante. Definitivamente melhor do que a posição em que eu ficaria. Fiquei orgulhosa quando abri a correspondência ontem e encontrei um cartão Discover pré-aprovado.

— Então acho que foi bom você e eu não termos continuado juntos — digo. — Comigo por perto, você jamais teria chegado aos primeiros 300.

Eu pretendia que a piada fosse autodepreciativa, mas Eric virou o jogo.

— Você tem razão. Estaríamos nos divertindo demais para que eu me concentrasse no trabalho. Todo aquele sexo. Ei, por essa chance, eu estaria disposto a desistir completamente da lista.

— Nós fizemos muito sexo naquela época. — Eu rio.

— Ainda tenho o cofre de porquinho de cerâmica azul. Você se lembra? — ele pergunta, como se eu pudesse esquecer. — Um centavo pela fenda cada vez que fazíamos amor. Mal consigo levantar o negócio, é tão pesado. Acho que nosso recorde em um dia só foi de 50 centavos.

— Vinte e quatro horas estelares — falo, sorrindo.

— Todo aquele dinheiro parado. É o único investimento que já fiz que não continuou crescendo. Mas acho que vai acabar dando lucro.

— Pode usar a minha metade para comprar um bilhete de loteria — provoco, apesar de estar imaginando se o investimento que ele fez foi em mim. E como ele espera que dê lucro.

— Teve algum outro dia de 50 centavos? — ele pergunta, pegando a minha mão e passando os dedos distraidamente pela palma.

— Tive anos de 50 centavos. — Eu suspiro. — Se tivesse sido casado, conheceria isso.

— Fui casado três vezes, apesar de estar solteiro no momento — Eric diz apressadamente.

Três vezes? Obviamente ele não é avesso a compromisso, só a mantê-lo.

— O que houve com os seus casamentos? Alguns meses de 50 centavos e você vai embora?

— Não, é só que eu sempre tenho uma amante.

— Eric! — engasgo.

Ele ri.

— Trabalho. Minha amante era o meu trabalho. Requer mais tempo do que qualquer mulher. E mais tempo do que qualquer mulher pode aturar. — Então ele sorri e pisca para mim. — Além disso, minha querida, ninguém jamais superou os seus encantos. Apesar de eu dizer que cada uma das minhas esposas me fazia lembrar um pouco de você.

— Isso é um elogio? — pergunto. — Elas tinham um metro e meio e cabelo castanho ondulado? Olhos cinza-esverdeados? Ou será que todas tinham 19 anos, como eu tinha quando estávamos juntos?

— Todas as alternativas acima — Eric diz, rindo.

Ter um chofer é definitivamente o melhor modo de viajar. Já estamos em Manhattan e eu não tive que pagar por uma passagem de trem ou me sentar ao lado de um homem de negócios cheio de cerveja no metrô. Encostamos na frente da entrada do edifício Time Warner e Eric pula para fora antes que o motorista possa dar a volta e abrir a porta. Olho para fora da janela do carro, torcendo o pescoço para cima na direção do imenso prédio de vidro verde. Apesar da hora, a rua está alvoroçada com os freqüentadores tardios das boates, conversando alegremente enquanto entram e saem dos táxis.

Eric abre a minha porta e estende a mão. Quando entrei no carro meia hora atrás, não me concentrei realmente em para onde estávamos indo, mas obviamente vamos subir. São quase 3h da manhã. Os restaurantes não podem estar abertos ainda. Pego a mão de Eric, atravesso o saguão e entro no elevador com ele. Quando passamos, o porteiro, dois atendentes do saguão, um recepcionista e o ascensorista assentem obsequiosamente e dizem "Boa noite, Sr. Richmond. É um prazer tê-lo de volta." Ninguém se dá o trabalho de olhar para mim. Sou obviamente uma visita passageira.

Ou uma vagabunda. Se Emily um dia fizesse algo assim, eu a mataria. Será que ela não sabe o que significa para um cara se você concorda em subir para ver seu apartamento a esta hora?

Mas consigo me convencer facilmente de que não há nada errado no que estou fazendo. Eric é solteiro e eu, aparentemente, também sou. Pelo menos de todas as maneiras que importam. Minha aliança foi embora e meu marido também — foi embora com outra mulher. Se Bill pode ter Ashlee, eu posso ter Eric. Ele nem conta. Já tenho essa marca no meu cinto.

Entramos em seu apartamento e eu engasgo. Mesmo antes de Eric acender as luzinhas escondidas no teto, a sala já está cintilando com o brilho da cidade. O resplendor da vista refletida em todos os lados nas janelas do teto ao chão é toda a decoração de que o aposento realmente precisa. Algum arquiteto de interiores tinha sido esperto o bastante para perceber que a parte difícil já havia sido feita e que seu trabalho era só não atrapalhar a vista fantástica. Sofás neutros baixos em cinzas suaves pousam em um discreto e elegante carpete bege. Uma mesa de centro de vidro ondulado quase desaparece, a não ser pela escultura esguia de Giacometti acomodada decorativamente em sua superfície. A única parede sem janela consegue se manter sozinha com um Picasso sutilmente espetacular.

Alguém devia saber que nós vínhamos, pois a mesa de aço escovado na sala de jantar está posta para dois. As velas já estão acesas e um prato generoso de caviar descansa dentro de uma tigela de prata cheia de gelo. Eric vai até à garrafa de Dom Perignon à espera, tira a rolha e enche duas taças, inclinando-se para me entregar uma.

Eu pego a taça e tomo um gole grande.

— Espere um minuto. Precisamos de um brinde — diz Eric, chegando mais perto. Ele ergue sua taça e a bate de leve contra a minha. — A você. A mim. Ao primeiro amor.

Agora eu trago a taça aos meus lábios, mas mal consigo engolir. O apartamento todo poderia ter saído de um filme, assim como esta cena. Será que tudo isso é só uma fantasia? Lembre-se, Hallie, você não vê esse homem há vinte anos.

— Sabe, você foi o meu primeiro amor — Eric diz enquanto nos sentamos em um sofá macio e ele serve um pouco do caviar com uma colher em um prato. Ele segura uma colherinha de beluga para mim. — E foi minha primeira amante. Fiquei ainda melhor de cama de lá para cá.

— Não sei se eu fiquei. Estive com o mesmo cara esse tempo todo, não sei se isso é um ponto a favor ou não.

Ele incha, claramente satisfeito consigo mesmo.

— Você só esteve comigo e com o Bill?

— Não só. Mas quase só — digo, contornando o assunto. Os homens não querem saber o número exato, de qualquer modo. Se quisessem, qual seria a resposta ideal? Mais do que dois (você tem experiência), mas menos do que cinco (você não é uma... bem, você sabe)? E quem é que vai admitir a verdade, especialmente se forem dois dígitos?

Inclino-me para a frente para provar a colher do Eric. Hmm, o caviar é bom. Passo a língua por cima dos meus lábios agora salgados e faço um barulho de sugar, tentando tirar a desobediente ova preta do meio dos meus dentes. Muito atraente. Quando Deus ou o general Mills vão inventar uma comida que você possa comer em segurança na frente de um homem? Tudo pinga, esfarela ou gruda nos seus molares.

Champanhe parece bastante seguro. Quando Eric pega uma bandeja de chateaubriand cortado bem fino de uma mesa ao lado, decido ficar com o champanhe. Ele enche minha taça pela segunda vez. Ou será a terceira? O que estou tentando fazer? Ser como uma daquelas universitárias que engole uma garrafa de tequila para depois poder dizer "eu não sabia o que estava fazendo" quando acaba dormindo com o cara?

Mais comida continua aparecendo, apesar de eu nunca ter visto ninguém trazendo. Eric deve ser tão rico que não tem só uma equipe de empregados, ele tem elfos.

Eric é tão encantador quanto eu me lembro e, conforme a noite — ou a manhã — avança, começo a relaxar. E não só por causa do champanhe. Sinto aquela mistura mágica de excitação nova e tranqüilidade. A conversa muda dos negócios recentes do Eric para velhas lembranças enquanto falamos de amigos quase esquecidos. Eric me diz que o lutador de luta greco-romana que adorava festas e que morava no andar de baixo em seu alojamento no primeiro ano agora é um missionário no Sudeste Asiático. Eu conto que o cara que ganhou o campeonato de quem bebia mais cerveja da universidade (15 latas em 57 minutos) agora é piloto da United Airlines.

— Mas ele não faz nenhum trajeto importante — gracejo.

Eric ri e joga um tomate cereja dentro da boca.

— As pessoas mudam, não é? — diz. Então ele me olha sério por um minuto. — Eu soube a respeito da sua irmã mais nova, por falar nisso. Faz tempo. Sinto muito.

— Obrigada. — Ele tocou num ponto sensível, mas engulo em seco e decido deixar passar. Determinada a mudar de assunto, rapidamente pergunto:

— Como está a sua mãe?

— Ela está ótima. Acabou de vender mais um de seus quadros. Nunca descobri quem pendura seus trabalhos na parede, mas ela faz sucesso em Boca Raton. Por falar nisso, ainda pergunta sobre você. Nunca me perdoou por eu não ter me casado com você.

— Uma mulher de bom gosto — digo, sentindo-me à vontade novamente. Então essa é a vantagem de um antigo namorado. Eu sinto aquele formigamento sexual do primeiro encontro, mas estou relaxada o bastante para tirar os sapatos e enroscar meus dedos nus no sofá. Aconchego-me um pouco mais perto e descanso a cabeça no ombro dele, respirando seu perfume sutil e delicioso.

— Você trocou de perfume. Sinto falta do Old Spice — digo, provocando. — Lembra-se? Você costumava voltar do treino de remo e, em vez de tomar uma ducha, se ensopava com aquilo.

Eric faz uma careta.

— Não é justo — ele fala, defendendo sua higiene de universitário de tanto-tempo-atrás. — Eu sempre botava desodorante primeiro.

— Eu sei. Um cheiro do qual nunca vou me esquecer. — Torço o nariz fingindo-me de horrorizada. — Ban foi banido da minha casa desde então.

— Agora eu uso L'Occitane, importado da França. Espero que aprove — ele diz colocando um braço em volta de mim e chegando mais perto.

Não sei se é a fascinação do momento (e o hidratante de 100 dólares) ou a atração do passado (e o relembrado Old Spice), mas ergo o queixo em direção ao Eric. E caso ele não saiba para que estou me inclinando, escorrego mais para perto e o beijo.

O beijo parece ter um efeito imediato porque sinto uma vibração forte entre nós. Eric abaixa o braço, escorregando a mão por cima do meu quadril em direção ao seu. A vibração se intensifica.

— Celular — Eric explica, afastando-se e pegando o Motorola do bolso. Ele olha para o número. — Tenho que atender.

Recosto-me, ligeiramente envergonhada. Sei que minha vida sexual com Bill havia diminuído de ritmo ultimamente, mas realmente não sei a diferença entre um vibracall de celular e uma reação?

Eric pulou de pé e está andando de um lado para o outro da sala, rosnando ordens para quem quer que esteja do outro lado da linha. Até onde eu entendi, não está contente com alguma coisa a ver com uma transação de suco de laranja no mercado de futuros. Pessoalmente, acho que o futuro está no mamão, mas Eric não está pedindo o meu conselho.

Ele fecha o telefone com força e volta para o sofá. Começa e acariciar meu rosto e passa um dedo pelos meus cabelos. Mas aí pula do sofá novamente.

— Me desculpe, Hallie, mas é melhor eu acompanhar esse problema ou vai continuar a me incomodar.

Bem, eu não vou deixar que me incomode. Pego um pouco mais de caviar enquanto ele coordena uma conferência por celular com quatro pessoas em três continentes. Levando em conta toda a atenção do Eric, o futuro do suco de laranja me parece seguro.

Ele finalmente volta para o sofá, mas ainda parece tenso.

— Quer uma massagem? — pergunto, esfregando seus ombros.

— Tenho uma idéia melhor. Estou precisando de outro beijo — ele diz, pegando meu rosto nas mãos e pressionando seus lábios contra os meus.

Ficamos abraçados por um longo tempo. Seus beijos são macios e quentes e suas mãos me acariciando parecem tão familiares quanto novas. Encosto-me em seu peito firme e o puxo bem para perto enquanto tanto o espaço quanto os anos entre nós se dissolvem.

O tempo em toda sua essência desaparece e, quando finalmente abro os olhos, vejo os primeiros raios de luz surgindo no céu escuro lá fora.

Eric respira suavemente na minha orelha e, quando meu corpo inteiro responde, ele pergunta carinhosamente:

— Quer ir para o meu quarto?

Eu hesito e vejo-o consultar o relógio por cima do meu ombro.

— Está com pouco tempo? — pergunto.

— Sempre — ele admite. — Mas não quero perder esta chance.

O telefone não toca, mas a campainha sim. Eric geme e se levanta.

— É só meu assistente Hamilton. Sempre começamos cedo.

Ele deixa entrar um sujeito de 30 anos com cara de nerd que está carregando uma pasta pesada.

— Bom dia, Sr. Richmond. Estou com aqueles documentos e podemos... — Hamilton faz uma pausa, percebendo a minha presença, e parece ligeiramente envergonhado, apesar de provavelmente eu não ser a primeira mulher que encontrou vagando pelo apartamento de Eric ao raiar do dia. Mas agora ele gagueja. — Estou interrompendo alguma coisa?

Eric olha para mim com um sorrisinho.

— Ainda não sei. Estávamos só negociando.

Hamilton desaparece discretamente para um quarto nos fundos que eu ainda não vi e Eric olha sedutoramente para mim e pega minha mão.

— Venha. Vamos botar mais um centavo no porquinho.

Eu sorrio recatadamente.

— Não no primeiro encontro. Você me conhece.

Eric balança a cabeça.

— Conheço, mas você não vai me fazer esperar seis meses de novo, vai? Isso não é um primeiro encontro de verdade.

De repente, sinto-me hesitante. A noite foi maravilhosa, mas talvez tenha ido até onde deve ir. Eric agora é um homem ocupado. Não sei se quero dar o próximo passo.

— Está de manhã e você tem muito o que fazer hoje — digo a ele. — Não vai viajar para as Bermudas?

Eric acaricia meu cabelo com uma das mãos e verifica seu BlackBerry com a outra.

— Venha comigo — ele diz enquanto checa suas mensagens. Eu aprecio um homem que sabe fazer múltiplas tarefas, mas será que ele tem que fazer isso enquanto tenta me seduzir? — Venha para as Bermudas esta tarde. Depois, eu vou para Londres. Acho que tenho uma viagem para Hong Kong depois disso. Pode ir comigo para onde quiser.

Um sorriso de compreensão atravessa o meu rosto. Ah, é. Eric já me disse que qualquer mulher vem depois do seu trabalho. Há duas décadas eu não estava disposta a segui-lo para o outro lado do país para a pós-graduação, provavelmente compreendendo já naquela época que suas prioridades e as minhas nunca seriam as mesmas. Talvez minha vida tivesse sido mais emocionante se eu tivesse ficado com ele, mas não teria sido a minha vida. Mesmo aos 20 anos, eu sabia que não queria viver na sombra de nenhum homem.

Eu me levanto e passo meus braços em volta dele. O sol do comecinho da manhã se espalhando pela sala está ficando mais forte e dou um longo beijo em Eric.

— Eu te amo — digo a ele, exuberantemente. — Eu realmente te amo.

— Então, vamos transar ou você vai comigo para as Bermudas? — ele pergunta, meio sem saber em que pé estamos.

— Nenhum dos dois — digo. — Definitivamente nenhum dos dois. Mas você ainda é sexy, engraçado e lindo. Exatamente como eu me lembrava.

— Então por que você não vai dormir comigo? — pergunta Eric, o homem que nunca deixa um negócio escapar por entre os dedos.

— Porque também me lembrei de algumas outras coisas.

Eric balança a cabeça e então sorri.

— Você vai voltar para mim, sabe. Talvez não esta noite. Mas vai voltar para mim.

— Incrivelmente confiante, não é? — rebato.

— A chave para o meu sucesso — ele diz, beijando-me mais uma vez.

Ponho meus saltos altos, dou-lhe um último abraço e me dirijo para a porta. Sou uma mulher solteira agora, tenho que ter cuidado de como gasto meus centavos.

Capítulo 4

QUANDO ESTOU SAINDO DO PRÉDIO DE ERIC, o porteiro que me ignorou quando cheguei me acompanha até a pesada porta de vidro e a abre para mim.

— Espero que tenha tido uma noite maravilhosa — ele fala.

— Melhor do que pode imaginar — digo, jogando a cabeça para trás e seguindo para a rua agora tranqüila.

Ele ergue uma sobrancelha, claramente registrando minha observação. Não me importo de lustrar a reputação de Eric e não menti. Foi uma noite maravilhosa, apesar de não da forma que o porteiro pensa. Só tive meu primeiro encontro depois de 21 anos e tudo saiu como eu queria. Estava charmosa e sexy e fui embora uma virgem. Só posso esperar que os encontros de Emily saiam do mesmo jeito. E só para provar que não sou machista, espero que os de Adam também.

Caminho para a manhã de Nova York me sentindo quase embriagada. Os festeiros das 3h da manhã finalmente foram para a cama e os homens de negócios e os lojistas ainda não começaram seu dia. Das 6h40 às 6h45 pode ser o único momento em que Nova York dorme.

Não estou pronta para ir para casa, então decido andar os poucos quarteirões até o meu escritório. Vou voltar oficialmente na segunda-feira, mas posso muito bem começar a organizar minha certamente transbordante mesa. Uma charrete passa trotando por mim e o motorista acena com o quepe.

— Bom dia, senhora. Precisa de transporte para atravessar o parque?

— Não, obrigada — digo automaticamente. E aí eu penso, por que não? Todos esses anos em Nova York e nunca esbanjei em uma carruagem. Claro, você devia fazer esse passeio romântico em sua primeira viagem a Manhattan ou com um homem que amasse, mas agora estou jogando pelas minhas próprias regras.

— Espere — grito antes que ele se distancie muito. O motorista pára de novo e eu subo na carruagem. Estou me acomodando no assento forrado de pele falsa quando meu celular toca.

— Alô — digo alegremente, por acaso esquecendo de olhar o número antes de atender.

— Oi.

Uma sílaba e meu bom humor desaparece. E eu não sou a única afetada. Como se tivesse ensaiado, a égua malhada pára bruscamente e faz seu cocô diário. Um comentário editorial apropriado. Bom cavalinho.

— Olá, Bill — respondo. Como é que ele por acaso me liga dez minutos depois de eu deixar o Eric? Ele captou alguma eletricidade no cosmo? Uma vibração há-mais-alguém-interessado-nela?

— Hallie, que bom que finalmente está falando comigo. Quer tomar café-da-manhã?

Será que "olá" realmente conta como falar com ele? Talvez dizer "Bill" tenha sido um pouco íntimo demais.

— Por que está me ligando às 7h da manhã? — pergunto friamente, esperando o momento certo.

— Queria pegá-la antes que fosse para o escritório — ele diz.

Faço uma pausa. É sábado de manhã e o primeiro dia em que eu chego a pensar em ir ao escritório e ele também sabia disso?

— Rápido, estou usando calças de que cor? — pergunto, testando até onde vai sua percepção extra-sensorial de marido.

— Preta — ele diz com segurança.

Eu suspiro. Essa foi fácil demais.

— Podemos comer panquecas — Bill fala, como se o chamariz de fritura empapada, gordurosa e cheia de carboidratos fosse me seduzir. E estou com fome, então seduz. Eu devia ter comido mais caviar na casa do Eric. Na verdade, eu sempre deveria comer mais caviar.

— Está bem — digo relutantemente. — Onde devemos nos encontrar?

— Café-da-manhã no Regency — ele responde.

— Sério? — pergunto, chocada com o fato de o meu marido ou ex-marido ou futuro-ex-marido ter escolhido um lugar chiquérrimo da cidade para tomar café-da-manhã.

— Só estou brincando. Há uma boa lanchonete na Nona com 55. Eu a vejo lá em dez minutos.

Ele desliga. Uma lanchonete. Que surpresa. Verifico meu rosto no espelho do pó compacto na bolsa e percebo com satisfação que a maquiagem dos meus olhos está intacta e que meu rosto ainda está corado por causa dos beijos de Eric. Olho para baixo e mexo os dedos do pé. Cuidado, Bill, porque eu estou pronta. Agora sei por que comprei esse salto-agulha. Acabou que são meus sapatos "foda-se".

Chego na lanchonete e Bill já está confortavelmente instalado em um reservado de couro vermelho, fazendo as palavras cruzadas do *New York Times*. As pistas ficam mais difíceis a cada dia e hoje é sábado e ele ainda está fazendo a porcaria do negócio com caneta. Costumávamos fazer as palavras cruzadas de domingo juntos e me reconforto um pouco ao perceber que ele vai sentir a minha falta todos os fins de semana. Sem chance de Ashlee saber a palavra de cinco letras para o porto sueco na frente de Copenhague: Malmö.

— Hallie! — ele diz alegremente. — Venha se sentar. Já pedi um café com leite desnatado e dois Splendas para você.

— Agora é só um — digo maliciosamente, escorregando no banco à sua frente.

— Você está ótima — ele fala, olhando para mim e me avaliando. — Mas essa blusa não é meio transparente para o trabalho?

— Eu me vesti ontem à noite — respondo provocadoramente.

Bill parece não saber o que pensar da minha observação.

— Pelo menos suas roupas não estão amassadas — diz, obviamente ainda despreparado para imaginar que eu possa ter passado a noite com outra pessoa. Ele estica a mão para passar os dedos pelo meu rosto. — Na verdade, você não está nada amassada. Em lugar nenhum.

Fico satisfeita com o elogio — e com o sucesso dos produtos antienvelhecimento da Victoria Principal comprados pela TV que agora uso diariamente — mas me afasto do seu toque.

— Me desculpe, companheiro. Você perdeu seu direito de me acariciar.

— Por quê? Vinte e um anos não contam para nada?

— Exatamente a minha pergunta — digo com uma rispidez na voz.

— Não vamos entrar nesse assunto — Bill fala, sacudindo a cabeça. — Eu só queria ver você. Não estou procurando briga hoje.

O que Bill e eu teríamos para brigar? Claro que o fato de ele estar comendo outra mulher não deveria causar nenhuma animosidade entre nós. Nem moramos mais juntos. Não posso reclamar por ele ter posto o termostato baixo demais ou ter usado o último rolo de papel higiênico e esquecido de pôr na lista de compras. Na verdade, acabei de comprar um pacote de 48 rolos só para mim. Nunca, nunca mais vou ter que me preocupar com papel higiênico de novo.

Sem se dar conta, Bill começa a conversar amigavelmente, como se fosse qualquer outra manhã de sábado, me contando sobre o ótimo filme que viu na outra noite e como seu saque no tênis melhorou. Eu bocejo audivelmente. Não estou nem aí se ele fez um ace contra Andre Agassi e Steffi Graf — e seu filhinho — todos ao mesmo tempo. Se é a Ashlee que acaricia o corpo do Bill, ela também pode ser quem afaga seu maldito ego.

O garçom traz meu omelete Ocidental, que pedi para mandar a mensagem para o Bill· de que ele não me conhece tão bem quanto pensa: eu não como mais panquecas. Mas os ovos estão com uma cara nojenta, e eu só os empurro pelo prato.

— Então, Bill, por que quis me encontrar? — pergunto, dando um gole no café com leite aguado.

— Não quero perder contato com você — e, tentando soar casual, ele acrescenta — Ah, e por falar nisso, lembro de você dizer que tinha ingressos para a temporada dos Knicks. Não falta muito tempo para o primeiro jogo, então achei que devíamos fazer alguns planos.

Olho para ele estupefata.

— Comprei esses ingressos para você e eu. Para nós.

— Bem, "nós" serve — ele diz jovialmente. — Podemos ir juntos. A Ashlee não vai se incomodar. Ela nem gosta de basquete.

Como uma garfada do omelete nojento e quase engasgo.

— "Nós" não serve — falo.

— Por que não?

Balanço a cabeça. Bill virou todo o meu universo de cabeça para baixo e está agindo como se não tivesse feito nada mais escandaloso do que mudar a poltrona da sala alguns centímetros para a esquerda. Será que ele não entende que sua escolha de ficar com Ashlee tem repercussões? Perder as cadeiras especiais para o jogo dos Knicks é o mínimo.

— Comprei aqueles ingressos como parte do meu plano para a vida-depois-que-as-crianças-se-fossem. Você fez um plano diferente.

Bill passa um guardanapo de papel nos lábios para limpar um pouco de xarope de bordo.

— Hallie, seja sensata. Ainda podemos fazer coisas juntos. Somos uma família e o fato de as crianças estarem na faculdade não muda isso.

Inesperadamente, eu me recosto e começo a rir. Estou ali numa lanchonete vagabunda na Nona Avenida, explicando para o meu companheiro neandertal por que ele não vai ver pessoalmente nenhuma cesta de três pontos nesta temporada. Só posso rezar para que Ashlee não tenha comprado o pacote da TV a cabo e que ele não possa ver os jogos pela TV também.

— Infelizmente, querido, você mudou a nossa família. Mas uma coisa não mudou. Ainda pode terminar o meu café-da-manhã. — Eu me levanto e empurro meu prato de omelete na direção dele.

— Obrigado — ele diz, pegando o garfo para comer e abrindo o que pensa ser um sorriso carismático. — Vai pelo menos pensar a respeito dos ingressos para os Knicks?

— Vou. — Sorrio generosamente porque é isso que normalmente faço. Eu tento fazer tudo dar certo. Eu tento ser gentil. Mas não hoje. — Vou pensar a respeito dos ingressos para os Knicks e você pensa sobre isso — falo docemente. Em um gesto ousado, passo a mão pela mesa, mandando ovos, café e meio copo de suco de laranja voando para o colo dele. Uma gota grande de ketchup cai bem no meio de sua camisa pólo branca. Culpa dele — quem é que põe ketchup nos ovos?

— EI! O que está fazendo? — Bill grita, pulando e batendo com o joelho na mesa. Espero que seja o joelho ruim.

Jogo a cabeça para trás com satisfação e marcho em direção à porta. Os websites estão certos quando dizem que a vingança é doce. E, neste caso, também é suja.

Quando chego ao meu escritório, passo dez minutos analisando documentos e então me deito exausta no sofá. Mas, por mais cansada que esteja, não posso dormir e fico olhando pela janela para a caixa d'água no telhado ao lado. Não é exatamente a vista de 14 milhões de dólares do edifício Time Warner (torre sul), mas neste escritório a minha propriedade passa por primeira classe. Se eu ficar no lugar exato e virar a cabeça na posição exata e o dia estiver particularmente bom, posso até conseguir ver um pouco do prédio da Chrysler.

Muita coisa havia acontecido nas últimas 24 horas mas, por alguma razão, uma frase fica se repetindo na minha cabeça. Fico ouvindo Eric dizer "Eu soube a respeito da sua irmã mais nova". Apesar de ela ser seis anos mais nova do que eu, eu adorava Amy e ela me idolatrava. Eu lia histórias para ela dormir, levava-a para a escola e a ajudei a aprender divisão com números grandes (por que as crianças da terceira série não podem usar calculadoras?). Estudando no meu quarto nas tardes ensolaradas, eu espiava pela janela e via minha agitada irmã caçula dando cambalhotas no quintal. Depois que fui para a faculdade, Amy me visitava com freqüência. Ríamos juntas no meu quarto no dormitório e eu a deixava conhecer todos os meus amigos.

Algo que eu nunca, jamais deveria ter feito.

Minha doce irmã Amy. Encantadora, engraçada, crédula Amy. Ainda posso ver seu rosto feliz naquele último dia. Amy nunca sonhou que eu não pudesse protegê-la. Eu jamais imaginei que nunca mais iria rir com a minha irmã novamente

Reviro-me no sofá, tentando encontrar uma posição confortável para dormir, mas continuo pensando em Amy. Não posso deixar o comentário de Eric me fazer reviver toda aquela noite horrível. Inquieta, dirijo-me à minha mesa para atacar as pilhas de documentos que se acumularam na minha ausência. Depois de algumas horas, meus olhos estão embaçados de tanto revisar depoimentos e, exausta, finalmente me deito e tiro um longo cochilo.

Quando acordo, o escritório está escuro e levo um momento para perceber que é sábado à noite e que não tenho nada para fazer. É claro que podia estar indo para as Bermudas com Eric em seu jatinho particular, então acho que a escolha é minha. Meu estômago está roncando e eu estou com fome. Jogar os ovos no Bill hoje de manhã foi muito satisfatório, mas não me saciou muito. Verifico o meu relógio e já passa das 8h. Vou até a mesa da minha assistente e folheio o caderno com cardápios de serviços de entrega que ela organizou tão bem. Comidas mexicana, chinesa, italiana, indiana, tailandesa, cambojana, libanesa e canadense. Cozinha canadense? Não estou a fim de bacon ou alce.

Fecho o caderno. De qualquer maneira, não quero ficar sentada ali sozinha em um escritório vazio num sábado à noite. Eu podia ir para casa e ver se chegaram meus DVDs novos da Netflix ou podia ser corajosa e jantar em um bom restaurante de Manhattan sozinha. Por que não?

Saio do escritório e ando uns poucos quarteirões até o Brasserie, onde não vou há anos. Uma multidão de gente bonita circula perto da entrada e eu acho que não vou destoar do ambiente. O maître conduz os grupos na minha frente até suas mesas e, quando chega a minha vez, a jovem recepcionista de pele orvalhada sorri distraidamente para mim.

— Por favor, chegue para o lado enquanto espera o resto do seu grupo chegar — ela diz gentilmente.

— Eu sou o resto do meu grupo — falo, tentando soar despreocupada.

Mas ela não entende e olha para mim de olhos arregalados. Como está de minissaia, é bonita e tem uns 23 anos, tenho certeza de que não lhe ocorre que alguém possa jantar sozinho.

Um homem grosseiro atrás de mim me empurra ligeiramente e grita para a moça.

— Com licença, linda. Estamos todos aqui. Grupo de quatro. Pode nos dar uma mesa?

— Certamente, senhor — ela diz, com mais cortesia do que ele merece, enquanto o passa para o maître. Aí, ela olha de novo para mim, sua cliente-problema.

— Só *uma*? Você está sozinha? — pergunta, incrédula.

— Mmm-hmmm — resmungo, tentando não chamar atenção.

— Totalmente sozinha? — ela pergunta. Sua voz é alta, então tenho certeza de que todo mundo pode ouvir e seu tom de voz sugere que, dada a minha situação patética, Sally Struthers pode querer me adotar.

Penso em explicar que tenho uma família, fui casada por um milhão de anos e acabei de dar uns beijos no meu ex-namorado. Mas, em vez disso, balanço a cabeça e suspiro profundamente.

— Você vem a este mundo sozinha e morre sozinha — falo solenemente.

Ela parece desnorteada. Clientes disputando mesas já inventaram vários argumentos persuasivos, mas o meu é original. Quem mais elevou comer um prato de filé com fritas à categoria de um enigma metafísico?

Impressionantemente, meu pronunciamento enfadonho funciona e, um momento depois, estou sendo escoltada até a minha mesa. Andamos em direção ao salão por uma escadaria larga iluminada teatralmente, feita para entradas dramáticas. Uma parede de monitores de vídeo passa todas as chegadas e os clientes do restaurante sabem que devem olhar de vez em quando para checar quem está vindo. A minha chegada realmente vai dar a todos algo do que falar. Celebridades, políticos e atores passam por ali o tempo todo, mas eu sou aquela grande raridade — Uma Mulher Sozinha.

E pelo resto da refeição, ninguém vai me deixar esquecer isso.

— Está esperando alguém? — pergunta o garçom, vindo encher meu copo de água.

— Estou esperando Godot.

Ele hesita.

— E quando o Sr. Godot vai chegar?

— Ah, eis a grande questões de Beckett. Não estamos todos esperando Godot?

O garçom dá de ombros. Ele só quer uma boa gorjeta e está um pouco preocupado de não consegui-la de mim.

Estou faminta e passo os olhos rapidamente pelo cardápio.

— Quero uma salada mista e costela de cordeiro — eu lhe digo.

— O cordeiro é preparado para duas pessoas — ele fala, apontando para as letras pequenas.

Isso explica o preço ridículo, mas eu quero de qualquer maneira, então só concordo com a cabeça e fecho o cardápio. O garçom olha em dúvida para o segundo lugar posto, mas decide deixá-lo. Quando se afasta apressado da mesa, percebo que não tenho nada para ler e nada para fazer a não ser olhar para os casais animados à minha volta. Chamo o garçom de volta e peço uma taça de Shiraz.

— Boa escolha — ele diz e eu sorrio, apreciando sua aprovação.

Como um grissini e observo curiosamente a cena que se passa no restaurante. Uma turba de solteiros bem-vestidos passeia pelo bar, procurando o par perfeito. O casal de 30 e poucos anos à minha esquerda está claramente no primeiro encontro. Ele está dando em cima dela e tentando impressioná-la, mas ela parece entediada e fica brincando com o pé da sua taça de martíni. Em algum momento, ele vai acabar percebendo que ela simplesmente não gostou muito dele. Balanço a cabeça, pensando em como eu odiaria estar saindo com estranhos novamente. Joguei esse jogo uma vez e, quando me casei com Bill, achei que tinha ganho. Mal sabia eu.

Se alguém tivesse me dito que vinte anos depois eu acabaria sozinha no Brasserie num sábado à noite, eu ainda escolheria Bill — o idiota duas-caras e autocentrado exigindo-entrada-para-os-Knicks que me deixou pela Ashlee com dois "e"? E, se não, com quem eu teria me casado?

Dou um golinho no meu Shiraz. Não quero ser muito arrogante a esse respeito, mas eu certamente tinha outras opções — e não só o Eric. Revejo as lembranças dos meus romances mais importantes e sinto uma certa alegria. Fico imaginando onde esses caras estão agora. Será que algum deles também estava sentado sozinho em algum restaurante esta noite?

O garçom retorna, curvado pelo peso de sua bandeja, e põe na mesa a maior costela de cordeiro que eu já vi. Ele dá uma olhada na cadeira ainda vazia à minha frente.

— Pode servir nós dois — falo aereamente.

O garçom não consegue se decidir se eu sou maluca ou se tenho um namorado lá fora fumando seu terceiro cigarro e amaldiçoando a lei do prefeito Bloomberg sobre restrição ao fumo em lugares fechados. Mas ele serve habilmente os dois pratos e afasta-se apressadamente.

Ataco meu saboroso cordeiro e, quando termino, ainda estou com fome. Alegremente troco meu prato pelo prato cheio do outro lado da mesa e continuo comendo. Às vezes esperar Godot tem suas vantagens.

Ter um plano também tem suas vantagens — e, sob a influência de um bom jantar e um bar com clima ruim, acho que elaborei um. Sinto um arrepio de excitação. Se o Eric me encontrou, por que não posso encontrar todos os meus ex-namorados? Não seriam encontros românticos, exatamente, só procurar pessoas que tinham sido importantes para mim — e que podiam ser importantes de novo. Remexo na minha bolsa e encontro uma caneta mas nenhum papel, então puxo o guardanapo de papel ligeiramente empapado de debaixo da taça de vinho. Escrevo o nome de Eric e dois outros, e desenho corações em volta deles. Então, mordendo a ponta da caneta, relutantemente escrevo mais um nome.

O que será que aconteceu com esses antigos namorados? Todos os homens com quem não casei? Pode ser a hora de descobrir.

Capítulo 5

SE TEM ALGO QUE ME CONVENCE da sanidade do meu plano, é minha noite de quarta-feira na ópera.

No minuto em que saímos do táxi em frente ao Lincoln Center, Bellini começa a puxar a frente de seu vestido e a levantar os lados do sutiã sem alças.

— Pelo amor de Deus, você está agindo como uma menina de 13 anos de idade em seu primeiro bar mitzvah — digo a ela.

Bellini, que foi criada em Cincinnati, não faz idéia do que eu estou falando. Ela provavelmente também nunca viu uma escultura de fígado picado.

— Você está aqui para me dar apoio — ela me lembra.

— O sutiã também — digo a ela. — Acho que nós dois a estamos deixando na mão.

Bellini revira os olhos. Quando me convidou para vir com ela a este evento há algum tempo atrás, explicou que eu seria sua amiga casada que facilitaria que ela conhecesse homens. Alguém com quem conversar no intervalo para ela não se sentir constrangida na noite do *Meet at the Met* no Metropolitan Opera — um evento em que ouvir Mozart fica em segundo plano em relação a encontrar seu futuro par.

Nenhuma das duas sabia que, quando esta noite chegasse, eu também estaria solteira.

— Lembre-se, não tem que ficar de lado se não quiser — diz Bellini. — Você está fantástica. Pode participar da caça. Na verdade, você deveria.

— De jeito nenhum — falo, pela décima segunda vez.

— Mas você foi ótima com o Eric — ela me faz lembrar. — Estou tão orgulhosa por estar se recuperando.

Bellini está certa. Estou me sentindo melhor. Mas esta não é a minha praia. Conforme entramos no saguão, percebo que o mundo dos encontros em Nova York é mais difícil do que eu pensava. Para começar, o lugar está cheio de mulheres lindamente vestidas e perfeitamente maquiadas — e muito poucos homens. Será que os homens de Manhattan deixavam de ir à ópera para ficarem sentados em casa bebendo cerveja e assistindo à terceira reprise do Campeonato Mundial de Pôquer?

— Pronta? — pergunta Bellini, apertando meu braço como se o tiro de partida estivesse prestes a ser disparado.

— Nunca vou estar pronta para isso. Mas mal posso esperar para ver você.

Bellini olha para a multidão, vê um homem atraente de pé no bar e, com sua despreocupação de Ohio, caminha casualmente até ele e apóia os cotovelos em cima do balcão de madeira polida.

— Vem sempre aqui? — pergunta corajosamente.

Seu alvo a olha com atenção e Bellini obviamente passa pelo primeiro obstáculo, porque ele decide que vale a pena responder.

— Não nos últimos 26 meses. Esta é uma espécie de festa de libertação para mim.

Ele apóia o pé na barra do bar e, quando a bainha de sua calça elegantemente cortada sobe, percebo uma jóia em seu tornozelo. Desde que Martha Stewart usou uma, as tornozeleiras se tornaram tão reconhecíveis quanto um relógio Panther da Cartier. Só que aquela bugiganga dele provavelmente veio de Sing Sing. Pelo rastreador, fica claro para mim que o homem está em prisão domiciliar. Não sei se ele veio à ópera para ouvir música ou para impressionar seu agente da condicional.

— Então, vejo que conseguiu sair por algumas horas esta noite — digo, intrometendo-me na conversa. — Nada de ópera por 26 meses porque estava ocupado demais fazendo placas de carros?

Bellini me dá uma cotovelada. Acho que ela não gosta de ser grossa com seu par em potencial para o ano-novo. Mas, por outro lado, eu preciso adverti-la, porque, apesar de ser uma maga dos acessórios, ela pode não ter se deparado com uma dessas bugigangas em suas compras para a Bendel's.

— Então, por que foi preso? Uso de informações privilegiadas ou fraude corporativa? — pergunto.

— Nada tão mundano. Não sou um desses pobres-coitados da Entron. Sou um ladrão de obras de arte — ele diz orgulhosamente.

Aparentemente, há honra entre ladrões — ou pelo menos um orgulho na hierarquia. E esse cara acha que um ladrão de obras de arte está perto do topo. Olhe quanta coisa estou aprendendo. Bill me deixa e meus horizontes se alargam. Quem diria que o divórcio seria tão instrutivo?

— Então, o que você rouba? — pergunto, como se isso agora fosse parte normal da minha conversa, apenas um desses temas para conhecer os outros.

— Eles só me pegaram por formação de quadrilha — ele diz modestamente — mas alegaram que eu roubo Monets.

— Igual a *Crown, o Magnífico*! — Bellini exulta. — Que fantástico. Que vida emocionante!

Lanço um olhar de o-que-você-está-fazendo para Bellini.

— Odiei esse filme — falo.

— Mas o Pierce Brosnan estava tão sexy na refilmagem — Bellini diz. E então, colocando o dedo na bochecha de seu ex-presidiário — e, espero, não seu futuro companheiro — ela diz insolentemente:

— Você se parece muito com ele, por falar nisso.

— Já me disseram isso — ele confessa.

Ah, Deus, como isso pode acontecer? Se um ingresso de 300 dólares para a ópera permite que você arrume um ex-presidiário, imagine o que se pode encontrar na Noite das Mulheres no bar O'Malley's.

Passo meu braço pelo de Bellini e tento puxá-la para longe do Sr. Este-é-o-cara-totalmente-errado-para-você.

— Vamos estudar o libreto — falo.

— Fiz isso ontem à noite — ela diz, resistindo aos meus esforços.

Mas sua admiração por filmes B e possivelmente por um ladrão de obras de arte classe A não dá em nada. Seu amigo termina o drinque e bate com o copo no balcão.

— Ouçam, senhoras, foi um prazer conhecê-las, mas eu vou nessa. Parece haver muitas mulheres aqui e está na hora de eu ir conhecer outras pessoas.

Ele dá um tapinha nas costas de Bellini, afasta-se afetadamente e nós o observamos se aproximar de uma loura peituda do outro lado do saguão. Obviamente o sutiã sem alças de Bellini não foi o suficiente — ela devia ter posto um com enchimento e suporte.

Bellini pisca algumas vezes e procura por ele, arrasada.

— E ele era tão bonitinho — diz.

— Um ex-presidiário — eu lembro a ela.

— Ninguém é perfeito — ela diz com um suspiro — Ele parecia muito fino.

— Claro. Ele ouve música e rouba obras de arte.

Felizmente, as luzes no saguão diminuem, sinalizando o início da ópera.

— Venha, vamos ouvir um pouco de Mozart — digo, acalmando-a.

— Mozart, odeio Mozart. Não gosto de ópera — Bellini reclama — Vamos sair daqui. É quarta-feira. Drinques grátis no O'Malley's.

Mas não chegamos ao bar porque, enquanto caminhamos pela Broadway, ficamos reféns de um luminoso de néon piscando na vitrine de uma loja.

TERRA DO SOL DA MEIA-NOITE!

BRONZEAMENTO SEM SOL 24 HORAS

— Uau. A única coisa que fica aberta a noite inteira em Ohio é o pronto-socorro — diz Bellini, olhando para o luminoso. Ela olha para mim e ri. — Acho que em Nova York não ser bonita o suficiente é a única emergência. Provavelmente uma manicure chega mais rápido na sua casa do que uma ambulância.

Eu sorrio e começo a me afastar, mas Bellini rapidamente me chama.

— Espere aí. Veja isso: está a um preço especial de 39 dólares hoje à noite. Vamos lá. São 10 dólares a menos do que eu normalmente pago.

Do que ela normalmente paga? Bellini agarra o meu braço e me empurra para dentro e eu percebo que sua mão em cima da minha pele branca brilha com um castanho profundo. Como estamos em outubro e está chovendo há uma semana, subitamente fica óbvio para mim que minha doce Bellini não é uma virgem do bronzeamento artificial.

Eu me afasto enquanto Bellini conversa com a atendente no balcão.

— Eles podem nos atender imediatamente — ela diz animada quando volta — como se conseguir um bronzeamento artificial às 9h da noite fosse tão difícil quanto conseguir uma foto de Mary-Kate Olsen comendo.

— Tudo bem — digo com um sorriso. — Mas no que estou me metendo?

— O pacote especial de bronzeamento de spray. Nada dá um tom tão bonito numa garota quanto um spray dos pés à cabeça. Leva uns 15 minutos e dura a semana toda. Bem, talvez cinco dias. Ou três — Ela faz uma pausa. — Com certeza dois.

— Ótimo. Porque, se há uma coisa que eu quero na minha vida é estar maravilhosa hoje à noite quando for dormir sozinha — digo enquanto nos dirigimos para os fundos. Depois da noite dos solteiros no Metropolitan Opera, é de se pensar que eu estaria um pouco mais precavida com as idéias da Bellini, mas que diabos. Talvez minha pele fique abóbora, mas nenhum homem vai me ver nua de novo mesmo.

Bellini desaparece atrás de uma porta e aponta na direção da minha sala.

— Fique pronta. A sua técnica estará lá em um minuto.

Entro meio insegura em uma sala de azulejos brancos com uma luz brilhante pendurada no meio. Pendurados em um gancho na porta há um roupão fino e o que parece ser uma calcinha fio-dental de papel. Eu a levanto contra a luz e a giro lentamente na mão, tentando entender o elástico circular não maior do que um elástico de cabelo, com um minúsculo triângulo de papel branco preso na frente e uma faixa ainda mais estreita atrás. Ou talvez seja o contrário. Nunca usei calcinhas fio-dental e agora sei por quê. Não importa como eu vista isso, vou me sentir estranha.

Tiro o meu vestido e passo o máximo de tempo possível pendurando-o de um jeito que não amasse. Aí, confronto o tal fio-dental. Vestindo-o cautelosamente, puxo o elástico para cima e percebo que, de alguma forma, consegui botar o triângulo protetor de minhas partes pudendas por cima da minha coxa esquerda. Muito útil. Sempre fui ligeiramente tímida em relação à minha celulite, mas tenho a sensação de que não é isso que o retalho deveria cobrir.

Começo a tirar a maldita calcinha de papel tentando desemaranhar as partes agora enroladas, quando a técnica bate distraidamente na porta e irrompe na sala sem fazer uma pausa para que eu diga "Entre". Ela deve ter treinado com o meu ginecologista; ele também nunca espera.

A técnica me dá um grande sorriso. Ela é alta, imponente e tem a pele magnificamente morena. Ou ela é da Jamaica ou é um anúncio ambulante da firma.

— Eu sou a Denise. Pronta para começar? — pergunta. Ela pega alegremente a calcinha, coloca-a na posição certa e a estica para mim. Quando a visto, ela olha criticamente e então estica as mãos para fazer um pequeno ajuste. — Não vai querer que a marca do biquíni fique desigual — diz, como se eu fosse aparecer de fio-dental na TV.

Ela procura do lado de fora da porta e puxa uma lata pesada de metal com um bico de spray. Espero que não esteja cheia dos mesmos pesticidas que usam para matar erva-daninha. Mas obviamente está cheia de algum tipo de produto químico potente, pois Denise puxa uma máscara e a prende em torno do nariz e da boca. Bem, pelo menos uma de nós está protegida. Ela nem ousa inalar o negócio que vai espalhar por todo o meu corpo e rosto. A boa notícia é que não vou ter câncer de pele por ficar ao sol. A má notícia é que posso desenvolver um terceiro olho.

— Então, em que cor estava pensando? — Denise pergunta, brincando com o bico do spray.

— Algo como a sua — falo, admirando sua pele macia e perfeita.

— Acho que marrom-chocolate pode ser um pouco escuro para você — ela diz com tato. — Eu recomendaria um bege-escuro.

Engraçado, foi exatamente essa cor que o pintor sugeriu para a minha sala de estar. Ninguém olha para mim e pensa em verde?

Denise me dá algumas instruções e, antes que eu me dê conta, estou de pé na frente dela usando nada além de um fio-dental de papel, que agora está entrando pela minha bunda. Com as pernas afastadas e os braços esticados na altura dos ombros, sinto-me como uma criminosa esperando para ser revistada. Difícil imaginar que estou me submetendo a isso — e nem há um policial mirando uma arma na minha cabeça. Sinto muito, seu guarda, meu único crime é que sou branca demais.

E, obviamente, vamos cuidar dessa ofensa imperdoável agora mesmo. Denise se aproxima de mim com a mangueira e uma névoa fina atinge as minhas pernas. Faz cócegas e eu tento não rir. A beleza é um assunto sério. Ela passa o spray para cima e para baixo na parte inferior do meu corpo, com a precisão de uma *artiste*, uma Michelangelo dos tempos modernos criando o *David*. E é assim que Denise também parece se ver.

— Quer que eu faça um pouco de escultura corporal? — ela pergunta — Posso diminuir suas coxas e talvez também um pouco os quadris.

Eu a imagino puxando um cinzel do bolso de trás.

— Vá em frente, pode cortar — digo.

Denise ri.

— Não, é só uma questão de sombras. Só faço algumas áreas mais escuras do que outras e crio uma ilusão de ótica.

— Pode fazer algo a respeito do meu nariz?

— O seu nariz é uma graça — ela diz. — Mas vou trabalhar nas coxas.

Ela aperta os lábios e se concentra na única área do meu corpo na qual ninguém nunca quis se concentrar antes. Quando acaba, ela me diz que está na hora de bronzear o meu rosto — então devo fechar os olhos e prender a respiração.

Tentando seguir as instruções, prendo os dedos em torno do nariz como se estivesse no trampolim de uma piscina.

— Não faça isso — adverte Denise. — A não ser que queira um visual estampado.

Deixo minha mão cair e ela vira o spray bem na minha direção. Rapidamente, meu rosto, pescoço, orelhas, braços, torso, costas, bunda e pés são coloridos — provavelmente com mais sutileza do que Ted Turner empregou naqueles velhos filmes em branco-e-preto. Será que o Woody Allen vai se opor ao meu bronzeado tanto quanto se opôs ao ver *E o Vento Levou* em cores primárias?

Denise guarda seu equipamento e acena amigavelmente para mim.

— Fique completamente imóvel por 15 minutos — ela diz enquanto desaparece.

Fico parada por uns dois minutos, o que é um recorde para mim, e aí ando até o espelho de corpo inteiro. É, sou eu mesma — só que mais escura e com uma pele por igual. Na verdade, pareço bem sexy. Pela primeira vez na minha vida estou com um brilho saudável — apesar de que talvez a FDA não concorde com a parte do saudável.

Fico me remexendo por mais uns dez minutos, então me visto e vou para o saguão onde Bellini e eu trocamos gritinhos de prazer. Estou me sentindo tão bem agora que nem me importo de sair com ela para tomar um drinque, apesar de insistir para fazermos um upgrade no programa — do O'Malley para o lounge do St. Regis.

No bar fino do hotel, nós nos instalamos em bancos altos e eu cruzo e descruzo minhas pernas cor-de-mel brilhantes, admirando como elas reluzem. Espero não gastar o bronzeado no joelho. Em pouquíssimo tempo, tomo dois martínis e sorrio de volta para um homem que está sorrindo para mim. Estou me sentindo tão inebriada que digo a mim mesma que vou voltar a esse spray toda semana.

Lá pela meia-noite eu estou cansada, mas Bellini não está pronta para ir embora. Peço licença para ir ao banheiro feminino e rapidamente ensabôo minhas mãos e jogo um pouco de água fria no rosto. Bellini entra neste momento e dá um gritinho.

— Você não lavou, não é? — pergunta alarmada. — Tem que deixar a cor firmar por 24 horas.

Olho no espelho de novo e vejo que meu rosto uniformemente bronzeado agora está riscado de linhas brancas. Desvio os olhos para a pia e, horrorizada, vejo o glorioso bronzeado em spray nos meus braços e mãos escorrer pelo ralo.

— O que eu faço agora? — pergunto, esticando os braços para Bellini e revelando o dorso das mãos, que parecem de um branco brilhante.

— Max Factor Instant Bronze — ela diz firmemente.

— Se podia ficar bronzeada com um tubo de bronzeador, por que fizemos isso? — Eu suspiro e olho para minha pele sarapintada. — Que desastre.

— Veja pelo lado positivo — diz Bellini, a mesma mulher que viu potencial de marido em um ex-presidiário. — Pelo menos você não teve uma queimadura de sol.

No meu escritório na manhã seguinte, dou espiadas freqüentes no espelho do meu pó compacto, tentando decidir se pareço mais com um guaxinim ou com o Michael Jackson no começo. Finalmente, volto minha atenção para algo ainda pior — uma pasta de arquivo na minha mesa, cheia com uma pilha de fotos. Eu as folheio rapidamente. Mulher nua. Homem e mulher nus. Homem e mulher nus copulando.

— Eca, não era isso que eu precisava ver antes de tomar minha primeira xícara de café.

O homem corpulento do outro lado da mesa tenta cruzar os braços por cima do peito, mas o terno justo demais puxa seus braços fortes e ele se contenta em pôr as mãos espalmadas à sua frente. Joe Diddly pode ser o detetive particular mais famoso da Costa Leste, mas os indícios sugerem que tem passado tempo demais de tocaia no Dunkin' Donuts.

— Um trabalho muito bom — ele diz triunfante. — Eu o peguei, não peguei?

— Definitivamente — concordo. — Mas, infelizmente, o cara que você pegou foi o nosso cliente.

Joe estica a mão para pegar uma das ampliações Kodachrome de 8 × 12 mostrando nosso cliente, Charles Tyler, sendo cavalgado por uma jovem ruiva que trabalha para ele no departamento de publicidade da Alladin Films — a mesma colega que ele alegou nunca ter encontrado nem para tomar um Frappuccino. Talvez não, mas algo espumoso definitivamente está acontecendo.

— Você me disse para seguir a ruiva, Melina Marks — Joe diz, procurando em sua pasta uma caixinha branca de donuts. Então eu estava errada. Ele come Krispy Kremes. Ele desliza a caixa pela mesa e, depois de parar um momento para decidir, pego um de chocolate com granulado.

— Queríamos algumas informações sobre sua vida pessoal, mas não isso — digo, dando uma mordida delicadamente. — Deixe-me explicar. O Sr. Tyler está sendo processado por discriminação sexual por uma mulher chamada Beth Lewis, que trabalha para ele. A colega de Beth, a ruiva Melina, ganhou uma promoção que a Beth achou que merecia. Ela alega que Melina só conseguiu o cargo porque estava transando com o chefe delas, o Sr. Tyler.

Joe boceja.

— Isso não é um crime, é briga de mulher. Parece que a Beth só está puta porque o Tyler estava dormindo com a outra garota e não com ela. Talvez quisesse uma chance com ele. Acha que o cara é tão bom assim de cama?

Obedientemente, eu pego as fotos para poder responder a pergunta do Joe. Uma foto capta uma contorção particularmente complicada com as pernas torneadas da ruiva enroscadas em volta do pescoço do Sr. Tyler. Parece que ela é que tem o talento, mas aí percebo que essa não é a questão.

— Se o que a Beth alega for verdade, nosso cliente está com problemas — falo.

— Por quê? — Joe pergunta. — Se houvesse alguma lei contra dormir com colegas de trabalho, quem é que iria trabalhar?

— Há uma lei — digo no meu melhor juridiquês — A Suprema Corte da Califórnia acabou de determinar que qualquer trabalhador pode abrir um processo se um colega que está dormindo com o chefe receber tratamento preferencial.

— Preferencial o escambau. De qualquer modo, nós moramos em Nova York — ele diz, lambendo o chocolate dos dedos.

Rio, decidindo que, em vez de educá-lo, eu devia tentar botar o Joe e 11 dos seus confrades no nosso júri.

Ele dá um tapinha na pilha de fotos.

— Bem, você queria que eu seguisse Melina e lhe desse alguns fatos. Eu dei. Sinto muito se não é o que esperava.

— Definitivamente não é o que nós esperávamos. O Sr. Tyler jurou para o meu chefe, Arthur, que era inocente.

Joe faz uma pausa e olha curiosamente para mim, uma nova idéia passando pela cabeça.

— Então, você e o seu chefe Arthur... — fala, balançando o dedo para a frente e para trás. — Vocês já fizeram o *hokey-pokey*?

Eu rio.

— Só na festa de aniversário de 3 anos do filho dele.

Joe dá de ombros e então se levanta para esticar seu corpo enorme. Tendo cumprido seu trabalho e sem nenhuma fofoca boa da minha parte, ele joga a caixa agora vazia de donuts na cesta de lixo.

— Por falar nisso, chato esse negócio do seu marido tê-la deixado. Quer que eu o siga? De graça. Seria um prazer.

Faço uma careta.

— Obrigada, mas já sei o que ele está fazendo. Não preciso ver em preto-e-branco.

— Nem a cores? — ele brinca.

Eu lhe dou uma olhada, imaginando se ele está fazendo uma referência velada ao meu bronzeado listrado. Mas aí decido que estou sendo paranóica.

— Como sabe do meu marido?

— Eu sou detetive. Sei de tudo.

Ele se levanta e anda pela sala, aí me olha de cima abaixo, apreciando.

— Vai estar namorando de novo em pouco tempo — Joe diz. — Quando conhecer um cara novo, me avise e eu faço uma verificação para você.

— Obrigada, mas não há nenhum cara novo no horizonte — falo, e então hesito. — Mas que tal um cara antigo? Se eu quiser encontrar alguém que não vejo há vinte anos. Acha que pode me ajudar com isso?

— Não precisa de mim — Joe fala, tentando abotoar o terno em volta do barrigão. — Uma dúzia de ferramentas de busca online podem encontrar qualquer um, em qualquer lugar, em um segundo.

— Eu tentei, mas o nome do cara é Barry Stern. Digite isso e aparecem um milhão de pessoas. Não sei se o Barry Stern que eu quero é o neurocirurgião de Bel Air, o cirurgião plástico de Boca ou o fornecedor de encanamentos do Brooklyn.

Joe volta e senta-se novamente. Ele tira um caderninho do bolso do terno. Belo toque retrô. E, dada sua política sexual antiquada, eu não esperaria que ele tivesse um Palm Pilot.

Rapidamente conto para Joe minha idéia de entrar em contato com todos os meus ex-namorados. Eu lhe conto sobre o Eric e então explico que quero entrar em contato com Barry Stern, que eu conheci em um albergue da juventude quando era mochileira e viajava pela Europa. Saímos no dia seguinte e viajamos juntos por quatro semanas, nossos euro passes de estudante fazendo com que nos sentíssemos os donos do mundo. No Parque Gaudi, em Barcelona, perambulamos estupefatos, admirando os mosaicos e, em Florença, tomei meu primeiro gelato no Vivoli's café, bem ao lado da Piazza Santa Croce. Não tinha nada a ver com as casquinhas da Dairy Queen com as quais fui criada. Barry adorava arte e me levou de museu em museu. No Uffizi, ficamos parados na frente do *Nascimento da Vênus* de Botticelli e o brilhante e cabeludo Barry me regalou com uma história de como o artista havia condenado sua gloriosa obra-prima no fim da vida, arrependendo-se de ter pintado algo tão secular.

— Eu tinha um pôster dela pendurado no meu quarto quando era adolescente — disse Barry, olhando para a deusa nua com seu cabelo louro ondulado. Eu assenti apreciativamente. Pelo menos um garoto nos Estados Unidos não tinha ido para a cama todas as noites debaixo de uma foto da Farrah Fawcett.

— Ela é linda — falei com admiração.

— Ela é. Mas não tão bonita quanto você.

Então ele me beijou, um beijo longo, doce e apaixonado, e eu sabia que Vênus, a deusa do amor, tinha feito o seu trabalho.

Agora, enquanto termino minhas reminiscências românticas, Joe faz algumas anotações. Profissional que é, não demonstra nenhuma reação. Como qualquer bom terapeuta — ou uma vendedora da Versace que ouve que você é tamanho 44 — ele ouve, mas não ergue a sobrancelha.

— Voltou a ver o Barry depois disso? — pergunta.

— Não, ele ainda estava viajando. Foi para a Índia e eu tinha que voltar para Nova York para começar a faculdade de direito. Nós nos correspondemos por algum tempo e de repente as cartas pararam. Continuei escrevendo, mas nunca recebi notícias. Jamais soube por quê.

— Ainda tem as cartas? — Joe pergunta.

— Não sei. Provavelmente estão em algum lugar no sótão. — Faço uma careta, pensando nas caixas que devia ter jogado fora há anos.

— Se encontrar qualquer coisa que possa ajudar, me avise — ele diz. Joe enfia o caderno de volta no bolso do terno, o que significa que não vai conseguir abotoá-lo de novo. Aí, inclina-se por cima da minha mesa para fechar a pasta com as fotos do caso Tyler. Ele deixa a mão em cima, batendo com o dedo como advertência.

— Coloque isto em um lugar seguro. Não quer que ninguém que não deva as veja.

— É claro — digo.

— E me desculpe por lhe trazer informações sobre o seu cliente que você não queria saber. Às vezes, quando se começa a desencavar coisas, a gente acha algo diferente do que pediu.

Não subo ao sótão até a noite seguinte e, quando o faço, bato imediatamente com a cabeça numa viga baixa. Esfrego a testa e olho em volta para as caixas empoeiradas de livros amarelados, luminárias quebradas que nunca vou mandar consertar e sacos sujos de roupas que guardam meus antigos vestidos favoritos em tamanhos 36 a 44, representando anos de iô-iô entre orgias de pizza e dietas de Slim-Fast.

Eu me abaixo e cuidadosamente dou alguns passos em direção ao Hall da Fama dos Sapatos — duas dúzias de pares de minúsculos Keds vermelhos e azuis enfileirados em uma antiga prateleira, todos os sapatos que Adam e Emily usaram até terem 5 anos. Ao lado deles estão caixas contendo cada pedaço de papel nos quais as crianças fizeram pintura a dedo ou botaram um lápis-cera, que estou guardando para doar para suas futuras bibliotecas presidenciais. Mas nunca darei o cartão com um sol roxo, uma flor verde e as palavras *Eu amo mamãe* que Adam fez para mim num Dia das Mães. Agora ele só tira 10 em Dartmouth, mas sua ortografia não melhorou muito.

Agacho-me perto de um grande baú de vime que serviu como minha primeira mesa de centro no meu primeiro apartamento. Abro-o devagar, sabendo que, com os anos, eu o transformei no receptáculo para tudo que não sabia onde mais guardar. Empurro para o lado um mixer que, tenho quase certeza, não funciona mais e a caixa de brincos cujos pares se perderam há muito tempo. Sempre achei que poderia usá-los como broche. E veja só isso

— guardei a receita da mãe do Bill de seu famoso bolo de limão. Da próxima vez em que a vir, finalmente vou poder lhe dizer a verdade. É seco e incomível, como seu peru de Ação de Graças.

Vasculho um pouco e de repente algo afiado me corta.

— Merda! — eu digo, puxando minha mão dolorida de volta. Enrolo meu dedão cortado na camiseta e aperto com força até o sangramento estancar. Olho para dentro do baú procurando o maldito objeto e o identifico imediatamente: o frasco colorido de perfume que foi o primeiro presente de Bill para mim. Há anos, quebrei acidentalmente a tampa, criando uma beirada afiada e pontiaguda, mas não consegui jogá-lo fora. Maldito Bill. Mesmo quando não está por perto, ele me machuca.

Retiro cuidadosamente o vidro e vasculho o baú com mais cautela. E bingo. Lá, perto do fundo, está uma pequena pilha de papel azul fino, unida por um elástico esfarelado e arrebentado. Só de ver os aerogramas há muito esquecidos que usávamos antigamente para cartas transatlânticas me dá uma pontada de nostalgia. Abro um cuidadosamente. O papel está quase translúcido e a letra do Barry é minúscula, para que possa pôr todas as histórias que quer me contar em uma só folha pré-paga. Desço as escadas correndo até o primeiro andar para pegar meus óculos de grau e subo apressadamente de volta. Na luz fraca, sento-me de pernas cruzadas no chão cheio de farpas do sótão, apesar de não ter idéia de por que não levei as cartas para baixo para ler numa poltrona confortável. Nada parece ser capaz de sair deste sótão.

Na primeira missiva, Barry está no aeroporto de Heathrow, esperando seu vôo para a Índia. Ele sente ardentemente a minha falta e eu sempre serei a sua Vênus. Na próxima carta, ele está em Agra há quase uma semana e descreve o Taj Mahal: "... *a simetria perfeita, a luminescência etérea, a escala pura. Foi cons-*

truído como um monumento ao amor e eu não construiria nada inferior para você." Uau, isso é bacana. Eu podia ser a Oitava Maravilha do Mundo.

Mas lá pelas cartas três e quatro, minha influência não é tão monumental. Agora os aerogramas de Barry são cheios de histórias sobre procissões de oração, santuários encravados na pedra e um templo esculpido na lateral de uma montanha. Ele fez uma peregrinação ao Ganges para lavar a sua alma nas águas sagradas e ficou um pouco decepcionado porque alguns dos outros peregrinos, entrando com ele no rio até os joelhos, estavam ali para lavar a roupa. Barry também me fala de um grande guru que está pensando em procurar. Ele não menciona se é o mesmo que inspirou os Beatles ou algum cara menos conhecido que aceita acólitos que não têm cartão de crédito platina.

Na quinta carta, Barry já planejou sua viagem. Ele vai de riquixá até as cercanias da cidade e aí vai pegar uma carroça puxada a bode até o mais longe possível nas montanhas. Depois disso, planeja caminhar o quanto for preciso até o santuário do guru na montanha.

E é aí que a trilha de cartas termina.

Tiro os óculos, com os olhos marejados por pensar no Barry, só um ano ou dois mais velho do que o meu Adam é agora, tão esperançoso, tão idealista. Naquela época, tanto Barry quanto eu achávamos que éramos sábios e adultos, profundamente conhecedores da vida. Mal sabíamos o quanto ainda tínhamos que aprender.

Naqueles anos distantes, eu fiquei com o coração partido quando Barry parou de escrever. No começo, só conseguia pensar no quanto fiquei magoada, mas aí comecei a ficar preocupada com ele. Será que alguma coisa horrível tinha acontecido nas misteriosas montanhas da Índia? Será que Barry tinha ficado sem água em sua caminhada? Teria sido abduzido por uma tribo de saqueadores? Poderia ter caído da carroça de bode?

Pensei nisso com freqüência, mas nunca soube.

Dez dias depois, Joe Diddly tem a resposta.

Capítulo 6

NINGUÉM ATENDEU o telefone nesse lugar nas três semanas em que eu venho ligando, mas Joe Diddly jura que esse é o endereço atual de Barry Stern. Como Arthur precisava que eu estivesse em São Francisco para colher um depoimento, pensei que podia muito bem dirigir os 110 quilômetros extras até o monastério Carmelita. Depois da minha viagem cinematográfica pelas montanhas, encosto o carro e vejo uma tabuleta que diz "Centro de Retiro Espírito Celestial". Devo estar aqui. Ou isso ou eu morri e são Pedro me aceitou no paraíso.

Enquanto saio do carro para a luz brilhante do sol, aliso a saia do conjunto azul-marinho que ainda estou usando desde a minha manhã no tribunal. Eu devia ter me trocado no banheiro do 7-Eleven onde parei para comprar o almoço — uma caixa de Pringles, um saco de Doritos e um cachorro-quente gorduroso com tudo em cima. Também me arrependo das cebolas.

Já liguei para o Arthur para dizer que o depoimento que colhi sobre o caso Tyler não era encorajador. O novo chefe de Beth Lewis na Costa Oeste, para onde ela se mudou depois de deixar a Alladin Films, alegou que ela era a funcionária perfeita. A própria Beth foi calma e inabalável em sua afirmação de que o Sr. Tyler não tinha nenhum motivo que não fosse pessoal para não promovê-la.

Como não há nada a fazer a respeito desse problema agora, eu o guardo no fundo da mente e sigo uma fileira de árvores ligeiramente irregulares que margeiam uma entrada com grama. Eu não chamaria exatamente de gramado — as partes marrons pareciam superar as verdes e as moitas de mato superam tudo. Mas lindas flores silvestres salpicam o jardim e eu vislumbro um lago cintilante ao longe.

Virando-me na outra direção, vejo três pessoas e apressadamente caminho até elas.

— Com licença — digo. — Sabem onde encontro a casa principal?

As duas mulheres dão abruptamente um passo para trás e se afastam rapidamente. Meu bafo de cebola está mesmo tão ruim assim? O homem também não me responde, mas pára por um instante e inclina a cabeça para a esquerda.

— Estou procurando a casa principal — repito.

Ele inclina a cabeça duas vezes para a esquerda. Ou tem um leve sinal de síndrome de Tourette ou está tentando me dizer alguma coisa. Provavelmente a segunda opção, porque ele faz um gesto para segui-lo, o que eu faço. Chegamos a uma grande casa de pedra e entramos em um aposento claro e receptivo. Duas dúzias de pessoas estão espalhadas por ali, todas descalças e vestindo calças largas. Algumas estão em pequenos grupos, de mãos dadas, e todo mundo está sentado de pernas cruzadas em tatames finos. Pelo menos eu acho que é assim que se chamam. Ou talvez eu esteja confusa e tatame seja o nome do sashimi que eu gosto.

Fico desnorteada por algum tempo, sem saber bem o que fazer. Aí alguém capta o meu olhar e olha para um tatame vazio. Quando eu não me movo, ele ergue ligeiramente a mão e faz um pequeno gesto para que eu me sente.

Tudo bem, ali é um retiro espiritual. Um bom palpite diz que eu entrei em uma sessão de meditação. Tiro meus escarpins e me jogo em um tatame, contente por minha saia ser plissada mas desejando não ter posto meia-calça. Na verdade, quase nunca quero usar meia-calça.

A mulher ao meu lado está com os dedos unidos pelas pontas em uma posição de oração. Seus olhos estão fechados e ela tem uma expressão de paz no rosto. O homem à minha esquerda está com as mãos nos joelhos e olha sem piscar para os dedos dos pés. Percebo que meus dois vizinhos têm os ombros perfeitamente alinhados e as costas retas. Não sei o que esse negócio de meditação faz com a alma da gente, mas com certeza melhora a nossa postura.

O aposento está silencioso e ninguém se mexe. Decido fechar os olhos e me concentrar em uma lembrança feliz. Vejamos. Tem o dia do meu casamento. Não, tire isso da lista de lembranças felizes. Talvez aquela tarde de abril caminhando às margens do Sena em Paris? Não, o homem segurando a minha mão era o Bill. Algo bom que tenha acontecido com as crianças? Uma imagem aparece na minha cabeça, de Emily e Adam no zoológico quando eram pequenos. Adam está pulando para cima e para baixo para imitar os orangotangos e Emily está fazendo mímica das suas caras. Tento não rir em voz alta. Aí, lembro-me de Emily entretendo os macacos com cambalhotas e uma risadinha escapa. É só uma, mas ela ricocheteia pela sala como um tiro. Olho para cima, humilhada, mas, para minha surpresa, ninguém nem piscou. Literalmente. Que concentração. Se você colhesse toda a energia reunida naquela sala, provavelmente daria para iluminar São Francisco por uma semana.

Tenho a sensação de que não deveria estar pensando em macacos, tiros de revólver ou na crise de energia da Califórnia. Além disso, meu pé ficou dormente e pontadas estão subindo pela minha perna. Mas elas não são nada comparadas ao formigamento que sinto um momento depois.

Um gongo soa e de repente o clima à minha volta se intensifica. Há uma agitação na sala enquanto meus parceiros de retiro começam a entoar algo. Rapidamente o zumbido se eleva para um ronco e o ronco para um cântico: *om om om*. O zunido ressoa como um sino — ou talvez um teste do Sistema de Alerta de Emergência.

O cântico anuncia a chegada de um homem de calças molengas e uma túnica branca, que entra pela porta lateral. O reverenciado líder do retiro — Rav Jon Yoma Maharishi.

Antigamente conhecido como Barry Stern.

Involuntariamente, sorrio e aceno para ele, mas, felizmente, ele não percebe. Eu ri quando Joe Diddly me disse que o garoto intelectual, bonzinho e artístico que eu conhecera havia se tornado "um líder espiritual e mestre da iluminação, mesclando as filosofias dos primeiros mestres Chan, do zen-budismo e do Chinduh Swami". (Por que não incluir as filosofias da Dear Abby e do reverendo Al Sharpton só para garantir?) Mas Barry deve estar fazendo algo certo. No minuto em que ele entrou, meu carma definitivamente melhorou.

A platéia de Barry — vulgarmente conhecidos como seguidores do Rav Jon Yoma Maharishi — está olhando para ele em êxtase. O cântico continua e só está ficando mais alto. Eu também olho para ele intensamente. Não quero ser desagradável, mas Barry não envelheceu tão bem quanto Eric. Tenho certeza de que sua alma é pura, mas seu corpo está um pouco barrigudo. Mesmo debaixo da túnica, posso ver uma pança saliente. Acho que esses retiros não envolvem jejum.

Barry ergue as mãos e o cântico pára.

— Nossa sessão de *satsang* vai começar agora — ele diz em uma voz baixa praticamente acima de um sussurro. — Como sabem, irei quebrar o silencio espiritual transformador deste retiro de fim de semana apenas para esta sessão de dez minutos.

Um retiro de silêncio explicaria o cara com a cabeça inclinada — e as mulheres que se afastaram de mim. Mas apenas dez minutos para falar durante todo o fim de semana? O plano do My Sprint é muito melhor.

— Vou responder perguntas sobre a busca pela verdade, a procura pela iluminação e a descoberta do ser — fala o Maharishi. Parece ser muito para enfiar em dez minutos, e então ele acrescenta. — Também podemos explorar as alegrias da unidade.

Eu não me incomodaria de explorar as alegrias da duplicidade, já que a experiência atual me diz que a unidade deixa algo a desejar. Mas a mulher ao meu lado está assentindo vigorosamente.

— Maharishi, eu busco a consciência cósmica. Pode nos iluminar sobre como encontrá-la?

— Hmmmmm — diz Barry, não sei bem se pensando ou cantando. — A minha jornada começou no alto de uma montanha e de repente senti que estava flutuando no espaço infinito. Todas as fronteiras desapareceram e as portas da percepção se abriram, não havia paredes para me conter.

Até onde eu sei, não há paredes no alto das montanhas, pelo menos até os especuladores imobiliários.

Mas o aposento está encantado e Barry continua.

— Eu vi que a vida é Um, que todas as pessoas no universo, à vista ou não, conhecidas e desconhecidas, experientes e não-experientes, conscientes e inconscientes, gloriosas e não-gloriosas...

Tá, tá, todos nós. Bonitos e não-bonitos. Inteligentes e não-inteligentes. Sócios do Chaddick Tênis Clube, não-sócios do Chaddick Tênis Clube. Vamos em frente.

— ...que todos e tudo que existe e que já existiu na verdade é Amor. E, na sua forma mais verdadeira, ele fornece uma intensidade que é jubilosa, transcendente e quase avassaladoramente prazerosa para o corpo humano.

Será que estou lendo nas entrelinhas disso? Parece que ele está dizendo que o objetivo da iluminação são orgasmos melhores. Se o pastor da escola dominical da minha juventude desse sermões como esse, eu poderia ter passado mais tempo na igreja.

Um homem no meio da sala deve achar que está em uma coletiva de imprensa presidencial, porque ergue um dedo e diz:

— Uma pergunta, Rav?

Olho nervosamente para o meu relógio. Essas pessoas podem estar tentando entrar em contato com sua paz interior, mas eu estou tentando entrar em contato com o Barry há semanas. O voto de silêncio deve incluir o telefone. Usamos seis minutos só nessa única pergunta. Apenas mais quatro minutos e voltaremos à mímica.

A pergunta parece não acabar nunca e a resposta do Rav Jon Yoma Maharishi é mais longa ainda. Agora a tensão no aposento é palpável. Com o tempo se esgotando, todo o *om* não pode impedir que a ansiedade aumente enquanto as pessoas tentam colocar suas perguntas.

— Há um caminho rápido para o êxtase da Autodescoberta? — alguém pergunta.

— Pode resumir as três principais ferramentas para se iniciar uma jornada espiritual? — pergunta um homem. Claramente, é um executivo esperando encontrar a resposta para a vida em uma apresentação de PowerPoint.

Antes que Barry possa responder, outro tipo executivo manda:

— Você tem um programa para pessoas que só têm os fins de semana para transcender seus egos?

Faltam 50 segundos. Preocupada com o meu próprio ego, eu me levanto ousadamente e solto a única pergunta que está na minha cabeça.

— Você se lembra de mim, Barry?

Três dúzias de pessoas se viram e me encaram. Algumas delas murmuram o nome "Barry" zombeteiramente, várias vezes seguidas. Eu não as culpo. Provavelmente pagaram muito dinheiro para ouvir a Sabedoria do Rav Jon Yoma Maharishi. A Sabedoria do Barry não soa nem de perto tão valiosa.

Barry olha na minha direção, mas não vejo nem uma centelha de reconhecimento em seus olhos. Eu deveria me sentir insultada, mas em vez disso estou irada. Qual é, cara. O Eric disse que eu não mudei nada.

O cântico recomeça e o Maharishi fica de frente para o grupo, faz uma reverência e segue a deixa para deslizar solenemente para fora da sala. Começo a correr atrás dele mas, quando chego do lado de fora, ele parece ter desaparecido no ar. Será que a mudança de Barry para Rav vinha com uma capa mágica do Harry Potter?

Começo a voltar para o meu carro para ir embora, mas então eu paro. Percorri essa distância toda para conversar com Barry e, apesar de falar não ser um esporte popular por aqui, não vou desistir. E, já que estou aqui, não custa nada tentar me iluminar um pouco.

Eu gostaria de ir descansar no meu quarto, mas percebo que não tenho um. Caminho novamente em direção à área central e vejo que todo mundo veio para fora. Acho meu amigo de cabeça inclinada e faço gestos exagerados para ele sugerindo que preciso fazer o check-in. Quando ele não entende, inclino a cabeça de lado e fecho os olhos, esperando que ele entenda que eu preciso de um lugar para dormir. Mas ele entende errado. Passa o braço em volta de mim, acaricia meu ombro e aponta na direção do seu próprio quarto. Essa pode ser minha única chance de experimentar a foda silenciosa, mas eu a deixo passar. Sacudo vigorosamente a cabeça para dizer a ele que não.

Pelo resto da tarde, vagueio pelo terreno como todos os outros, pensando que vou tentar dar uma chance a esse negócio de busca espiritual. *Om, Om, Om*, resmungo para mim mesma. Deus, isso é chato. *Som, Tom, Com, Bom*. Um pouco melhor. *Barry, Barry, Barry*. Talvez eu possa conjurá-lo.

E não é que um homem surge de repente na minha frente? Não é o Barry, mas também eu sou só uma amadora. Que mulher não ficaria orgulhosa em invocar um homem, qualquer homem, à sua vontade? Esse — careca, alto, de ombros largos e todo vestido de branco — cruza os braços por cima do peito, parecendo-se surpreendentemente com o Mr. Clean. Ele ergue a mão e faz sinal para que me aproxime, querendo que eu vá com ele. Partindo, Mr. Clean anda rapidamente na minha frente e eu sigo seus passos atrás. Passamos pelo lago até um caminho estreito no mato e eu vejo um pequeno chalé no final.

E Barry está de pé do lado de fora.

Mr. Clean entra e fecha a porta, mas Barry fica onde está. Depois que estou de pé na sua frente, não sei exatamente o que fazer. Se ele fosse realmente apenas o Barry, eu lhe daria um abraço. Mas pode-se tocar no Rav Jon Yoma Maharishi? Talvez eu beije seu anel. Não, esse é o outro cara. Barry toma a frente e coloca ambas as mãos na minha cabeça. Estou sendo abençoada ou ele vai me dar um beijo?

Barry dá um passo para trás e lentamente abre os braços num gesto de boas-vindas. Quando eu o vi esta tarde na sala de meditação, meio que achei que sua atuação era apenas isso, um show. Mas mesmo de perto ele exala uma aura de calma e serenidade pacíficas. E algo em seus olhos cinzas-escuros me diz que ele me reconhece, afinal de contas.

— Tudo bem se nós conversarmos? — pergunto, mantendo minha voz baixa. Talvez falar não conte se nos mantivermos abaixo de um certo nível de decibéis.

Segurando a mão no peito, ele balança a cabeça — mas então, apontando para mim, ele assente quase que imperceptivelmente. Então eu posso falar e ele não. Parece com muitos casamentos.

Ele se senta em uma pedra e eu me espremo ao seu lado no poleiro duro e desconfortável. Mas Barry parece perfeitamente à vontade. Sei que sua consciência está em outro plano. Não sabia que sua bunda também estava.

— Então, quando você se tornou um Maharishi? — pergunto alegremente. Ah, que ótimo, pareço uma idiota. Não falei por uma tarde e já perdi todo o meu traquejo social.

Barry sorri beatificamente. Obviamente eu preciso me esforçar mais para conseguir uma resposta.

— Há cinco anos? — pergunto, persistindo em uma pergunta que na realidade não me interessa. — Dez? Quando esteve na Índia logo depois que o conheci?

Ele não dá nenhuma indicação de resposta, mas eu não vou desistir.

— Vamos fazer o seguinte. Bata com o pé no chão uma vez quando eu der a resposta correta — eu demonstro, batendo com meu pé algumas vezes, como um cavalo.

Sem se conter, Barry ri. Agora, tomo como desafio pessoal fazer com que ele diga alguma coisa, qualquer coisa. Tento me lembrar do que Adam fez quando tinha 9 anos para que o guarda de rosto inabalável do Palácio de Buckingham finalmente entregasse os pontos e resmungasse "Vá embora, garoto". Se a rainha soubesse que ele havia falado, o guarda provavelmente seria decapitado. Qual a pior coisa que poderia acontecer com Barry? Ser expulso do Nirvana?

Mas não preciso me esforçar tanto quanto imagino. O destino faz o trabalho para mim. Mr. Clean abre a porta e entrega um telefone celular.

— Psst, Maharishi. Tem que atender essa ligação.

Fico imaginando que emergência de vida-ou-morte o levou a quebrar seu voto de silêncio.

— É a sua agente em Los Angeles — Mr. Clean diz entusiasmadamente. Eu devia saber. Hollywood prevalece sobre a santidade. — Suas preces foram atendidas. Ela está interessada em um talk-show naquele novo canal a cabo, o Canal da Consciência Cósmica.

Não tenho certeza se o CCC é tão importante quanto a CNN, mas Deus abençoe o cabo digital ou estaríamos presos a apenas 5 mil opções.

Barry se afasta para atender a chamada. Fico lá fora uns cinco minutos até ele acabar e então ele abre a porta e me convida para entrar no chalé. Mal posso esperar para ver como um Maharishi vive. Fico esperando que seja sério, austero — paredes brancas e talvez algumas cadeiras de encosto duro. Mas em vez disso Barry parece ter passado muito tempo na Crate & Barrel. Dois sofás de camurça verde lotados de almofadas confortáveis jogadas estão de frente um para o outro tendo uma mesa de centro de vidro entre eles. O tapete combinando é decididamente de pelúcia e uma confortável poltrona de couro está posicionada perto de um elaborado centro de entretenimento Bose.

— Posso lhe oferecer leite de soja? — Barry pergunta.

Depois de vinte anos, não é exatamente o que eu esperava que ele me dissesse, mas é um começo.

— Claro — digo.

— Chocolate ou baunilha? — ele pergunta.

Eu não sabia que tinha sabores.

— Morango? — peço, só para ver até onde posso ir.

Ele entra na cozinha e volta com dois copos em uma bandeja de bambu. Ele me entrega um e com certeza é cor-de-rosa. É um Maharishi; supõe-se que tenha a resposta para as orações das pessoas. Mas enquanto dou um gole na mistura nojenta, lembro-me do velho adágio — cuidado com o que deseja.

— Então, Hallie, o que a trouxe a essa jornada espiritual? — meu maharishi pergunta enquanto nos sentamos no sofá.

Não sei quanto tempo temos para conversar e aprendi na última sessão que é melhor ser direta.

— Eu queria encontrá-lo. Mesmo depois de todos esses anos, tenho lembranças tão felizes de nosso tempo juntos.

— Eu também tenho — ele diz, botando as mãos sobre as minhas.

Engulo em seco.

— Não consegui entender o que aconteceu quando não tive mais notícias suas da Índia. Achei que talvez você tivesse conhecido outra pessoa. Ou que tivesse morrido.

— A pessoa que você conheceu realmente morreu — ele diz calmamente. — E então eu renasci. Fui ver o grande mestre Advaita Ramana Maharaj e ele me ensinou o que é ser livre.

— Mas por que você tinha que ficar livre de mim? — pergunto, as inseguranças que senti há vinte anos me inundando de novo.

Barry olha comovedoramente em meus olhos e entrelaça seus dedos macios e lisos com os meus.

— Porque ele me encontrou — diz Mr. Clean, aproximando-se e passando possessiva um braço em torno da cintura de Barry. — Nós encontramos a luz juntos.

Ahh. Agora eu também estou vendo a luz.

Mr. Clean afaga carinhosamente o braço de Barry. Isso vai fazer com que a conversa sobre nosso grande romance seja um pouco mais constrangedora. Até o papa faz audiências privadas.

Mas Barry não se perturba.

— Hallie, eu a amava, mas de um outro modo. Talvez tenha imaginado por que nunca transamos.

— Na verdade, não — admito. — Achei que você estava sendo um cavalheiro. Ou que queria que nossa noite de núpcias fosse especial.

Na verdade, eu fiquei meio aliviada quando Barry não fez nenhum avanço enquanto estávamos viajando juntos. Nós nos abraçávamos muito, o que era adorável, e, tendo saído do meu relacionamento intenso com Eric, era só isso que eu queria.

— Você chegou a ter uma noite de núpcias? — Barry pergunta cautelosamente.

— Uma noite muito boa — digo alegremente. — O café-da-manhã no Nevis Four Seasons é excelente. — E, até onde me lembro, nossa lua-de-mel foi a única vez em que Bill se dispôs a gastar com serviço de quarto.

— Escolheu um bom marido? — pergunta Barry.

Escolhi? Quem é que sabe. Percebo que isso é parte do motivo para eu estar ali e o que estou tentando descobrir. Ultimamente tenho pensado que cometi um erro ao me casar com Bill, para início de conversa. Mas olhando para o Barry — e Mr. Clean, que está mordiscando sua orelha — vejo que um casamento entre nós nunca teria funcionado. Acho que não fui feita para uma vida de leite de soja e silêncio. Sem mencionar o outro problema óbvio.

— Por muito tempo, achei que meu marido fosse bastante decente — digo com sinceridade — Infelizmente, ele foi embora.

— As pessoas mudam — diz o Maharishi, praticamente entoando. — O que acontece no presente é temporal. Nunca deixe que um incidente do momento a faça se arrepender das alegrias do passado.

Bill estar na rua 93 parece mais um crime grave do que um incidente sem importância, mas eu ouço o que Barry está dizendo. Só porque uma coisa terminou não significa que não tenha valido a pena. Meu casamento acabou, mas por muito tempo ele me fez feliz. Não posso me arrepender desses vinte bons anos, de dois filhos maravilhosos e de uma hipoteca que está quase quitada.

Mas posso lamentar que Mr. Clean esteja apontando para o relógio e que o silêncio espiritual obviamente esteja prestes a se estabelecer novamente. Um brilho sobrenatural retorna ao semblante de Barry. Posso ainda estar no chalé, mas tenho a sensação de que ele voltou para o alto da montanha.

— Eu a verei no *satsang*? — Barry pergunta suavemente, me guiando em direção à porta.

— Não, tenho que voltar para casa. De qualquer modo, obrigada. Acho que encontrei o que vim buscar.

Coloco a mão em seu ombro e lhe dou um beijinho de leve na bochecha. E que se dane. Dou um no Mr. Clean também.

Capítulo 7

NÃO SE DEVE ficar íntimo dos seus clientes, mas algo em Charles Tyler me faz querer lhe dar um tranqüilizante. Nos últimos 15 minutos, ele está se remexendo na cadeira, mordendo o canto dos lábios e batendo com o bico de seu sapato caríssimo na minha mesa superpolida. Se estragar o verniz, vou botar o preço do reparo na conta dele. Quanto mais conversamos, mais ansioso o Sr. Tyler parece ficar. Como não tenho licença para receitar remédios, procuro na minha primeira gaveta a segunda melhor alternativa.

— Quer uma bala? — pergunto, esticando um saco pela metade de balas de goma. Costumava carregá-las comigo para dá-las às crianças quando eram pequenas e fiquei viciada. Juro que são tão viciantes quanto nicotina. Talvez eu devesse entrar com uma ação coletiva contra o fabricante.

— Obrigado — diz o Sr. Tyler, esticando a mão para pegar uma. Aí, ele muda de idéia e se recosta novamente. — Na verdade, não. — Uma pequena pausa e ele se balança para a frente e pega um punhado, no final das contas. — Bem, sim, obrigado.

Em vez de pôr as balas na boca — o que significa que teria que parar de morder o lábio — ele as coloca em cima da minha mesa. E um instante depois, começa a separá-las por cor. Parece haver um número incomum de verdes nesse punhado. Resisto ao impulso de pegar a única vermelha.

— Então, Sr. Tyler — digo, tentando recuperar algum comportamento profissional. — Não progredimos muito. Vamos voltar ao início. O senhor disse ao Arthur que a querelante, Beth Lewis, está errada ao alegar que o senhor deu a promoção para Melina Marks — faço um gesto na direção da mulher pelada nas fotos — por causa de sua associação pessoal. O senhor disse que era inocente.

— Eu sou inocente.

Eu suspiro. Como os advogados sempre dizem, se eu ganhasse 25 centavos cada vez que um cliente culpado diz que é inocente, poderia comprar uma Maserati nova. E ter aulas para aprender a dirigir um carro sem câmbio automático.

— Mas as fotos sugerem que o senhor sem dúvida está envolvido pessoalmente com Melina Marks — falo, atenuando o caso. Na verdade, as fotos sugerem que ele e Melina podem ter um belo futuro no canal da Playboy — o que pode ser bom, já que, se eu não conseguir armar uma defesa, ele não terá futuro nenhum na Alladin Films.

— O meu envolvimento com a Srta. Marks não tem relevância.

Olho para ele, incrédula.

— O seu envolvimento com a Srta. Marks é exatamente o motivo desse processo. — Olho para baixo, para as provas brilhantes. — E devo concluir que o senhor sem dúvida tem mais do que um relacionamento profissional com ela.

Ele desvia o olhar das fotos ofensivas.

— Talvez eu tenha.

— Mas não revelou essa importante informação para Arthur.

— Ele nunca perguntou. Perguntou se eu era inocente e eu *sou* inocente.

Esse é Arthur. Educado demais para falar a palavra sexo em um processo de discriminação sexual. Mas eu não sou.

— Deixe-me ser direta. A querelante alegou que o senhor estava tendo relações sexuais com essa mulher. E o senhor estava tendo relações sexuais com essa mulher. — Olho para ele esperançosamente. — A não ser que haja outra explicação para essas fotos.

Como resposta, ele usa nervosamente o dedão para triturar a única bala vermelha no tampo da minha mesa impecável de mogno. Aquela cobrança de restauro está começando a me parecer bastante razoável.

— Não gostei que tenha se intrometido na minha vida pessoal — ele diz, finalmente.

Totalmente frustrada, eu jogo um clipe de papel pela sala.

— Sr. Tyler, me ajude. Tudo que Beth Lewis alegou em seu processo parece ser verdade.

— De jeito nenhum. A Srta. Marks foi promovida por razões absolutamente legítimas. Dei a Arthur todos os registros que mostram que ela fez uma divulgação incrível para alguns de nossos maiores clientes. Por exemplo, Melina trabalhou com Reese Witherspoon, enquanto a Beth nunca passou do nível de Tilda Swinton.

— Tilda quem? — pergunto.

— Exatamente. Se a Beth fosse uma divulgadora melhor, talvez você soubesse. Melina, no entanto, é uma funcionária excepcional.

— Uma funcionária excepcional que está tendo relações sexuais com seu chefe. O que acha que isso parece?

Sei exatamente o que parece.

O Sr. Tyler se levanta.

— Por favor, você só tem que me livrar dessa.

Ele olha para mim desesperadamente e eu derreto.

— Há alguma coisa que possa me contar que apóie a sua defesa? — pergunto. — Qualquer coisa?

Ele hesita e se abaixa até o carpete para pegar o clipe de papel que eu atirei. Ansiosamente, ele o puxa, quebrando-o em pedaços que então planta como mastros de bandeira na bala de goma.

— Eu realmente não posso dizer mais nada.

Alguma coisa me diz que, se quisesse, ele poderia fazer com que todo esse problema desaparecesse. Mas neste momento só o Sr. Tyler desaparece. Tremendo, ele pega sua pasta e sai do meu escritório sem nem mesmo olhar para trás.

Depois de mais duas reuniões, começo a verificar meus 50 novos e-mails. Será que o do príncipe nigeriano deposto que está se oferecendo para depositar 10 milhões de dólares na minha conta (se eu apenas lhe der o número) é legítimo? Vale a pena ficar sentada durante uma apresentação de duas horas sobre compra de pacotes de *timeshare* para ganhar um fim de semana grátis num novo resort em Altoona? Que bom que sou uma advogada importante ou nunca receberia todos esses spams de alta classe.

Estou abrindo um e-mail que realmente precisa de resposta, quando Bellini liga.

— Estou na esquina do seu prédio. Venha me encontrar no Starbucks — ela diz.

— Achei que você tinha um encontro no almoço, um novo pretendente.

Bellini recentemente se inscreveu numa agência de encontros para arrumar alguém com quem almoçar pelo menos duas vezes por semana. Mas até agora o *manicotti* não tinha levado a nada significativo. Ela esteve em três encontros no meio do dia e só os restaurantes receberam elogios entusiasmados. Não houve nem sexo *après* sanduíche.

— Não gostei do cara que escolheram para mim — Bellini diz apressadamente. — Saí antes mesmo de ter a chance de comer.

Uau. Só posso imaginar que desastre ele devia ser, se Bellini, a santa padroeira do "ele tem potencial", não conseguiu encontrar um motivo para ficar tempo suficiente para engolir uma salada de atum.

Cinco minutos depois, encontro Bellini no Starbucks, sentada numa mesinha redonda segurando um saco branco gorduroso da pizzaria do outro lado da rua. Está ocupada tirando os champignons de cima de uma fatia e jogando-os para dentro da boca.

— Não sabia que vendiam pizza no Starbucks — falo.

— Não vendem. Mas ninguém come o almoço que vendem aqui. Sete dólares pela menor salada que você já viu.

Olho em volta e sem dúvida todo mundo parece estar procurando algo em seu próprio saco de delicatéssen. Esta filial do Starbucks parece promover o mercado coreano do outro lado da rua. Mas não vou me preocupar com os balancetes quadrimestrais do Starbucks pois há uma longa fila de executivos esperando seus copos cappuccinos para viagem de 4 dólares. E, pelo número de pessoas que estão instaladas nas mesas digitando furiosamente em seus laptops, talvez o Starbucks esteja alugando espaços comerciais.

— Então, qual foi o problema com esse encontro às cegas? Corcunda? Vesgo? Dois pés esquerdos? — pergunto para Bellini, passando pela lista de deficiências. — Bebe Merlot em vez de Pinot?

— Não, coluna reta, olhos no lugar e eu não dancei com ele — ela resmunga. Depois, olha para mim. — Mas, se quer saber, ele nem pediu vinho. Pediu água mineral com gás. Sem limão.

Eu espero.

— E aí? — pergunto.

— E aí nada — ela diz. — Esse é o problema. Ele era chato.

Ah, agora eu entendo. Ele provavelmente usa terno, tem um emprego e trata bem sua mãe. Não é o homem certo para Bellini.

— Não consigo decidir se os seus padrões são altos demais ou baixos demais — falo.

Bellini ri.

— Posso ir para qualquer lado. Só não agüento caras comuns. — Ela limpa os dedos em um guardanapo. — Mas e você? Como foi o seu fim de semana?

— Silencioso — digo a ela.

Conto-lhe rapidamente sobre o retiro espiritual e os detalhes do meu encontro com Rav Jon Yoma Maharishi. Passei a pensar nele dessa maneira porque o "Barry" certamente se foi há tempos.

— Então, logo depois de namorar você, o cara virou gay — Bellini diz, resumindo a minha história. — Bom trabalho.

— Não acho que foi exatamente isso que aconteceu — falo na defensiva.

— Devia ficar orgulhosa — diz Bellini. — É fácil levar um fora de um cara. É mais difícil fazer com que ele dispense o gênero todo.

— Eu sou talèntosa. Quatro semanas comigo e a vida de um homem muda para sempre.

Estico a mão e dou uma mordida na pizza de Bellini.

— Na verdade, foi bom ver o Barry. Sempre gostei de sua franqueza e ânsia em explorar o mundo e tive um pouco da mesma sensação de descoberta que tive há vinte anos. Ele é do tipo que a apresenta a novas experiências, Gaudi e Botticelli quando éramos jovens, silêncio e *satsang* agora. Mas acho que, em algum lugar lá no fundo, eu sempre soube que ele não era um homem para casar.

— Então, a lição para mim é confiar nos meus instintos em relação aos homens — Bellini diz.

— A lição para você é confiar nos *meus* instintos — digo a ela, lembrando da noite na ópèra em que tive que arrastá-la para longe do ladrão de obras de arte.

Na verdade, meus instintos estavam certos em relação a Barry. Eu não esperava que ele se tornasse maharishi, mas dado seu espírito errante e etéreo, sabia que também nunca seria o tipo de marido estável. Não o homem para quem você se vira no meio da noite para perguntar se ele acha que as bolinhas vermelhas na pele do bebê eram de caneta ou sarampo. E, no final das contas, eu precisava de um marido que entendesse que ter uma família é a melhor aventura de todas.

Bellini pega uma uva e tira a casca antes de comê-la. Isso é que é ser difícil de agradar.

— Então, seus antigos namorados agora incluem um bilionário e um guru. Acho que não sou a única que gosta de extremos. Quem é o próximo da sua lista?

Penso nos dois outros nomes que rabisquei no guardanapo. Para um deles eu não podia telefonar. Nunca, jamais poderia ligar, independente de qualquer coisa. Mas ainda há o outro, e pensar nele me faz sorrir. Kevin, o primeiro garoto que eu beijei na vida.

— Ah, tem uma pessoa — falo vagamente. — Um cara que não vejo desde o ginásio. Mas eu era louca por ele.

Neste momento, um barista do Starbucks vem com uma bandeja de amostras.

— Gostariam de experimentar nosso Mocha Frappuccino de Chá Verde e Framboesa Selvagem? — ele pergunta, oferecendo um copinho pequeno de plástico. — Ou talvez um bolinho diet de limão, gengibre e sementes de papoula?

Eu gosto deste lugar. É só sentar ali e eles lhe dão comida grátis. Não estou com sede, mas aceito o doce gratuito.

Bellini estica a mão bem cuidada para o copinho e, enquanto dá um gole no minúsculo canudo, pisca sedutoramente para o barista que — em defesa de Bellini — pelo menos tem um crachá que diz "subgerente".

— Hmm, gostoso — diz a ele. — Foi você mesmo que fez?

Ele sorri.

— Foi, com minhas próprias mãos.

— Belas mãos — ela fala, batendo os cílios.

Ele descansa a bandeja e puxa uma cadeira.

— Incomoda-se se eu me sentar? — pergunta.

Levanto-me abruptamente. Vou dar o fora daqui, mas tenho que admirar Bellini. O encontro às escuras pode não ter dado frutos, mas o conceito de encontros no almoço acertou na mosca. Imagine se ela não ia encontrar alguém enquanto come um bolinho.

* * *

Como Adam teve o bom senso de fazer seu aniversário cair num sábado este ano, posso passar o dia inteiro com ele. Bem, pelo menos até as 5h da tarde. Ele tem algum lugar para ir hoje à noite. Desconversou quando lhe perguntei os detalhes, mas tenho certeza de que vai sair com aquela garota de quem tem me falado.

Fui para lá cedo e agora, enquanto ele atravessa o campus Dartmouth, tento descobrir qual das amigas animadas e adoráveis que gritam "Oi, Adam!" pode ser sua paixão atual, a Mandy. Está frio em New Hampshire e, apesar de eu continuar apertando meu maxicardigã de lã em volta de mim, as universitárias de sangue quente parecem estar todas se pavoneando em shorts jeans cortados com tesoura e tops curtos. Para entrar nesta universidade da Ivy League você obviamente precisa de notas altas e pele à prova de arrepios.

Até agora o dia tem sido perfeito. Ficamos conversando no dormitório de Adam, almoçamos e abrimos seus presentes de aniversário. Adam gostou da nova câmera digital que comprei para ele, mas riu quando viu o relógio suíço. Acho que vai colocá-lo na gaveta junto com o Timex e o Rolex falso, sem falar no Seiko, no Skagen e o Swatch que eu lhe dera nos anos anteriores. Em algum momento, vou ter que aceitar que o novo relógio de sol é o telefone celular. O tempo continua passando, mas sem Bulova.

Adam me leva ansiosamente ao prédio de Física e me guia ao laboratório onde está fazendo um projeto de pesquisa com um respeitado professor. Ele me diz que seu trabalho envolve a procura de neutrinos.

— Pode encontrar alguns em qualquer supermercado — digo.

— Isso é uma piada, mãe? — ele pergunta, levantando uma sobrancelha.

— É claro, querido. — Apesar de que, na verdade, eu poderia estar conversando com um neutrino neste instante e não saber a diferença.

Adam me dá um sorrisinho e se lança em uma explicação detalhada sobre os neutrinos, partículas espectrais que podem atravessar metal com a mesma facilidade com que atravessamos o ar. Aparentemente são bastante diferentes de Cheerios.

— Estou tão orgulhosa de você — eu lhe digo enquanto saímos do laboratório. E estou. É bom quando seus filhos são pequenos e as únicas coisas que sabem são as que você lhes ensinou. Mas é ainda melhor quando eles crescem e podem ensinar a você.

Adam passa o braço em volta do meu ombro e eu fico feliz em perceber que meu filho adulto não tem vergonha de ser visto com sua mãe. Caminhamos por um pátio gramado onde os alunos estão aproveitando o sol. Há toalhas espalhadas por todo lugar e alguns dos garotos estão deitados nelas lendo e outros estão estudando. Então percebo um casal jovem sentado bem próximos, olhando nos olhos um do outro. As mãos do rapaz escorregam gentilmente pelos braços de sua namorada, ele a beija docemente e ela se derrete. Por um momento, imagino como ela está se sentindo deliciosamente extasiada. Suspiro um pouco alto demais.

— Qual é o problema, mãe? — Adam pergunta.

— Ah, nada — digo, mantendo a voz despreocupada. — É só todo esse amor jovem no campus.

Adam chuta uma pedra que por pouco não atinge o casal que se beijava.

— O amor jovem não é tudo o que dizem ser — ele fala.

— Está tendo problemas com a Mandy? — pergunto, ousando ir onde as mães nunca devem ir.

— Não é um problema, na verdade. Eu terminei com ela há dois dias.

— Ah, não. O que houve?

— Nada.

— Nada? Você terminou com ela por causa de nada? — pergunto, tentando manter minha voz controlada.

— É — Adam diz. — Podemos falar sobre outra coisa?

— Não, não podemos — digo petulantemente. — Isso é importante.

— O que é tão importante? Ela era minha namorada, agora não é minha namorada. Fim da história.

— Adam! Como pode ser tão leviano! Tenho certeza de que você a magoou profundamente. Eu o criei para se comportar melhor do que isso. — Respiro fundo antes de continuar meu discurso. — Mandy merecia um pouco mais de você. — Nunca nem encontrei essa garota e já estou tomando o seu lado contra o meu filho. Os laços entre mulheres são poderosos e tal. Ou será que, como mulher recentemente desprezada, estou me sentindo um pouco sensível?

— Mãe, relaxe. Não acha que está sendo um pouco D.D.?

— Não estou sendo D.D. — falo ressentida. Porque como eu poderia estar sendo D.D. quando nem sei o que é isso?

— Deus, você está agindo igualzinho à Mandy. Dramática demais — ele diz, definindo a abreviatura. — Veja só isso. Se você escutar, descobre o que precisa saber.

Andamos em silêncio por um minuto. Estou pensando que quero dizer ao meu filho para não usar Bill como exemplo de como lidar com um relacionamento. Mas decido ser mais equilibrada.

— Só detesto a idéia de você ferir os sentimentos de outra pessoa — falo, com meu mantra familiar. Venho repetindo as Três Regras da Mamãe Para Namoros sem parar. Um: Emoções contam. Dois: Sempre leve em conta os sentimentos do outro. E três: Quando chegar a hora do plano físico, tenha certeza de que ela quer ir em frente tanto quanto você. Tivemos alguma confusão a respeito da última quando Adam tinha 5 anos e se recusou a jogar softball com uma menina chamada Lizzy porque achava que ela não queria tanto quanto ele. Talvez eu tenha começado a ensinar sobre as abelhas e as flores cedo demais. Por outro lado, meu filho pode ser o único físico nuclear gênio que namora.

— Por que você parte do princípio de que fui eu quem a sacaneou? — ele pergunta, irritado.

— Porque os homens podem ser um pouco grosseiros nessas coisas — eu digo. E então percebo o ar mortificado no rosto do meu filho.

— Está bem, se quer saber, nós estávamos em uma festa e eu peguei Mandy beijando outro cara no banheiro. — Adam balança a cabeça. — Não agüento traição. Eu nunca faria isso e não vou deixar que ninguém faça comigo.

Eu aperto sua mão. Então o Adam não é o Bill, afinal de contas. Ou está realmente usando o pai como exemplo. Um exemplo ao contrário. E acabei de cometer um erro grave.

— Desculpe, querido. Eu não devia ter tirado conclusões precipitadas. Me desculpe. Devia saber que o meu filho nunca se comportaria mal.

Ele me dá um sorriso fraco.

— É claro que não. Fui bem criado. E você me fez ler *Mística feminina* quando eu tinha 14 anos.

— O qual, pelo que me lembro, você escondia dentro da sua *Sports Illustrated*. — Eu o abraço. — Separações são difíceis, querido, como quer que aconteçam. Acredite, eu sei. Se precisar conversar a respeito, posso ficar o quanto você quiser esta noite.

— Obrigado, mamãe. Está tudo bem. — Adam puxa o celular do bolso para ver a hora. — Você vai embora daqui a pouco — acrescenta, com um tom ligeiramente ansioso na voz.

Por que ele quer que eu vá embora? Agora que sei que ele não vai sair com a Mandy, fico imaginando o que vai fazer hoje à noite. Quer dizer, é seu aniversário. Adam sempre fez questão de ficar com a família no aniversário.

Família. Eu devia ter pensado nisso. De repente, sei direitinho por que Adam está preocupado com a minha permanência. Mamãe para o almoço de aniversário, papai para o jantar. Todo mundo ganha um pedaço dele e as partes divergentes nunca se encontram.

Mas meu momento de clareza vem um pouco tarde demais. Porque as partes divergentes estão prestes a bater de frente. A cerca de cem metros, vislumbro Bill. Ele também nos viu e agora está atravessando o campo alegremente.

— Parabéns pra você! Parabéns pra você! — Bill canta enquanto se aproxima.

— Ah, merda — balbucia Adam baixinho.

Pobre garoto, de repente tudo deu errado. Mandy o traiu. Seus pais estão prestes a se confrontar. E seu pai nunca conseguiu cantar afinado. E então a coisa só piora, porque um bando de rapazes que estavam jogando futebol por perto interrompem o jogo e decidem se juntar à festa.

— Ei, Adam, quem diria? — grita um, que parece um zagueiro, e aí também começa a cantar "Parabéns pra Você" junto com seus colegas de equipe.

— Estes são seus pais? — pergunta o zagueiro se aproximando, jogando a bola de uma das mãos para a outra.

— Eles eram — resmunga Adam.

— Qual é o problema, está se divorciando deles?

— Não, eles estão fazendo isso sozinhos.

— Ih, cara — diz o jogador, erguendo os braços como se fosse bloquear um passe, ou, nesse caso, mais informações. — Climão. Tenho que ir. Feliz aniversário. Quer encher a cara depois?

Ele vai embora antes que meu querido Adam possa lhe dizer que só está fazendo 20 anos e portanto não sonharia em deixar um gole de Bud Lite passar por seus lábios. Como sua mãe, tenho certeza de que ele não toma nem cidra de maçã.

Enquanto isso, Bill aproveita a oportunidade para passar um braço em volta de Adam e o outro de mim.

— Ei, isso é fantástico. Não sabia que nós todos íamos estar juntos.

— Eu também não — diz Adam.

— É uma grande surpresa vê-la aqui, Hallie — Bill fala jovialmente. Ele parece um pouco feliz demais. Talvez eu devesse avisá-lo agora de que pode parar de se esforçar tanto. Os ingressos para os Knicks não estão comigo.

— Então — diz Adam. — Já que estamos todos aqui, o que vocês querem fazer?

Eu quero estrangular o Bill. Quero fazer com que Adam comece a usar relógio. Quero fugir para as montanhas ou, pelo menos, para a estrada.

— Acho que vou embora — digo. — Não quero pegar muito trânsito.

— Nunca tem trânsito em New Hampshire. Nem estamos na estação de caça — fala Bill, que não parece ver nada constrangedor em estarmos todos juntos.

Estou me sentindo incrivelmente constrangida. Mas talvez ir embora a esta altura seja ainda pior. Além do mais, pode ser uma oportunidade de mostrar ao Adam como seus pais são maduros.

Meus dois homens estão olhando para mim na expectativa.

— Hallie, vamos, fique conosco — Bill diz. — Vai ser como nos velhos tempos. Quando foi a última vez que comemoramos juntos o aniversário de Adam?

— Há um ano — falo secamente.

Bill ri um pouco alto demais e dá um soco no braço do Adam.

— O que me diz? Sua mãe tem um grande senso de humor, não é?

— Ela é ótima — diz Adam, chutando uma pedra novamente. — Gostaria que você soubesse disso.

— Eu sei disso — diz Bill. Ele se vira para mim e agora dá um soco no meu braço. — Você ainda é ótima, Hallie.

Eu o soco de volta, com mais força do que pretendia. E então, soco de novo.

— Isso é saudável, mãe — diz Adam, que está tendo aulas de psicologia. — É bom soltar sua agressividade reprimida.

— Não tenho nenhuma agressividade reprimida — falo, socando Bill mais uma vez, só para enfatizar. Pareço estar desenvolvendo um belo gancho de esquerda. — Por que teria qualquer agressividade contra um homem mentiroso, traidor, sem ética, vil, desprezível, depravado, mesquinho, abominável, asqueroso — não posso fazer nada, os adjetivos vêm como se eu tivesse engolido um dicionário — horrendo e horrível?

Adam limpa a garganta.

— Ele é o meu pai.

Fecho os olhos um segundo para me recompor. Bill veio comemorar o aniversário de Adam. Eu vim pelo mesmo motivo. Ter os pais brigando na sua frente era exatamente o que Adam estava tentando evitar. Não vou fazer isso com ele.

— Ele é o seu pai — falo baixinho. — E ele é um ótimo pai. Me desculpe, Adam.

Segundo pedido de desculpas do dia para o meu filho.

Adam balança a cabeça.

— Tudo bem.

— Que tal se formos todos tomar sorvete antes de eu ir embora? — pergunto, pensando que posso me forçar a ser gentil pela duração de uma casquinha média de sorvete de torrone.

— Ótimo! — diz Adam, animando-se um pouco.

— Ótimo! — ecoa Bill, parecendo aliviado.

Vamos para o centro da cidade, onde uma multidão de estudantes forma uma fila do lado de fora da sorveteria. Em Hanover, esta temperatura de sete graus é praticamente um dia de praia. Consigo manter um fluxo alegre de conversa e tanto Bill quanto Adam parecem gratos. Logo, estamos todos contando histórias — e eu estou começando a relaxar e me divertir um pouco.

Quando finalmente chegamos ao balcão, decido arriscar tudo e peço uma taça grande com chantilly. Posso manter o bom humor tempo suficiente para dar cabo de duas bolas.

Ou é o que eu acho.

Sentamos em bancos altos e Adam está nos contando que talvez seu professor de pesquisa inclua seu nome em um trabalho que está prestes a publicar. Bill e eu não conseguimos não olhar um para o outro. Estamos ambos orgulhosos do nosso filho. O que quer que tenha acontecido com o nosso relacionamento, fizemos um bom trabalho juntos criando nossos filhos.

Bill está brincando, perguntando se haveria um mercado para investimentos em neutrinos, quando percebo alguém familiar esperando na fila do sorvete. Quem eu posso conhecer em Hanover? Não consigo identificá-la, mas por algum motivo ela também está olhando curiosamente para mim. Bill está de costas para a mulher, mas quando ela desvia os olhos de mim para o Bill e para o Adam, uma luz de compreensão cruza seus olhos. Ela tenta sair discretamente pela porta, mas uma nova multidão de estudantes atrás de sorvete entrou e ela está presa.

Assim como eu. Nunca vi a mulher vestida, mas sei exatamente quem ela é.

— Ashlee — falo.

Bill olha para mim, chateado.

— Não vamos discutir isso agora — ele diz.

— Então não devia tê-la trazido aqui — resmungo.

— Eu não trouxe — responde Bill. Ele vira as palmas das mãos para cima, gesticulando para mim e para Adam. — É só o nosso triozinho familiar. Está vendo mais alguém aqui?

— Para falar a verdade, estou — falo e aponto um dedo acusador para a moça no vão da porta, que agora está baixando os ombros e tentando desaparecer. Mas uns caras que vinham por trás dela lhe dão um pequeno empurrão para a frente.

— Você é a próxima da fila — um deles diz.

A autoconfiança de Ashlee parece ter sido drenada de seu corpo. Ela estava muito mais equilibrada quando a vi nua.

Bill se vira, seus olhos seguindo o caminho do meu dedo.

— Ashlee, o que está fazendo aqui? — ele pergunta, a voz se elevando de indignação.

— Comprando sorvete — ela diz timidamente. Parece completamente envergonhada. Não sei o que é pior para ela

— ter dado de cara com nossa festa em família ou ser pega comendo açúcar.

Agora Adam também se vira e aí olha para Bill.

— Pai, você trouxe a Ashlee para o meu aniversário?

— Não, eu não trouxe. Jamais faria isso — ele fala indignado.

— Então, que coincidência — Adam diz sarcasticamente.

— Obviamente fecharam todas as lojas da Häagen-Dazs de Manhattan a Hanover — digo. Depois balanço a cabeça. — Imagine isso acontecer no único dia em que Ashlee estava com desejo de comer um sorvete de calda.

— Desejo? — pergunta Adam. — Ela está grávida?

— Ah, meu Deus, espero que não — diz Bill, subitamente tossindo com tanta força que praticamente cospe fora sua casquinha.

Agora que meu marido está quase histérico, sinto-me bem mais calma. Passo a colher por cima da minha taça e levo uma colherada pequena de chantilly aos lábios.

Ashlee, que ouviu a maior parte da conversa, agora se aproxima cautelosamente da mesa.

— Só entrei aqui para comprar um sorvete pequeno de baunilha sem açúcar — diz Ashlee, deixando claro que não havia feito nada errado, nem com a sua dieta.

Adam não olha para Ashlee, mas em vez disso vira-se furiosamente para o pai.

— Então ia trazer sua nova namorada para jantar? — ele pergunta.

— É claro que não — diz Bill firmemente. — Ashlee veio no carro comigo, mas devia ir à livraria esta tarde. Eu disse a ela que podia até ir ao cinema.

Que cara generoso. Fico imaginando se sugeriu que ela comprasse meia-entrada.

— Tenho certeza de que seu pai não pretendia que você se encontrasse com Ashlee — falo, já que estou sendo magnânima e compreensiva.

Bill dá um sorriso de gratidão, contente por eu ter saído em sua defesa. Sorrio de volta para ele e então ponho minha mão por cima da de Adam e termino minha explicação.

— Ele só trouxe sua amiga junto para poder dormir com ela. Não íamos querer que passasse uma noite inteira sozinho num quarto de hotel, não é? Você tem que entender, Adam. Seu pai é um homem de meia-idade que acha que pode ter tudo o que quer.

Neste momento, tudo o que Bill quer é que Ashlee desapareça. E ele tem uma solução rápida. Enfia a mão no bolso, puxa a carteira e entrega uma nota de 20 dólares para Ashlee.

— Por que você não vai até o final da rua e compra um moletom da Dartmouth para mim? Eu gosto do cinza com letras verdes. Tamanho grande, não extragrande — Ele olha orgulhosamente para mim, assegurando-se que eu veja sua nova e mais esguia silhueta.

Ashlee parece atônita com o pedido.

— Ah, compre um para você também. Compre o que quiser. — Ele puxa outra nota de 20 e tenta entregá-la a ela, como se uma garota pudesse tomar um banho de loja com 40 dólares. Bem, estamos em New Hampshire — talvez ela possa.

Mas Ashlee não pega o dinheiro e, na verdade, parece ofendida.

— Tenho meu próprio dinheiro, Bill — ela diz, chateada. — Você não precisa me comprar.

— Eu fico com as 40 pratas — diz Adam.

Bill hesita e então entrega o dinheiro para ele. Adam precisa, já que a faculdade custa uma fortuna. Esqueça a anuidade. As verdadeiras despesas são pizzas de calabresa tarde da noite, caixas de Bull Run e jogos intermináveis de Texas Hold 'Em.

— Vou lá para fora — diz Ashlee um pouco friamente para Bill. E então para Adam e para mim, ela acrescenta constrangida. — Foi um prazer conhecê-los.

Eu não observo que ela ainda não foi oficialmente apresentada a nenhum de nós dois.

Ela gira nos saltos, mas fica imediatamente cara a cara com os jogadores de futebol amigos do Adam, que o viram e vieram em enxame até a mesa.

— Ei, Adam, essa é a sua irmã? — um deles pergunta.

— Você nos disse que tem uma irmã linda — outro interrompe.

— Eu tenho uma irmã linda — diz Adam, que aparentemente contou a eles sobre Emily. — Mas acontece que esta é... — Ele olha para a rival de sua mãe pela primeira vez. — Esta é alguém que está indo embora.

— Ei, se você está indo embora, venha com a gente — diz o primeiro cara, pondo uma mão forte no ombro de Ashlee. Ela olha para o lindo jovem atleta usando uma camisa de rúgbi listrada que acentua seu torso musculoso.

— Aonde vocês vão? — ela pergunta.

— Voltar ao campus para jogar frisbee.

— Eu sou muito boa em esportes — diz Ashlee, feliz em ter algo para fazer além de comprar roupas para Bill. O grupo se une e rapidamente se dirige para a porta. Alguns minutos mais tarde eu também estou pronta para me despedir. Meu sorvete derreteu e acho que não tenho mais nada para dizer. Além do mais, é justo que Bill e Adam tenham seu tão planejado momento pai e filho a sós, afinal de contas.

Dou um abraço apertado em Adam.

— Feliz aniversário, querido. Eu te amo. Você é o melhor garoto de 20 anos do mundo inteiro. Eu não podia pedir um filho mais perfeito.

Meu filho me abraça de volta e, antes de sair, dou um sorrisinho para o Bill e me abaixo para sussurrar em sua orelha:

— Tenha uma boa noite. E não fique nem por um minuto chateado por sua namorada ter ido embora com o time de futebol inteiro.

Capítulo 8

EU AINDA SEI o telefone dele. Não tenho contato com Kevin Talbert desde os tempos do colégio e, naquela época, minhas amigas me disseram que eu devia esperar que ele me ligasse. Não lhes dei ouvido na época e ainda prefiro ser quem liga do que quem atende, então pego o telefone com confiança e digito o número. Como é que eu ainda tenho esses dez dígitos guardados no meu córtex frontal, mas nunca consigo me lembrar da minha senha de quatro números do caixa eletrônico? Após o primeiro toque, fico torcendo o fio distraidamente (nota: Deve-se sempre ter um aparelho que não seja sem fio em caso de uma tempestade de raios) e penso mais uma vez como é improvável que o Kevin não tenha se mudado desde o segundo grau. Se bem que talvez tenha sido sua mãe que não se mudou.

A mãe do Kevin. Eu não tinha pensado nisso.

Bato o telefone antes que atendam. Nem sempre gostam de mim, mas geralmente não sou alguém que inspira ódio — exceto em Jeanette Talbert. Do momento em que a conheci quando tinha 16 anos, ela detestou tudo a meu respeito. Acusou-me de me exibir quando virei editora do jornal da escola e nunca me perdoou por tirar 10 em latim no mesmo bimestre em que Kevin não passou no teste de direção. Reclamava das minhas roupas e odiava escancaradamente a minha franja — apesar de que, Deus sabe, odiaria ainda mais minha testa cheia de espinhas.

Não, a menor possibilidade de ter que falar com a crítica Jeanette é mais assustadora do que encarar a Ku Klux Klan. E, de qualquer modo, por que eu ligaria para o Kevin? Também sei de cor o telefone da loja de colchões e não ligo para lá.

Mas talvez eles estejam ligando para mim, porque o telefone toca.

— Alô — digo esperançosa. Agora que Bill se foi, percebo que quero uma cama nova, afinal.

— Quem é você e por que está me perturbando? — pergunta uma voz rude.

Não vale a pena mencionar o fato de que essa pessoa acabou de me telefonar — e não vice-versa — porque imediatamente reconheço a rispidez do outro lado da linha: a temível Jeanette Talbert. Pelo tom de sua voz, subitamente me ocorre que Jeanette não odiava só a mim. Ela odeia todo mundo. Quem me dera eu soubesse disso quando era adolescente.

Não respondo rápido o bastante, porque seu rosnado continua do outro lado.

— Pare de fingir que não tem culpa. O que você acha, que eu não sei como essas coisas funcionam? Eu te peguei, está na minha mão. Sei que você me ligou. Eu digitei *69.

Fico momentaneamente pasma por Jeanette realmente pronunciar 69 em voz alta, já que esta é a mulher que me chamou de vagabunda quando me pegou inocentemente beijando Kevin. De todas as possibilidades de um número de retorno de chamada, como foi que a companhia telefônica escolheu esse número picante? Será que o Chris Rock está fazendo um bico como executivo da AT&T? Garotos de 13 anos devem estar se divertindo à beça digitando *69 e rolando de rir. Mas que número Pat Robertson usa quando quer descobrir quem ligou? Ah, é — ele simplesmente pergunta para Deus.

— Jeanette, é você? — pergunto, o mais gentil que consigo ser. — Sou eu. Hallie Lawrence.

— Hallie Lawrence, a vagabunda? — ela pergunta. A mulher não hesita um segundo. Pelo menos não está senil.

— Não, Hallie Lawrence, a oradora da escola. Eu era amiga do seu filho Kevin.

— Sei quem você é — ela late. — Ainda tem aquela franja horrível?

— Não, não preciso dela.

Se aparecer algum problema na minha testa agora, não vou ficar de brincadeira com franjas. Vou direto para a plástica.

— Então, o que quer? — ela pergunta.

O telefone do Kevin. Mas isso é meio direto demais.

— Só estava pensando em você e na sua família e fiquei imaginando como vocês estariam. Sempre me lembro daqueles jantares maravilhosos que tivemos juntos. — Especialmente a salada de frango que estava envenenada com salmonela, apesar de jamais poder provar que ela fez de propósito. Olhando pelo lado positivo, depois de 26 horas de vômito em jatos, eu estava um quilo mais magra.

Obviamente, ninguém jamais disse algo agradável à Jeanette sobre sua comida antes, porque ela fica subitamente mais doce.

— Eram bons tempos, não eram? — fala sentimentalmente.

— É, foram os melhores dias das nossas vidas — digo, igualmente açucarada.

— Você podia vir jantar aqui — Jeanette diz inesperadamente. — Posso descongelar alguma coisa. E tenho um pouco de salada de batatas caseira. Fiz na semana passada.

Ah, que ótimo. Salmonela e mofo em uma única refeição nutritiva.

— Eu adoraria, mas estou fazendo uma nova dieta. Não posso comer nada que comece com "b" — digo, pensando rápido para salvar meu estômago.

— Nada de biscoito? — pergunta Jeanette.

— Nunca.

— Bolo de banana?

— Duplamente ruim.

— Torta de bacalhau? — ela pergunta.

Posso ver que é uma pegadinha.

— Não. Você não pode começar com b nem na segunda palavra.

— Dieta rígida — ela diz, impressionada.

— Estou tentando. Mas aposto que o Kevin ainda devora sua salada de batatas — sugiro, fazendo um desvio desajeitado para levar a conversa para onde eu queria que fosse desde o início.

— Ele devoraria, mas desde que se mudou para Virgin Gorda não vem mais para casa com tanta freqüência. Mas ele está feliz lá. Então, o que mais uma mãe pode querer? — ela pergunta, de certa forma evocando orgulho e auto-sacrifício na mesma frase.

— Virgin Gorda! — digo alegremente. Acho que me lembro de que isso é uma ilha nas Ilhas Virgens Britânicas. Ou talvez nas Ilhas Virgens Americanas. Se são todas virgens, eles devem ter exigências rígidas para moradia.

— O que ele está fazendo lá? — pergunto, subitamente vendo-o casado com uma nativa da ilha que, reflito, chama-se Mary. Posso ver os proclamas agora no jornal local: "Kevin Talbert Casa-se com Mary Virgem". Imagine quem vão ser seus filhos.

— Kevin é fotógrafo submarino. Muito bem-sucedido. Mas é tão independente. Eu gostaria que ele se estabelecesse e se casasse.

Eu amo essa mulher. Nem tenho que pressioná-la e agora sei de tudo.

— Eu me separei do meu marido — falo, as vias de comunicação agora abertas. Além do mais, Jeanette me convidou para jantar, então acho que começou a gostar de mim.

Ou talvez não.

— Não tenha nenhuma idéia — ela diz, subitamente rude de novo. — Não é boa o bastante para o meu Kevin.

— Mas você não me vê desde a época do colégio — falo, argumentando a favor de um caso que nem tenho certeza se quero ganhar.

— Kevin mora no mar — ela diz desdenhosamente. — Não me interessa se você abriu mãos dos "b" na sua dieta. Ou mesmo dos "c", "e" ou "f". Eu nunca poderia imaginá-la de biquíni.

— Eu fico ótima de biquíni — digo, sem convencer muito.

— Talvez se estiver de roupa por cima — Jeanette fala, e agora protegendo seu filho rato de praia da advogada possivelmente gorda, ela desliga o telefone.

Eu costumava encontrar meu grupo de mães de Chaddick o tempo todo quando as crianças estavam na escola, mas agora temos que planejar ocasiões especiais para nos vermos. Para o almoço no dia seguinte na casa da minha amiga Steff, boto como sempre minhas calças pretas que emagrecem (para não parecer a advogada gorda de Jeanette) e acrescento um suéter macio novinho em folha. Estou especialmente orgulhosa por ter sido uma pechincha e mal posso esperar para contar minha dica de especialista — os suéteres da J. Crew são feitos do mesmo cashmere dos suéteres caríssimos da Loro Piana. Apesar de não ter certeza se as cabras se alimentam do mesmo leitelho batido à mão.

— Hallie, adorei o seu suéter — diz Darlie, a mesma linguaruda espalhafatosa que contou tudo sobre a Ashlee na nossa festa do Ninho Vazio.

— Obrigada — falo, apesar de poder ouvir seu tom condescendente. Todo grupo precisa de um membro contra o qual os outros se unem e Darlie é o nosso. Ela passa os dedos pelo fio novo de pérolas dos Mares do Sul caríssimas, obviamente dadas a ela por seu quarto marido, Carl, o rei da importação e exportação. Você paga um certo preço por ser casada com um homem muito mais velho — mas ele paga por todo o resto.

Olhando para as outras mulheres à mesa, Darlie repete presunçosamente o elogio fingido.

— Adorei seu suéter. Adorei seu suéter. E adorei seu suéter — ela diz em sucessão.

Agora percebo que estamos usando suéteres de cashmere da Crew praticamente idênticos. Acho que minha dica de especialista não é exatamente uma notícia exclusiva. Sempre que acho que estou por dentro, descubro que todo mundo também já sabe.

Esqueça Bob Woodward, meus furos não seriam notícia nem para o Geraldo Rivera.

— É, nós todas temos bom gosto. Um gosto adequado — diz Jennifer, olhando para o decote altamente revelador de Darlie.

— Que tédio — diz Darlie, prendendo um bocejo. — Mas acho que na sua idade só se pode escolher o visual adequado.

Quero observar que a nossa idade é a idade dela. Apesar de suas infusões regulares de colágeno, Hylaform, Restylane, Juvederm e outros injetáveis antienvelhecimento, ela não pode mudar sua certidão de nascimento. Apesar de que, se conheço a Darlie, ela já tentou alterar isso cirurgicamente também.

— À Steff — fala Amanda Michaels-Locke, mudando de assunto ao se levantar e erguer sua taça de champanhe num brinde. — Parabéns pelo seu enorme sucesso.

— Obrigada — diz Steff modestamente. E, neste caso, não devia ser modesta. Ela nos convidou para comemorar seu novo empreendimento, mas a festa pode ser um pouco prematura. No momento, tudo o que Steff tem é a idéia para um novo negócio — um kit caseiro para meninas adolescentes furarem as orelhas.

— Como pensou nesse conceito brilhante? — pergunta Jennifer.

Steff sorri e se inclina para a frente para se dirigir ao grupo reunido.

— Vi uma matéria no *Good Morning America* dizendo que, se você quiser ser um empresário de sucesso, tem que encontrar uma necessidade e supri-la. As melhores idéias estão bem debaixo do nosso nariz. Ou debaixo das orelhas — Ela dá uma risadinha.

— Acho que é uma idéia ótima — diz Amanda generosamente. — Principalmente agora que Devon está na Cornell, é algo novo para fazer. Em que estágio você está?

Steff parece preocupada por um momento.

— Estou procurando alguém para construir a máquina, apesar de achar que primeiro eu preciso de alguém para desenhá-la. E há alguns outros detalhes em que tenho que pensar. Meu marido, Richard, não pára de falar de orçamento, preço unitário e lucros. — Ela balança a cabeça. — Será que ele não vê o potencial? O mundo está cheio de adolescentes loucas para furarem as próprias orelhas. Sabem como são independentes nessa idade. Podem imaginar? Isso pode ser maior do que a Barbie.

Nós todas assentimos com prudência, apesar de provavelmente ser mais sensato deixar meninas pré-adolescentes furarem as orelhas da Barbie do que as próprias.

— Mais uma coisa. Estou realmente contente por Richard e eu estarmos trabalhando nisso juntos porque é importante ter um projeto que possamos partilhar. Ajuda a manter o casamento sólido. — Ela olha significativamente para mim, insinuando que, se Bill e eu tivéssemos unidos nossos esforços e inventado um kit de tatuagem na bunda do tipo faça-você-mesmo, poderíamos ainda estar vivendo sob o mesmo teto. Mas aí ela suspira. — Eu só queria que Richard não ficasse inventando tantos obstáculos. Além de tudo o mais, está apavorado com o seguro. Parece achar que as pessoas podem querer nos processar.

— O que há para processar em uma orelha furada? — pergunta Darlie, tocando o brinco de diamante de quatro quilates que pesa tanto na orelha que parece prestes a rasgar seu lóbulo. Talvez isso explique pelo menos um dos problemas em potencial.

Todo mundo se vira para mim, a advogada, para uma opinião profissional.

— Ninguém vai processar a nossa Steff — falo. E estou bastante segura, porque não pode haver um processo sem um negócio real.

— Acho que a Steff é um gênio — diz Rosalie, que deu nossa última festa, a que mandou os convites de ninho feitos à mão. Agora ela está ocupada com um ponto de crochê e já tem uma pilha de rodelinhas ao seu lado. — Em alguns anos, não terei mais crianças em casa e nem tenho qualificações para conseguir um emprego. Na última vez que trabalhei em um escritório, não havia coisas como e-mail e eu ainda tinha que lamber meus próprios envelopes.

— Talvez possa montar um negócio com seus trabalhos manuais — diz Steff, encorajadoramente.

— Ou ter mais um ou dois bebês — Amanda diz animada. — A melhor coisa que já fiz foi ter a outra dupla de gêmeos.

— É, mas você é uma aberração da natureza — diz Darlie, rejeitando sua opinião. — No dia em que Michael e Michaela entraram no segundo grau, você deu à luz Louis e Louisa.

— Sem fertilização in vitro — diz Jennifer admirada. — Só o velho e bom sexo. Quem é que ainda faz isso?

— E sem barriga de aluguel — reclama Darlie. — Nunca mais vou ter um filho sem uma barriga de aluguel. Tenho o nome da mulher que Joan Lunden usou duas vezes, só para o caso do Carl vir com idéias. — Ela acaricia sua pulseira de três fios de diamantes, deixando claro que, se Carl tiver esse tipo de idéia, vai sair muito caro.

— Estamos todas naquela idade em que imaginamos o melhor e esperamos pelo pior — diz Steff filosoficamente. É verdade. Mas eu gostaria de saber que sinapse em seu cérebro a levou do sentido da vida a furar as orelhas em casa.

— Sempre há alguma coisa melhor — Amanda fala otimista. — Você só tem que descobrir o quê. Não ficar parada. Tenha novas aventuras, experimente coisas novas.

— Sei exatamente do que você está falando — diz Darlie, assentindo avidamente. — Eu costumava dizer que jamais usaria outra lingerie que não fosse La Perla. E agora encontrei uma lojinha maravilhosa na Place Vendôme em Paris que faz tudo para mim.

— E talvez daqui a dez anos, quando estiver com os seus 50, você encontre uma lingerie italiana divina — sugere Amanda.

— Nunca vou estar com 50 — diz Darlie, que já está pensando em como evitar uma década inteira.

— Nunca imaginei que chegaria aos 40 ou mesmo aos 30 — resmungo.

— Há um século, a expectativa de vida de uma mulher era de 47 anos — Jennifer nos informa. — O que eu acho que fazia você estar na meia-idade aos 23 anos.

Darlie passa os dedos pelo cabelo com luzes.

— Li numa revista que a idade perfeita é 36. Hollywood pode gostar de jovens estrelas, mas a matéria dizia que a maturidade traz uma certa confiança para a sua beleza. E, sorte minha, tenho exatamente essa idade.

Todas nós tentamos não rir.

— Marilyn Monroe morreu com 36 anos. A princesa Diana também — diz Jennifer.

— Eu não disse que tudo dessa idade era perfeito — fala Darlie na defensiva — Pode ser 35, se preferir.

Amanda ri.

— Não importa mais quantos anos temos. Somos uma geração de mulheres sem limites. Você só tem que se manter aberta.

— Eu me mantenho aberta a tudo. Principalmente quando o professor no clube de tênis dá em cima de mim — diz Darlie, como sempre dando sua opinião.

Há um breve silêncio na mesa.

Rosalie ri.

— Ele é bonito?

— Muito — diz Darlie.

— Quer jogar duplas na terça? — pergunta Rosalie, possivelmente criando um futuro para si mesma que não envolva uma agulha de crochê.

Steff, preocupada que a comida vá esfriar ou com o fato de Rosalie fazer dupla com Darlie em qualquer coisa, bate com a faca no copo.

— Sou grata por ter amigas tão maravilhosas para comemorar comigo — ela fala. — O almoço está servido. Vamos para o bufê.

Pegamos nossos pratos em forma de folha da mesa elegante que Steff arrumou e nos dirigimos para a linda refeição.

— Encomendei um almoço muito especial daquela loja nova, Organic Edibles — Steff diz com orgulho. — É tudo muito saudável. Em vez de fertilizantes industriais, eles usam esterco cem por cento puro.

Isso deveria estimular o apetite? Para a saúde, prefiro continuar com barras de Snickers e um comprimido diário de vitamina.

— O que é isso? — pergunta Jennifer, pegando o que parece ser uma flor.

— A melhor parte. Tudo no almoço de hoje é feito com nastúrcios frescos. Comam — diz Steff, enquanto serve grandes porções das pétalas comestíveis laranja e amarelas nos nossos pratos. Olho com desconfiança, tentando decidir se devo comer aquilo ou guardar para adubar o quintal.

Com cautela, tento dar uma mordidinha num broto amargo e depois, disfarçadamente, cuspo tudo no guardanapo. Amanda tem razão. Temos sorte de poder experimentar de tudo. Mas talvez nem tudo valha a pena.

Dizem que a hora mais barata para comprar passagens de avião é terça-feira, à meia-noite, o que provavelmente dá certo se você não tem um emprego no qual tem que estar de manhã cedo no dia seguinte. Já estou há duas horas no computador, indo e voltando da Expedia para a Travelocity para a Orbitz para a Flyby-Nite.com. (Será que seus vôos saem no escuro ou será que eles só somem com o seu dinheiro?) Podia parar de procurar neste minuto, mas ainda só teria cinco horas debaixo das cobertas. Se eu cair no sono na minha mesa de manhã, Arthur vai me despedir e terei que sobreviver a meses de desemprego com os 22 dólares que economizei nesse jogo de encontre-o-preço-mais-baixo. Definitivamente não é um bom negócio.

Com os olhos turvos, tropeço até a cozinha para me servir de um copo d'água. Abro o congelador para pegar um cubo de gelo e encontro algo melhor — alguns biscoitos de calda de chocolate que fiz para as crianças e guardei no congelador para não cair em tentação. Mas eu estou tentada, então pego um e mastigo avidamente. O sabor dos biscoitos é muito melhor dessa maneira e tenho quase certeza de que o processo de congelamento mata as calorias. Além do mais, todo mundo sabe que qualquer comida que você coma de pé não conta.

Estimulada pela injeção de açúcar, volto para o computador, determinada a comprar a passagem na Expedia, parar de me preocupar com alguns míseros dólares e ir dormir. Mas, quando clico em "Comprar", vejo que a tarifa aumentou 10 dólares nos últimos dez minutos. Não vou jogar dinheiro fora! Não vou comprar! Eu me recuso! Vou rapidamente para a Travelocity, onde a tarifa subiu 12 dólares. Tempo é dinheiro. Na FlybyNite.com, a tarifa está três dólares mais baixa, mas não parece valer o risco. Como uma corretora alucinada, estou desesperada para fechar o melhor negócio.

Em algum lugar no fundo da minha mente, sei que meu pânico verdadeiro não é por causa do dinheiro — é que estou planejando uma viagem de Ação de Graças e comprando uma passagem só. Mas decidi que é isso que eu quero fazer e vou fazer. Clico em "Aceitar Termos e Condições" na minha passagem não-extornável e faço a compra. Pronto. Feito.

Eu me recosto e bato com os dedos no teclado do computador. Não vou ficar deprimida. Foi idéia minha viajar e deixar Bill ficar com as crianças no feriado, já que vão ficar comigo no Natal e nas férias de inverno. Provavelmente vou me sentir péssima por não estar numa feliz mesa de família neste dia de Ação de Graças, mas pelo menos não vou estar em casa sozinha, comendo uma refeição congelada dos Vigilantes do Peso e assistindo à parada da Macy's.

Exausta agora, desligo o computador e subo para ir para a cama, onde fico acordada virando de um lado para o outro. O que eu estava pensando? Havia muitos lugares turísticos no mundo. Podia ter decidido passar o fim de semana esquiando em

Aspen, atirando em pratos nas Adirondacks ou pescando no gelo no Alasca.

Mas, em vez disso, escolhi Virgin Gorda. Todos os sites de viagens dizem que não há lugar mais bonito. Ainda assim, tenho que admitir que o que me atraiu não foram as praias ensolaradas e águas azuis cristalinas, mas algo igualmente irresistível: a idéia de ver meu grande amor do colégio, Kevin. Será que vou conseguir ter coragem para procurá-lo enquanto estiver lá? E, se conseguir, o que ele vai pensar?

Minha lista de coisas para me preocupar fica maior a cada minuto, mas me concentrar nas grandes ansiedades não vai me levar a lugar nenhum, então eu faço o que todas as mulheres fazem — e fico obcecada com meu corpo. Tanto meu encontro com Eric quanto com Ravi saíram bem, mas não tive que encontrar nenhum dos dois usando um biquíni ou até mesmo um maiô Anne Cole com sutiã embutido.

Viro de costas e olho direto para cima. Mas o teto, ligeiramente mofado e enrugado por causa de uma tempestade recente, só me lembra das minhas coxas enrugadas e furadinhas. Vou encontrar o pintor amanhã para pedir que raspe e pinte. Mas quem eu posso encontrar para fazer uns reparos em mim?

Na manhã seguinte, no trabalho, ligo para Bellini para lhe contar da minha viagem — e do meu teto. Imediatamente ela adere à minha causa.

— Se você vai para a praia, vai sem celulite — ela diz.

— Ótimo. Eu tinha certeza de que você saberia como se livrar disso — falo para a minha amiga de pernas macias e sedosas. As únicas covinhas que Bellini já teve são no rosto.

— Não seja boba. Se eu soubesse como me livrar da celulite, venderia o segredo e compraria uma casa em Virgin Gorda. Ou, pensando melhor, eu poderia comprar Virgin Gorda.

— Então consertar as minhas pernas é impossível?

— Nada é impossível. Beba muita água e ligue-me pela manhã.

— Já é de manhã. E por que tenho que beber água? — pergunto, talvez um pouco prática demais para todo esse negócio de beleza.

— Água sempre faz bem e preciso de tempo para examinar meus arquivos. Eu ligo para você.

Vinte minutos mais tarde, Bellini se transformou na Jonas Salk das coxas gordas. Ela acredita que existe uma cura e não vai descansar até encontrá-la.

— Achei montes de possíveis soluções, então vamos lá — ela diz com eficiência. — Número um: você tem alguma coisa contra agulhas?

— Muitas. Não preciso de agulhas em nenhum lugar perto de mim. Eu nem sei costurar.

— Bem, isso elimina a acupuntura, que de qualquer forma deve funcionar melhor para enxaqueca. Mas algumas pessoas juram de pé junto pela mesoterapia. É uma solução de enzimas e detergente, injetada diretamente na gordura para dissolvê-la.

— Eu não consigo nem encontrar um detergente que derreta as manchas de ketchup — digo.

Ela suspira e posso ouvi-la riscando duas coisas da lista que deve ter rabiscado.

— Está bem, como se sente em relação a coisas quentes?

— Sim para chuveiros, não para molhos — falo.

— Podemos pensar em Thermage. É um novo processo que manda freqüências de rádio pulsando através da sua pele. Às vezes queima um pouco.

— Posso agüentar a queimadura — digo com bravura. — Mas uma freqüência de rádio? O meu limite é ouvir Garrison Keillor.

Ouço mais um barulho de riscado.

— Há mais uma coisa — ela diz um pouco hesitante. — Não sei se é verdade ou lenda urbana. Ouvi falar de uma mulher em um spa em Manhattan. Se quiser me encontrar amanhã, vale a pena tentar. Ela é chamada de Exorcista da Celulite.

Vou do meu escritório no centro da cidade até o SoHo, o que para mim é como fazer uma viagenzinha exótica a Paris. Diferente da linha estéril de arranha-céus onde eu trabalho, este bairro ostenta butiques charmosas, cafés ao ar livre e mulheres vestidas com roupas caras exibindo sacolas de marcas famosas. As galerias de arte costumavam ser a atração, mas o aluguel ficou alto demais e a maioria delas foi substituída por lojas de grife. Agora, as compradoras chiques que vêm aqui são poupadas do esforço de fingir que estão tão interessadas em Chagal quanto estão em Chanel. A não ser que cambaleiem vinte quarteirões em seus saltos-agulha até a nova meca das artes, são misericordiosamente liberadas do constrangimento de tentar fazer comentários inteligentes sobre as esculturas de palavras em néon de Jenny Holzer.

Olho de novo para o endereço que Bellini me deu e me dirijo para o spa da celulite, que parece ser bem ao lado do caríssimo empório Dean & DeLuca. Muito conveniente. Você pode devorar uma fatia de camembert importado de 30 dólares e correr para extrair a gordura no instante em que ela chega aos seus quadris.

Entro cautelosamente e encontro instalações bem modernas para uma exorcista. Não consigo imaginar Linda Blair vomitando jatos verdes nesta sala de espera rosa-claro. Mas, se não estou enganada, a mulher esbelta sentada num sofá no canto é uma outra Linda — a Evangelista .Está folheando uma *Vogue*, provavelmente tentando encontrar uma foto de si mesma e ver se conseguiu retomar a carreira.

Como Bellini ainda não chegou, sento-me de frente para Linda, que está usando um jeans justo, suéter de gola alta e botas de salto alto forradas de pele. Muito chique e pronta para os paparazzi. Vejo fotos de Linda em revistas e outdoors há tantos anos que tenho a sensação momentânea de que somos amigas.

— Então, quem lhe pagou 10 mil dólares para tirar você da cama esta manhã? — gracejo, parafraseando sua famosa frase sobre quanto dinheiro é preciso para seduzi-la a ir a um estúdio fotográfico.

Ela ergue os olhos de sua *Vogue* e me lança um olhar gélido. Contato visual de top model. Posso praticamente nos ver virando amigas e alugando uma casa juntas em Nantucket no próximo verão.

— Me desculpe — falo, tentando recomeçar melhor. — Não queria tocar num assunto delicado. Você fez um comentário idiota na vida e é só do que as pessoas se lembram, não é?

Bellini entra neste exato momento, acena alegremente e senta-se ao meu lado.

Pulando o olá, ela se inclina e com um sussurro que acordaria até o fantasma do Hamlet, diz:

— Psst, acho que essa é a Christy Turlington.

— Linda Evangelista — falo presunçosamente.

— Tem razão. Nossa, imagino quem pagou 10 mil dólares para tirá-la da cama esta manhã — Bellini diz.

Linda joga sua *Vogue* na mesinha e dirige-se para a saída batendo os pés. Aparentemente, nenhuma quantia seria suficiente para que ela permanecesse na mesma sala conosco. Acho que a incomodamos mais do que percebemos, porque, pela janela, eu a vejo indo direto para o Dean & DeLuca.

— Linda, não faça isso! — grito para ela, abrindo um pouco o vidro. — Você ainda é bonita! Fume cigarros! Beba! Só não coma queijo, por favor! Prometa-me que não vai comer camembert!

Bellini corre para o meu lado. Acho que ela vai me puxar para longe da janela, mas em vez disso ela também se inclina para fora.

— Linda, volte. Você tem mesmo celulite? Como é que alguém tão magra como você pode ter celulite?

Nós duas nos afastamos da janela e caímos na gargalhada.

— Com aquele corpo, ela não pode ter celulite — digo. — Devia estar aqui só para ler a revista.

— Não necessariamente — diz Bellini. — Somos todas irmãs por baixo da pele.

— Somos todas irmãs com caroços? — pergunto.

— Não por muito tempo — Bellini promete.

Minha consulta é a próxima. A atendente aparece e me leva para uma sala de tratamento e eu insisto para que Bellini venha comigo e fique ao meu lado. Como uma menina de 13 anos num encontro duplo, não vou passar por isso sozinha. A atendente me entrega um collant branco e me manda vesti-lo. A própria Exorcista da Celulite vai entrar em um instante.

Quando ela sai, fico segurando o material elástico nas mãos. Isso pode ser tão difícil quanto o fio-dental no salão de bronzeamento artificial. Não visto um collant desde que fui um carvalho dançante na comemoração do dia da árvore na segunda série. Esse foi o dia em que tropecei em um dos meus próprios galhos e desisti para sempre de uma carreira promissora no balé. De lá para cá, o formato dos collants — e o meu — mudou consideravelmente.

— Como esperam que eu entre nisso? — pergunto, puxando o collant até os joelhos, mas incapaz de puxá-lo um centímetro mais para cima. — E o que é esse negócio, por falar nisso?

— Uma luva corporal para sistema de pressão — diz Bellini, lendo no papel que a atendente deixou. — Ajuda a retirar as impurezas das suas células e estimula o sistema de drenagem linfática.

— Cortando a minha circulação?

— Usando quaisquer métodos necessários. Além do mais, desenvolveram isso na NASA.

— Quando vou ganhar o Tang? — pergunto.

— Aqui, todas só bebem Kool-Aid — Bellini fala com um sorriso malicioso.

Faço uma careta e puxo com mais força. É claro que vou estar mais magra quando vestir isso, porque não vai haver mais nenhum ar no meu corpo. Lutando para puxar o material apertado por cima das coxas e quadris, me retorço para enfiar os braços nas mangas finas. Finalmente estou vestida. Envolta como a melhor salsicha Jimmy Dean, rolo para cima da mesa de tratamento revestida de couro e fico olhando para o agourento equipamento pairando acima de mim. Eu me mandaria rápido daqui, mas não consigo me mover. Provavelmente esse é o verdadeiro propósito da roupa.

— O que é isso? — pergunto, apontando para a máquina ameaçadora com as assustadoras mangueiras de sucção. — Parece um antigo aspirador de pó Hoover.

— Não é um Hoover e nem mesmo um Oreck — vocifera uma voz irritadiça.

— Um Dustbuster? — pergunto humildemente, virando-me para a figura vestida de preto que acabou de entrar. Ela mal tem um metro e meio de altura, mas enche o aposento com sua juba de cabelo ruivo crespo e sua capa preta esvoaçante. Obviamente, a Exorcista da Celulite chegou.

Ela mexe em alguns interruptores e, um instante depois, quando a máquina começa a estalar, aproxima-se ameaçadoramente de mim com uma mangueira grossa e pulsante.

— Hmm, pode por favor me dizer o que vai fazer, antes de começar? — pergunto, sempre a consumidora informada. Apesar de que, se eu realmente fosse uma consumidora informada, provavelmente não estaria aqui para começar.

— Quieta. Tem que parar de pensar e simplesmente acreditar — ela diz.

— Nós acreditamos — Bellini fala, como se estivesse tentando manter a Sininho, e a minha esperança, vivas. — Como podemos não acreditar? Você é a Exorcista da Celulite, certo?

Ela gira nos saltos, claramente irritada.

— A Exorcista? Ninguém me chama assim na minha cara. Eu tenho credenciais sérias. Formação médica.

— Você é o quê? — pergunta Bellini, querendo saber no que ela me meteu.

— Uma veterinária.

Está bem, eu tenho auto-estima. Isso não significa que ela me considere uma leitoa.

— Eu ser veterinária não é tão estranho quanto você pensa — ela diz, enquanto prende o bocal no alto da minha coxa. — O procedimento se chama endermologia e começou como uma massagem de camadas profundas em cavalos machucados. Aí, um estimado colega percebeu o incrível efeito colateral. Nenhum dos cavalos tinha celulite.

Vasculho meu cérebro, tentando pensar que já tinha visto celulite no Secretariat. Definitivamente não em Seabiscuit.

De repente, sinto um puxão na minha pele e me agarro à beirada da mesa para não ser sugada para dentro pela máquina — apesar de claramente já ter sido enrolada.

A Exorcista passa o aspirador em mim como se eu fosse um sofá bambo, explicando que os cilindros motorizados estão levantando, esticando e girando para aumentar a produção de colágeno e deixar a pele mais lisa. E melhor de tudo, estamos nos livrando do tecido conectivo endurecido, apesar de eu já estar meio acostumada com aquele velho tecido conectivo endurecido. Não é a única coisa que me mantém de pé?

— Sinto o problema deixando a sua pele — a Exorcista entoa. De repente, eu a imagino balançando um crucifixo por cima das minhas coxas furadinhas. E por que não? A celulite é obviamente trabalho do diabo.

— Está sentindo a gordura subcutânea e as toxinas sendo quebradas? — ela pergunta grandiosamente.

Na verdade, sinto o contrato social do século XXI sendo quebrado. Sou uma mulher bonita e inteligente com um diploma de Direito de uma universidade da Ivy League e um bom senso de humor e estou deitada aqui com uma Exorcista, um aspirador de pó e a fraca esperança de coxas mais magras. É, a civilização como nós a conhecemos está prestes a chegar ao fim — ou então avançou além de nossos sonhos mais loucos.

Quando a Exorcista finalmente desliga sua máquina barulhenta, ela dá um tapinha na parte posterior das minhas coxas.

— Bom começo — diz definitivamente. — Faremos isso duas vezes por semana. Mais 14 sessões. Tenho certeza de que vamos ver melhoras.

Duas vezes por semana por mais sete semanas? É um compromisso mais longo do que o que George Bush fez em ser um conservador moderado.

— Não tenho esse tempo. Estou indo para o Caribe — digo a ela.

Seus olhos se iluminam.

— Não é inédito uma cliente me levar junto em suas férias — diz ansiosamente.

Penso nessa idéia por um minuto. Minha exorcista pessoal à disposição dia ou noite para quebrar minha gordura subcutânea — sem falar em quebrar minha conta bancária.

— Obrigada — falo, conseguindo sair da mesa e ficar de pé. — Vou viajar solo.

Capítulo 9

MAIS OU MENOS PELA DÉCIMA SÉTIMA VEZ, Emily me liga da faculdade para me perguntar se eu realmente vou ficar bem sozinha no dia de Ação de Graças. Estou determinada a posar de corajosa, então acabo com suas preocupações.

— É só um feriado onde se come uma ave morta — falo alegremente. — Além do mais, nunca gostei de *cranberries*. O molho é sempre encaroçado, torta de pecã faz mal e quem é que quer comer batata-doce com marshmallows?

— Você adora marshmallow — diz Emily, que me conhece muito bem.

— Só no sorvete. Além do mais, vocês vão gostar de estar com o papai.

— Tem certeza de que o papai não vai estar com aquela mulher? — Emily pergunta.

— Tenho, vocês vão para a casa da vovó Rickie, como sempre. Papai jamais iria para a casa da mãe com a Ashlee.

— Por favor, não diga o nome dela em voz alta — diz Emily. — Me dá vontade de vomitar.

A outra linha de telefone toca.

— Espere um segundo — falo, vendo o identificador de chamada mostrando o número de Adam. — Seu irmão está na outra linha.

Em vez de botar Emily em espera, seguro o telefone com a mão esquerda e pego um outro sem fio com a direita. Com um telefone aninhado de cada lado da minha cabeça, estou cercada pelos meus filhos.

— Oi, Adam — falo.

— Oi, mãe. Escute, eu só queria verificar. Tem certeza de que vai ficar bem no dia de Ação de Graças?

— Sim, vou ficar bem — digo.

— Como o Adam está? — Emily pergunta do telefone à esquerda.

— Sua irmã quer saber como você está — falo, virando para a direita enquanto brinco de telefone.

— Diga a ela que eu estou bem.

— Ele está bem.

— Mas estou preocupado com você — Adam grita, tentando chamar a atenção.

— Ele está preocupado — relato obedientemente para Emily.

— Eu também — diz Emily, alto o suficiente para eu ter quase certeza de que Adam a ouviu sem eu ser a intermediária. Ou intermãe.

— Por que vocês estão preocupados? — pergunto, segurando os dois telefones perto da boca para poder falar com meus dois filhos ao mesmo tempo.

— Porque você é a nossa mãe.

— Porque mais pessoas cometem suicídio durante as festas de fim de ano do que em qualquer outra época do ano — Adam acrescenta a informação.

— Não vou me suicidar — eu falo.

— O que você disse sobre suicídio? — grita Emily. — Suicídio? Eu sabia. Você está deprimida.

— É claro que ela está deprimida — diz Adam. — Como poderia não estar? Nós não vamos estar com ela.

— Não é saudável ficar sozinha no dia de Ação de Graças — diz Emily.

— A única coisa na minha vida que não faz mal à saúde é perder um jantar de Ação de Graças lotado de calorias de carboidratos — insisto. — E planejei uma viagem fantástica. É claro que vou sentir falta de vocês, mas eu vou ficar bem. O que de ruim pode acontecer em uma praia?

— Pode esquecer seu filtro solar, ter câncer de pele e morrer — diz Emily, que aparentemente está mais chateada com isso do que eu havia imaginado. — Ou pior ainda, você só vai sofrer e eu vou ter que abandonar a faculdade e cuidar de você.

— Não, eu vou tomar conta dela — diz Adam heroicamente.

— Eu sou a filha. Sou eu que faço isso.

— Você nem conseguiu assistir a *Laços de Ternura* — desdenha Adam. — Assim que a Shirley MacLaine começou a gritar pela morfina, você foi se esconder.

— Não fui, não. Eu tinha que ir ao banheiro — retruca Emily.

O momento com que toda mãe sonha. Meus filhos brigando para ver quem vai se sentar ao lado da minha cama e me dar comprimidos de cianureto.

Ainda assim, a gritaria estereofônica está começando a me dar dor de cabeça. Coloco cuidadosamente os dois telefones na mesa, de frente um para o outro, e me afasto. Deixe que as crianças discutam isso. Tenho que fazer as malas.

Mas não faço uma mala pequena o suficiente.

— Vai ter que ir com a bagagem. É grande demais para ir com a senhora — diz a comissária de bordo no portão de embarque, enquanto tento embarcar no avião no aeroporto Kennedy. É quarta-feira do fim de semana do dia de Ação de Graças e, como esperado, o terminal está um tumulto.

— Mas é de mão — digo a ela, puxando a etiqueta de couro na mala Tumi. — Veja. Está escrito bem aqui: *de mão*.

— Só quando está vazia. Agora, ela está supercheia. — Ela cutuca a mala estufada e sacode a cabeça. — Deixe-me adivinhar. A senhora precisava de seis pares de sapato para uma viagem de três dias.

— Cinco — digo na defensiva. — Mas, para ser sincera, eu provavelmente não precisava das sandálias cor-de-rosa, já que tenho a bege. Mas, sinceramente, o que você usaria com o vestido branco de ilhoses Marc Jacobs?

— Não bege — ela fala, franzindo o nariz.

— Exatamente. Mas precisaria da bege para usar com a saia cáqui.

— Tem razão.

Atrás de nós, as pessoas na fila de embarque estão ficando um pouco impacientes. Mas isso não altera em nada nossa conversa fiada.

— Incomoda-se de abrir a mala? — ela me pergunta.

— Mais verificações de segurança?

— Não, só estou louca para ver o vestido Marc Jacobs novo. Acho que a Lindsay Lohan usou um na pré-estréia de um filme na semana passada.

Eu ergo a mala para cima da mesa e começo a abri-la.

— Com licença, senhora — diz o homem atrás de mim na fila, obviamente ansioso para entrar no avião. — Se é para agilizar as coisas, eu tenho umas cuecas Calvin Klein que posso lhe mostrar.

A comissária olha para ele com desconfiança, provavelmente porque ele nem está carregando uma mala.

— Por que você não embarca? — ela diz para mim. — Leve sua mala de mão. Eu a guardarei para você mais tarde no armário da primeira classe.

— Obrigada — falo, aliviada por estar a caminho. — E pode olhar o vestido quando quiser. Na verdade, fique com o vestido se quiser.

Três horas depois, correndo entre os terminais no aeroporto de San Juan para pegar minha conexão, começo a desejar que a comissária tivesse confiscado o vestido e alguns pares de sapato e deixado a mala um pouco mais leve. Chego ao portão de embarque suada e sem fôlego com três minutos de sobra. Previsivelmente, há um anúncio nesse exato momento de que o avião vai atrasar duas horas.

Eu me arrasto com a minha mala até a praça de alimentação do aeroporto onde, sem nem piscar, Cinnabon ganha a concorrência com o Salad King pela minha escolha. Com meu doce na mão, sento-me numa mesinha de plástico, sozinha. À minha volta, crianças correm para cima e para baixo gritando, bebês choram, maridos e esposas discutem sobre quem está com as passagens. O barulho é insuportável. Ainda assim, de repente até o tumulto das cenas familiares me parece muito atraente. Adam e Emily estavam certos que é chato ficar sozinho no dia de Ação de Graças.

Verifico meu relógio. Só mais uma hora e cinqüenta minutos até meu avião sair. O que fazer para passar o tempo? Eu poderia comprar mais alguns Cinnabons, mas isso provavelmente me garantiria um telefonema pessoal da Anne Cole me pedindo para nunca mais aparecer em público com um de seus trajes de banho. Não, vou só ler a revista *People* que comprei — e ver que celebridades se separaram esta semana. Dou uma olhada na contracapa, que tem um anúncio do Citibank advertindo sobre roubo de identidade. O que mais pode ter acontecido com a feliz advogada-mãe-mulher-esposa que sempre teve a família à sua volta nos feriados? Para onde ela foi?

Ah, pare com isso, garota. Ela está bem aqui. Pare de ter pena de si mesma e controle-se. Vasculho na minha mochila de couro atrás de uma caneta esferográfica. Não preciso de um peru para me lembrar de ser grata. No espaço branco em torno do anúncio, escrevo cuidadosamente "Dez Motivos Pelos Quais Sou Grata". Por segurança, risco o "dez" e escrevo "cinco". Agora não é o momento de me botar sob mais pressão.

1. *Adam*

2. *Emily*

Faço uma pausa e mastigo a ponta da caneta. Isso é roubar? Sim, definitivamente. Viro a revista e começo de novo.

Cinco Motivos Pelos Quais Sou Grata.

1. Adam e Emily.

2. Um emprego de que gosto e que me dá satisfação.

3. Bons amigos.

4. Cabelo cacheado que não encrespa muito na umidade.

Muito bem, agora o número cinco. Sei que há um cinco. Provavelmente há cinqüenta se eu pensar de verdade, mas só tenho que pensar em mais um. Isso não é muito difícil.

5. Eu gosto de quem sou.

Examino minha lista cuidadosamente e dou um sorrisinho. Depois de tudo o que aconteceu recentemente, estou indo muito bem. Eu sempre soube que tinha grande capacidade de adaptação, mas acho que surpreendi a mim mesma. Não são as circunstâncias da sua vida que fazem você feliz ou não, é como as enfrenta.

Jogo fora o Cinnabon quase intocado e limpo a cobertura grudenta das mãos. Quando me viro, sou atingida no meio da cara por uma batata frita voadora, lançada por um menino de 7 anos.

— Muito criativo — digo a ele, limpando um pouco de ketchup da minha bochecha. — Não são todos os meninos que sabem fazer uma atiradeira com canudinhos.

Seus pais parecem horrorizados, mas eu lhes dou um grande sorriso, determinada a acentuar o positivo em tudo. Pelo menos até ter que vestir minha roupa de banho.

As fotos na Internet não mentiram. As praias de areia branca de Virgin Gorda são as mais deslumbrantes que já vi, cheias de grutas escondidas e enormes formações rochosas. A água é cristalina e meu espaçoso chalé de estuque cor-de-rosa é escorado charmosamente em palafitas, dando-me uma vista de tirar o fôlego dos barcos a vela que salpicam o porto. Perfeito. Sinto uma ligeira pontada quando percebo que o chalé tem um segundo quarto. Se Bill não tivesse sido tão idiota, podíamos estar aqui com as crianças, todos nós juntos. Se, se, se. Se os porcos tivessem asas. Não posso pensar no que não é; estou aqui pelo que pode ser. E hoje o que pode ser envolve um longo passeio pela praia ensolarada e um mergulho na água salgada. Amanhã, com meu novo bronzeado (definitivamente melhor do que o artificial), vou pensar em procurar o Kevin. Já sei que ele mora do outro lado da ilha. Vai ser preciso uma longa viagem pelas ondulantes colinas para encontrá-lo.

Visto um short e uma camiseta e enfio os pés em meus chinelos de borracha. Os outros quatro pares de sapatos, sem falar nas saias e vestidos de verão, provavelmente nunca vão sair da mala. E, ah, é, eu também trouxe dois suéteres pesados. O Weather Channel disse que o Caribe estaria com a agradável temperatura de 27 graus, mas fazendo 1 grau negativo em Nova York, não consegui imaginar "agradável". A lei para fazer as malas para as férias é que você leva tudo e nunca usa nada. E, de alguma forma, eu não aprendo jamais. Da próxima vez, vou fazer exatamente a mesma coisa.

Saindo para conhecer o lugar, respiro fundo. O aroma doce de frésias enche o ar. A ilha não é exatamente superpovoada. Vejo praia de um lado e vegetação raquítica do outro. Enquanto ando por uma tranqüila estrada de terra, duas cabras começam a me seguir. E pensar que Adam e Emily estavam preocupados que eu fosse ficar sozinha.

Debaixo do sol quente e brilhante, a idéia de procurar Kevin está parecendo meio vaga. Não há razão para pensar que teríamos mais coisas em comum agora do que tínhamos no passado, quando eu estava a caminho de Columbia e ele só a caminho.

Formávamos um casal e tanto, Kevin com sua jaqueta preta de motoqueiro e eu com meu vastidinho de algodão. Isso é que é atração entre opostos; uma vez eu disse a ele que nós fazíamos tanto sentido juntos quanto um pingüim e uma zebra.

— Mas isso faz sentido. Os dois são brancos e pretos. Têm muito em comum — ele dissera sinceramente.

Ficava maravilhada com sua sabedoria. Na época, sua resposta sem sentido pareceu tão inteligente que tinha certeza de que só eu entendia a genialidade de Kevin. Ele segurava a minha mão quando saíamos juntos da escola, na emoção do primeiro amor. Matávamos aula — uma experiência nova para mim, mas esse era o atrativo de bad boy do Kevin. Ele fazia suas próprias regras, e eu estava deslumbrada.

Mas estou tão desesperada assim, procurando o garoto que beijei no colégio? O nosso relacionamento pareceria muito inocente agora. Sua mão nunca subiu acima do meu joelho, mas eu quebrei seu dedão de qualquer maneira. Juro que foi um acidente. Uma noite, ele se inclinou para um último beijo de boa noite no momento em que eu estava fechando a porta do carro. Slam, bang, snap. Kevin apareceu no dia seguinte com o braço engessado. Nunca mais falou comigo. A menor coisinha pode terminar um relacionamento.

Meu passeiozinho me levou para a cidade, onde perambulo por uma loja de velas, uma loja vendendo isca de pesca e um lindo café ao ar livre. Sento-me numa das mesas de metal sombreada por um guarda-sol vermelho e branco da Campari. Todo café no mundo parece ter o mesmo guarda-sol. Pode ser que a empresa tenha ficado mais famosa por seus guarda-sóis do que por sua bebida.

— Bem-vinda — diz um garçom nativo alto que se aproximou lentamente da minha mesa. — Bebida?

— Claro. Que tal um Campari com soda? — falo, sentindo uma nova fidelidade pela marca que foi gentil o bastante para me proteger da insolação.

— Campari? Nunca ouvi falar. Mas posso lhe oferecer alguns runs locais excelentes — ele diz com um sotaque cantado.

Será que o pessoal do rum pagava pelas cadeiras? Eu odiaria apoiar uma bebida que não faz propaganda.

— Rum está ótimo. O que você sugere? — pergunto.

— Vou fazer um drinque especial para você. Duplo — ele diz, dando uma piscadinha para mim.

Enquanto espero meu não-sei-o-quê duplo, observo ociosamente a cena de rua à minha frente. Uma cerca baixa de madeira separa o café da rua e algumas crianças nativas de short vermelho brilhante e descalças passam correndo, seguidas por alguns cães latindo. Um homem empurrando um carrinho de frutas sorri para mim e me dá uma fruta por cima da cerca.

— Goiaba? — ele pergunta. — Acabei de colher. Cinqüenta centavos.

— Não, obrigada — digo educadamente.

— Manga? — ele segura a fruta fresca de aroma doce, mas balanço a cabeça dizendo que não.

— Tome. — Ele a põe na minha mesa. — Para você. Meu presente. Feliz dia de Ação de Graças.

É gentil da parte dele comemorar o dia de Ação de Graças, considerando-se que Virgin Gorda é território britânico. A única razão para acabarmos tendo o banquete de peru-e-torta-de-abóbora para começo de conversa foi porque os Peregrinos fugiram das colônias inglesas. Graças a Deus está tudo perdoado e podemos apreciar as bênçãos de Elton John.

A alguns metros de distância, percebo uma mulher sentada em uma esteira, tecendo uma linda cesta de junco. Alguns turistas param para admirar seu trabalho e escolhem uma da pilha ao seu lado para comprar. Talvez eu devesse dizer a Rosalie que há oportunidades de negócios para ela aqui. Se seus ninhos de ráfia e peças de crochê não forem um sucesso, ela pode abrir uma barraquinha de Campari.

Um homem bonito que está passando pára e se apóia na cerca perto da tecelã de cestas. Ele abre a garrafa de Coca que está segurando e dá um longo gole. Seu cabelo tem mechas louras por causa do sol e ele está profundamente bronzeado. Seu rosto tem aquelas rugas sexy que fazem os homens parecerem atléticos e rústicos — e que só faz as mulheres parecerem acabadas. Está usando bermuda cáqui e uma camiseta branca com as mangas arrancadas que acentua seus ombros largos e braços musculosos.

Pendurada em seu braço está uma bolsa de náilon azul bem cheia. Ele procura dentro dela e puxa uma câmera com lente teleobjetiva. Deve ser um brinquedo novo em folha, porque ele folheia um manual de instruções e então, erguendo a Nikon SLR à sua frente, tira algumas fotos. Verificando as imagens digitais que tirou, faz alguns ajustes nas configurações e começa a fotografar de novo. Em rápida sucessão, ele captura as crianças fazendo algazarra, o homem das frutas e a tecelã de cestas, aí se vira para fotografar o garçom, o casal na mesa ao lado e então, aparentemente, eu.

A câmera parece ficar focada em mim por um pouco de tempo demais. Aí, o fotógrafo lentamente abaixa a lente e me encara de frente.

— Minha nossa — diz exuberantemente. — Hallie Lawrence. Eu sei que é você.

Ele leva meio segundo para botar a tampa na lente de sua câmera, depois corre até mim, me agarra num abraço de urso e me ergue da minha cadeira. Começa a me girar, mas envergonhada, eu agito minhas pernas e acidentalmente atinjo seu joelho.

Ele me coloca no chão e dá um sorriso.

— Esta é a Hallie da qual me lembro — fala, sacudindo a perna. Como lembrete do que está dizendo, ele mexe o polegar para mim. — Anos de fisioterapia, mas está quase perfeito.

— Eu me preocupo com esse polegar há anos — falo. Eu rio e balanço a cabeça. — Kevin, não acredito que seja você. Que coincidência.

— É, é, de todos os bares no mundo. — Ele dá um sorriso largo e eu coro, lembrando-me da noite em que me levou para o drive-in quando estavam passando *Casablanca*. Não vimos muito do filme, mas sempre dissemos que era o nosso favorito.

Ele passa um dedo carinhosamente pelo meu rosto.

— Minha mãe disse que você ligou, e eu estava esperando que me achasse.

— Só estou aqui de férias. Um fim de semana longo — digo como uma boba.

Kevin assente.

— Você está ótima. Mamãe também disse que você se separou. Sinto muito saber. Bem, não realmente. Que tal jantar comigo hoje à noite? Conheço um lugar muito romântico.

Engulo em seco. Isso não é meio rápido? Não vamos falar sobre o passado e tomar café antes que "romântico" entre na equação? Por outro lado, Kevin nunca foi de se conter. Não vou ficar ali por muito tempo e bancar a difícil, não vai funcionar.

Ainda assim, enrolo para ganhar tempo.

— É, estou separada. E você?

— Minha mãe não lhe contou isso também? Eu não tomei jeito, como ela diz.

— Namoradas?

— Dezenas. Mas ninguém no momento. Pelo menos ninguém que tenha importância.

Não pergunto o que faria alguém ter importância. Por enquanto, ele só está me convidando para jantar.

— Eu adoraria vê-lo hoje à noite — falo, imaginando se vou tirar as sandálias cor-de-rosa da mala afinal.

— Não planeje chegar cedo em casa — ele diz com um sorriso. E então, no caso de eu não entender o que tem em mente, inesperadamente me agarra e de repente estamos num abraço apertado que não é nada como eu me lembrava. Os braços de Kevin parecem fortes em torno de mim e seus beijos antigamente abruptos de menino foram amadurecidos com uma ternura máscula. Eu acho que devia interromper o beijo, mas, por algum motivo, não o faço.

Kevin se afasta primeiro.

— Incomoda-se de me encontrar no restaurante? Tenho uma sessão de fotos hoje à noite. — Ele consulta o relógio, que ou é um Breitling de mergulho ou uma boa imitação. — Na verdade, eu devia estar indo para lá agora. Mas devo acabar lá pelas 21h. Pegue um táxi no hotel e diga ao motorista que quer ir para o Top of the Hill. Todo mundo conhece.

Ele passa os braços pela minha cintura e me beija mais uma vez. Meu coração palpita igualzinho aos tempos de escola enquanto prometemos nos encontrar mais tarde. Estou flutuando no caminho de volta para o meu chalé, e não é pelo rum duplo.

Repito 12 vezes para mim mesma o nome do restaurante no qual devo encontrar Kevin. O vestido Marc Jacobs vai ver a luz do dia, afinal de contas. Ou a luz da lua. Eu nos imagino sentados a uma mesa para dois, estrelas cintilando acima enquanto uma brisa suave adeja nos meus cabelos. Diremos coisas doces um ao outro. Eu vou sair para um encontro romântico, um encontro de verdade — e por que não? Kevin me deu um beijo ótimo.

Subo os degraus para o meu chalé e me sinto borbulhante com uma antecipação juvenil. Ah, minha varanda ensolarada. Me empoleiro na beira de uma espreguiçadeira, mas estou acelerada demais para me sentar. Levanto e fico girando, como uma menina inocente em um palco da Broadway.

Esta noite, esta noite, não será uma noite qualquer!

É bom que a minha varanda fique escondida atrás de algumas árvores para que ninguém tenha que testemunhar minha performance. Essa é a vantagem de estar sozinha. Posso ser tão boba quanto quiser.

Esta noite, esta noite, eu verei o meu amor esta noite.

Está bem, isso é um exagero. Ele não é realmente o meu amor. Mas, ei, nunca se sabe.

Começo a cantar "I Feel Pretty" do *West Side Story* e giro os braços acima da cabeça como uma bailarina maluca. Deus, pudera eu não ter entrado para o musical no colégio. Mas hoje vou ter a chance de reviver o passado.

Oh, so pretty!, canto alto o bastante — e desafinada o bastante — para espantar uns pássaros para fora dos arbustos.

I feel pretty and witty and bright!

Agora estou cantando tão alto que os pássaros tomaram a súbita decisão de voar para o norte — apesar de ser o auge do inverno por lá.

— Você *é* bonita — diz alguém de dentro do meu chalé. E aí há uma cascata de risos.

— Graciosa e razoavelmente inteligente — diz outra voz, esta grave e masculina.

— Adam? — pergunto incredulamente.

— SURPRESA! — dizem meus dois filhos queridos, irrompendo na varanda pela porta. Olho para eles sem acreditar. Parafraseando Kevin — sem falar em Humphrey Bogart —, de todas as ilhas no mundo, como eles vieram parar nesta daqui?

— O que estão fazendo aqui? — pergunto num tom que sai mais como uma acusação do que como boas-vindas. Não acredito que me pegaram em flagrante — cantando canções de *West Side Story* na minha varanda virada para o leste.

— Nós queríamos fazer uma surpresa! — diz Emily, jogando os braços em volta de mim.

— Não agüentamos a idéia de você passar o dia de Ação de Graças sozinha — acrescenta Adam. — Papai disse que entendia e comprou as passagens para nós.

— Que atencioso da parte dele — falo, ainda tentando me recuperar da chegada de meus hóspedes inesperados.

— Muito atencioso — resmunga Emily. — Ele e Ashlee nos levaram ao aeroporto e depois pegaram um vôo para Vail.

— E vocês dois... — eu paro.

— Estamos aqui para o fim de semana inteiro! — diz Emily exuberantemente.

— Estamos aqui por você, mãe — Adam fala, pousando o braço em torno dos meus ombros. — Não vamos sair do seu lado nem por um instante.

Ah, é, que mãe não gostaria de ser eu neste momento? Dois filhos amorosos, atenciosos e maravilhosos que realmente se importam com a mãe. E agora eu tenho exatamente o que queria há algumas horas — Adam e Emily aqui comigo. Preenchendo meu coração e o outro quarto.

E obviamente preenchendo a minha hora do jantar.

— O que você quer fazer, mamãe? — Adam pergunta. — Dar um passeio pela praia? Nadar? Catar conchinhas?

Na verdade, estou com vontade de fazer as unhas dos pés, depilar minhas pernas e pôr meu vestido sexy para encontrar o Kevin. Mas "Mamãe vai sair com um cara" não é a conversa que vou ter com Adam e Emily. Eles estão aqui para ficar comigo e eu não vou estar com mais ninguém. Já é desagradável o bastante que Bill esteja exibindo sua vida amorosa. Pelo menos a mamãe tem que permanecer maternal (o que significa sem sexo) aos olhos deles. Já é ruim para mim imaginar Emily com um cara, seria muito pior para ela imaginar a mesma coisa a meu respeito.

— Vamos para a praia — digo às crianças. — Só tenho que fazer uma coisinha antes. Eu encontro vocês.

Ouço suas sandálias arranharem os degraus de madeira enquanto descem para a praia felizes, gritando seu prazer em estar ao ar livre, correndo para as ondas como quando eram pequenos.

Assim que estão fora de vista, eu abro a primeira gaveta ao lado da minha cama e encontro a lista telefônica local. Muito mais útil do que a Bíblia de sempre. O número de Kevin está listado e, quando eu o teclo, caio em sua caixa postal. *"Aqui é o Kevin. Na verdade, aqui não. Deixe apenas boas notícias"*. Bip. Como meu recado não está na categoria boas notícias, eu desligo. Então disco rapidamente de novo, mas parece que perdi minha oportunidade, pois desta vez após a mensagem ouço uma voz eletrônica me informando: "Caixa postal cheia". Como ele sabia o que eu ia dizer? Pelo visto, Kevin filtra mesmo as coisas que não quer ouvir.

E agora? Não posso simplesmente não aparecer e claro que não vou aparecer com filhos a reboque. Ligo para o restaurante e digo ao dono para avisar ao Kevin que não vou poder encontrá-lo.

— Vai dispensar Kevin Talbert? — ele pergunta indignado. — Kevin é um bom sujeito. Qual é o seu problema?

É uma ilha pequena e os locais obviamente defendem uns aos outros. Talvez seja até bom que eu tenha que cancelar. Se o dono do restaurante não fosse com a minha cara, provavelmente seria uma noite curta do mesmo jeito. Pior do que estar à altura das exigências da malévola Jeanette.

— Por favor, explique que surgiu um problema. Eu sinto muito — falo, meiga.

— Tudo bem — ele diz rudemente.

— Diga que eu realmente sinto muito.

— Quer marcar outro encontro com ele? — ele pergunta, subitamente transformando-se na secretária social de Kevin.

E como. Mas, quando as crianças fossem embora, eu também iria.

— Diga a ele que eu telefono — falo.

— Vou dizer que você o dispensou — ele diz, desligando.

Fico olhando para o telefone, chateada. Agora eu me lembro do que há de tão maravilhoso em encontros românticos. Nada. Tudo o que você faz está errado. Vou tentar consertar isso mais tarde mas, no momento, é melhor eu ficar com o que faço bem, que é ser mãe.

Saio para a praia, que está deserta a não ser por uma mulher deitada com um bebê pequeno em uma toalha. Seus seios fartos escapam de um sutiã inadequado de biquíni. Levando em conta aqueles peitos, tento decidir se ela é a mãe do bebê, a babá ou a ama-de-leite.

Vou até o outro lado de umas rochas onde meus filhos montaram acampamento. Adam está correndo pela areia tentando fazer uma pipa colorida voar na brisa suave e Emily está no mar, remando na bodyboard. Ao lado das enormes toalhas listradas Ralph Loren deles há um isopor, duas cadeiras de praia azuis e um pequeno grill Weber. Droga, meus filhos são incríveis. Fico imaginando como colocaram tudo isso em suas malas de mão.

Capítulo 10

PASSAMOS OS TRÊS DIAS SEGUINTES fazendo turismo de lambreta pela ilha, mergulhando nos recifes rasos de coral e andando a cavalo pela praia. Pegamos até um barco à meia-noite para observar os peixes fosforescentes que brilham como néon quando acasalam. Sob a meia-lua, nos inclinamos para ver tudo em volta do barco brilhando com tumescência. Pelo menos os peixes estão transando.

Em nosso último dia, Adam quer mergulhar de garrafa — algo que não fazemos há anos.

— Não sei se ainda me lembro como se faz — digo a ele.

— A gente nunca esquece. É como cair da bicicleta — ele diz.

— Cair da bicicleta eu consigo — digo, imaginando por que as pessoas sempre evocam essa imagem. — É andar que eu não sei direito.

Mas Adam faz todos os preparativos e, às 7h, estamos do lado de fora prontos para a van que vai nos levar até o cais. Furtivamente, volto para dentro do chalé, pensando que pode ser uma boa hora para encontrar o Kevin. Das últimas 12 vezes em que tentei, ouvi a mesma mensagem "caixa postal cheia". Ele bem que já podia tê-la esvaziado. Mas de novo não tenho resposta e ouço a mesma mensagem. Merda.

No cais, nos equipam com nossos tanques, roupas de mergulho, pés-de-pato, máscaras, válvulas reguladoras, coletes de flutuabilidade controlada e um cinto de lastro para nos manter debaixo d'água. Avaliando-nos, o instrutor de mergulho recomenda um cinto de três quilos para Adam e um de cinco quilos para mim.

— Você quer dizer o contrário — falo confiantemente. — Adam é muito maior. Ele vai precisar de mais peso do que eu para ficar debaixo d'água.

— Mas ele é todo músculo, o que afunda. E você é... — ele não se dá o trabalho de terminar, porque todos nós sabemos o que está pensando quando olha para mim. Gordura flutua.

Todo o equipamento é levado para o barco imaculadamente branco de fibra de vidro e, enquanto entramos, tento me lembrar do que aprendi naquelas aulas de mergulho há anos. Vejamos, devo parar a cada três metros mais ou menos para apertar o nariz e soprar — o que ou desobstrui meus ouvidos ou explode a minha cabeça. Devo ficar com um olho no medidor de profundidade e o outro no medidor que mostra quanto ar ainda há no tanque, o que, pelos meus cálculos, não deixa nenhum olho para o objetivo dessa expedição — ver os corais. O que eu realmente preciso é de um aparelho para me dizer se aquele peixinho ali é uma perca ou uma barracuda. Eu também podia usar um para identificar homens. Sei que meu astro Adam seria uma estrelado-mar, Eric, um tubarão e Bill, um velho e grande baiacu. Mas e Kevin? Quem me dera saber. E agora provavelmente nunca saberei.

O instrutor de mergulho, bonitão e louro, que parece ter no máximo 20 anos, apresenta-se como Nick e se aproxima para verificar nossos tanques e válvulas.

— Nervosa? — ele me pergunta. Minhas mãos trêmulas devem estar me entregando e ele sabe que seu trabalho é me acalmar.

— Lembra-se da regra mais importante do mergulho com garrafa? — ele pergunta animadamente.

— Lembro — falo, conforme tudo me volta à lembrança. — Sempre respire normalmente. Nunca prenda a respiração debaixo d'água.

— Não! Esta é a regra número dois! A regra mais *importante*. Use preto. Fica sexy!

Ele gargalha e me dá um tapinha nas costas. Que ótimo. Estou arriscando a minha vida para descer trinta metros debaixo d'água e o nosso líder parece achar que é Conan O'Brien.

Adam e Emily verificam o meu equipamento duas vezes e depois o instrutor de mergulho checa duas vezes a checagem dupla deles. Fico brevemente comovida com a preocupação — mas então percebo que não é apenas altruísmo. Ninguém quer um bom mergulho interrompido porque mamãe se afogou.

Estamos prontos para zarpar e o capitão aumenta a velocidade do motor. Então, no momento em que estamos nos afastando do cais, há uma comoção e dois homens da loja de mergulho saem correndo, acenando com os braços. Após uma rápida conferência a bordo, o capitão se aproxima de nós.

— Há um problema com outro barco. Vamos pegar alguns mergulhadores em Pine Cay.

— Ótimo, mais gente — diz Emily, que talvez esteja ficando um pouco cansada dessas férias que são só mamãe o tempo todo. Sei exatamente como ela se sente.

Nós nos deslocamos lentamente pela água, mas assim que passamos da placa que diz "ÁREA SEM MAROLA... 5 NÓS", o barco se lança rapidamente pelas ondas. Adam e Emily estão de pé na proa, curtindo o sal espirrando em seus rostos bronzeados e conversando com Nick, o instrutor de mergulho bonitão. Graças a Deus, alguém para Emily conversar. Mas aí percebo o dito bonitão passando o braço casualmente pelos ombros da minha filha. Em outras palavras, dando em cima dela. Ele está usando uma sunga minúscula (preta, é claro) e a roupa da minha Emily é só um biquíni da Guess pequenininho. Ainda bem que é rosa, não preto. Talvez o Nick não a ache sexy.

Não há a menor chance de isso acontecer. Aliás, nem menor, nem mais magra, curvilínea e voluptuosa. Mamãe precisa intervir.

— Não está na hora de vestirmos nossas roupas de mergulho? — pergunto, me levantando.

— Não até chegarmos ao local do mergulho. Vai ficar quente demais — Nick diz.

Quente demais é exatamente a minha preocupação.

Jogo uma toalha para Emily.

— Você deve estar com frio. Enrole-se — sugiro.

Ela ri e joga a toalha de volta.

— Não se preocupe, mamãe. O Nick está me mantendo bem quentinha.

Eu me sento novamente e me distraio olhando a paisagem. O mar azul translúcido é salpicado de ilhas tão pequenas que parecem não ser mais do que rochedos, o que provavelmente é o motivo de o guia alegar que existem 60 ilhas nas Ilhas Virgens Britânicas. Bom, se 27 metros quadrados e uma cama retrátil são chamados de apartamento em Manhattan, um grupo de árvores e pedras pode ser considerado um paraíso tropical.

As ondas estão mais fortes, o barco está indo mais rápido e constrangedoramente eu estou ficando enjoada. Esfrego minhas têmporas. Vamos lá, esse enjôo é provavelmente só de olhar para os corpos sensuais de pé na proa, um dos quais por acaso é da minha filha. Está tudo na minha cabeça, tudo na minha cabeça. Engulo em seco. Não, também está no meu estômago. E parece que o que quer que esteja no meu estômago não vai ficar lá por muito tempo.

— Nick — chamo com voz fraca. — Pode vir até aqui? Não estou me sentindo muito bem.

Ele tira o braço dos ombros de Emily, que revira os olhos.

— Ah, Deus, mamãe. Você não desiste nunca — ela diz, ligeiramente irritada.

— É sério, acho que vou vomitar — digo, enquanto os dois se aproximam.

— Não precisa vomitar. Nick e eu não estamos fazendo nada — Emily diz, ainda certa de que estou fingindo.

Mas Nick deve ter percebido que estou verde porque imediatamente pega um saco de gelo e o segura na minha nuca.

— Encontre um ponto no horizonte e olhe para ele — ele aconselha. — Às vezes isso ajuda.

Eu me concentro numa bóia amarela ao longe. Péssima escolha. Ela está balançando nas ondas e, conforme minha cabeça sobe e desce seguindo-a, eu só me sinto pior.

— Mais alguma idéia brilhante? — pergunto a ele.

Adam se junta a nós quando o barco começa a diminuir de velocidade.

— Estamos chegando perto da ilha onde vamos pegar as outras pessoas — ele diz. — Você devia dar um mergulho. Não pode continuar mareada dentro d'água.

— Ele tem razão — diz Nick, que, vamos admitir, ficaria feliz em me ver fora do barco.

Emily me entrega um par de óculos de natação.

— Pule, mamãe, pule.

Meu Deus, como as coisas mudaram. Não faz muito tempo, Emily estava tentando prevenir meu suicídio.

O capitão amarra o barco no píer para pegar os passageiros adicionais e eu escorrego para dentro da água fria. Quase que imediatamente eu me sinto melhor. Nado para longe, esperando que estejam todos impressionados com minhas braçadas fortes de crawl australiano. Paro para olhar para trás, mas os recém-chegados parecem estar lutando para arrastar muitos equipamentos para dentro do barco e imagino que vão demorar um pouco. Após nadar velozmente por algum tempo, começo a sentir frio e cansaço, então começo a voltar. Está tudo bem até eu chegar à escada ao lado do barco. Tentando subir, prendo um dos meus pés-de pato num degrau e vôo de costas. Com o som do baque, todos se juntam na popa.

— Tire os pés-de-pato e entregue-os para mim — Adam diz, esticando uma das mãos.

Jogada de um lado para o outro pelas ondas, tento alcançar meus pés, mas eles parecem meio distantes. Meu joelho bate no queixo, mas finalmente consigo tirar uma das nadadeiras — e ela imediatamente flutua para longe.

Nick mergulha. Eu acho que vai vir me ajudar a subir a esca da, mas em vez disso ele vai atrás do equipamento desobediente

— Qualquer coisa perdida sai do meu salário — explica, nadando para longe.

Fico imaginando o quanto mais vão cobrar dele se me perder. Provavelmente menos do que o preço de um colete salva-vidas.

Nado de volta para a escada e, tirando a segunda nadadeira, a entrego ao Adam, que está de pé na popa. Ele se estica para me pegar, forte, estável e resoluto. Mas mesmo assim eu perco o equilíbrio em um degrau escorregadio e desta vez bato na água com um som tão retumbante que as pessoas numa chalupa próxima aplaudem.

Estou totalmente mortificada, sem falar em congelada, e mal consigo enxergar porque meu cabelo caiu em mechas por cima do rosto. A busca pelo monstro do lago Ness poderia terminar bem aqui.

Adam praticamente me arrasta para dentro do barco e eu desabo em uma poça tiritante de frio. Olho para o círculo de rostos preocupados acima de mim — o capitão, Nick, Adam e Emily. E os dois recém-chegados. Devo ter engolido muita água do mar e ficado meio bêbada, porque um deles é a cara da Angelina Jolie. E o outro? Ah, meu Deus, é o Kevin.

— Você está bem? — pergunta a linda mulher, que agora estou convencida de que é mesmo a Angelina. Qualquer uma pode ter aquela tatuagem de dragão no braço, mas quem mais estaria usando uma camiseta da UNICEF?

— Obrigada, acho que estou bem — falo.

Ela enfia a mão em sua bolsa e puxa uma toalha macia que enrola em volta de mim.

— Posso pegar uma água para você? Um suco? O que a faria se sentir melhor?

Eu sempre quis conhecer o Brad Pitt, mas pode ser meio cedo na nossa amizade para pedir.

— Suco seria bom — digo.

Como era de se esperar, a embaixadora da boa vontade e mãe de uma ninhada que não pára de crescer enfia a mão na bolsa novamente e puxa uma caixa de ponche de frutas Mott. Ela pega o canudinho preso ao lado da caixa e perfura o buraco de papel-alumínio em cima.

— Aqui está — fala, sorrindo solicitamente para mim, como uma mãe que sabe das coisas. Há apenas alguns anos, Angelina era a mulher louca que beijava o irmão e usava um frasco com sangue em volta do pescoço. O que ela me ofereceria naquela época?

Kevin passa uma das mãos nas costas de Angelina.

— Escute, só mais alguns minutos e aí eu quero mais do que estávamos fazendo antes. Entendeu?

— Entendi. — Ela aperta aqueles lábios de Angelina Jolie e o beija na bochecha. — Adoro tudo o que você estava fazendo.

Kevin não se dá o trabalho de dizer nada, mas me lança um olhar arrogante e se afasta. Que ótimo. Em que tipo de mundo estamos vivendo onde você fura um jantar com um cara e ele joga isso na sua cara aparecendo com a Angelina Jolie?

O barco se lança para nosso primeiro local de mergulho e Angelina desliza para dentro de uma roupa de mergulho preta. Kevin passa um braço em torno dela e puxa o zíper nas costas para cima.

— É difícil alcançar sozinha — ele fala.

— Não, não é. Há um fio longo preso ao zíper em todas as roupas, exatamente para isso — digo, segurando-o para demonstrar.

Kevin me ignora solenemente, o que é pior do que qualquer comentário maldoso que pudesse fazer.

— Angie, está pronta? Preciso de você sexy, sexy, sexy debaixo d'água — ele diz.

— Isso não deve ser difícil para ela — diz Adam, que está olhando de boca aberta para Angelina desde que ela entrou no barco.

Fico agitada enquanto Angelina e Kevin vestem o resto de seu equipamento de mergulho. Angelina e Kevin, não é fofo? Talvez eu possa desenhar com estêncil seus nomes em um coraçãozinho na parede do quarto das meninas, como fiz há tantos anos: Hallie ♥ Kevin. Kevin, bendito seja, fez a mesma coisa numa árvore e então foi suspenso da escola por vandalismo. E provavelmente foi barrado no Sierra Club desde então.

Mesmo no meu melhor dia eu não poderia competir com Angelina Jolie e hoje nós não devíamos estar no mesmo oceano, que dirá no mesmo barco. Enquanto Angelina anda pelo barco, o *Rainha do Mar*, eu estou enrolada num canto com arrepios, cabelo emaranhado, pernas machucadas por causa das quedas e um ego machucado por causa da indiferença de Kevin. O tanque de Angelina já está preso às suas costas, mas ela ainda anda graciosamente até sua bolsa aparentemente sem fundo. Estou esperando que tire um de seus bebês de lá ou pelo menos os restos do Billy Bob Thornton. Mas, em vez disso, ela encontra um tubinho que desliza por cima de seus notórios lábios cheios e sedutores.

— O que é isso? — pergunta Emily, que vem observando quase tão intensamente quanto Adam. — Lip Plumper? Du Wop Lip Venom? Molho de tabasco? Ouvi dizer que aumenta os lábios tanto quanto as coisas que se compra na Sephora.

— É só protetor labial. — Angelina passa orgulhosamente um dedo em volta de seus lábios suntuosos. — Eles são completamente naturais.

— Por favor, me conte. Sou louca para ter lábios como os seus. Você deve ter um segredo para contar — Emily implora. Eu acho que o segredo dos lábios sensuais de Angelina envolve exercícios de sucção, mas não digo nada.

O instrutor de mergulho, Nick, agora também está muito interessado, apesar de parecer que é para os lábios da minha filha que está olhando. Por um lado, fico orgulhosa que, aos olhos dele, Emily supere a estrela. Mas, por outro, espero que ele perceba que só o que a Emily chupa são picolés.

— Não sei o que há de tão bom em ter lábios grossos. Lembro-me de quando todas nós queríamos ser louras de lábios finos como Christie Brinkley — digo.

— Quem é ela? — Emily pergunta.

Quem é Christie Brinkley? Como os 15 minutos de fama passam rápido.

— Nós costumávamos achar que ela era a mulher mais deslumbrante do mundo — digo a eles. Mas os tempos mudaram e hoje em dia ela não sairia nem na capa da *Sports Illustrated*. Esqueça o corpo esbelto e reto tipicamente americano. Agora você precisa dos lábios da Angelina, dos cachos e curvas da Gisele Bündchen e da bunda da Jennifer Lopez.

— Uma lição para você — falo, a voz da maturidade. — Remodele-se para parecer com os ídolos de hoje e, em alguns anos, estará tão fora de moda quanto as botas da Frye.

— Eu adoro as botas da Frye — diz Emily.

— Eu também — relata Angelina. — Tenho cinco pares.

Dou um suspiro. Se a onda country voltou à moda, talvez haja esperança para os meus lábios finos. Tudo anda em ciclos.

Mas, se achei que o afeto de Kevin por mim voltaria num ciclo, não vejo isso acontecendo tão cedo.

— Para dentro d'água, lindona — Kevin diz aproximando-se, e sei que não está falando comigo. Ele arrulha para Angelina enquanto ajusta a máscara por cima de seus olhos e nariz e a ajuda a entrar na água. Está com uma câmera de vídeo subaquática cara pendurada no pescoço, o que não é surpresa. Se você mergulha com Angelina Jolie, quer ter uma prova.

Meus filhos estão do outro lado do barco agora, preparando-se para seu mergulho, e Kevin fez uma pausa por um instante antes de se juntar a Angelina para passar antiembaçante na máscara. Eu agarro o momento. Na verdade, eu agarro sua mão.

— Escute, desculpe por não ter podido ir na outra noite. Meus filhos apareceram de surpresa. Tentei ligar para você uma dúzia de vezes, mas deve ser o cara mais popular da ilha. Sua secretária eletrônica está sempre cheia.

Kevin nem olha para cima.

— Tudo bem. Não tem problema — diz num tom que me faz saber que tem, sim. Eu me lembro dessa voz... é a mesma que ele usou quando tentei pedir desculpas por causa do dedo. Naquela época, eu quebrei seu polegar e ele não me perdoou. Agora, quebrei um compromisso e é a mesma história.

Mas estamos todos crescidos agora.

— Vim para Virgin Gorda porque queria ver você — comento, colocando as cartas na mesa. — E, depois que nos encontramos, eu queria estar mais ainda com você.

— É uma pena que não tenha acontecido. O timing é tudo — ele diz enquanto começa a descer a escada. Aí, acrescenta: — Sério, esqueça isso. Eu já esqueci.

— É difícil esquecer daquele beijo — falo francamente.

Kevin faz uma pequena pausa na escada para olhar para mim. Mas, um instante depois, ele desapareceu debaixo d'água

— para nadar com os peixes e com a estrela sexy de cinema, vestida de preto e com um beiço de truta.

Ótimo. Abri mão de qualquer chance de estar com o Kevin para manter minha vida particular discreta, mas Emily não sente a mesma compulsão. Tenho muita sorte por minha filha de 18 anos se abrir comigo, mas menos sorte por estar acordada às 3h da manhã enquanto imagino o que ela e o garoto do mergulho, Nick, podem estar fazendo.

— Ele é lindo, não é? — Emily havia dito alegremente depois do jantar de despedida da nossa família, hoje mais cedo. Havíamos voltado ao chalé: eu, para ir dormir, e Emily para pôr uma saia mais curta e sair de novo.

— É, muito gatinho. Mas, se vai se encontrar com Nick em uma boate, talvez Adam queira ir com você.

— Não, estou meio cansado. Acho que vou dormir — seu irmão Adam dissera, não entendendo a minha dica. Ou entendendo e decidindo ficar do lado da Emily. Adam fez um estardalhaço para abrir o sofá-cama na sala e se jogar com um bocejo.

Agora, consulto o relógio ao lado da cama mais uma vez, que avançou dois minutos inteiros desde que verifiquei pela última vez. Até que horas as boates de Virgin Gorda podem ficar abertas afinal de contas? E se Nick a levou para a casa dele para mostrar sua coleção de ouriços-do-mar? Emily seria capaz de cair numa cantada dessas. Ela sempre adorou ouriços-do-mar.

Finalmente adormeço — e não vejo Emily até acordá-la na tarde seguinte.

— Você se divertiu ontem à noite? — pergunto, tentando parecer casual. Ando pelo quarto dela e encontro um par de shorts e uma presilha de cabelo, que jogo em sua mala.

— Foi tããããão divertido. Nick está aqui ensinando mergulho há seis meses. Ele largou a Universidade de Minnesota e disse que nunca foi tão feliz.

— E nunca foi tão bronzeado — sugiro.

— Ou mais quente — Emily acrescenta com um sorriso. — Ele é muito quente.

Eu olho para ela.

— Quente, mamãe. Tipo, é frio em Minnesota. Frio em New Haven também. Talvez eu devesse passar algum tempo com ele aqui. Posso entender por que seria bom sentir calor com o Nick.

Olho para ela melancolicamente.

— Você estuda em Yale. Não conhece outros adjetivos além de "quente"? Está tentando dizer que se sente atraída pelo conceito do sol quente caindo sobre você no meio dos invernos gelados do norte?

— Não, mamãe. Estou tentando dizer que eu gostaria de sentir calor com o Nick. — Emily pula da cama e me dá um abraço. — Você é uma advogada inteligente. É muito difícil entender isso? Os meus colegas na universidade são só garotos, mas o Nick é um homem de verdade. Pense em quanto mais eu iria aprender se saísse de Yale e só desse um tempo com ele por um semestre.

— Posso imaginar o que você aprenderia — digo um pouco ironicamente demais.

— A vida também é muito importante, mamãe — diz Emily, percebendo o meu tom e ficando imediatamente na defensiva. Na verdade, na ofensiva. — Estou falando sério sobre voltar para ficar com ele. Você nunca se arriscou, mas talvez eu deva. Você é advogada, você foi fiel... e veja o que ganhou com isso.

Fico olhando para minha filha por um momento, abismada. Aos olhos dela a minha vida foi realmente tão ruim assim? Acrescentou tão pouco?

— Olhe, estamos falando sobre você, não sobre mim — falo, tentando esconder minha mágoa e ser racional. — Tenho certeza de que o Nick é legal. Ou quente. Ou sei lá o quê. Mas o que a atraiu no Nick por uma noite em uma boate provavelmente não seria suficiente para agüentar um semestre inteiro.

— Não tem como saber — diz Emily com um sorriso malicioso. — Ouvi dizer que atração física pode fazer com que você agüente muita coisa.

— Vai esquecer dele no minuto em que estiver de volta a Yale — prometo a ela.

— Algumas pessoas a gente nunca esquece — diz Emily, olhando para mim significativamente.

Limpo a garganta, porque não posso discordar. Tenho certeza de que Emily não sabe sobre minha lista secreta e os antigos namorados que andei procurando, mas ela já descobriu sozinha que certas pessoas têm um impacto duradouro.

Adam aparece no vão da porta.

— Mãe, a que horas temos que sair para o aeroporto?

— Neste exato segundo — digo, pensando que mal posso esperar para tirar Emily desta ilha.

Acelero o passo, botando tudo no carro de aluguel. Meu vôo só está marcado para amanhã, mas agora gostaria de poder sair desta ilha com as crianças. Não há mais nada para fazer aqui e certamente ninguém mais com quem eu possa conversar. Já cansei de caras gostosos ao sol. Enfio minha mala no carro, na esperança de conseguir trocar de vôo.

O aeroporto não passa de um campo varrido pelo vento ao lado de um caminho pedregoso, o que eu acho que deve ser a pista. A biruta adejando ao vento é literalmente uma meia. Estou rezando para que os pilotos tenham uma tecnologia meteorológica mais sofisticada em algum lugar mas, se têm, eu não estou vendo.

Imploro para o homem no balcão de passagens me arrumar um lugar no avião das crianças, mas ele só ri de mim. Encontrar um lugar vazio em um teco-teco é mais difícil do que arrumar macadâmias quentes na classe econômica de um 747.

— Sinto que você tenha que ficar aqui sozinha — diz Adam, me abraçando antes de entrar no avião, que é só ligeiramente maior do que o que ele construiu com Lego quando tinha 10 anos.

— Não seja bobo. É só mais uma noite e eu também vou. Vocês dois foram o máximo vindo até aqui. Significou muito — digo, abraçando os dois apertado.

— Se você se sentir só, pode ligar para o Nick — aconselha Emily — Ele é muito...

— Eu sei. Quente — digo, interrompendo e dando mais um abraço na minha filha.

As crianças saem, gritando tchau para mim enquanto sobem os degraus para o avião. Fico acenando freneticamente muito depois de eles terem parado de olhar — como fazia quando seu ônibus para a colônia de férias ia embora todas as manhãs. Espero até o avião decolar e ainda continuo olhando. Não há nada a fazer agora a não ser voltar para o meu chalé vazio.

Sozinha e de repente me sentindo só, ando desatentamente em direção ao meu carro alugado. Que visão eu devo ser. Estou arrastando meus pés taciturnamente na terra, minha cabeça está baixa e não presto atenção a muita coisa à minha volta. Estou a alguns passos da minha vaga quando ouço um barulho. Alguém vem por trás de mim e agarra o meu braço. Eu engasgo em pânico e então giro para encarar meu agressor e engasgo de novo.

É o Kevin, usando os shorts e camiseta de sempre — e um chapéu igual ao de Humphrey Bogart.

— Se entrar naquele avião, vai se arrepender. Talvez não hoje, talvez não amanhã, mas logo, e para o resto da sua vida — ele diz.

— Eu vou? — pergunto, hesitante. O que ele está fazendo aqui? Este é o mesmo homem que me ignorou no mergulho de ontem?

— Funcionou com a Ingrid Bergman — diz Kevin, citando *Casablanca*.

— Só um probleminha. Acho que Humphrey disse "se você *não* entrar naquele avião, vai se arrepender". Ele estava tentando convencer Ingrid Bergman a *ir embora*.

— Essa é uma forma de interpretar o roteiro — diz Kevin.

— E qual é a sua forma?

— Que ele queria secretamente que ela ficasse. Mas foi idiota demais no barco para dizer isso.

— Não me lembro de nenhuma cena de barco em *Casablanca*.

— Ótimo. Então talvez também tenha se esquecido da cena de ontem no barco.

— Nem um pouco — eu falo. — Mas vou superar o fato de você ter agido como se eu não existisse. Afinal de contas, estava ocupado demais puxando o saco da Angelina Jolie.

— Aquilo não foi puxar o saco. Em Hollywood se chama teste — diz Kevin, contrito. — O diretor me chamou para trabalhar como fotógrafo subaquático no próximo filme dela, mas é Angelina quem aprova ou não. Mergulhamos juntos ontem para tirar umas fotos e ver se ela me acha compatível.

— E ela achou?

— Compatível o bastante para pegar o trabalho, mas nada além disso, se é o que está perguntando.

— Eu não estava perguntando. Não é da minha conta.

— Eu gostaria que fosse da sua conta. — Ele parece emocionado por um momento. — Passei o fim de semana certo de que você havia me dado um fora e não queria me ver. Significou muito o que você disse no barco. E hoje de manhã percebi o quanto queria vê-la antes que fosse embora.

Não sei bem o que dizer.

— Fico feliz que você esteja aqui — digo, amolecendo. E aí acrescento: — Não entendi realmente o que estava acontecendo entre você e Angelina. Mas fico contente que tenha conseguido o trabalho.

— Aparentemente, meu magnetismo valeu a pena com ela. Agora quero ver se vai valer a pena com você — ele diz com um sorriso.

— Você não disse isso — falo com uma risadinha. A cantada é meio brega, mas tenho que admitir que estou sentindo o empuxo do seu campo de força. Então, acrescento: — Mas vá em frente, seja magnético.

— O que os magnéticos fazem melhor é puxar as coisas na sua direção — Kevin fala. E, passando os braços em volta de mim, é exatamente o que faz. Aí, ele me inclina apoiada em seu braço forte, me abraça apertado e me beija. Quando me levanto de novo e recupero o fôlego, estou corada. Mas isso é só o começo. Ficamos nos beijando no campo até alguém passar numa picape, levantando uma tempestade de poeira.

— Ei, Kevin, faça isso em casa — grita o cara atrás do volante, inclinando-se para fora da janela e rindo.

— Cai fora, Dave. Você só está com inveja — Kevin responde, acenando para ele.

Dave toca a buzina algumas vezes e dispara com a picape.

Kevin vira-se para mim.

— Meu amigo Dave não teve uma má idéia. Eu devia levá-la para casa. Pelo menos, para a minha casa. Podemos assistir a *Casablanca*.

De brincadeira, eu seguro a aba do chapéu, puxando-o por cima dos olhos dele.

— Uma oferta e tanto. Mas você não precisava disso tudo para me manter aqui. Meu vôo só sai amanhã, de qualquer modo.

— Ótimo, então vou seqüestrá-la por 24 horas.

Não preciso ser convencida de nada. Subo no velho MG conversível do Kevin e, no calor do final da tarde, atravessamos a ilha, botando nossas histórias em dia. Kevin veio para esta ilha há muitos anos, esperando não fazer nada além de passar a vida como um mergulhador despreocupado. Acabou percebendo que tinha que fazer com que sua paixão desse dinheiro. Quando uma fábrica local de rum quis filmar um comercial debaixo d'água, ele se inscreveu para o trabalho, achando que podia respirar e clicar uma câmera ao mesmo tempo. Uma estrela — ou pelo menos uma carreira de meio-expediente — nascia.

— Desde então fiz alguns trabalhos para Hollywood, mas nem tudo é glamour — ele diz. — Depois do fracasso de *Waterworld*, não havia muitos diretores a fim de filmar nem dentro de uma privada. Então entrei para o ramo de serviços.

— E a quem você serve? — pergunto.

— Turistas. As pessoas adoram vídeos de si mesmas fazendo mergulho submarino nas férias. E melhor ainda, casamentos exóticos estão super na moda hoje em dia. O que alavancou os meus negócios. Ficaria surpresa de ver quanta gente vem para a ilha para se casar debaixo d'água.

— Eu ficaria surpresa mesmo — falo, imaginando se a roupa de mergulho de renda branca de Vera Wang tem uma cauda destacável. E se as roupas de banho das damas de honra têm cintura imperial e são de um tom horroroso de castanho-avermelhado. Aí, fazendo uma transição ligeiramente constrangedora, eu pergunto: — Mas você nunca se casou? Nenhuma vez? Nem mesmo em terra?

Kevin desvia o carro para evitar um coelho que corre pela estrada. Ou talvez para evitar a minha pergunta.

— Estava esperando você voltar para mim — ele diz, retomando o controle do carro e de si mesmo.

— Cascata.

— Tudo bem. — Kevin ri. — A verdade é que nunca encontrei a mulher certa.

Ele desvia o olhar da estrada para olhar para mim e ver se eu estou acreditando. Balanço a cabeça em dúvida e Kevin sorri.

— Que tal: gosto de ser livre, leve e solto?

— Melhorou — digo. — Agora você tem que explicar até que ponto o compromisso é difícil para você. E que sofre da síndrome de Peter Pan.

— Boa — ele diz, impressionado. — Isso funciona para você?

— Bastante bem. Não ando exatamente a fim de defender o casamento ultimamente. — Estico a mão para puxar meu cabelo para trás, que é gostoso soprando na brisa. Em casa, no verão, eu nem sonharia em baixar os vidros das janelas do carro. Como todo mundo, ando com a temperatura controlada e hermeticamente vedada. Mas aqui estou adorando a liberdade do conversível de Kevin. Estou de férias, estou viajando e vale tudo.

— Casamento já não me parece tão ruim. Acho que a gente sempre quer o que não tem.

— Você provavelmente teve bastante — digo. — Aposto que está aqui há tempo suficiente para não haver mais virgens em Virgin Gorda.

— Ah, mas há um fluxo constante de turistas.

— Ouvi dizer que a Câmara do Comércio lista você como recurso nacional.

O rosto de Kevin se enruga de forma atraente quando ele cai numa risada longa.

— Você tem a imagem errada de mim. Tive meus momentos, mas, ao contrário do que minha mãe pensa, não sou o playboy do Caribe. Hoje em dia fico feliz em ir para casa e aproveitar a calma e o silêncio.

Alguns minutos depois, chegamos na sinuosa casa de madeira de Kevin, encravada nas pedras, bem acima da água. É definitivamente calma, mas o rugido das ondas e o barulho das gaivotas não me parecem nada silenciosos. Enquanto Kevin me mostra a casa, fico impressionada por todos os cômodos terem vista para o mar azul cintilante. Faço uma anotação mental para esnobar Eric. Kevin pode não morar no edifício Time Warner, mas seu poleiro na beira do penhasco tem uma vista de 360 graus de tirar o fôlego.

Saímos e caminhamos pela beira d'água. O mar inteiramente azul do Caribe parece se estender para sempre, um mosaico reluzente de ondas turquesa e azuis.

— Que tal dar uma nadada? — ele pergunta.

— Eu não tenho biquíni.

Kevin faz um gesto em direção à paisagem deserta.

— Pode perceber que não há muita gente por aqui. — Ele tira a camisa e passa os braços em torno de mim. Nós nos beijamos e eu sinto as ondas baterem nos meus tornozelos. Um momento depois, ele puxa gentilmente a minha camisa.

— Eu era louco por você no colégio, mas você era tão boa moça que nunca cheguei a ver os seus seios.

— Tem pensado neles nos últimos vinte anos? — pergunto, provocando.

— Não — ele diz com sinceridade. — Mas definitivamente pensei nas últimas 24 horas.

Rindo, eu fujo correndo para dentro d'água e mergulho corajosamente na arrebentação. Kevin me segue e nada brincando ao meu lado.

— Devo implorar? — ele pergunta.

— Isso ajudaria — falo, meio que brincando. A verdade é que ninguém a não ser Bill viu estes seios em muito tempo. A não ser que se conte a técnica de bronzeamento artificial e Biddy, a vendedora de sutiãs da Town Shop. Ela é uma especialista e me garante que os meus são bem bonitos. Mas ainda assim eu dou uma pirueta para longe, jogando um monte de água no rosto de Kevin.

— Engraçadinha — ele diz, nadando na minha direção.

— Eu deixo você me pegar — falo, diminuindo a velocidade.

— Eu a pegaria de qualquer maneira — ele retruca, me beijando enquanto nós dois deslizamos pela água. — Você pode nadar, mas não pode se esconder.

Que se dane. Essa camiseta molhada obviamente não está escondendo muita coisa de qualquer modo. E, se eu adorei a liberdade do conversível de Kevin, estou ainda mais encorajada pela liberdade que sinto no vasto e ilimitado oceano. Esta é uma praia deserta, pelo amor de Deus. Eu me afasto e mergulho na água, emergindo segundos depois segurando a camiseta e o sutiã. Jogo-os teatralmente numa onda enquanto sorrio para Kevin.

— Muito bonitos. Valeu a espera — ele diz com admiração, nadando até mim para passar as mãos carinhosamente em torno dos meus seios.

Mas eu serpenteio para longe. O que estou fazendo? Não sou do tipo que faz topless.

— Minha camiseta! Eu adoro aquela camiseta! — digo me afastando, em pânico por minha Juicy Couture favorita estar sendo levada pelo mar. E mais em pânico ainda por Kevin ter me sarrado depois de todos esses anos. Apesar de achar que ninguém mais fala sarro. Na gíria da geração MTV, isso significa que o Kevin e eu "ficamos"?

Nado o mais rápido que consigo em direção à camiseta vermelha errante que está subindo e descendo no mar como um aviso de perigo. "*Pare!*", ela está gritando para mim. "*Pare com o que quer que pensa estar fazendo!*"

— Eu parei — digo para a minha Juicy, pelo menos na minha cabeça. — Sinto muito tê-la jogado fora. Agora eu preciso de você de volta.

— Você me tem de volta — diz Kevin, que está flutuando de costas sem esforço ao meu lado. O meu nado rápido é realmente tão lento assim? E, pior, eu falei com a minha camiseta em voz alta?

— Eu não estava falando de você — digo, ficando de costas para ele enquanto paro para recuperar o fôlego.

Ele olha em volta, para o mar vazio, mas graciosamente não pergunta com que amigo imaginário ou peixe eu podia estar tendo uma conversa.

— Deixe-me pegar aquela camiseta para você — Kevin diz e eu fico olhando enquanto impulsiona seus braços fortes pela água para recuperá-la. Ele volta rapidamente e enfia a camiseta pela minha cabeça.

— Pronto. Sente-se melhor? — pergunta gentilmente.

Envergonhada com todo o episódio, eu sorrio e concordo com a cabeça. Como posso dizer a ele que tirar minha camiseta me pareceu temerário demais? Depois de anos sem estar com ninguém além de Bill, eu quero seguir em frente, mas não tenho certeza se sei como. E, mais assustador ainda, sinto uma verdadeira atração por Kevin — não só a antiga, mas um encanto novinho em folha.

— Me desculpe por ter sido uma idiota. Não sei mais fazer isso.

— Fazer o quê?

— Estar com um cara.

— Vou lhe dizer o que fazer com este cara. Só relaxe e não se preocupe, está bem? Não há pressa. Lembre-se, estamos no ritmo da ilha.

Eu o beijo na bochecha com gratidão. E então olho ansiosamente para a costa, que agora parece estar a quilômetros de distância.

— Nós fomos levados pela correnteza — digo preocupada.

— Eu já lhe disse. Nenhuma preocupação quando estiver comigo. Vou levá-la para casa em segurança. Suba.

Seguindo suas instruções, deito-me nas costas dele, passo os braços em volta de seus ombros e minhas pernas em torno de sua cintura. Hmmm? Será que essa é mesmo a forma mais eficaz de se levar alguém para terra firme? Não me lembro dessa posição em nenhuma das lições da Cruz Vermelha. Mas Kevin deve saber o que está fazendo. Eu relaxo e deixo meu corpo agora tranqüilo afundar em seu corpo musculoso. Por baixo da minha camiseta molhada, meus mamilos se esfregam em sua pele lisa e molhada.

É, Kevin definitivamente sabe o que está fazendo.

Capítulo 11

DE VOLTA À CASA, Kevin desaparece na cozinha para preparar o que ele promete ser o melhor jantar da minha vida. Me enfio no quarto para trocar minha camiseta molhada e short encharcado e coloco uma das camisas dele. Fica comprida o suficiente em mim para ser um minivestido improvisado. Olho no espelho. Não é um visual que eu usaria em Nova York, mas também não é mau. Para variar, não estou preocupada com as minhas coxas. A Exorcista da Celulite pode ter recomendado mais 14 semanas de tratamento, mas ter um homem achando que você é atraente funciona ainda melhor.

— O que quer que esteja grelhando, tem um cheiro maravilhoso — comento, me juntando a ele na cozinha.

— Ainda não há nada. Você está sentindo o cheiro do carvão — ele diz com um sorriso.

— Hmmm, talvez devêssemos comer isso.

— Boa idéia. Vou guardar os filés para outra pessoa — ele diz. — Tem outra garota que vem mais tarde.

— Loura ou morena?

— Não me lembro. Qual das duas a deixaria com mais ciúme?

— Você não precisa me fazer ciúme — eu digo, rindo. — Não estamos mais no segundo grau.

Kevin pára de misturar seu escabeche e passa os braços em torno de mim.

— Fico feliz que a gente não esteja no segundo grau. Acho que eu era jovem demais para dar valor a você naquela época. Gosto ainda mais de você agora. — Ele me beija suavemente. É um momento doce, romântico, pelo qual, é claro, eu não posso passar em silêncio.

— Você só gosta mais de mim agora porque finalmente conseguiu ver os meus seios — provoco.

— Bem, isso ajuda — Kevin concorda com um sorriso. Ele faz uma pausa e flexiona os dedos. — E você ainda não me quebrou nenhum dedo.

Eu rio e olho em volta, pronta para me oferecer para ajudar. Mas, quando estou prestes a explicar como sou talentosa em fazer salada, a campainha toca.

Kevin ergue a cabeça, surpreso.

— Sua outra namorada — falo calmamente. — Devo me esconder nos fundos?

— Não faço idéia de quem possa ser — Kevin diz. Ele enxuga as mãos num pano de prato e se dirige para a porta da frente. Um momento depois, ouço vozes altas e alegres oferecendo um coro de parabéns.

— Ei, que bom, conseguiu o trabalho com a Angelina Jolie, Kev! — berra um cara.

— Se você trabalha, todos nós trabalhamos! — diz outro. — Pensamos em vir aqui e surpreendê-lo com uma festinha para comemorar.

— FES-TAA!! — gritam alguns outros farristas.

— Ei, gente, valeu — diz Kevin. — Mas esta não é a melhor hora. Estou com alguém aqui.

— Já pegou a Angelina? — pergunta uma voz masculina admirada.

A turma que veio festejar agora passa pelo Kevin, em busca da estrela. Mas, quando se dirigem para a cozinha, a única coisa que encontram sou eu.

— Oi — falo meio insegura para os amigos dele, que entram trazendo cerveja e grandes sacos de batata frita. Duas mulheres estão carregando tigelas de plástico cheias de comida.

— Minha famosa massa com manga e feijão preto — diz uma mulher bem bronzeada de short e um top curto colorido. Ela põe a travessa na bancada e estende a mão para apertar a minha. — Oi, eu sou a Susie. Às vezes trabalho com o Kevin nas filmagens.

— Oi, eu sou a Hallie. — *Às vezes eu ando nas costas do Kevin* é a primeira forma que penso para me identificar, mas me corrijo. — Sou uma velha amiga.

O resto do grupo — uma reunião de belos instrutores de mergulho, marinheiros e expatriados diversos — também se apresenta. A maioria menciona que cara ótimo e que bom amigo Kevin é.

— Não deixe que eles a enganem — Kevin fala, aproximando-se para passar um braço em volta de mim. — Metade dessa cambada de ratos de praia veio aqui achando que vou contratá-los para trabalhar no filme comigo.

— Bem, você não vai? — pergunta o amigo de Kevin, Dave, usando uma camiseta que diz "mergulhadores vão mais fundo".

— Que opção eu tenho? Meus bons amigos. Os melhores de um bando podre — Kevin fala com um suspiro falso.

Eles abrem latas de cerveja e brindam a Kevin. Um cara abre um saco de batatas fritas e Susie se ocupa em tirar o filme plástico da comida e passa pratos de papel para todos. Meu jantar tranqüilo e romântico com Kevin já era. Alguém liga o som e a batida ritmada da música latina enche o aposento.

— Salsa! — grita uma mulher chamada Carla cujos longos cabelos ruivos chegam quase à cintura. Ela balança os quadris e estala os dedos acima da cabeça, e aí agarra o Kevin.

— Venha dançar comigo — ela diz.

Eles deslizam para o meio da sala. Dois caras empurram os móveis contra as paredes, criando uma pista de dança improvisada, e rapidamente o resto do grupo se divide em pares, movendo-se no ritmo. O Sr. "mergulhadores vão mais fundo" agarra a minha mão. Não precisamos mesmo conversar; sua roupa me diz tudo.

— Dance salsa comigo, gata — ele diz, dançando na minha frente.

Eu balanço a cabeça. Não posso. E mesmo que pudesse, ficaria preocupada que a garrafa que ele agora está balançando no ar me desse um banho de cerveja.

— Não, obrigada. Eu não tenho ritmo — falo honestamente.

— Eu levo — ele oferece.

— Mas eu não sei acompanhar.

— Você sabe me acompanhar — diz Kevin, vindo me salvar. Ele entrega Carla para meu ex-futuro-parceiro e o novo par desliza para o centro da sala.

— Valsa? — pergunto para Kevin esperançosamente quando ele me puxa para a clássica posição de dança de salão. — Provavelmente consigo seguir um ritmo de três tempos.

— Esse tempo é 4 × 4. Só se lembre de que o primeiro passo acontece no segundo tempo, não no primeiro.

— Isso esclarece tudo — falo, recusando-me a mexer os pés.

Kevin começa a dançar, praticamente me arrastando.

— O que você está esperando? — ele pergunta.

— O segundo tempo — explico.

— Vou contar em voz alta — ele diz pacientemente. — Um, DOIS.

Ele dá um passo à frente e eu também. Quase que imediatamente batemos um de frente com o outro.

Nós dois damos um passo para trás para esfregarmos nossas testas. Então ele bravamente reassume a posição de dança e enfrenta o desafio.

— Só imite o que eu fizer. Escute a música e mexa-se no ritmo — ele diz, me estimulando.

Sempre tive orgulho de me mover no ritmo do meu próprio tambor. Mas na pista de dança isso não parece funcionar a meu favor. Olho em volta e olho estupefata enquanto os vários parceiros se lançam em padrões complicados de movimentos e passos de dança.

— Como é que todo mundo sabe fazer isso? — pergunto.

— É só uma questão de mover seus quadris no mesmo ritmo que os meus — Kevin diz.

Tento imitar seus movimentos mais uma vez, mas depois eu suspiro.

— Não tem jeito.

— Claro que tem — Kevin diz. — É instintivo. Citando George Bernard Shaw, e gostaria de observar que muitos poucos homens o fazem, dançar é a expressão vertical do desejo horizontal.

Penso nisso por um minuto.

— Desejo horizontal, tudo bem. É a expressão vertical que está me dando problemas.

— Melhor do que o inverso — Kevin diz. Então, me girando em sua direção, ele sussurra. Vamos tentar de novo... e concentre-se naquele desejo horizontal.

Desta vez, quando Kevin põe a mão nas minhas costas e me puxa mais para perto, eu simplesmente relaxo e entro em sintonia com o jeito gentil com que ele me leva. Começamos com passos pequenos e eu deixo a mão dele que segura a minha me guiar pela pista de dança. Veja só isso. Ninguém está rindo de mim. Na verdade, ninguém está nem percebendo. A não ser Kevin.

— Você está indo muito bem — ele diz, me encorajando. — Pronta para tentar alguns giros?

— Estou pronta para qualquer coisa — falo jogando a cabeça para trás.

— É o que eu gosto de ouvir. — Kevin começa a explicar alguma coisa sobre virar o meu quadril para um lado e transferir meu peso para o outro pé. Depois algo sobre dobrar um joelho.

— Por que você não me leva? — sugiro.

— Você disse ao Dave Mergulhador que não acompanhava.

— Eu não acompanhava o Dave Mergulhador. Mas acompanho você.

Alguém aumenta um pouco o volume da música e a nova música ricocheteando nas paredes tem um ritmo ainda mais rápido. Kevin e eu estamos girando pela sala — e visões coloridas estão girando na minha cabeça. Sinto-me tonta em seus braços e, em vez de analisar por quê, estou simplesmente curtindo.

Dançamos a noite toda. Em algum momento, Dave Mergulhador nos interrompe e eu nem me incomodo. Dou um tempo para comer alguma coisa na cozinha e conversar com Susie e Carla. Não demoro muito para saber suas histórias. Antes de escapar para a ilha para se tornar instrutora de mergulho — e ocasionalmente a assistente de Kevin —, Susie era gerente de empréstimos na filial de Montreal de um dos maiores bancos do Canadá. Carla era vice-presidente de uma empresa de vendas na Filadélfia.

— Como vocês vieram parar aqui? — pergunto.

— De avião — Susie fala e ri.

— Quero dizer, por quê? O que as fez vir? Ou, melhor dizendo, por que ficaram?

Susie olha pela sala, para o grupo amigável e despreocupado se locomovendo debaixo dos ventiladores de teto que giram. As portas duplas de vidro do outro lado da sala estão abertas para o mar, que brilha sob a lua cheia.

— Perguntando melhor: Por que você iria embora? — indaga Susie.

— Acontece com muitos de nós — diz Carla. — Eu saí da roda-viva para o que achava que seriam férias de duas semanas. Mas aí, pensei, e quanto às outras 50 semanas do ano? Você não devia tentar ser feliz todos os dias da sua vida?

Tomo um gole de cerveja. Feliz todos os dias da sua vida? Ser mãe significa que você se sente feliz se seus filhos estão felizes. Você pára de pensar em encontrar sua própria felicidade.

— E os seus empregos? — pergunto.

— Por incrível que pareça, o banco sobreviveu sem mim — Susie fala e ri de novo.

— E, por incrível que pareça, eu sobrevivi sem o mundo corporativo — diz Carla.

— É muito bom trocar terninhos de três peças por roupas de duas peças. Seu bronzeado fica muito melhor se você estiver de biquíni — diz Susie.

— E você? — pergunta Carla, sorrindo para mim. — Vai ficar aqui com o Kevin?

Eu me engasgo com um gole de cerveja.

— Nem pensar. Não é nada desse tipo. Vou voltar para Nova York amanhã.

Enquanto digo essas palavras, me dou conta de que queria ter um pouco mais de tempo para curtir o mar, beber cerveja direto da garrafa e revelar meu mais novo talento como dançarina de salsa. E gostaria de ter um pouco mais de tempo com Kevin.

Mas todo mundo ali parece querer um pouco mais de tempo com o Kevin, porque bem depois da meia-noite a festa ainda está a toda. Só quando são quase 2h, Dave Mergulhador menciona que vai sair de barco pela manhã e que realmente precisa de todas as suas quatro horas de descanso.

— Você definitivamente precisa do seu sono de beleza — Carla brinca. — Vai receber gorjetas melhores das turistas se seus olhos não estiverem inchados.

— Confio no tamanhinho da minha sunga para conseguir boas gorjetas — diz Dave.

— Aprendeu esse truque comigo — graceja Carla, e joga um beijo para ele enquanto ele se dirige para a porta.

O resto do grupo ajuda a limpar a cozinha e empurrar os móveis de volta para seus lugares originais na sala. Ninguém parece perceber o tapete de batatas fritas no chão ou a escultura de latas de cerveja na cornija da lareira. Mas pelo menos eles tentaram. Levaram muito tempo para se despedir, mas finalmente ficamos só eu e Kevin.

Subitamente exausta, sento-me no sofá e Kevin vem até mim.

— Está muito tarde — ele diz, passando um braço em volta dos meus ombros. — Por que você não fica aqui em vez de voltar para o hotel? Eu a levo para pegar o seu carro no aeroporto de manhã.

Olho hesitantemente para ele.

— Pode ficar no quarto de hóspedes — ele diz.

— Tudo bem.

Ele me leva para um quarto bonito e azul-claro, com uma cama dupla e a mesma colcha estampada que se encontra em todo quarto de hotel de todas as ilhas do mundo. Procuro a pintura de uma praia com moldura de conchas de sempre mas, em vez disso, três fotografias submarinas do tamanho de um pôster enfeitam a parede.

— Suas? — pergunto a ele, admirando a claridade brilhante e a forma como ele captou o momento com peixes-anjos enfileirados e olhando como se estivessem mandando beijos para ele.

Kevin assente.

— Tirei há anos.

— Você é bom — falo.

— Muito bom. E continuo ficando melhor.

— Continua. — Ainda em meu minivestido improvisado, puxo a colcha e deito nos lençóis frios e refrescantes, e aí estico os braços e bocejo.

— Incomoda-se se eu ficar com você um instante? — pergunta Kevin.

Dou um tapinha no lugar ao meu lado e Kevin deita perto e me abraça apertado.

— Foi divertido — ele diz.

— Um ótimo dia. Um dia feliz — falo e, com a minha cabeça bem aninhada em seu peito forte, caio imediatamente no sono.

Acordo de manhã mais tarde do que havia planejado e olho para Kevin, ainda dormindo de short e camiseta. Desafio superado: passei a noite com um homem. Na verdade, se você pegar a interpretação literal, nós chegamos a dormir juntos.

De alguma forma, durante a noite o braço de Kevin acabou enroscado em torno da minha cintura e as minhas pernas estão entrelaçadas com as dele. Eu me desembaraço devagar para levantar e ele abre os olhos piscando.

— Hmmm, foi uma boa noite — diz Kevin.

— Aconteceu alguma coisa na cama que eu deva saber? — pergunto, provocando.

Kevin rola para o lado meio grogue.

— Nunca desperdiço meu talento. Você tem que estar bem acordada para me apreciar.

— Metido, não é? — Eu rio e dou um soco de leve em seu braço. Felizmente, ele não comenta minha péssima observação de duplo sentido.

Ele começa a me beijar de leve no pescoço, mas aí eu olho para o relógio e pulo da cama em pânico, quebrando a onda feliz e tranqüila que estava sentindo.

— Qual é o problema? — ele pergunta.

— Não acredito que dormi até tão tarde. Tenho que voltar ao hotel para pagar a conta e depois tenho que ir ao aeroporto devolver o carro alugado e pegar o vôo. — Balanço a cabeça e então repito: — Como dormi até tão tarde?

— Você estava relaxada. Talvez tenha se sentido bem deitada ao meu lado — ele diz.

— Bem, agora me sinto um pouco nervosa — digo. Corro para o banheiro para jogar água fria no rosto, aí pego a minha bolsa, espalho um pouco de protetor labial e olho para ver se meu passaporte ainda está no pequeno compartimento com zíper.

Nesse meio tempo, Kevin não se mexeu. Ele não percebe que meu carro não está aqui? Preciso que ele me leve de volta. Tenho um milhão de coisas para fazer hoje. Mas ele só passa a mão preguiçosamente pelo travesseiro.

— Quer olhar o dia lindo que está lá fora? — pergunta, apontando para o sol entrando pela janela.

— Lindo, maravilhoso, um sol muito amarelo. Agora vamos, por favor. — Vou até a cama e puxo o braço dele. — Me ajude. Meu vôo é em algumas horas.

— E há outro vôo amanhã. E no dia seguinte — Kevin esfrega a minha mão.

— Mas o meu vôo é hoje.

— Não tem que ser. — Ele brinca com os meus dedos. Com o ritmo reduzido pela falta de reação dele ao meu frenesi, sento-me na cama ao seu lado.

— Fique comigo — ele diz. — Não se lembra o que eu lhe disse ontem? Se entrar naquele avião, vai se arrepender.

— Vou?

— Sempre vai imaginar o que poderia ter acontecido. Nós dois sempre vamos imaginar.

Os dedos dele dançam pela minha coxa nua e eu fecho os olhos por um momento.

— O que vai acontecer se eu ficar? — pergunto numa voz baixa.

Como resposta, Kevin gentilmente me puxa para perto. Ele me segura com firmeza e então rola por cima, e aí eu sinto todo o peso de seu corpo rijo contra o meu.

Em vez de lhe dizer o quanto quero ficar, eu simplesmente me desmancho nele enquanto nos beijamos. É disso que tenho corrido tanto para longe quanto para perto desde o dia em que cheguei à ilha. Será que finalmente vou jogar a toalha e me deixar sentir de novo? Arriscar, o que a Emily diz que eu nunca fiz?

— Quero fazer amor com você — diz Kevin, seu hálito quente contra a minha orelha. — Amor apaixonado, mas devagar, muito devagar. — Meu coração bate contra seu peito e eu escorrego minhas mãos por baixo de sua camisa e sinto os músculos fortes em suas costas lisas.

Me arriscar. Ir atrás do que quero.

— Não sei se ainda me lembro de como se faz isso — falo, sussurrando e puxando-o mais para perto.

— Então, deixe que eu a faça lembrar.

Ele abaixa as mãos e tira a minha camiseta e a sua própria. Sinto a emoção da pele nua contra pele e, desta vez, não tenho vergonha de que ele veja o meu corpo. Ou o acaricie. Ou faça amor com ele. Como quando estávamos dançando, eu beatificamente sigo seus passos.

E sigo e sigo. E levo. E aí, sigo novamente.

Desde que Bill me deixou, fiquei imaginando se algum dia eu faria amor de novo. Achava que não; eu não achava que queria. Depois de todos esses anos, como poderia estar com alguém diferente? Mas conforme meu corpo se fundia com o de Kevin — de novo e de novo —, senti como se partes de mim estivessem sendo acordadas de um longo sono.

— Quantas vezes é possível fazermos amor? — pergunto a ele, à tarde, quando estamos aninhados em um refúgio escondido na praia.

— Hmm, talvez só mais uma — Kevin fala, chegando mais perto.

— Eca, você está cheio de areia — rio e o empurro para longe.

— Um dia só e você já está cansada de mim? — ele pergunta.

— Nunca — digo, beijando-o.

Kevin se espreguiça, o queixo apoiado na mão em concha e eu passo as mãos — mais uma vez — por seu corpo lindo.

— Então, o que acha? — ele pergunta.

Eu viro de costas e olho para o céu.

— Acho que você é um amante incrível.

— Qual é o tamanho do seu banco de dados?

— Pequeno. Mas eu leio muito. — Não menciono que os livros costumam ser de direito, não romances açucarados.

— E o que mais você acha?

— Acho que Arthur vai ficar imaginando se fui abduzida por piratas.

Kevin olha para mim zombeteiramente.

— Arthur? Então você tem um namorado em casa.

Eu rio.

— Não. Arthur é o meu patrão. Ele me espera no escritório amanhã.

— Isso é fácil, então. Ligue para ele e diga que vai chegar um dia atrasada. — Kevin estica a mão e acaricia meu seio. — Uma idéia melhor. Diga a ele que vai chegar uma semana atrasada. Pode ficar comigo o tempo que quiser, você sabe.

— Não tenho nenhuma roupa aqui. A minha mala ainda está no carro alugado que deixei no aeroporto — digo, como se a única coisa me impedindo de mudar para a casa dele fosse um par extra de Levi's.

— Esqueça as roupas. Não quero que você use roupas nunca mais — diz Kevin. Ele estica a mão e acaricia a curva da minha cintura.

Voltamos lentamente para a casa dele, os braços em volta um do outro. Percebo que Kevin tem razão. De jeito nenhum eu quero voltar para Nova York agora.

— Vou ligar para o Arthur — digo a ele depois que entramos. Não faz o meu estilo fugir do trabalho, mas é só por alguns dias. Além disso, passei no teste Susie-Carla de por que você não deve voltar correndo para sua vida real. Eu estou feliz.

E me sinto ainda mais feliz dois dias depois quando Kevin e eu concordamos que devo ficar na ilha pelo menos até o barco de suprimentos chegar com sua encomenda da Amazon.com de uma nova máquina de espresso e um exemplar do *Kama Sutra Ilustrado*.

— Não quero que você fique entediada — diz, explicando suas aquisições.

— Mais uma xícara de café ruim e vou dar o fora daqui — digo rindo. Mas ele podia ter economizado dinheiro com o livro. O repertório de Kevin não precisa de nenhuma ajuda.

— Quantas posições existem no Kama Sutra? — pergunto, curiosa.

— Sessenta e quatro.

— Vai dar trabalho experimentar todas.

— Vamos levar o tempo que for necessário.

Uma coisa que sei que vai levar muito tempo é que tenho que ligar para o Arthur de novo. Quando ele atende, explico que vou me atrasar e que vou tirar mais um tempo de férias.

— O que está acontecendo, Hallie? — ele explode. — Não é do seu feitio ser tão irresponsável.

— Eu sei — respondo animadamente. Mas me recomponho rapidamente, percebendo que Arthur não estava me elogiando. Eu esperava que meu chefe, normalmente flexível, me desse um pouco mais de apoio, mas já que ele não dá, mudo rapidamente de tom.

— Posso trabalhar daqui — falo no que espero ser minha melhor voz profissional. — Com telefones, Internet, e-mail, você nunca vai sentir a minha falta.

— Não gosto muito da idéia — diz Arthur. — O caso Tyler vai a julgamento em breve. Preciso da sua atenção total.

E o que o faz pensar que não a tem? Ele pode ver pelo meu tom que estou segurando o telefone com uma das mãos e passando filtro solar com a outra?

— Vou fazer o que puder pelo caso Tyler — falo, o tubo de filtro solar escorregando dos meus dedos. Eu o observo quicar pelo chão. Exatamente que coelho eu vou tirar da cartola para salvar o caso Tyler? Com a minha sorte, será Jessica Rabbit, a personagem sexy do desenho. E, no final, ela vai trabalhar na Alladin Films e também estará dando para o Sr. Tyler.

— O melhor que pode fazer é me trazer o Sr. Tyler — diz Arthur asperamente. — Estou tentando encontrá-lo há três dias e ele não responde nenhum dos meus recados.

— Posso procurar daqui — brinco.

— Por que não faz isso, se não estiver ocupada demais? — diz Arthur sarcasticamente enquanto desliga.

Para deixar Arthur feliz, decido trabalhar um pouco, afinal. Olho atrás dos travesseiros, debaixo da cama e no banheiro pelo Sr. Tyler. Não, ele não está aqui. Bem, isso deve contar por pelo menos uma hora de trabalho pago. Em seguida, vou para a praia para procurá-lo. Mas, antes, faço uma ligação rápida para falar com a Bellini de novo. Alguém em Nova York deve saber onde estou.

— Como assim? Você ainda está em Virgin Gorda? — ela pergunta quando a acho em seu escritório na Bendel's.

— Você tem que ver como as praias são lindas — falo, lânguida.

— Certo — ela suspira. — Ouça, não tenho tempo para relatos de viagem agora. Pode só me contar as novidades? Há um representante esperando para me vender bolsas de mão com paetês e outro que insiste que a próxima estação será a dos apliques. Desculpe-me, mas estou sob muita pressão.

Saio para o deque e fico olhando um lindo catamarã de 40 pés passar. As três pessoas a bordo acenam e eu aceno vagarosamente de volta. É, muita pressão. Bellini está em pânico porque o sucesso financeiro da Bendel's depende de sua escolha por paetês ou apliques. Arthur está histérico por poder perder um caso — e não encontra um cliente. Para mim, é só dar uma relaxadinha no sol quente e tudo isso parece distante.

Mas se Bellini precisa que eu vá direto ao assunto, eu vou.

— A novidade é que, afinal, o Kevin é um extraordinário fotógrafo subaquático. E quando o assunto é sexo, ele é ainda mais extraordinário.

— Parece bom — ela diz.

Encosto-me afetadamente no parapeito e aceno para outro barco.

— Pode ser que eu nunca mais volte para casa.

— É claro que você vai voltar. Só está tendo um casinho.

Penso nisso por um segundo.

— Não, não é um casinho. E se isso for sério? Há algum motivo para eu não poder ficar aqui?

— Acabou de conhecer o cara. Você tem dois filhos. E odeia piña colada. Que tal isso como motivo?

Como tenho pensado nos mesmos argumentos na minha cabeça nos últimos dias, estou pronta para rebater.

— Meus filhos estão na faculdade. Piñas coladas estão fora de moda. E eu conheço o Kevin há 25 anos. Pelo amor de Deus, conheço até a mãe dele.

Isso me faz parar. Jeanette Talbert definitivamente não pertence à coluna de vantagens.

— Ah, pare de ser boba — diz Bellini. — Ele é mergulhador e mora numa ilha. Não é adequado para você.

— Não é adequado? — Eu começo a rir. Bellini me julgar por namorar alguém inadequado é como Rush Limbaugh atacar viciados em drogas. Ou Bill O'Reilly vociferar contra os desvios sexuais. Ou a Igreja Católica fazer sermões sobre... bem, sobre qualquer coisa, hoje em dia.

— Hallie, sou eu que não sou seletiva — Bellini solta exasperada. — Nós todos contamos com você para ser um modelo de virtude. O pilar da comunidade. O epítome da correção.

— Bem, talvez eu esteja cansada de ser um modelo e um pilar. Para não falar em epítome.

— É quem você é. É a sua natureza.

— Do jeito que você fala, pareço um antigo anfiteatro grego. Já estou cheia disso. Eu quero ser — faço uma pausa. O que eu quero ser? — o Guggenheim de Bilbao. Você sabe, aquele museu maluco na Espanha com os tetos curvos. Novo, moderno e algo de que todo mundo fala.

— Continue com isso e todo mundo vai falar muito de você, isso é certo.

— Não acredito que me desaprove tanto. Você era a única pessoa que eu pensei que ia me mandar ir fundo.

— Só estou sendo racional — diz Bellini.

— Não combina com você.

Bellini suspira.

— Está bem, olhe. Curta o sexo. Está usando camisinha, certo? E algum outro método contraceptivo para garantir? Sabe que tem que reaplicar o espermicida toda vez que faz amor. E, só para garantir, use uma quantidade maior do que eles mandam nas instruções.

Eu torço o nariz.

— Bellini, se você quer que eu curta o sexo, cale a boca. Eu sei o que fazer, então pare com a mensagem de utilidade pública. O que aconteceu com a espontaneidade?

— Não ouse pensar em espontaneidade! Estou falando sério sobre reaplicar a cada vez, mesmo que esteja dando duas vezes em uma hora — ela faz uma pausa. Aí, baixando a voz, ela pergunta: — Por falar nisso, ele dá duas em uma hora?

— Três — falo.

— Agora sei que você está mentindo. — Ela ri. — Mas, já que estamos no assunto, o que você disse para os seus filhos?

— Nada.

— Está mentindo para eles?

— Eu nunca mentiria para os meus filhos — digo honradamente. — Falo com eles o tempo todo. Eles me ligam no celular. Só nunca pensam em perguntar onde estou.

— Bem, parece que você tem as coisas sob controle — diz Bellini sem muita certeza. — Eu ligo para você em breve. Mas enquanto isso tenho que controlar a crise de bolsas da Bendel's.

— Então, o que decidiu para a próxima estação? Paetês ou apliques?

— Nenhum dos dois — diz Bellini. — Você não é a única que pode tomar uma direção completamente nova. Espere aí. — Eu a ouço dizer para sua assistente se livrar dos dois representantes de venda que estão esperando na recepção. — Está na hora de sacudir as coisas por aqui — ela anuncia. Aí, em uma frase curta, Bellini deixa sua marca na História dos acessórios de moda. — Quero essas bolsas de noite em plástico.

Bolsas de plástico? Boa idéia. Mas talvez eu compre as minhas na A&P.

Capítulo 12

FICO IMPRESSIONADA com a facilidade com que entrei na vida da ilha — e agora posso entrar num sarongue. Por estar ao ar livre todos os dias correndo na praia, nadando no mar e transando em todos os lugares, nunca estive em melhor forma. Ouvi dizer que as mulheres engordam um quilo para cada ano de casamento. Se continuar solteira pelos próximos vinte anos, posso acabar anoréxica.

Mas, no momento, tenho o melhor de tudo. Estou me sentindo esbelta e saudável — e tenho o Kevin. Isso é que é entrar na onda. Com uma tranqüilidade impressionante, abandonei o meu mundo e entrei no dele. Meu chamado para acordar de manhã de repente é o som das ondas se quebrando, não um despertador barulhento. Em vez de enfiar uma barra de cereal na boca como café-da-manhã enquanto corro para o trabalho, eu me sento tranqüilamente com Kevin em seu deque, olhando as gaivotas, bebendo café feito na hora (aquela nova máquina de expresso foi uma boa idéia) e mordiscando frutas maduras. O manual do Kama Sutra também foi uma boa idéia — mas normalmente não chegamos a essa parte até o almoço.

Gosto de estar ao lado do Kevin, apesar de isso significar que estou passando muito tempo debaixo d'água. Minhas habilidades como mergulhadora melhoraram e fico feliz em ajudar de vez em quando com seus trabalhos. Eu nem chegava a visitar muito o escritório chique do Bill quando éramos casados, mas gosto de ir trabalhar com o Kevin. Talvez porque seu local de trabalho seja o mar e estar com ele pareça atraentemente exótico.

O trabalho do Kevin com Angelina no cinema só começa daqui a um mês e, enquanto isso, ele voltou a tirar fotos de turistas fazendo mergulho. Mas o trabalho de hoje, fotografar uma cerimônia de casamento, é incomum, pelo menos para mim. Tendo estado em muitos casamentos, já vi noivas descalças correndo pelos campos em Vermont e noivos andando duros pela nave da Catedral de St. Patrick, de fraque e cartola. Mas nunca vi um casal trocar seus votos a 30 metros de profundidade com garrafas de oxigênio amarradas nas costas. Todo mundo fica meio sem ar antes de dizer "Sim", mas esses vão ser os primeiros noivos que eu conheço que realmente vão precisar de oxigênio.

— E se eles deixarem as alianças cair dentro d'água? — pergunto ao Kevin, enquanto nos dirigimos de lancha para a ilha vizinha, Guana, onde o feliz casal vai se casar.

— Se a aliança cair, chamamos a Guarda Costeira — Kevin responde.

Levo um instante para perceber que ele está brincando.

— *Guarda Costeira: Equipe de Resgate de Alianças* — eu rebato. — Acho que passa na CBS domingo à noite.

Kevin ri e, conforme nos aproximamos de Guana, um bando de pássaros brancos e macios que catavam comida preguiçosamente sai em revoada, seus gritos barulhentos rapidamente substituindo o barulho do nosso motor. Da beirada do píer, um homem alto de tórax largo acena, se aproxima e estende a mão para nos ajudar enquanto desembarcamos.

— Ei, Henry, que bom ver você — diz Kevin, apertando a mão do homem.

— Você também. Bem-vindos — Henry fala. Ele olha para mim, avaliando, e então pergunta ao Kevin. — É uma nova amiga sua?

— Na verdade, é uma velha amiga. Esta é a Hallie. — Kevin põe as mãos possessivamente nos meus ombros. — Pode tomar conta da minha garota enquanto vou preparar as coisas para o casamento?

— Sempre fico feliz em cuidar das suas garotas — Henry brinca.

Kevin ri e então agarra seu equipamento de fotografia e se afasta.

— Belo lugar — falo para Henry enquanto ele me ajuda a amarrar o barco e perambulamos pela costa. — Trabalha aqui há muito tempo?

— Acho que se pode dizer isso — ele admite com um sorriso doce.

Um bando de flamingos passa desfilando por nós, belezas graciosas de pernas e pescoços longos sobre os quais alguém devia escrever um balé. As divas do *Lago dos Cisnes* já reinaram por tempo demais.

— Que lindos — falo, observando-os.

Henry olha para eles orgulhosamente.

— Guana é um santuário da vida selvagem. Há alguns anos, os flamingos caribenhos estavam ameaçados, então nós repovoamos. Temos muitos animais que você não encontra em lugar nenhum.

Como se para provar isso, um inseto grande começa a subir pela minha perna e eu dou um gritinho e lhe dou um peteleco.

Henry se curva e pega o inseto inoportuno na mão em concha.

— Centenas de espécies de insetos vivem aqui, inclusive três tipos de besouros. — Ele olha brevemente para o inseto e então o coloca gentilmente em uma folha — Sabia que há mais besouros no mundo do que qualquer outra espécie? Há uma velha história sobre um biólogo a quem perguntaram o que a natureza lhe havia ensinado sobre Deus e que respondeu: "Ele tem um amor exagerado pelos besouros."

Eu rio e flexiono a perna.

— Parece saber muito sobre este lugar — digo.

— E devia mesmo — Henry diz, ajustando seu chapéu de abas largas. — Eu sou o dono.

— Você é o *dono*? — pergunto surpresa. — Isso faz de você o rei? O ditador? Do que devo chamá-lo?

— Henry — ele diz de maneira simples.

— Talvez eu escolha rei Henry — falo, fazendo uma reverência.

Henry ri.

— Na verdade, tenho duas ilhas. Comprei Guana nos anos 1970.

— Investimento inteligente. O que está pensando em comprar agora? — pergunto a ele.

— Uma vara de pescar nova.

— É bom ter metas — digo.

Henry sorri e senta-se de novo no píer.

— E você, Hallie? Qual é a sua história?

— Tudo a respeito da minha história parece estar mudando — digo a ele. — Neste momento, estar com o Kevin parece ser o tema principal.

Henry pega uma pedrinha e o joga habilmente pela água. Três pulinhos. Nada mal.

— O Kevin é um cara divertido. Um espírito muito livre — ele fala. — Admiro isso num homem. Apesar de que, depois de algum tempo, algumas mulheres ficam cansadas.

Eu faço uma pausa e deixo a areia escorrer pelos meus dedos.

— Isso é um aviso, rei Henry?

— Só uma observação — ele diz.

Olhamos um para o outro e então Henry se levanta.

— Você provavelmente devia estar indo para o casamento. — Ele aponta para um caminho e me oferece instruções para chegar à baía de Muskmelon. Aí ele me dá um abraço rápido e me beija nas duas bochechas.

— Divirta-se. Curta com o Kevin. Isso é muito mais importante do que ser dono de ilhas.

Eu o abraço de volta.

— Você é o rei mais legal que já conheci — digo.

Dou um tchauzinho a ele e depois sigo em direção ao local das núpcias. Um lagarto incomum desliza pelo meu caminho e, em vez de pular fora do seu rumo, eu paro para admirá-lo. Afinal de contas, é uma das criaturas de Deus — ou, pelo menos, de Henry.

Quando chego à beira da baía, observo atentamente a água azul transparente, procurando bolhas e sinais de Kevin. Meu namorado está lá em algum lugar. Meu namorado. É uma coisa legal de se ter de novo, apesar da advertência do Henry. Guana parece ser um bom lugar para se cultivar coisas. Talvez um namorado se torne...

— Aquaman! — grito quando sua cabeça flutua para fora do oceano.

Kevin acena para mim e nada para a terra. Ele se ergue da água.

— Ei, Aquagata — ele diz, tirando a máscara e pingando em cima de mim.

— Pare. Você está me molhando.

Ele ri e abre os braços para o vasto oceano.

— É o que fazemos em casamentos submarinos — fala.

Visto minha roupa de mergulho rapidamente e verifico meu equipamento, pensando em como há apenas algumas semanas eu precisava da ajuda dos meus filhos, do Nick e do capitão da lancha só para entrar na água — e, uma vez lá, batia meus pés-de-pato como hambúrgueres numa grelha. Mas agora estar no mar não é nada demais. Minha segunda natureza. E estou tendo uma segunda chance em mais coisas do que no mergulho.

De mãos dadas, Kevin e eu mergulhamos até o local da cerimônia. Como é um casamento, acho que eu devia fazer um rebuliço, mas não há muito o que fazer com o habitat natural. Os recifes vivos de coral, cintilando como mil cristais, são mais lindos do que qualquer altar de mármore e os gorgôneos roxos sendo levados pela corrente são mais deslumbrantes do que 50 mil rosas.

Alguns minutos depois, vejo a noiva e o noivo descendo lentamente da superfície para se juntar a nós lá embaixo. Eles deslizam na nossa direção em roupas de mergulho pretas combinando e, devido ao látex, às máscaras, às mangueiras e aos tanques, é meio complicado saber quem é ele e quem é ela. Podia ser a solução perfeita para os casamentos gays. Não pergunte e não há como saber.

Acompanhando o casal está Susie, assistente de Kevin, que também vai presidir as núpcias. Ela pode ter abandonado sua carreira no banco quando veio para a ilha, mas definitivamente manteve seu tino para os negócios. Para complementar seus serviços como instrutora de mergulho, Susie tirou o certificado de juiz de paz e bartender. Bela jogada profissional. Quem é que não precisa de um drinque depois de um casamento?

Quando o casal se aproxima, a noiva (ou pelo menos o menor dos dois) agarra um pouco de alga marinha para segurar na frente como buquê. Kevin remove o respirador e sopra bolhas musicais.

— Dum dum da dum — ele solta, no ritmo de "Lá Vem a Noiva". Ele coloca rapidamente o tubo de volta na boca para respirar de novo. Ainda bem que a noiva não vai nadar pela nave ao som de Wagner ou o Kevin iria desmaiar antes da última nota. Acompanhamento musical terminado, Susie faz com que nos aproximemos e, finalmente, o casamento começa. Um colorido cardume de bodiões se junta para testemunhar a união sagrada e uma grande tartaruga marinha aparece para representar o noivo.

Sem ninguém para entregar a noiva e nenhum dos peixes tendo objeções, os procedimentos são bastante rápidos. Kevin começa a tirar fotos enquanto Susie realiza a cerimônia apontando para o noivo, apontando para a noiva e fazendo um ponto de interrogação com o dedo. O noivo forma o sinal de OK fazendo um círculo com o polegar e o indicador, a versão submarina de "sim". Susie repete o processo e a noiva diz "sim", jurando fidelidade. Tenho certeza de que Susie não deixaria escapar nada, mas como uma noiva subaquática sabe se concordou só em amar e respeitar — e não também em obedecer?

O feliz casal espreme suas máscaras uma contra a outra, tentando se beijar e, como sinal definitivo de união, os dois respiram o ar do mesmo tanque. Na emoção do momento, eu faço o sinal de positivo com o polegar, esquecendo de que para os mergulhadores isso significa que está na hora de voltar à superfície. Todos começam obedientemente a subir. Ah, bom, a única coisa que a noiva não fez foi jogar seu buquê, e eu não queria ficar com a cara cheia de alga, de qualquer maneira.

Kevin e eu somos os primeiros a sair da água e tiramos nosso equipamento rapidamente. Os recém-casados emergem e eu estico a mão para ajudá-los a sair.

Através da máscara, o noivo olha para mim e fica tão surpreso, que quase cai na água de novo. Quando saímos da água, ele corre rapidamente para trás de sua noiva.

— Qual é o problema, querido? — ela pergunta, tirando a máscara. Ela puxa o elástico segurando seu cabelo em um rabo-de-cavalo e sacode os cachos grossos e ruivos. O noivo, enquanto isso, está sussurrando em seu ouvido e puxando com urgência sua roupa de mergulho.

E, de repente, percebo que conheço os dois. Encontrei o noivo, nervoso no meu escritório, e vi a noiva nua numa fotografia.

— Sr. Tyler? — pergunto incrédula. — É o senhor?

Em vez de responder, ele agarra apressadamente a noiva — que agora posso identificar como Melina Marks — e a guia para dentro de uma lancha atracada na praia. Ele empurra o barco para dentro da água e puxa a corda para ligar o motor.

Começo a correr atrás deles, mas eles dão o fora, jogando uma ondinha fina de água salgada no meu rosto. Susie se junta à mim na beira d'água.

— Espero não ter feito nada errado na cerimônia — ela fala, observando o casal zarpar.

— Você foi perfeita — garanto. Continuamos a olhar para o mar até o barco mal ser um pontinho na distância.

Susie suspira.

— Tenho que preencher a certidão e nem sei o nome deles. Quem era o homem de máscara?

Todos aqueles anos assistindo a reprises de *O cavaleiro solitário* e nunca achei que chegaria a responder essa pergunta.

— Seu nome é Charles Tyler. É um cliente meu. Quando meu chefe me mandou encontrá-lo, achei que devia olhar debaixo de cada pedra, mas nunca me ocorreu olhar debaixo de um tanque de oxigênio.

— Por que ele ficou em pânico ao ver você?

Eu balanço a cabeça.

— Provavelmente porque não é muito prudente, no meio de um julgamento por discriminação sexual, se casar com a mulher com quem é acusado de estar dormindo.

Perambulo por Guana por algum tempo, esperando que a lancha reapareça, mas ela não volta.

— Acha que devemos ir procurá-los? — pergunto ao Kevin.

— Podemos tentar. Mas eles podem estar em qualquer lugar, a esta altura, ou pelo menos em qualquer lugar onde se possa arrumar um tanque de propano.

Sem ter realmente outra alternativa, deixo uma mensagem de voz no celular do Sr. Tyler, parabenizando-o por seu casamento

— porque o que mais posso dizer? "Seu idiota burro, você vai afundar a sua carreira e sua nova esposa vai perder o emprego"?. Imploro ao Sr. Tyler para que me ligue, apesar de ele agora estar oficialmente em lua-de-mel.

Vamos embora de Guana e eu fico inquieta até chegar em casa. Enquanto nosso barquinho se choca contra as ondas que sobem, as batidas da minha bunda no assento não são nada comparadas às pancadas na minha cabeça, cortesia do Sr. Tyler. Quando saímos para beber com a Susie e o Dave em um bar ao ar livre naquela noite, é só no que consigo pensar.

— Ainda não entendo por que está tão tensa — diz Kevin mais ou menos pela décima vez.

— Tensa? Não estou tensa — falo, ficando mais tensa com a idéia de ter que defender minha tensão.

— Não, Kev está certo. Você está tensa — diz Dave, que joga um amendoim no ar e o pega com a boca. — Qual é o problema?

— O meu cliente está agindo de um jeito muito estranho. Sei que está acontecendo alguma coisa com ele, mas não consigo descobrir o que é. — Dou um gole na minha bebida. — Está me deixando maluca não entender isso.

— Quem se importa? No fim do dia você toma uma cerveja e deixa seu trabalho para trás — diz Dave.

— O meu trabalho *me interessa* — digo, lembrando-me de que um dia me interessou. — Não gosto de deixá-lo para trás. Às vezes ele fica comigo a noite toda.

— O meu trabalho às vezes também fica comigo a noite toda — diz Dave com um olhar malicioso. — É sempre alguma turista sexy querendo que o instrutor de mergulho lhe mostre mais do que os recifes. Então ela vem para casa comigo e eu lhe mostro a grande enguia.

— Ah, Dave, você é escroto — Susie fala.

— A grande enguia? — pergunta Kevin, confuso. — É disso que você o chama? Achei que a última mulher com quem você dormiu tinha se referido a ele como a pequena lula.

Recosto-me na cadeira e balanço a cabeça. Há alguns poucos meses — e uma vida inteira — eu estava com Bill em jantares em Chaddick, bebendo Château Margaux e discutindo os efeitos do desmatamento da Amazônia nas mudanças ambientais. Agora o meu meio ambiente realmente mudou. Estou bebendo qualquer coisa que saia de uma serpentina e discutindo se um homem do qual eu nem gosto tem uma lula pequena ou uma enguia grande.

— Então, sobre o seu caso — diz Dave, terminando de discutir sobre seus dotes. — Esse negócio de discriminação sexual me parece babaquice. Bem-vinda ao mundo. É claro que se consegue as coisas quando se tem boa aparência e alguém quer dormir com você. É a seleção natural. Totalmente darwiniano.

Faço uma pausa, impressionada por Dave Mergulhador ter feito referência a Darwin. Mas não tão impressionada por sua opinião sobre o assunto.

Ou pela de Kevin.

— Qual é, Hallie. Eu contrato as pessoas de quem eu gosto. Por que os outros não deveriam?

— Mas você dorme com todas as pessoas que contrata?

Há um silêncio constrangedor na mesa. Susie e Kevin trocam um olhar.

— Ele nunca dormiu comigo — diz Dave, jogando outro amendoim, que quica na sua bochecha.

Susie fica muito ocupada espalhando um pouco de manteiga no pão.

— Voltando ao Sr. Tyler. Levando em conta que acabei de torná-los marido e mulher, isso não ajuda o seu caso, Hallie? Quer dizer, agora é tudo legalizado.

— Faz com que seja menos sórdido, mas não ajuda o processo. Agora que se casou com Melina, fica difícil dizer que ele não a favoreceu.

— Ooh, a queridinha do professor, a queridinha do professor. Onde é que nós estamos, numa escola de criança? — Dave pergunta, agora segurando a ponta de seu guardanapo de papel na chama da vela e observando-o pegar fogo. — Já cansei do politicamente correto. Só atrapalha a diversão.

— Não queremos que nada atrapalhe a sua diversão — digo um pouco maliciosamente demais.

Kevin põe a mão em cima da minha e dá uns tapinhas para me acalmar.

— Qual é, Hallie. Relaxe. Você não está mais em Nova York.

— Talvez devesse estar — digo baixinho.

Ele balança a cabeça.

— Não vamos discutir isso. É o seu trabalho e aposto como é boa nele.

Ele me beija e, como sempre, quando Kevin me toca, eu começo a relaxar. Mas ele não consegue deixar o assunto para lá.

— E olhe só para você. Não imagino que ser uma gata linda tenha prejudicado a sua carreira.

Sinto-me lisonjeada e insultada ao mesmo tempo. Estou sentada ali com dois sujeitos que acham que a vida é uma festa na república de estudantes, mas pelo menos um deles me chama de gata.

* * *

Na manhã seguinte, enquanto passeio pela cidade, Emily liga para o meu celular, parecendo um pouco alegre demais. Como é época dos exames finais em Yale, eu esperava que ela estivesse um pouco mais tensa do que isso.

— Só tenho um trabalho de dez páginas sobre o surgimento e a queda da civilização européia para terminar — ela explica.

— São só 4 mil anos de História. Deve ser capaz de terminar em uma hora — digo sarcasticamente.

Uma gaivota grita ao fundo e eu cubro o fone com a mão, esperando que Emily não ouça. Se ela ouvir, sempre posso dizer que estou no metrô. Há muitas criaturas estranhas ali. Não gosto de mentir e, como ainda não estou pronta para admitir que estou com o Kevin, fico grata por Emily nunca pensar em me perguntar onde estou.

— Algum cara interessante na faculdade? — pergunto a ela.

Há uma longa pausa.

— Estou ocupada demais estudando para prestar atenção nos caras.

— Estudar é bom, mas ainda devia se divertir um pouco na faculdade — eu lhe digo. — São os melhores anos da sua vida.

Ouço um grasnado estranho, mas desta vez parece que está vindo do outro lado da linha. Emily parece estar cobrindo o telefone, porque mal consigo ouvir o que fala em seguida.

— O quê? — pergunto.

— Não se preocupe, estou me divertindo — Emily fala, um pouco mais claramente agora.

— Ótimo, então, o que mais está acontecendo? — pergunto.

— Estou muito ocupada. Só queria saber de você e dizer que eu estou bem. — Ela faz uma pausa e então acrescenta naquela voz falsamente animada. — Se tiver dificuldades para me achar nos próximos dias, pense que vou estar entocada na biblioteca.

— Minha pobre queridinha. Vou pensar em você — digo quando desligamos.

Sinto-me brevemente culpada por minha filha estar estudando tanto em uma biblioteca fria enquanto eu estou passeando feliz sob o sol da ilha. Foi divertido tê-la aqui. Talvez eu devesse ter lhe comprado aquela jóia da qual ela gostou tanto, apesar de ser cara demais. Essa é a minha filha. Em uma ilha onde se vendem colares de contas de conchas por 2 dólares na praia, ela conseguiu encontrar um colar de pérolas de água doce com um preço da Tiffany.

Dou meia-volta e me dirijo para a lojinha que tinha o colar, ansiosa para surpreender Emily. Mas, quando chego lá, o colar se foi. A dona da loja, Imelda, se lembra de mim da minha última visita e dá de ombros quando lhe pergunto a respeito.

— Vendi o colar esta manhã — ela diz.

Eu faço cara de desapontada.

— Droga, eu queria comprá-lo para a minha filha. Ela gostou tanto dele quando estivemos aqui há algumas semanas. Devia tê-lo comprado para ela.

— Outra pessoa o comprou para ela — diz a dona da loja. — Ela veio aqui com aquele instrutor de mergulho simpático, Nick. Que casal adorável.

Olho para ela brevemente, então balanço a cabeça.

— Se a viu hoje de manhã, não era a minha filha. Ela está na faculdade. Acabei de falar com ela.

— Você pode ter acabado de falar com ela, mas eu acabei de vê-la — Imelda diz firmemente. — Ela se chama Emily, não é? Até falamos que ela já tinha estado aqui com a mãe.

Fico parada ali, estupefata. Emily já ganhou o colar? E Nick o comprou para ela? E eles são um casal adorável?

— Talvez tenham estado aqui há algumas semanas — digo, esperançosa.

— Foi hoje de manhã. Que parte de hoje de manhã você não entende? — pergunta Imelda, irritada por eu estar duvidando dela.

Que parte eu não entendo? A parte em que a minha filha me ligou e disse que estava escrevendo um trabalho. A parte em que eu disse a ela para se divertir. A parte em que fiquei preocupada por ela estar entocada numa biblioteca quando aparentemente ela estava entocada com o Nick.

Aturdida, saio da loja. Como a Emily podia estar na ilha sem eu saber? Ela não teria me dito? Por outro lado, eu estou na ilha e Emily não sabe. Mas isso é diferente. Eu sou a mãe, devo saber de tudo.

Dirijo-me para o píer para procurar Kevin. Ele está ao lado de um barco de mergulho cheio de turistas de biquíni, prestes a zarpar. Eu o agarro.

— Sabe onde está o Nick? — pergunto.

— Nick, o jovem garanhão do mergulho? — ele retruca. — Para que precisa dele? Já está querendo me substituir?

— Não, eu amo você — digo distraidamente — Só preciso do Nick.

— Você me ama? — Kevin pergunta, surpreso.

Sinto-me subitamente envergonhada, percebendo que ainda não usamos essa palavra um com o outro.

— Não te amo de verdade — digo.

— Então, como você descreveria? — Kevin cruza os braços e um sorrisinho passa por seu rosto enquanto ele espera a minha resposta. Alguns dos turistas prontos para mergulhar se inclinam para fora do barco para ouvir mais.

— Eu gosto de você. Gosto muito, muito de você. Espero que você goste muito, muito de mim — digo, atrapalhada. Ah, Deus, esse é praticamente o discurso que acabou com a Sally Field. E provavelmente não está funcionando melhor com o Kevin e com os turistas do que funcionou no dia do Oscar da Academia.

— Ooh, ela gosta muito, muito de você — grita uma das adolescentes de dentro do barco.

— Eu gosto muito, muito de você também, Kevin — esbraveja da proa o capitão. — Agora, pode entrar no barco para a gente ir?

Ignorando os chatos, Kevin passa os braços em volta de mim e me dá um beijo.

— Fico feliz que você me ame, porque eu também te amo. Vou lhe mostrar o quanto hoje à noite — ele diz.

— Mal posso esperar — falo, beijando-o de volta e me esquecendo momentaneamente de por que vim.

Mas Kevin tem um trabalho esperando e eu tenho uma filha esperando — em algum lugar. Embora certamente não esteja esperando que eu apareça.

Kevin pula para dentro do barco e depois grita por cima do som do motor:

— Nick está na loja de mergulho. Mas fique com as mãos longe dele!

Corro até a loja e abro a porta fina de tela.

— Hallie, gata, como vai? — grita um cara lá dentro.

Ai de mim, não é o Nick. Ai de mim duplo, é o Dave Mergulhador.

— O Nick está por aqui? — pergunto a ele.

— Não, só eu. Isso não basta?

— Não — digo francamente. — Preciso do Nick.

— Uau! O velho Nick com certeza está se dando mais do que bem hoje. — Dave sai de detrás do balcão. — Ele acabou de sair de lambreta com uma gatinha.

— Aquela gatinha é a minha filha!

Dave levanta uma sobrancelha.

— Não pode ser. Você não tem idade para ter uma filha adulta.

— Obrigada. Eu comecei cedo — falo. Eu balanço a cabeça. — De qualquer modo, definitivamente não tenho idade para ter uma filha que está transando com o Nick.

— Nenhuma mãe tem idade para encarar isso — Dave concorda. — Venha, vamos encontrá-los.

Ele vira o cartaz feito à mão na porta da loja de ABERTO para FECHADO. Acho que ninguém vai mergulhar de novo até comunicarmos ao velho Nick que não se sai por aí trepando com a filha de alguém. Será que não passa pela cabeça desses caras que toda garota é filha de alguém?

Sigo Dave até sua brilhante motocicleta preta e prateada. Nunca fui de andar de moto, mas Dave me joga um capacete surrado e, antes de colocar o dele, veste uma camiseta preta do Jerry Garcia.

— É um visual melhor para a Harley — ele explica, subindo na moto e fazendo um gesto para eu me sentar atrás dele.

— Não entendo por que vocês, motoqueiros, reverenciam o Grateful Dead — falo, me aproximando meio sem jeito da moto. — Quero deixar claro que, se acabarmos mortos, eu não vou ficar grata.

— Confie em mim. Todas as mulheres ficam gratas depois de estarem comigo — diz Dave, apesar de que, desta vez, quando ele pisca, é mais com conhecimento de causa do que obsceno.

Ele dá a partida na Harley e ela faz o VRUUMMM intimidante que normalmente anuncia os Hell's Angels. Damos um salto para a frente e eu me seguro na cintura de Dave. É um pouco assustador estar em cima desse negócio, sem falar que é assustador estar tão perto assim do Dave Lula Pequena-Enguia Grande. Se bem que, com um nome assim, ele podia ser chefe da nação Cherokee. A pessoa certa para...

— Encontre a minha filha!

— Pode deixar! Posso alcançar aquela lambretinha vagabunda! — Ele faz uma curva um pouco rápido demais, o que me faz agarrá-lo com mais força ainda.

Mais à nossa frente, vejo um pontinho na estrada que vai ficando cada vez mais perto. Dave aumenta a velocidade, passa a lambreta e depois dá uma meia-volta impressionante, fechando-os completamente. A lambreta derrapa na terra e quase cai.

— Eu queria encontrar a Emily, não matá-la — grito.

— É, mas aposto como queria matar o Nick — Dave diz. Tanto nossa moto gigantesca quanto a minilambreta de Nick estão paradas, de frente uma para a outra na estrada, um duelo ao meio-dia.

Da lambreta, Nick grita:

— Dave, que porra você está fazendo? O que você quer?

— Entregue a garota! — Dave berra para ele de onde está.

Emily só aperta mais os braços em torno da cintura de Nick.

— Mamãe, é você? — pergunta incrédula. — O que está fazendo aqui?

— Procurando você — digo. — Não acredito que tenha voltado para ver o Nick.

Emily sacode a cabeça.

— Não estou entendendo.

— Eu também não. Você me disse no telefone hoje de manhã que estava escrevendo um trabalho.

— Eu estou escrevendo um trabalho. O meu laptop está na casa do Nick.

— Mas você queria que eu pensasse que estava em Yale — falo acusadoramente.

— E você queria que eu pensasse que estava em Nova York — ela manda de volta.

Ficamos olhando fixo uma para a outra.

— Quem é esse cara com quem você está? — Emily pergunta, apontando para Dave.

— Sou o melhor amigo do namorado dela — Dave diz.

Emily parece surpresa.

— Mamãe, um namorado? Você tem um namorado? Isso é tão cafona.

— Não, é bem bonitinho — Dave fala, achando que está ajudando. — Eles estão morando juntos e...

— *Cale a boca*, Dave! — grito.

Dave cala a boca, mas é meia-frase tarde demais.

— Você está morando com alguém? — Emily pergunta, sua voz subindo junto com seu nível de indignação.

— Não exatamente — digo, pensando que o meu passaporte ainda tem o carimbo de "turista" e preciso de pelo menos mais duas malas cheias de roupa para ser considerada residente fixa.

— Ela só está juntando os trapinhos — diz Dave, que parece não deixar o assunto quieto. — O Kevin é um cara ótimo. Está prestes a começar um filme com a Angelina Jolie.

— É o cara que conheci no barco de mergulho no feriado de Ação de Graças? — Emily pergunta, ainda tentando entender a situação.

— Não — falo, tendo prometido a mim mesma que não daria uma de Bill e apresentaria meus filhos a alguém que eu estivesse namorando. Mas como também me prometi que nunca mentiria para os meus filhos, eu corrijo. — Sim.

— Múltipla escolha? — pergunta Emily.

— A resposta correta é sim — Nick diz. — Eles estão sempre juntos.

— Nick, como é que você nunca me disse isso? — Emily pergunta, ainda sentada atrás dele e agora lhe dando um soquinho.

— Achei que você soubesse. E sua mãe é a última coisa sobre a qual quero falar quando estamos na cama.

— Ei, Nick, você comprou uma cama de verdade? Finalmente se livrou do colchonete? — Dave pergunta.

— É claro — Nick fala, inclinando-se para trás no banco para dar um beijinho na Emily. — Você não dorme com uma garota como a Emily no chão.

— Você não dorme com uma garota como a Emily *em lugar nenhum* — digo.

Nick acelera a lambreta, esperando abafar a minha voz. Dave faz o mesmo com a Harley, encobrindo as palavras de Nick. Então é assim que os homens se medem. Eles testam para ver quem tem o motor mais potente.

— *Você não larga Yale para dormir com um mergulhador!* — grito para Emily por cima dos "vrumms" altos.

— Você largou uma excelente firma de advocacia para dormir com um! — ela berra de volta.

— O meu mergulhador tira fotos! — urro, como se a questão fosse essa.

Nick decide que já agüentou o suficiente e dá meia-volta na lambreta. Quando está saindo, uma BMW preta vem rapidamente na nossa direção.

— Cuidado, Nick! — grito.

Dave desvia a Harley do caminho, mas Nick não escuta.

— Nick! — berro, quase histérica.

A BMW freia até parar no momento em que Nick, finalmente consciente do perigo, gira em direção ao acostamento. Nick e Emily caem da moto em um terreno com grama e, enquanto Dave e eu corremos em sua direção, ouço uma porta de carro bater.

— Ah, meu Deus, está todo mundo bem? — pergunta o motorista grisalho da BMW, agora ao nosso lado.

— Estou bem — diz Emily, levantando-se. Ela tem um arranhãozinho na perna. Olha para o Nick, que está esfregando um cotovelo sangrento, mas que, no mais, parece bem. Aturdida com a queda, Emily cai em prantos e corre para meus braços que a esperam.

Balançado, o motorista se senta na beira da estrada e apóia a cabeça nas mãos. Uma mulher sai do carro e junta-se a ele. Vendo quem são, eu riria, se não estivesse tão nervosa.

— Sinto muito, Hallie — diz o abalado motorista, também conhecido como meu cliente foragido, Charles Tyler. — Eu não pretendia causar tantos problemas para você.

— Eu também não queria causar problemas — diz Emily, ainda soluçando. — Devia ter contado o que estava acontecendo.

— Eu também devia ter contado — digo à minha filha, beijando-a no alto da cabeça.

Olho da Emily para os recém-casados, esperando que eles façam coro dizendo que também têm algumas coisas para me contar. Mas, em vez disso, Melina põe uma mão firme no ombro trêmulo de Charles Tyler e me dá um leve sorriso.

— Então, doutora — ela pergunta. — Sua tabela é mais baixa para consultas na beira da estrada?

Capítulo 13

COM EMILY, Nick, Charles Tyler e Melina Marks todos enfiados na minha escapada na ilha, a vida real veio com toda a força. Em vez de ser capaz de me concentrar no homem sexy e maravilhoso ao meu lado na cama, minha mente corre em um milhão de direções.

— A posição da borboleta não está funcionando para você? — Kevin pergunta solicitamente, enquanto paira sobre mim aquela noite na cama.

— Na verdade, não — admito. Velas tremeluzem no criado-mudo e música suave vem da sala, mas pela primeira vez o toque de Kevin não está produzindo sua magia de sempre.

— Sem problema. — Ele se estica para ver o livro apoiado ao lado da cama e vira uma página. — A ilustração parece promissora. Vejamos. Começa com você botando sua perna esquerda no meu ombro direito.

Ele se ajoelha na cama e eu boto obedientemente minha perna no local correto. Mas é melhor eu falar agora para o Kevin que nenhuma das páginas do Kama Sutra vai me dar qualquer prazer esta noite. Na verdade, eu não seria capaz de sentir nenhuma satisfação nem se todos os quatro membros dos Rolling Stones se juntassem a nós nessa posição tântrica.

Mas, pelo bem de Kevin, é melhor eu tentar. Fecho os olhos, tranco meu maxilar e ranjo os dentes.

Em cima de mim, Kevin ri.

— Essa não é exatamente a cara de uma mulher satisfeita — diz.

— Não, é a cara de uma mulher confusa — falo, puxando minha perna de volta e me sentando.

— Quer tentar uma posição mais fácil? — pergunta.

Eu lhe dou um sorrisinho.

— Não é o sexo que está me deixando confusa — digo, embora talvez todo esse sexo delicioso esteja distorcendo a minha perspectiva. Ver a Emily me fez perceber que tenho flutuado alegre e sonhadoramente com o Kevin, sem tomar nenhuma decisão real sobre o futuro. Parte de mim sabe que não posso ficar aqui para sempre com um homem do meu passado. Mas outra parte fica imaginando por que eu deveria ir embora quando tudo no presente está tão maravilhoso.

Kevin põe ternamente um lençol em volta de mim.

— Você teve um dia difícil — diz solidariamente.

Ele tem razão. O quase-acidente e o choque de encontrar Emily com Nick me atingiram como uma mordida gelada num sorvete. Meu cérebro congelou e minha cabeça está latejando desde então.

— Fiz o Sr. Tyler prometer voltar a Nova York e falar com Arthur. Ele disse que se reuniria comigo no meu escritório esta semana.

— Vai estar lá para vê-lo? — Kevin pergunta, ligeiramente surpreso.

Brinco com uma ponta do lençol, puxando um pedaço puído.

— Acho que vou — falo baixinho.

— É isso que quer, voltar para Nova York?

O que eu quero fazer de repente está totalmente misturado com o que eu devo fazer e com o que tenho que fazer. Não posso dizer a Emily para não fugir para uma ilha e aí fugir para uma ilha eu mesma. Quando tivemos uma conversa entre mãe e filha hoje no fim da tarde, Emily me garantiu que só tinha vindo a Virgin Gorda para uma escapada de três dias com Nick. Como posso admitir para ela que penso secretamente em abandonar a vida real e ficar aqui para sempre?

— O que eu realmente quero fazer é ficar aqui na cama com você para sempre — digo ao Kevin, minha mão descansando em seu ombro.

— Ótimo — Kevin fala, virando as páginas de seu manual de sexo. — Estamos só na página 12. E há muito mais livros no lugar de onde este veio.

Eu me recosto em seus travesseiros macios. Logo depois que Bill foi embora, o principal sinal da minha depressão é que eu não queria sair da cama. Agora, o principal sinal da minha felicidade é que não quero sair da cama de Kevin. Mas tenho que sair. Eu me espreguiço ao lado dele e beijo seu ombro.

— Estou pensando que preciso voltar a Nova York para cuidar de algumas coisas e passar o Natal com as crianças — digo cuidadosamente. — Mas, depois disso, você quer que eu volte? — Sinto minha respiração acelerar, tendo posto a pergunta na mesa. Ou pelo menos nos lençóis.

— É claro que eu quero que volte — ele diz.

Eu rolo para olhá-lo de frente, reunindo coragem para lhe fazer a pergunta ainda maior.

— Você acha que algum dia iria para Nova York? Quer dizer, se mudaria para lá de novo, para ficar comigo?

Mordo meu lábio, esperando sua resposta. Mas Kevin não precisa de muito tempo para pensar a respeito.

— Fui embora de Nova York há muito tempo. Nunca foi a minha praia. Para alguém inteligente e ambiciosa como você talvez funcione, mas não para mim. Vim para Virgin Gorda e sabia que tinha encontrado o meu lar. Isto aqui é um lugar muito melhor para eu morar.

Ficamos ambos em silêncio por um momento, refletindo no que faz um lugar o nosso lar. Aí, Kevin afaga o meu cabelo e tenta diminuir a tensão do momento.

— Além do mais, como eu poderia voltar para Nova York? Não acho que Angelina vai querer fazer seu filme no rio Hudson.

— Sempre há o East River — falo, esfregando meu dedo na queimadura de sol no nariz dele. Nós dois rimos, mas eu tenho sua resposta e sou obrigada a admitir que não é uma surpresa. Se Kevin e eu vamos ficar juntos, vai ser no território dele. Muita gente vem para o Caribe e sonha em ficar, mas Kevin realmente ficou. Será que eu posso?

— Virgin Gorda realmente é um lugar incrível — digo, dando um beijo nele. — É muito sedutor. Tem sorte de tê-lo encontrado.

— E tenho sorte de ter encontrado você novamente.

Kevin desliza para cima de mim, portanto todas as partes dos nossos corpos estão se tocando e nossos rostos estão só a alguns centímetros de distância. Minha posição favorita. Quem precisa de ginásticas complicadas quando papai-e-mamãe já funcionava?

— Três semanas — sussurro enquanto ele se move ritmicamente contra mim e o desejo horizontal assume o comando. — Eu volto em três semanas. Quatro, no máximo.

Dois dias depois, minhas unhas estão enterradas no braço da Emily enquanto nosso avião para quatro passageiros sacoleja aterrorizantemente pelo céu.

— Acalme-se, mamãe. Não consigo me concentrar no meu livro — diz Emily, que está tentando ler *Dom Quixote*.

— Podemos alugar *O Homem de La Mancha* quando chegarmos em casa — digo, removendo minhas mãos trêmulas da carne da minha filha.

Emily ri.

— Certo. E, em vez de fazer minha prova final de Inglês, eu simplesmente vou cantar "The Impossible Dream" para o meu professor. Mas relaxe, mamãe. Este vôo é perfeitamente seguro.

— Condições perfeitas, um dia lindo — concorda o piloto, virando-se com o que acha ser um sorriso reconfortante. Mas ele é só cerca de um ano mais velho do que a Emily e, em vez de um uniforme oficial, está usando uma camiseta e um boné do Boston Red Sox.

— Fique de olho na estrada — digo a ele.

— Sim, senhora — diz ele, dando uma piscadinha para Emily que parece dizer "Nós entendemos esses coroas, não é?"

Emily pega a minha mão.

— Sempre irei me lembrar desses dias em Virgin Gorda — ela diz teatralmente, parecendo uma ingênua donzela.

— Você se divertiu? — pergunto, sabendo que o segredo de conversar com os seus filhos é fazer perguntas de final aberto.

Ela assente.

— Me diverti muito, muito, muito mesmo. E obrigada por ser tão legal sobre eu estar lá, mamãe.

— Kevin diz que o Nick é um cara legal — falo para ela, agora que consegui arrancá-la dele em segurança.

— Ele é — ela diz, feliz. Aí, baixando a voz, acrescenta: — Sabe, mãe, eu era virgem quando fui para a universidade.

— Graças a Deus.

— Fico feliz por ter esperado — ela diz. — Há muitas coisas que você faz pela primeira vez no primeiro ano. Morar com colegas de quarto, arrumar um cartão de crédito, lavar sua própria roupa, transar.

Aparentemente, economizei dinheiro todos esses anos para que minha filha pudesse ir para Yale — e aprender a lavar roupa e transar.

— Lembrei de dizer a você para usar Tide? O com aroma de "frescor da montanha", não o aroma "original"?

Emily ri.

— Está tudo bem, mamãe. Podemos falar sobre isso. Somos ambas mulheres adultas agora. — Há um tom de orgulho em sua voz por seu novo status.

— Então você e o Nick...

— Transamos — diz Emily. Aí, ela acrescenta teatralmente: — Sabe, a gente nunca esquece da primeira vez.

— É, nunca — eu falo sorrindo. Fico feliz que ela se lembre, já que foi há menos de 48 horas. Mas daqui a vinte anos, ela ainda vai se lembrar. E talvez seja como eu, fique imaginando o que poderia ter sido.

— Você e o Nick vão tentar manter o relacionamento? — pergunto cautelosamente.

— Acho que é meio irrealista. — Emily olha pela janela e então de volta para mim. — Nick e eu meio que vivemos em mundos diferentes. Quer dizer, nós nos amamos loucamente e tudo o mais, mas vou ter um semestre cheio pela frente, cinco matérias.

— Cinco matérias são muita coisa — concordo.

— Isso me mata, porque o Nick é o máximo. — Emily pesca um lenço de papel ligeiramente usado do bolso e assoa o nariz alto. Ela se abraça e se enrola para a frente em seu assento e eu esfrego suas costas solidariamente. Aí, ela se recompõe e fica ereta. — Tenho que ser sensata — fala, assoando mais uma vez antes de guardar o lenço de papel.— Essas coisas à distância nunca dão certo.

Não dão? Minha agora experiente filha parece bastante confiante acerca do tópico sobre o qual venho ponderando — sem uma resposta — há dias.

— De qualquer modo — diz Emily — gastei todo o dinheiro que economizei esse verão na passagem de avião. Não seria capaz de voltar durante meses.

— Sempre posso lhe comprar uma passagem — solto no espírito do romance, em vez de maternidade racional. Então corrijo rapidamente. — Isso é, se por acaso eu estivesse em Virgin Gorda de qualquer modo e você quisesse me visitar. E ver o Nick.

— Eu adorariiiiaaa ver o Nick — diz Emily, praticamente desfalecendo. Mas, de repente, ela olha para mim aterrorizada. — Mas, espere, por que você estaria lá? Não para visitar o Kevin de novo, espero.

— Talvez — digo timidamente, como se eu fosse a filha agora, respondendo a uma mãe onisciente.

— Ele não faz o seu tipo — diz Emily resolutamente. — No meu coração, sei que o Nick também não é o meu tipo. Os dois são gatos, mas não são o nosso tipo.

— E por que não?

— É só atração entre opostos. Alguém me disse que todos os homens querem uma boa moça que seja má só com ele. E toda mulher quer um bad boy que seja bom só com ela. — Ela suspira. — Gostemos ou não, eu e você somos boas moças, mamãe. O Kevin e o Nick são garotos da ilha. Nunca vai dar certo.

Nunca vai dar certo? Agora é a minha vez de olhar pela janela. Emily está fazendo exatamente o que devia, tornando um homem parte da — mas não toda — sua vida. Desde que volte para a faculdade, nem posso reclamar dela ter vindo para ficar com o Nick. Ainda assim, fico um pouco melancólica por ela achar que seu romance tem que terminar antes de ter realmente começado.

Quanto ao Kevin e a mim? Emily provavelmente está certa quanto a boas moças e *bad boys*. Mas talvez o Kevin seja bom só para mim. Certamente tem sido até agora.

Quando o táxi do aeroporto encosta na frente da minha casa em Chaddick, há uma pequena multidão reunida no gramado. Estive fora por algum tempo — há quanto tempo está rolando essa festa? Saio do carro, pego minha bagagem no porta-malas e aceno para alguns amigos. Amanda, com seus gêmeos de 4 anos a reboque, está distribuindo cidra quente e biscoitos feitos em casa. Fico tocada por essa recepção amável, apesar de que, pensando bem, ninguém sabia que eu estava voltando para casa.

Vejo Rosalie andando por ali com uma cesta e catando pinhas.

— Dão lindos arranjos de mesa no Natal — ela fala, beijando-me na bochecha como boas-vindas. — Ficam especialmente festivas com um toque de tinta spray dourada.

— Bonito — falo. O céu está cinza-escuro e o ar frio atravessa o meu casaco. Não só está mais frio do que em Virgin Gorda, está muito mais frio do que quando parti.

Olho em volta para a dúzia de pessoas perambulando pelo meu gramado e tento descobrir o que as trouxe aqui. É tarde demais para a Octoberfest e cedo demais para o ano-novo.

— O que estamos comemorando? — pergunto a ela.

— Bill — ela fala, subitamente abaixando-se para disputar com um esquilo uma bolota de carvalho. Ela a joga vitoriosa em sua cesta.

Estamos comemorando o Bill? Subitamente, passa pela minha cabeça a idéia horrível de que ele e Ashlee devem estar se casando e todos estão ali para aplaudi-lo. Estive fora tanto tempo que a cidade inteira agora está do lado dele? Antes de partir, eu tinha todos os votos de solidariedade. Agora, dou uma escapada para uma ilha e o Bill se torna o herói local.

Mas, em vez de rolhas de champanhe estourando, ouço o som de uma serra elétrica. Eu giro e vejo Bill, ferramenta na mão, brincando de Paul Bunyon com um galho caído de um bordo.

Então é isso — estamos comemorando o triunfo da masculinidade suburbana. Nada atrai uma multidão em Chaddick mais rápido do que a luta primordial do homem contra a natureza, principalmente quando o homem vem equipado com uma ferramenta cara de 60 centímetros.

Vejo Bill no meio de uma escada que está apoiada precariamente contra o bordo. Marcho decididamente até ele.

— O que está fazendo? — pergunto.

— Um galho caiu na tempestade da semana passada. Precisava tirá-lo do caminho. E quero tirar esse outro galho antes que outra ventania faça isso por nós.

Acho que é infinitamente melhor que estejamos comemorando o fato de Bill estar podando a árvore do que se casando. Por outro lado, comecei a pensar nessa árvore como o meu bordo, não dele.

— Bill, desça daí — grito para ele.

— Não se preocupe, querida. Eu estou bem — ele diz.

— Não me chame de querida — grito de volta, irritada. — E estou preocupada com a árvore, não com você.

Nossos vizinhos estão observando atentamente agora, enquanto Bill puxa a cordinha e a serra elétrica toma vida ameaçadoramente. Ouço a multidão prender a respiração ao mesmo tempo. Não é que ninguém realmente queira que o Bill corte o polegar fora, mas a cena fornece a mesma fascinação macabra que um caminhão desgovernado na via expressa. Quem sabe o que vai acontecer?

Bill começa a trabalhar, apoiando sua bota contra um degrau da escada para se segurar. Com as duas mãos, ele estabiliza a ferramenta vibratória diante de si e começa a versão Chaddick do massacre da serra elétrica. Ondas de fumaça saem da máquina e lascas começam a voar para todo canto. Um instante depois, o galho começa a quebrar.

— Madeeeeeiraaaa! — gritam os gêmeos da Amanda alegremente.

As pessoas se afastam correndo enquanto o galho desaba no chão com um barulho surdo e estrondoso. Em seguida há uma revoada de aplausos para Bill, o campeão.

Enojada, eu me viro para entrar em casa. Meus pés estão congelando. Saí de Virgin Gorda usando sandálias e, apesar de já ter acrescentado um par de meias de lã, o termostato do meu corpo não está ajustado para retornar.

E eu também não estou ajustada para retornar. Entro em casa, pensando na calorosa despedida que tive com a Emily no aeroporto Kennedy quando a coloquei dentro da van de volta a Yale. Nem posso pensar na minha despedida do Kevin. Ele me beijou antes de eu embarcar no avião, murmurou para eu voltar logo, bem logo, e enfiou uma flor silvestre atrás da minha orelha. Involuntariamente, eu a toco agora enquanto me olho no espelho do corredor. Estou bronzeada, meu cabelo tem mechas claras por causa do sol — e minha flor murchou. Eu a levo para a cozinha e a coloco em uma xicrinha de porcelana que encho de água.

Boto a xícara carinhosamente no beiral da janela. É sempre difícil me reaclimatar depois que estive fora, mas hoje parece pior do que o normal — e não só porque já estou com saudades de Kevin. Olho lentamente para a casa. Sei que deixei a cozinha impecável, mas agora vejo copos sujos na bancada e migalhas espalhadas no chão. Um prato com um bagel meio comido foi abandonado na pia e, em vez de estar espalhada perto da fresta da porta da frente, a correspondência está em uma pilha alta na mesa. Subo as escadas, arrastando minha mala atrás de mim. O edredom está aberto por cima da cama no meu quarto, mas parece encaroçado e os travesseiros estão na ordem errada. Isso só pode significar uma coisa: Bill fez a cama. Por que é que nenhum homem sabe a diferença entre uma almofada, um travesseiro de espuma e um travesseiro de pena de ganso? Você realmente tem que assistir ao designer Nate Berkus na *Oprah* para descobrir que o pequeno com o desenho decorativo fica na frente?

Arrumo os lençóis, quase mais incomodada pelo fato de Bill ter feito a cama do que por ter dormido nela. Quase. Por que o que diabos ele está fazendo aqui, para começo de conversa?

Tiro as minhas sandálias e fuço no meu armário atrás de um par de botas forradas de pêlo de carneiro. Eu as puxo para cima, mas elas apertam meus dedos do pé e machucam o meu tornozelo. Ai. Depois de toda aquela liberdade da ilha, meus pés não estão prontos para serem presos novamente. De alguma forma, consigo fechar o zíper das botas e marcho de volta para fora, onde o lenhador Bill ainda está aceitando parabéns e deixando os vizinhos levarem as toras de lenha para suas lareiras. Espero que não estejam esperando cortar o custo do combustível este inverno, porque a lenha precisa secar por uns cinco anos antes que queime.

Bill anda ruidosamente na minha direção com suas botas enlameadas.

— Então, como vai, estranha? Não a vejo há séculos — ele diz.

— Ela não está aqui há séculos — diz Amanda.

— Tenho pego os seus jornais — diz Rosalie. — É uma pilha bem grande. Se não os quiser, posso usá-los para um projeto de trabalhos manuais.

— E acabamos de comprar um cachorrinho — Amanda fala, disputando minha agora valiosa provisão de velhas edições do *New York Times*. Acho que vou dá-las para Rosalie. Gosto da idéia de preservar as colunas da Maureen Dowd como molduras de papel machê.

Bill coloca algumas aparas em uma sacola de lona.

— Esteve fora desde o dia de Ação de Graças? Sei que não estava em casa ontem à noite, pelo menos.

— Não é realmente da sua conta — falo, cortante. — E o que você está fazendo na casa? Não há árvores suficientes para cortar na rua 93?

— Também moro aqui — ele diz.

— Não mais.

Um dos gêmeos de Amanda começa a chorar.

— Mamãe, eles estão brigando. Faça eles pararem de brigar.

Eu rio em silêncio. É isso o que acontece quando você manda seus filhos para uma escola montessoriana. Eles esperam que o mundo todo se dê bem.

— Talvez devêssemos continuar essa conversa lá dentro — Bill fala. — Acender a lareira e tomar alguns drinques.

— Não quero entrar com você — digo.

— É claro que quer — Rosalie se intromete. — Vocês dois devem fazer uma fogueira romântica e se reconciliar. Seria tão maravilhoso ter o Bill de volta para o Natal. Eu tinha esperanças de que pudéssemos sair para cantar canções de Natal e não temos tenores suficientes.

— Eu sou barítono — diz Bill, defendendo seus níveis de testosterona. Como se a poda da árvore não fosse o bastante.

Amanda sabe quando é hora de ir embora. Virando-se para os gêmeos, ela fala:

— Venham, meninos, vamos tomar chocolate quente lá em casa — e, para estimular Rosalie a deixar o local, ela acrescenta: — Venha você também. Tenho umas tampinhas de garrafa em casa que eu estava guardando. Pode transformá-las em um cinto.

Quando todos se afastam, não faço nenhum movimento em direção à porta da frente, apesar de estar congelando a essa altura.

— Então, por que esteve aqui ontem à noite? Aquela tal de Ashlee estava com você? — pergunto, praticamente cuspindo o nome.

— É claro que não — ele diz piamente. — Eu nunca faria nada assim. O leito de núpcias é sagrado.

É bom saber onde ele estabelece o limite. Profane o casamento, mas não a cama.

— Então, onde ela está e por que você estava dormindo aqui?

— Ashlee viajou para uma conferência sobre Megavitaminas e minerais em San Jose. Ela queria que eu fosse junto, mas se vou tomar drogas, não vai ser potássio.

Ele faz uma pausa, esperando que eu ria — o que eu não faço. Então ele vai ao cerne da questão.

— E, francamente, Ashlee e eu precisamos de um período afastados. Estamos dando um tempo.

Fico imaginado qual dos dois deu o fora. Sua escapadinha festiva atropelou o nosso casamento e, se vai dar uma freada brusca, aleluia. Talvez Ashlee tenha se cansado de um playboy com crise de meia-idade ou o Bill tenha se entediado com seu brinquedinho da Nova Era. Nova Era ou velha era, eles definitivamente não combinam.

— E você quer ficar aqui enquanto estão dando um tempo? — pergunto.

— Certo — ele diz com um grande sorriso.

— Errado.

Como sempre, Bill só ouve o que quer. Ele passa os braços em volta de mim.

— Vamos lá, Hallie. Deve estar com frio. Vamos entrar. Você pode fazer um pouco da sua famosa lasanha para mim.

Rio amargamente para mim mesma, lembrando que, na noite em que Bill disse que estava indo embora, eu lhe ofereci exatamente a mesma lasanha — como se um pouco de molho de tomate e mussarela fosse salvar nosso casamento. Não podia na época e não pode agora.

Passo meu braço em torno dele e transpiro falsa simpatia, dizendo:

— Ah, querido, você não pode ficar aqui porque precisa de um tempo para curtir a vida sozinho. Faça um estoque de biscoitos. Assista ao canal de televendas. Funcionou para mim quando você foi embora, e eu emergi uma pessoa melhor, mais esperta e mais bronzeada.

Abro a porta da frente e entro em casa, deixando-o do lado de fora.

— Vá ficar sozinho, querido. Entre em depressão profunda. Pense que a sua vida acabou. Eu odiaria que você perdesse essa experiência.

Se Bill tem uma resposta para o meu conselho sábio e carinhoso, eu não ouço, porque bato a porta firmemente na cara dele. Vou subir para rearrumar os travesseiros.

Capítulo 14

AGORA QUE ESTOU DE VOLTA A NOVA YORK, tirei 24 horas para me reaclimatar antes de ir ao meu escritório. Enquanto corro pela avenida Madison para minha primeira manhã de trabalho, um táxi quase me atropela.

— Cuidado, dona — o taxista grita. — Não sabe como atravessar uma rua em Nova *Yawk*?

Aparentemente, eu esqueci. Vou ter que obedecer aos sinais de trânsito até recuperar meu instinto nova-iorquino. Algumas semanas em Virgin Gorda e nem sei mais como atravessar fora da faixa.

De alguma forma, consigo chegar viva à firma de advocacia e, assim que entro, fico feliz em estar de volta. De um modo estranho, meu escritório parece mais meu lar agora do que a casa. Mesmo enquanto subia na carreira, mantive a mesma mesa, e enquanto me instalo na minha familiar cadeira Aeron, me ocorre que também mantive as mesmas fotos. Emily pode achar que é uma mulher madura agora mas, pelo menos aqui, ela sempre vai ser uma menina de 4 anos com cabelo cacheado e sardas no nariz.

Uma pilha de memorandos está sobre a mesa e minha assistente deixou obedientemente uma lista de recados telefônicos que se estende por páginas. Um jovem associado esperto chamado Chandler, que não confia em e-mail, enfiou quatro Post-its em volta do meu computador, cada um dizendo "Urgente!" Hoje literalmente não vai ser um dia na praia, mas surpreendentemente sinto-me energizada. Não importa o que pense o taxista, este é um lugar onde sempre sei o que estou fazendo.

Eu me jogo em dois processos pendentes e, ao meio-dia, impressionantemente, negociei um acordo em um deles. Ou pelo menos eu estou impressionada. Desligo o telefone, presunçosa. A águia da justiça está de volta ao caso.

Quando Arthur me convoca para sua sala, ando a passos largos pelo corredor, pronta para relatar meu triunfo matinal e feliz em vê-lo novamente.

Mas ele não parece muito feliz em me ver. Mal olha para cima quando entro, e então, me ignorando, atende um telefonema enquanto eu fico no vão da porta, mudando o peso do corpo de um pé para o outro.

Ele desliga, escrevendo observações apressadamente em um bloco amarelo e diz:

— Sente-se.

O papo furado já era. Eu me empoleiro na beira de uma cadeirinha dura do outro lado da gigantesca mesa do Arthur. De vez em quando, percebo como seu espaço é brilhantemente projetado para causar o máximo de impacto. Se o Salão Oval fosse tão intimidante, a Coréia do Norte já teria desistido há muito tempo.

— É bom ver você — digo alegremente para ele. — Como vai?

— Nada bem — ele fala, descansando a caneta na mesa e franzindo a testa na minha direção. — Vou direto ao assunto, Hallie. Tentei ser compreensivo, mas está abusando da minha natureza bondosa. Não posso trabalhar com você se nunca está aqui.

— *Nunca* estou? — digo incrédula. — Foram só algumas semanas. — E aquela semana em que o Bill foi embora. E aquelas semanas depois, quando eu estava totalmente desconcentrada.

— Você fugiu no feriado de Ação de Graças e nunca mais voltou, apesar de ter uma audiência no tribunal naquele processo de calúnia.

Merda. Esqueci completamente desse caso.

— Tenho sorte por Chandler estar aqui. Você também tem sorte. Ele assumiu o caso e salvou a sua vida.

— Eu sinto muito, Arthur — falo contrita, o brilho do meu sucesso matinal desaparecendo rapidamente. — Sabe que não sou assim.

— Eu sei. E é por isso que estou lhe dando mais uma chance.

Olho para ele incrédula.

— Eu gosto de você pessoalmente, Hallie, mas não posso gerenciar uma firma dessa maneira. Nosso próximo grande problema é Tyler.

— Estou trabalhando nisso. Sabe que eu o encontrei em Virgin Gorda.

— Sei, você me disse. História muito bonitinha, et cetera, et cetera, mas não resolve nada. Guarde para as suas memórias — ele diz bruscamente.

Olho para ele, surpresa. Se continuar falando comigo dessa maneira, não vai querer ler essas memórias a não ser que tenha tomado algumas doses de uísque primeiro.

— Vou encontrar o Sr. Tyler e colher o depoimento de Melina Marks em alguns dias — falo calmamente. — Farei tudo o que puder, mas não posso garantir um resultado perfeito.

— Bem, então não posso garantir que você ainda terá um emprego.

Na quinta-feira, o Sr. Tyler aparece no meu escritório como o prometido, mas o casamento não o tornara mais comunicativo. Ele pergunta se pode encerrar o processo se pagar. Ainda está inflexível quanto a não ter feito nada errado, mas está disposto a oferecer à querelante, Beth, algum dinheiro para ir embora.

Só que Beth não morde a isca.

— Ela não quer dinheiro, ela quer punição — seu advogado me diz.

— Um cheque alto pode ser uma grande punição — eu falo, tentando negociar um acordo e salvar meu emprego a qualquer custo.

— Eu gostaria de poder, Hallie, mas sei que Beth vai me dizer não. Um grande não. Portanto, posso lhe dizer que não há acordo.

Desligo o telefone, frustrada. Os querelantes sempre dizem que não é pelo dinheiro — e que sorte a minha dar de cara com uma que realmente está falando sério.

Que se dane tudo. Se Arthur não está feliz, posso sair daqui amanhã e voar de volta para Kevin. Não é isso que eu quero fazer, de qualquer maneira?

Eu me levanto e fico andando pelo escritório. É, o Kevin. Sinto desesperadamente sua falta. Sinto falta de seu corpo se esfregando contra o meu e seu sorriso com rugas nos olhos. O que eu não daria para estar em seus braços fortes neste exato minuto. Mas é exatamente esta a questão, não é? Do que eu abriria mão por causa de Kevin? Quando estava em Virgin Gorda e sonhando em ficar para sempre, pequenos detalhes como minha carreira de advogada não pareciam muito importantes. Eu me convenci de que podia fazer meu trabalho pela Internet e viajar a Nova York para as reuniões. Mas aparentemente Arthur não vê isso como uma possibilidade. Se eu me mudar para Virgin Gorda, irei desempregada. Talvez eu abra minha própria firmazinha na ilha. Deve ter trabalho suficiente. Algum advogado local tem que escrever aqueles formulários de aceitação de risco que os turistas assinam para mergulhar, prometendo não processar, independente do quanto a firma de mergulho foi negligente e de quantos deles acabem mortos.

Tenho decisões demais para tomar, mas sou eu que vou tomá-las, não Arthur. Sento-me de novo à minha mesa. Se largar o meu emprego para ir para Virgin Gorda, larguei. Mas de jeito nenhum vou permitir que me demitam.

Nos vários dias seguintes, trabalho sem parar e, quando Adam e Emily ligam, só consigo falar sobre o caso Tyler. Bellini acha que devo sair um pouco e me incentiva a ir a uma peça com ela.

— Talvez. Não vou à Broadway há séculos — digo, tentando não pensar nos três becos sem saída que encontrei no caso Tyler e sobre como preciso de uma nova abordagem.

— Essa peça não é exatamente na Broadway — Bellini admite. — Mais tipo Off-Broadway. Off-off-Broadway. Na verdade, é fora de Manhattan.

— A que distância?

— Brooklyn. Vamos de metrô.

Às 19h, nos enfiamos em um vagão lotado do metrô, algo que eu não fazia há anos. A multidão parece mais bem-comportada do que eu me lembrava — menos mendigos e mais vendedores de cabelo lustroso carregando pastas. No final das contas, ambos querem que você lhes dê um trocado, mas pelo menos os mendigos têm um talento: eles tocam gaita.

No meio da multidão, não consigo nem pegar uma alça na qual me segurar e, conforme o trem balança, eu quase caio. Um rapaz usando *dreadlocks* e um moletom Sean John se levanta e cutuca o amigo ao seu lado para fazer o mesmo.

— Por que não se senta, dona — ele diz com consideração.

Olho para ele, surpresa. Quando os nova-iorquinos ficaram tão educados? E ainda mais surpreendente, quando eu fiquei tão velha para alguém me chamar de "dona" e me oferecer o lugar?

— Eu estou bem — digo, decidindo que prefiro me estatelar no chão sujo do vagão do que admitir que sou velha o bastante para merecer o lugar de alguém.

— Não, sério — ele diz. — Acho horrível quando os jovens não dão seus lugares para mulheres mais velhas.

Eu aponto para outra mulher de pé por perto, usando uma saia longa e um parka.

— Bem, então deixe-a sentar. Ela é mais velha do que eu.

— Não sou, não — ela retruca, plantando as solas de crepe de seu Easy Stride firmemente no lugar.

— E ela? — pergunto, apontando para uma mulher com cabelo branco e a pele enrugada por pelo menos 80 verões sem protetor solar.

— Eu estou bem, estou bem — ela diz com uma batidinha da bengala.

Mas nem todo mundo acha que tem que provar que é jovem. Algumas pessoas simplesmente são. Enquanto estamos discutindo quem é da safra certa para se sentar, dois Beaujolais

Nouveaux se esparramam nos lugares abandonados. Os rapazes sorriem para as adolescentes de minissaia, que largam alegremente suas bolsas e se instalam.

Quarenta e cinco minutos depois, quando chegamos a nossa estação, meu orgulho está intacto, mas minhas costas, não. Andamos rápido pela rua estreita do Brooklyn, e estou ansiosa para me afundar em uma poltrona de teatro de veludo macio. Mas Bellini esqueceu de mencionar que vamos a uma peça *avant-garde*. Finalmente no teatro, vejo que o palco é uma caixa preta aberta e vazia e a platéia está empoleirada em bancos sem encosto.

— Não sabia que vínhamos para uma assembléia *quaker* — digo, tentando encontrar uma posição sustentável nos sarrafos de madeira. — Como você escolheu esta peça?

— Ingressos gratuitos. Meu amigo do Starbucks me deu.

— Está saindo com o barista? — pergunto, lembrando do cara que ela paquerou no almoço.

— Na verdade, ele é ator. E, de qualquer modo, ele não é o barista, é o subgerente.

— Perdão. Faz toda a diferença do mundo.

— Provavelmente uma diferença de 2 dólares por hora — ela admite. — Ele é um doce. Eu passo lá na hora do almoço e ele me dá amostras, sem cobrar nada.

— Você devia ir à Costco na hora do jantar. Eles distribuem amostras grátis de macarrão com queijo genérico em copinhos de papel. E as gentis senhoras com redes de cabelo que o servem sempre deixam você repetir.

— O meu cara do Starbucks não usa rede de cabelo e, nesta peça, acho que não usa nada. Ele disse que há uma cena inteira de nu frontal.

— Conveniente. Você pode avaliá-lo antes de decidir ir adiante — sugiro.

— Não seja escrota — ela diz com uma risadinha. — Acho que o tempo que passou com aquele mergulhador a fez ficar grossa.

— Acontece que o mergulhador é...

— Não estou interessada — ela interrompe.

— Eu não ia lhe contar sobre seu nu frontal — digo na defensiva. Mas, para ser justa, ela já teve que ouvir *ad nauseum* como foi maravilhoso estar com Kevin e como ele era ótimo na cama.

— Tudo bem — diz Bellini. — Não me incomodo de falar sobre o Kevin. E espero que funcione para vocês dois apesar de ele ser G.I.

— G.I.? — pergunto.

— G.I. — ela repete. — Geograficamente indesejável. Já tive um homem que me disse que não podíamos namorar porque ele morava no Village e eu no Upper East Side. Muitas paradas de metrô. E é ainda mais difícil para você e o Kevin. Vocês dois têm que passar pela alfândega.

— Isso dá um novo significado a quão longe uma garota está disposta a ir — eu falo, mudando os joelhos de posição para dar lugar a dois amantes de teatro vestidos de preto que deslizam para o nosso banco.

— Já que estamos falando de homens, tem o Bill — diz Bellini.

— Ai — eu falo, quando um dos recém-chegados pisa no meu pé.

— Bill. Ai. Reação natural — Bellini diz. — E tente se lembrar disso. Agora que ele está dando um tempo com a Ashlee, vai querer voltar para você. Uma ex-esposa é como um sapato velho e confortável. Mas, querida, sapatos velhos são empurrados para o fundo do armário de novo. Você merece ser os novos Manolos de alguém.

— Obrigada, acho — eu falo, percebendo que Bellini pensa que acabou de me fazer o maior dos elogios. Mas meu objetivo não é ser o acessório caro de alguém.

— Estou falando sério — ela avisa. — Não pode aceitar.

— Bellini, não vou aceitar o Bill de volta. O que está feito, está feito. Agora será que podemos só assistir à peça? Acho que a cortina vai subir daqui a pouco.

— Não tem cortina — diz Bellini e percebo que ela está certa. Uma produção sem frescuras — sem cadeiras, sem cortina, sem roupas.

Felizmente não temos que conversar mais porque as luzes do teatro diminuem até ficar escuro. Quando elas voltam, lá está ele, o barista da Bellini, sem nada em cima a não ser a luz do refletor. Achei que isso seria o *finale*. Você não tem que deixar o melhor para o fim?

— Isso é que é generosidade — sussurro para Bellini, nossos olhos claramente focalizados no mesmo lugar.

— Eu diria que ele é um Venti — diz Bellini, usando a gíria do Starbucks para extragrande.

— Não fica envergonhada pelo cara com quem está saindo estar nu? — pergunto.

— Gosto quando os homens com quem eu saio ficam nus.

— Em público?

— Se você tem, mostre — diz a amante de teatro vestida de preto à minha esquerda, que obviamente ouviu a nossa conversa.

— Você sairia com ele, não sairia? — Bellini pergunta, inclinando-se por cima de mim para falar com a admiradora do Venti.

— Teria que vê-lo em uma peça do Pinter antes de decidir — ela diz. — Como ele é com as pausas?

— Ele nunca faz uma pausa — fala Bellini. E, com um sorriso satisfeito de gato-que-comeu-o-canário, ela se instala para aproveitar o resto da peça.

Mesmo chegando em casa depois da meia-noite, ligo para o Kevin para nosso beijo de boa noite. Estou sempre ansiosa para ouvir sua voz, mas não importa o quanto a conexão seja boa, telefones não substituem passar os braços um em volta do outro. Lutamos com pausas constrangidas que não podemos preencher com um abraço.

— Minha cama parece terrivelmente vazia sem você — Kevin diz.

— Fico feliz — brinco. Mas, aí, acrescento rapidamente: — Penso em você o tempo inteiro.

— Quando você vai voltar? — Kevin pergunta.

— Talvez um pouco depois do que eu havia planejado — falo hesitantemente. — Tenho que resolver esse caso do Tyler.

— Desde quando Tyler é mais importante do que eu? — Kevin pergunta. — Já vi o cara. Fico mais sexy do que ele numa roupa de mergulho.

— Muito mais sexy — digo. Sei que Kevin está brincando, mas todos os homens precisam ter sua masculinidade massageada. Decido não mencionar que passei a noite de queixo caído por um homem nu que deve ter trabalhado no McDonald's algum dia — certamente lhe deram o tamanho extragrande.

— É uma pena que o seu trabalho seja tão importante que não possa estar comigo no Natal — Kevin diz com uma ligeira irritação.

Eu fico brevemente surpresa.

— Não é só o meu trabalho. Meus filhos vão estar em casa para o Natal — Kevin fica em silêncio por um instante, recebendo meu recado de que talvez ele não seja o meu número um afinal de contas. Mas preciso fazê-lo saber que ainda é desejado.

— Você podia vir para cá — sugiro.

— Não posso, aqui é alta temporada — ele diz. Eu não digo a ele que não sou a única cujas prioridades atrapalham estarmos juntos.

— Vou sentir saudades — digo a ele.

— Eu também vou sentir saudades.

Desligamos e eu penso em como é fácil criar um mal-entendido a longa distância. Fecho os olhos e tento imaginar como é o Natal em Virgin Gorda. Imagino palmeiras enfeitadas com luzes, mangas assando na fogueira e Papai Noel chegando de lancha. Nosso Natal com neve em casa é sempre mais convencional, apesar de que este ano até eu vou estar mudando um pouco a tradição.

Adam e Emily chegam em casa para as férias de inverno, mas não tenho como tirar mais tempo do trabalho para estar com eles durante o dia. Estão ocupados vendo os amigos, então não se importam. Mas eu me sinto péssima. O que ninguém conta é que, conforme seus filhos crescem, eles precisam menos de você e você precisa mais deles.

Uma noite, trazemos do sótão as caixas de enfeites cuidadosamente arrumadas e decoramos alegremente o pinheiro de dois metros que encomendei na Fresh Direct. Eles entregam qualquer coisa. Numa outra noite, me enfiei no escritório para comprar os generosos presentes que vou botar debaixo da árvore, escolhidos amorosamente na Amazon.com, a verdadeira salvadora da mãe que trabalha fora.

Cada um deles convida amigos da faculdade para se juntar a nós — quatro estudantes de intercâmbio que não podem estar com suas próprias famílias no Brasil, Itália, Espanha e Indonésia no Natal. A ceia de Natal se transforma em um banquete gigantesco, com cada estudante contribuindo com um prato. Pode ser a única vez que a feijoada esteja na mesma mesa que as bananas secas *lampung*. Bellini traz os acessórios — pulseiras ornamentadas da Bendel's que usamos como anéis de guardanapo e uma linda echarpe Missoni trançada com fios metálicos que ela põe na mesa como passadeira. Reluto em colocar um prato melado de inhame em cima, mas Bellini me garante que conhece a melhor lavanderia a seco da cidade.

Em vez de músicas de Natal, a linda estudante brasileira Evahi coloca música latina e lembro imediatamente do Kevin me ensinado a dançar.

— Ótimo ritmo — diz Adam, agarrando Evahi e girando-a animadamente pela sala de jantar. Ela ri, a saia rodada balançando num borrão colorido e o cabelo grosso caindo em seu rosto.

Os dois parecem afogueados quando se sentam novamente e a linda Evahi se senta mais perto de Adam do que antes. Toda mulher diz que quer um homem com senso de humor, mas o que ela realmente quer é um homem com senso rítmico. E onde Adam arrumou o dele, por falar nisso? Obviamente não é um traço que herdou de seus pais. Eu sempre tive dois pés esquerdos e o Bill tem três.

Com a música sexy, a mesa com design criativo e a comida inspirada na ONU, não é um feriado de Norman Rockwell. Mas felizmente, em vez de uma noite silenciosa, estamos nos divertindo em alto e bom som. Comprei presentinhos para todos os nossos convidados e, depois da sobremesa, a mesa é rapidamente coberta com fitas descartadas e papel de embrulho rasgado.

— Ah, isso é perfeito — diz Evahi, folheando o livro de fotos preto-e-brancas de cinema dos anos 1930. — Como sabia que adoro filmes antigos?

— Adam me contou — digo.

Ela olha para ele com um sorriso enorme e passa o braço pelo dele. Então, Adam começa a dançar — e presta atenção no que Evahi diz. Não sei como está se saindo em física quântica, mas como namorado, Adam está tirando 10.

E fica cada vez melhor.

— Evahi, é um nome tão bonito. Por que lhe deram esse nome? — pergunta Bellini, que pode estar pronta para trocar seu atual apelido por um modelo mais na moda.

— Meus pais me deram o nome de uma deusa sul-americana — ela diz.

— É porque você *é* uma deusa sul-americana — Adam fala. O garoto vai se formar *summa cum laude*, com especialização em mulheres.

— Está estudando cinema? — Bellini pergunta, continuando com seu interesse na garota bonita que ela decidiu estar prestes a virar minha nora.

— Ela vai se formar em astrofísica para poder estudar buracos negros e raios cósmicos de núcleos galácticos ativos — Adam diz com orgulho. — A outra cadeira é cinema.

— Para poder ter alguma coisa para conversar com as pessoas — Evahi diz com uma risada.

— Boa idéia — Bellini fala. Então, para provar que todo mundo tem ligação com filmes, ela acrescenta: — Hallie tem um cliente na indústria cinematográfica.

— Não é exatamente conversa de Natal.

— Você fala nisso um dia sim, o outro não — diz Bellini.

— Quem é o cliente? — pergunta Evahi.

— A Alladin Films — digo, sem querer estragar meu humor contando a ela toda a história.

— Uau — diz Evahi. — Por acaso você conhece uma divulgadora lá chamada Melina Marks?

Ponho minha xícara de gemada na mesa um pouco abruptamente demais e ela espirra traiçoeiramente, mas consigo salvá-la antes que vire em cima da passadeira Missoni.

— Como você a conhece? — pergunto, segurando a xícara com as duas mãos.

— Ela é a próxima palestrante convidada no meu curso de cinema. É muito legal. Nós conhecemos diretores, agentes de casting, produtores, todas essas pessoas que trabalham na indústria.

— Deve ser interessante — eu falo. E provavelmente também é interessante para mim. Será que Melina ser convidada pela universidade para falar pode ser prova de que ela mereceu a promoção? Ou talvez só seja prova de que também dormiu com o reitor de Dartmouth.

Percebo que Emily e seus amigos foram para a sala de estar, entediados pelo papo sobre cinema. Talvez devêssemos ter ficado na astrofísica. Junto-me a eles e, alguns minutos depois, os sons tradicionais dos cânticos de Natal cortam a música de cítara que um dos garotos botou agora.

— Deve ser Rosalie e seu grupo — diz Emily, que conhece a rotina dos Natais em Chaddick. — Nós ouvimos um pouco e aí a mamãe vai para a cozinha para pegar o prato de biscoitos caseiros de aveia com passas.

— Biscoitos caseiros de aveia com passas da Peperidge Farm – corrige Adam.

— Não destrua as minhas ilusões — Emily geme. — Daqui a pouco você vai me dizer que Papai Noel não existe.

Adam abre a porta para os cantores e então vira-se para Emily com um sorriso.

— Não. Papai Noel está bem aqui — ele diz.

Nós todos nos reunimos perto da porta e um Papai Noel com uma grande barba branca e roupa de veludo vermelho está cantando fortemente com mais cinco vizinhos. A fantasia do Papai Noel está perfeita, mas ele não se deu o trabalho de botar um travesseiro na barriga. Não fico surpresa. Porque sei imediatamente que este é um Papai Noel fútil, indigno e trapaceiro, que não merece o chapéu vermelho com pompom. E certamente não devia estar cantando "Come All Ye Faithful".

— Bill, coma um biscoito — falo para o meu marido infiel quando a música acaba.

— Papai, é você? — Emily pergunta, encantada, correndo para a varanda coberta de neve para jogar os braços em volta de seu pai. — Entre.

— Se a sua mãe não se importar.

Bill me dá uma olhada de esguelha, mas ele sabe que estou encurralada. Até mesmo a cidadezinha de Belém arrumou lugar para visitas. Como posso expulsar o pai dos meus filhos no Natal?

— Claro, vocês todos podem entrar — digo, abrindo bem a porta.

Rosalie, que vinha comandando a cantoria, agora conduz os cantores para a sala de estar.

— Eu não lhe trouxe o melhor presente de Natal? — pergunta, fazendo um gesto na direção do Bill, que está se servindo de vinho.

— Sua música estava muito bonita — digo, comentando sobre a única coisa que ela trouxe para casa que eu tenho certeza que gosto.

Papai Bill, os cantores e os garotos estão todos conversando animadamente e, em vez de me juntar a eles, eu fujo para a cozinha. Todos os outros parecem felizes, mas a chegada de Bill terminou abruptamente com a festa para mim, então começo a empilhar pratos e a encher a pia com água quente com sabão.

— É bom comer carne novamente — Bill diz, vindo por trás de mim, seu garfo equilibrado por cima de um prato de comida. — Você fez tudo isso? Adorei o *nasi goring*. E esses negócios de espeto de cordeiro. Como se chamam? *Sate*? São o máximo.

Eu me afasto da pia, seco minhas mãos em uma toalha e lentamente me viro para o Bill.

— O que você está fazendo aqui? — pergunto, minha voz mais áspera do que eu pretendia.

— É Natal — ele diz jovialmente. — Ho, ho, ho e tal.

Eu não respondo porque o que deveria dizer? "Você tem uma vagabunda. Volte para ela"? Não, não posso jogar isso em cima da Ashlee. A culpa é do Bill.

— Acho que você e a sua namorada ainda estão dando um "tempo" — falo, fazendo as aspas no ar com os dedos para enfatizar a palavra.

Bill coloca seu prato na bancada.

— Na verdade, não estamos dando um tempo. Nós terminamos. Acabou.

— Nossa, que pena — digo, já que é toda a solidariedade que consigo reunir.

— É, mas também é bom — ele diz. — Porque agora você e eu podemos voltar.

Estou estupefata.

— Deve estar brincando — digo. — Pode ser Natal, mas não há tanta boa vontade assim no mundo.

— Pense bem. Não há motivo para não voltarmos. Eu a levo para sair no ano-novo. Vamos nos divertir, beber champanhe. E você pode ver se quer me beijar à meia-noite.

Capítulo 15

QUEM PRECISA DO BILL? Depois que o Natal vem e vai, tenho diversas opções para o ano-novo e o convite dele não está nem entre as dez primeiras. Meus filhos querem que eu vá com eles para a virada na Times Square. Amanda vai dar uma festa em sua casa com champanhe para os adultos e um palhaço para as crianças. Está chamando de "Bolhas e Bozo". Bellini programa uma farra em black-tie numa boate de Manhattan com direito a bolsas de brinde: o convite diz "Bolhas e Bugigangas". Eu disse não a todos eles e, em vez disso, vou levar uma garrafa de Möet Chandon para a minha jacuzzi. Vou brindar o ano-novo com Bolhas e Bolhas.

Mas quando são 23h, sinto-me só. Nem Dick Clark está por aqui este ano para me fazer companhia e Ryan Seacrest é um pouco jovem demais para o meu gosto. Pego meu celular para ligar para o Kevin, mas aí o fecho com força. Já conversamos por uma hora esta noite e provavelmente não vou conseguir falar com ele. Deve estar no barco, levando um grupo de turistas para um mergulho à meia-noite. Pelo menos foi onde ele me disse que estaria, e por que não poderia me ligar depois.

Penduro os dois casacos que Emily experimentou, rejeitou e jogou na poltrona do hall de entrada antes de sair esta noite. Como ela pôde ter dito não ao casaco de mink usado da vovó Rickie ou ao meu cordeiro persa antigo? Ela escolheu sua própria echarpe fina de pashmina. Bem, acho que vai ficar com os ombros aquecidos. E vai haver muitos corpos quentes amontoados na Times Square.

Arrumo o armário do hall de entrada e olho para o candelabro empoeirado acima. Rosalie observou mais de uma vez que ele estava precisando de uma boa limpeza. Talvez ela já tenha chegado da festa da Amanda e gostasse de vir para cá me ajudar. Eu ia gostar da companhia. Vasculho na dispensa e encontro uma garrafa de limpa-vidro meio cheia. Pelo menos, tenho a atitude correta; não a vejo como meio vazia. Mas, quando finalmente encontro um pano limpo, decido abandonar o projeto. Polir o candelabro na noite de réveillon seria deprimente demais. Além do mais, tanta coisa mudou este ano que algo na minha vida deveria continuar igual, nem que seja só a poeira.

Inquieta, perambulo pela casa no meu roupão de banho de chenille e pés descalços. Foi um ano interessante. Certamente não o que eu esperava no último 1º de janeiro quando fiquei pensando no que estava pela frente. Como Ravi poderia dizer, as mudanças acontecem. Não posso nem começar a imaginar onde estarei daqui a 12 meses.

Pela janela da sala de estar, percebo faróis se aproximando pela nossa tranqüila rua de subúrbio. Estranho que alguém esteja voltando para casa agora. A festinha-família de palhaço da

Amanda terminou às 22h e todos os outros devem estar se preparando para a bola cair.

Mais estranho ainda, os faróis param na frente da minha casa.

Seja quem for, nem desligou o motor. Eu o vejo correr para a porta da frente, deixar um pacote e voltar para o carro. Quando ele já se foi, vou ao hall e abro a porta. Uma rajada de ar gelado chicoteia o meu rosto.

Uma caixa grande e cintilantemente embrulhada descansa no degrau de cima. Eu a trago para dentro e leio o cartão, apesar de já saber que é do Bill.

Você não quis tomar champanhe comigo esta noite, mas espero que possamos tomar uma dessas juntos um outro dia.

Rasgo o papel e exponho o presente romântico do Bill. Seis garrafas de Dr. Pepper. Sacudo a cabeça. Isso deveria me seduzir? O que há com esse homem? Mas aí pego uma das garrafas e rio. É a cara do Bill. Provavelmente ficou muito satisfeito consigo mesmo quando descobriu como me dar um presente carinhoso e inteligente de ano-novo sem ter que pagar por um Dom Perignon, porque, de um modo engraçado, esse é tão bom quanto.

Provavelmente me casei com o Bill porque ele sabia fazer o ano-novo perfeito só com nós dois. Nunca gostei de grandes festas, por isso nenhuma combinação de Bolhas, Bozo e Bugigangas poderia me fazer sair do meu roupão hoje. Bill entendia e, no nosso primeiro feriado juntos, comprou dois pares de sapatos de neve e me levou para o Central Park. Era uma noite perfeitamente clara e fria e o chão já tinha uma grossa cobertura branca. Andamos ruidosamente pelo Grande Gramado — ou, naquela noite, o Grande Campo de Neve — e, como se tivesse sido combinado, flocos de neve macios começaram a cair. Quando deu meia-noite, brindamos ao nosso futuro com duas garrafas de Dr. Pepper, iguais a essas que ele me trouxe hoje.

— Não preciso de nada além de você para me sentir embriagado — ele disse, me beijando.

Lembrando-me de tudo isso, meus olhos enchem de água, mas aí eu suspiro. Não se sinta tão nostálgica, Hallie. Claro, dois dias depois vocês estavam noivos. Mas vinte anos depois, ele foi embora.

Meu telefone toca e, enquanto ando para atendê-lo, sei que vai ser o Bill. E que diabos, se ele quiser vir para cá e tomar um Dr. Pepper, eu deixo.

Mas, em vez disso, é o Kevin. Mal consigo ouvir sua voz na ligação cheia de estática. Levo um momento para me acalmar. Mas fico encantada por falar com ele.

— Onde você está? — pergunto, sem conseguir ouvir as primeiras palavras que ele disse.

Parece que ele responde "mmmegmmme...", aí um grande lamento que termina com um "o", o que, acho eu, significa "estou no meio do mar, no barco de mergulho".

— Não estou escutando direito — digo.

— Saaaaaaaaaaaa... — ele responde. Traduzido livremente como "eu estou com saudades".

— Também estou com saudades. Eu te amo.

— Nu aammm ggmgmgemi — ele diz.

Essa é ainda mais fácil de interpretar. "Nunca amei ninguém como a amo neste exato minuto". Essas conversas unilaterais até que não são ruins.

— Vamos nos falar mais tarde — digo, já que o sinal parece estar sumindo.

Mas mesmo que o satélite caribenho não esteja cooperando, Kevin parece determinado a me dizer alguma coisa. Ele continua falando e, logo antes de a ligação cair de vez, entendo seis palavras de verdade:

— Nova York... depois de amanhã... chegando.

Os meninos ficam até tarde festejando, mas ainda acordam antes de mim no primeiro dia do ano. Como foi que eu criei os dois únicos adolescentes nos Estados Unidos que não dormem até o meio-dia? Depois que eu, ainda grogue, me junto a eles para tomar café e comer donuts, eles vão à garagem e enchem o Volvo com equipamento de esqui. Adam vai voltar mais cedo para Dartmouth para esquiar um pouco antes que as aulas recomecem e vai levar Emily com ele. Fico feliz que meus filhos sejam amigos. Por outro lado...

— Mantenha seus amigos jogadores de futebol longe da sua irmã — advirto Adam.

— Está brincando, mãe? Vou trocar a Emily por bilhetes de teleférico.

Emily sorri.

— Quantos bilhetes eu valho para você?

— Depende do quanto você vai liberar — ele fala.

Sei que eles estão brincando, mas não estou achando a menor graça nessa conversa. Procuro na minha carteira e puxo cinco notas de 20 dólares.

— Tome, Adam, compre seus próprios bilhetes.

— E dinheiro para mim? — pergunta Emily — Ou devo descobrir meu valor no mercado livre?

— Grandes valores — resmungo enquanto dou mais 100 dólares para ela. Ela pode não ter aprendido muita coisa sobre o feminismo, mas está se saindo bem em macroeconomia.

Quando eles partem, os minutos no relógio se recusam a avançar. Falo com o Kevin três vezes e confirmo que entendi certo. Ele está vindo me visitar. Não acredito no quanto estou ansiosa para vê-lo. Amanhã e amanhã e amanhã. Isso é que é se arrastar de um dia para o outro. Como Shakespeare podia saber que o tempo passa arrastado quando você está esperando seu amante de Virgin Gorda vir a Nova York?

Eu troco os lençóis — apesar de ter sido a única que dormiu neles — e espalho velas pelo quarto. Para fazer Kevin se sentir em casa, tiro o aquário do peixinho dourado da sala de estar e o ponho em cima da minha cômoda.

Sabendo que ele vai pegar um táxi direto para o meu trabalho assim que chegar a Nova York, levo um século para me vestir na manhã seguinte. Desencavo um sutiã La Perla de renda rosa do fundo da minha gaveta de lingerie, mas não consigo encontrar a calcinha correspondente. Tenho duas calcinhas diferentes nas mãos. Qual um homem preferiria — a Wacoals sensata, de cintura alta, quase da mesma cor do sutiã, ou a azul que definitivamente não combina, mas, afinal de contas, é um biquíni minúsculo? Guardo a Wacoals. Qualquer uma que não saiba responder a essa pergunta não merece ter namorado.

Pego um secador de cabelo e um tubo de creme Frederic Fekkai Smooth Hair para domar meus cachos. Quarenta e cinco minutos e dois braços doloridos depois, meu cabelo está miraculosamente liso. E daí que esteja meio lambido na cabeça? Sou esperta o bastante para não passar corretivo debaixo dos olhos porque, não me interessa o que digam, a não ser que você seja

Bobbi Brown, sempre faz suas olheiras parecerem maiores, não menores. E Bobbi não se ofereceu para me ajudar hoje de manhã. Eu me enfio no meu pretinho básico preferido — ou PB, como a Bellini chama — e só troco de brincos duas vezes porque estou ficando atrasada demais.

Lembro-me do quanto odeio o trajeto para o trabalho quando perco um trem por dez segundos e espero impacientemente por outro. Finalmente no centro da cidade, tento entrar na minha sala sem chamar a atenção, mas, quando estou andando apressada pelo corredor com o copo de café numa das mãos, Arthur surge na minha frente. Quando percebo sua presença, já consegui derrubar metade do café descafeinado com dois saquinhos de adoçante em cima de seu terno azul.

— Ai, desculpe — falo, tentando enxugá-lo com um guardanapo de papel e deixando a lapela cheia de fiapos.

— É isso que acontece quando você está atrasada — Arthur diz secamente. Ele pega um lenço monogramado do bolso de trás e, nitidamente chateado, limpa a sujeira.

— Posso levar para a tinturaria para você? — pergunto.

— Espero que tenha algo melhor para fazer hoje — ele fala em tom de reprimenda.

Vasculho à procura da chave para abrir meu escritório, equilibrando a bolsa, a pasta, uma pilha de papéis que meu assistente me entregou e a metade do copo de café que sobrou. Arthur fica na minha cola e então me segue para dentro.

Largo tudo sem cerimônia em cima da mesa.

— Teve um bom ano-novo? — pergunto a Arthur.

— Não — ele diz asperamente.

Bem, isso é animador.

— Vi seu memorando de atualização do caso Tyler — ele diz. — Muitos termos jurídicos complicados, Hallie, mas não a vejo chegando a lugar algum.

— Ainda estou tentando negociar um acordo.

— Eles disseram claramente que não tem acordo. O que você acha que está negociando?

— Tenho algumas pistas boas — blefo.

— Conte-me uma.

— Melina Marks vai dar uma palestra em Dartmouth — digo, falando a primeira coisa que me vem à cabeça, mesmo que seja irrelevante.

Arthur fica olhando fixo para mim.

— O que isso significa? Mais da sua vida pessoal interferindo? Deixe-me adivinhar. Você quer um dia de folga para ir ouvi-la... e ver seu filho enquanto está lá.

Sinto como se tivesse tomado um tapa e levo um momento para recuperar minha compostura.

— Arthur, trabalhei duro para chegar onde estou nesta firma e não vou permitir que isso seja destruído. Pode questionar o que quiser, menos o meu profissionalismo.

— É exatamente o seu profissionalismo que tenho questionado.

E pode ter razão. Porque, neste exato instante, ouço minha assistente rindo à sua mesa e um momento depois há uma comoção na minha porta.

— Surpresa, gata. Cheguei aqui mais cedo — diz Kevin.

Olho para cima, surpresa. Kevin, o meu maravilhoso Kevin. Está usando um suéter marrom com bermuda cáqui e segurando um buquê de flores da mesma delicatéssen onde comprei meu café. Ele passa por Arthur e me dá um grande beijo.

Desconcertada, eu o empurro para trás e vejo Arthur olhando. Se é assim que vou provar que sou profissional, seria melhor se fosse coelhinha da *Playboy*.

— Kevin, este é o meu chefe, Arthur — digo. — Arthur, meu amigo, Kevin.

— O famoso Arthur — diz Kevin ironicamente. — Espero que não esteja pegando muito no pé da Hallie.

Arthur olha Kevin de cima a baixo, os olhos indo das botas Merril de sola grossa para as pernas nuas e o medalhão de ouro de Netuno em seu pescoço. Em Virgin Gorda, eu adorava o estilo sexy e relaxado do Kevin, mas neste momento queria que ele tivesse passado na Brooks Brothers. Arthur é inteligente o bastante para não julgar um livro pela capa, mas essa é uma capa que precisa urgentemente de atenção.

— O que está fazendo aqui? — Arthur pergunta. — Este é um local de trabalho, não o set de filmagens de *Survivor*.

— Ei, calma. Fica frio — diz Kevin.

Arthur cruza os braços em cima do peito.

— Estou tão frio quanto preciso estar.

— É, cara, na verdade você está gelado. — Ele sacode a cabeça. — Estou de volta a Nova York há uma hora e de repente me lembro do quanto a cidade é dura. O clima. As pessoas. Brrr.

— Se está com frio, talvez eu possa sugerir calças compridas? — diz Arthur.

Ah, maravilhoso. Meu namorado e meu chefe competindo para ver quem faz xixi mais longe. Não importa qual dos dois vai ganhar, eu vou sair perdendo.

Mas Kevin não está ali para me envergonhar e, vendo o que está acontecendo, ele muda o tom.

— Escute, eu sinto muito. Sei que a Hallie está ocupada e o senhor tem uma firma de advocacia para comandar.

Arthur só fica olhando, então Kevin acrescenta educadamente.

— Sério, senhor, minhas desculpas por ter entrado assim.

Arthur parece apaziguado e estou tão orgulhosa de Kevin que lhe dou um grande sorriso. Percebendo que está indo bem, Kevin continua na gentileza:

— Eu não pretendia irromper na sala, Arthur, não vou fazê-lo arrancar os cabelos. — É só um modo de dizer, mas meu chefe é careca e é bastante sensível quanto a isso. Tentando voltar atrás, Kevin corrige rapidamente. — Quer dizer, não vou fazer a Hallie arrancar os cabelos.

— Não sabe quanto trabalho o cabelo dá — digo, tentando ajudar, mas só piorando as coisas. — Lavar, passar condicionador, secar com secador. Depois mousse e gel.

— Nunca consigo saber a diferença entre os dois — fala Kevin.

— A mousse é um pouco mais leve — começo a explicar, mas Arthur já girou nos calcanhares e está saindo furioso da minha sala.

— Sério, cabelo só dá trabalho — grito para ele. — Já lhe contei sobre a época, em 1996, em que a Emily teve piolho?

Há um silêncio no escritório por um momento e eu e o Kevin olhamos um para o outro, sem saber direito qual o tamanho do estrago. Mas aí, sem conseguir me controlar, eu começo a rir.

— Não tem piolho em Virgin Gorda — Kevin diz com uma risada. Ele se aproxima e me abraça. — Agora, que tal um beijo decente de boas-vindas?

Nossos lábios se encontram ansiosamente e eu posso ver que a idéia de um beijo decente significa tirar as roupas e cair no sofá. Por mais que eu queira, acho que já chamamos atenção suficiente para nós dois hoje. Dou-lhe um selinho pouco satisfatório e ele entende a mensagem.

— Acho que não posso convencê-la a sair mais cedo daqui?

— Cedo, mas não tão cedo — digo.

— Almoço? Meu restaurante chinês preferido, Ping Tong Palace, fica na esquina.

— Não está mais lá há uns 15 anos — digo.

— Hum, então acho que o La Cote Basque tem mais a ver com você — ele fala.

— Não mais. Esse também fechou.

— Então onde as pessoas comem por aqui?

— Em suas mesas de trabalho.

— Está bem, está bem, entendi a indireta — ele diz, pegando sua mochila L.L. Bean surrada. — Posso brincar de turista por algum tempo. Volto aqui no fim do dia. Às 17h?

— Às 18h, 18h30.

— Tudo bem. — Ele me beija no alto da cabeça. — Por falar nisso, você está linda.

— Estou? — pergunto alegremente.

Kevin faz uma careta e reconsidera.

— Na verdade, não. Quer dizer, é bom vê-la. Você é linda. Mas por que o cabelo liso e o vestido preto? Não é a sua cara.

— É a minha cara de Nova York — digo.

Às 18h30, estou me sentindo mais culpada trabalhando enquanto o Kevin está aqui do que jamais me senti por estar no escritório quando meus filhos moravam lá em casa. Pelo menos eles tinham amigos para brincar. O melhor que posso fazer é brincar direito com Kevin hoje à noite. Já que ele veio a Nova York, essa é a minha chance de lhe mostrar o quanto a cidade é realmente fabulosa. Bellini colocou meu nome na lista de uma festa de inauguração badalada.

— Pronta para ir para casa? — Kevin pergunta quando o encontro do lado de fora do prédio. Ele decidiu que não quer mais entrar — provavelmente nunca mais.

— Melhor do que isso. Planejei uma grande noite na Big Apple. — Animada por nossa noite juntos, eu lhe dou um beijo entusiasmado. — Para começar, botei nosso nome na lista de uma grande exposição de arte do Himalaia.

Kevin olha para mim, confuso.

— Por que iríamos querer fazer isso?

— Vai ser divertido. Uma daquelas noites típicas de Nova York.

— O único tipo de noite que eu quero é na sua cama.

— Mais tarde — digo, dando-lhe um beijinho no nariz. — Quer dizer, você conhece a arte do Himalaia?

— Nunca vi um bode do Himalaia. Mas se você está a fim de ir, vamos. Como no colégio. Vejo que está tentando me ensinar coisas novamente.

Vamos até o centro, para o Museu de Arte Rubin, na Sétima Avenida com rua 17. O prédio era uma loja da Barney's e os clientes que rezavam no altar da Prada ficaram horrorizados quando a varejista barata Loehmann's ocupou metade do espaço. Mas os Rubin compraram a outra metade da loja e agora havia mais sapatos Prada expostos do que antes — nos pés dos patronos do exclusivo museu de arte.

Há uma grande multidão reunida do lado de fora e Kevin e eu entramos na fila debaixo de uma grande faixa cor-de-abóbora anunciando a exposição: *Impressões de Mãos: Século XXI*.

— Seria bem mais fácil deixarmos as nossas — Kevin diz petulantemente, pressionando a palma da mão na fachada de vidro do museu.

Avançamos lentamente, Kevin continuando a fazer impressões gordurosas por todo o caminho até a entrada. Quando estamos finalmente na frente do segurança de ombros largos, ponto eletrônico no ouvido e prancheta, dou meu nome a ele confiantemente. Ele verifica a lista e nos deixa passar.

— Acho que somos o Povo Eleito — digo orgulhosa, pegando a mão de Kevin — E nem tivemos que deixar de comer carne de porco.

Ele balança a cabeça.

— Por que vocês nova-iorquinos só gostam de lugares nos quais não podem entrar?

— Mas eles nos deixaram entrar — digo.

— Beleza, mas também poderíamos ter entrado no Burger King.

Aperto seu braço.

— A comida é melhor aqui — prometo, vendo garçons de smoking circulando com bandejas de prata. Um deles vem até nós de imediato, provavelmente porque naquela vizinhança — diferente do meu escritório — usar suéter e bermuda no inverno fazia com que Kevin parecesse uma celebridade da MTV.

— *Hors d'oeuvre*? — pergunta o garçom. — É cogumelo porcini com carne de siri picadinha e uma pitada de creme de leite.

— O meu favorito — diz Kevin, pegando cinco de uma vez, já que obviamente não havia jantado.

Abrimos caminho em direção à exposição especial.

— Impressões das mãos. Eu reconheceria isso em qualquer lugar — Kevin confirma olhando para a parede comprida cheia de fotos emolduradas. — Dedo mindinho, seu-vizinho, pai-de-todos, fura-bolo...

— Mata-piolho — diz um homem ao nosso lado, completando a lengalenga infantil. Ele está todo vestido de preto, com óculos sem armação. Tem um cavanhaque pontudo e um olhar intenso nos olhos. Tenho certeza de que está pingando desdém pela criancice do Kevin, mas, em vez disso, vira-se para ele com um sorriso extasiado.

— Você captou perfeitamente o sentido da exposição — ele comenta. — A mão como o suporte fundamental do mito e significado do homem. A base tanto do folclore comum quanto da alta cultura.

— Exato — diz Kevin. Para continuar a provar sua argúcia intelectual, Kevin fecha as mãos e ergue os polegares. — Onde está Polegarzinho? Onde está Polegarzinho? — canta.

— Estou aqui! Estou aqui! — cantarola o homem, acenando animadamente com seus próprios polegares para Kevin.

De repente receio que isso seja um canto gay de acasalamento e Kevin não esteja percebendo.

Mas o homem está simplesmente encantado por pensar que achou outro aficionado por dedos.

— O que você observou tão inocentemente é que o polegar é o motor da mão e muito mais importante do que o mindinho e o indicador. Mas tem um significado diferente nas culturas da Mongólia e do Tibete. Venha, deixe-me lhe mostrar o que quero dizer.

Agora estou intrigada, então começo a segui-lo. Mas Kevin não está impressionado.

— Babaca pretensioso — sussurra no meu ouvido. — Vou pegar mais *hors d'oeuvres*.

Na frente de outra parede de impressões, o homem começa a fazer comparações culturais e a gesticular com estardalhaço — acho que para provar que a mão também é o suporte fundamental da linguagem. Do outro lado da sala, Kevin acena para nós. Com suas mãos. Estou começando a achar que esta exposição é realmente importante.

— Querido, veja isso — falo quando Kevin finalmente se aproxima. — Estava aprendendo com meu novo amigo Digger que o dedo médio estendido naquele quadro é um sinal de linhagem real, denotando posição social elevada, não do artista, mas do cliente que encomendou o trabalho.

Kevin olha ceticamente para o quadro e então estende seu próprio dedo médio no ar.

— Ninguém nunca lhe contou o que isso realmente significa? Acho que é um símbolo bastante universal.

— Pare com isso — eu falo, tentando cobrir sua mão antes que mais alguém veja. Digger pode ser um pouco não-convencional, mas também é inteligente, e atraiu uma pequena multidão de amantes da arte que estão circulando em torno de nós, esperando para ouvir o que ele tem a dizer sobre a importância das mãos. Eu olho para as minhas. Talvez devesse ter feito as unhas.

Um fotógrafo do *New York Post* abre caminho através da multidão.

— Digger? Preciso de uma foto sua para a coluna social. Com sua companhia.

Digger passa o braço em volta de mim.

— A outra companhia — diz o fotógrafo, apontando para Kevin. — Ela é uma ninguém. Não posso ter uma ninguém na foto.

— Eu também não sou ninguém — Kevin protesta.

— Então você é um ninguém com muito estilo — diz o homem do *Post*. — Adorei o visual largado.

— Genuinamente largado — Kevin com desdém. — E por que eu iria querer sair na coluna social?

O grupo à sua volta sufoca o riso, sabendo que todo mundo quer sair na coluna social. E apesar dos protestos, ainda acham que Kevin é alguém. Em Manhattan, você tem que ser muito rico ou muito famoso para se vestir com tanta informalidade.

De repente, o fotógrafo se vira, obviamente percebendo uma celebridade ainda mais digna de sua atenção. Ou talvez só alguém mais malvestido do que o Kevin.

— Desculpe, amigo, a gente se vê depois — ele diz, saindo atrás de uma presa maior.

Kevin olha para mim e balança a cabeça.

— Não entendo essa gente. A sua gente. A sua gente de Nova York — ele fala. — Seu chefe acha que eu me visto péssimo e isso é ruim. O *Post* acha que me visto péssimo e isso é bom.

— Mal — digo.

— O quê? — ele pergunta.

— Você se veste mal.

— Você também acha?

— Não, querido. Você é lindo — falo, percebendo que é melhor não explicar que eu automaticamente corrigi sua gramática. Isso me faria parecer a adolescente que sempre foi mais inteligente do que ele.

— Vamos ver o resto da exposição — sugiro.

— Prefiro só comer mais alguns desses negócios de siri com cogumelo — ele diz, praticamente agarrando um garçom que estava passando. Mas depois que enfia alguns na boca, ele não se incomoda quando pego sua mão para andar pelo resto do museu.

Nós nos afastamos da multidão e subimos as escadas, passando por tecidos bordados com deusas da Mongólia e esculturas de Shiva em prata.

— Olhe, um Buda mulher — digo, admirando uma estátua de bronze. Leio no cartão ao seu lado: — "A identidade de gênero é um poderoso instrumento para a exploração do divino."

— Exatamente a minha opinião — diz Kevin, passando os braços pela minha cintura e mordiscando o meu ouvido. — Seria divino explorar o seu gênero. Eu só quero fazer amor com você.

Eu rio.

— Não me diga que já viu arte do Himalaia o suficiente.

— Vi o suficiente de tudo, menos de você — ele diz.

Ele me leva para um canto escuro, onde só há nós e uma pintura butanesa de deuses nus.

Ele enfia a mão pela frente do meu vestido e acaricia meu seio.

— Já transou em uma galeria de arte do Himalaia? — pergunta, me beijando.

— Só uma ou duas vezes — provoco.

— Então vamos fazer de novo — ele começa a abrir o zíper nas costas do meu vestido, mas eu me afasto.

— Aqui não — falo.

— Por que não? — pergunta. Ele abaixa os lábios, beijando o meu pescoço. — Acredite, todos esses deuses e deusas nos darão suas bênçãos.

— Mas as pessoas no andar de baixo, não — falo, me desfazendo do abraço e fechando meu vestido. — Vamos, querido. Não podemos fazer isso em público.

— Nunca nos preocupamos com isso na praia em Virgin Gorda — ele diz.

— Manhattan é uma ilha diferente — respondo.

Com os ânimos ligeiramente alterados, descemos pela escadaria circular extremamente elegante e saímos do museu para a noite gélida. Pegamos um táxi até a Grand Central e, enquanto estamos esperando o trem para Chaddick, eu aponto para as constelações cintilantes que cobrem o teto abobadado da estação. Não é exatamente o grande céu aberto de uma ilha do Caribe, mas a versão nova-iorquina da natureza.

— O engraçado é que a prefeitura gastou uma fortuna para restaurar o teto e, depois de tudo isso, quem quer que tenha feito o mapa o desenhou ao contrário. É como se você estivesse olhando o céu de cima para baixo, em vez de de baixo para cima.

— É, engraçado — diz Kevin, que não parece estar se divertindo. Na verdade, ele não parece querer estar aqui de jeito nenhum. Seus olhos estão voltados para baixo, os ombros caídos e os braços cruzados na frente.

Eu esfrego seu braço.

— Está zangado comigo porque não quis fazer amor com você na frente do Buda?

— Não, estou só... — Ele aperta a barriga e se afasta de mim, descendo correndo as escadas em direção a uma placa que diz BANHEIROS.

Eu corro atrás dele e espero do lado de fora pelo que parece ser tempo demais. Olho o relógio. Vamos perder o trem para Chaddick, mas sinto-me tão impotente quanto me sentia quando Adam era pequeno e eu tinha que deixá-lo ir sozinho ao banheiro dos homens.

Então, faço o que fazia naquela época e, de pé no vão da porta, grito para dentro da grande sala azulejada.

— Kevin? Kevin? Você está bem? Eu estou bem aqui. Estou esperando por você — minha voz quica pelas paredes, mas ninguém responde.

— Kevin? Kevin, precisa de ajuda?

Um executivo de terno de risca azul, carregando uma pasta, sai do banheiro masculino e sorri para mim.

— Seu filho está aí? — ele pergunta. — Sei como se sente. Minha esposa sempre entra em pânico quando nosso filho usa um banheiro público sozinho. Quer que eu veja se ele está bem?

— É muito gentil da sua parte — eu falo, mas hesito, já que vai ser difícil tentar explicar por que meu filho de 6 anos tem 1,80m.

Nesse exato momento, Kevin tropeça para fora de um reservado e cambaleia na nossa direção. Ele está pálido, seus olhos estão vermelhos, a boca está aberta e há um pouco de baba no seu queixo. O executivo resmunga desaprovadoramente para o que ele acha ser meu amigo bêbado e sai apressado.

— Meu Deus, você está passando mal — digo para o Kevin, pegando seu cotovelo e tentando segurá-lo em pé. — O que houve? Você só bebeu água com gás esta noite.

— E siri — ele fala com a voz baixa e áspera. — Fui intoxicado.

— Intoxicação alimentar — falo, tentando consolá-lo. — É horrível, mas vai passar. Vou levá-lo para casa.

Subimos até os trens e Kevin se apóia com força em mim. Seguro seu cotovelo com mais força e sinto seu corpo balançando para longe do meu alcance.

— Estamos quase lá — digo, tentando encorajá-lo.

Mas talvez não seja o bastante.

Estrondo.

Kevin cai no chão da Grand Central, seus olhos semifechados olhando para o teto cheio de constelações. De um jeito ou de outro, ele está vendo estrelas.

Eu me ajoelho ao seu lado.

— Você está bem? — pergunto estupidamente, porque é óbvio que ele não está. Está respirando de forma desigual e totalmente desmaiado.

Dois policiais vêm correndo na nossa direção, seus cassetetes balançando contra as pernas e as armas saindo visivelmente dos coldres. Cada um leva um cão farejador de bombas.

— Nenhuma granada, só siri estragado — explico enquanto eles nos cercam.

Os policiais se convencem logo de que não somos uma ameaça internacional, mas os cães ainda não têm certeza. Um deles cheira o pescoço de Kevin e eu quero explicar que normalmente ele tem um cheiro bem melhor do que o de agora. Mas o cão e eu obviamente temos gostos diferentes para homens, porque ele dá uma lambidinha no Kevin.

— Isso é gostoso — diz Kevin, começando a recobrar os sentidos. Mas rapidamente percebe que está no chão com um cachorro e se senta, assustado.

O policial se inclina para baixo.

— Quer que chamemos uma ambulância, senhor? Que o levemos para um hospital?

— Queremos — falo, preocupada com ele.

— Não — diz Kevin.

— Vamos, talvez o médico possa lhe dar alguma coisa — digo.

Ele balança a cabeça.

— Está tudo bem. Algumas horas vomitando e eu vou ficar bem.

Quem dera. Kevin estava certo quanto ao vômito, mas em vez de algumas horas de vômito, estamos no segundo dia e não parou. Ontem, eu banquei a Clara Barton, trazendo-lhe lascas de gelo, depois soda limonada e finalmente, pela hora do jantar, caldo de galinha e bolachas de sal. Ele ficou mal-humorado o tempo inteiro, mas não era páreo para Arthur, que praticamente me demitiu pelo telefone quando liguei para dizer que ia ficar em casa com meu Kevin doente.

Não posso mais faltar ao trabalho e estou vestida para sair quando Kevin por fim acorda, obviamente se sentindo um pouco melhor.

— Você vai sair? — pergunta, olhando para mim sem acreditar.

— Só um pouco — digo. — Não tem enfermeira substituta, mas acho que você vai ficar bem.

— Podemos fazer amor antes? Estou aqui há três dias e ainda não fizemos amor.

Em vez de soltar um "Porque esteve ocupado demais vomitando", eu vou até ele e lhe dou um longo beijo.

— Fique na cama. Eu volto o mais cedo possível.

— Não vai ser cedo o suficiente — ele fala, me beijando e acariciando minha bochecha. Mas aí ele se senta. — De qualquer modo, finalmente estou com fome. Incomoda-se de fazer o café para mim antes de ir?

— Claro que não. O que você quer comer? — pergunto, olhando ansiosamente para o relógio e esperando que ele esteja com desejo de comer Pop Tart, não uma pilha de panquecas.

— Sei lá, o que você acha? Talvez dois ovos cozidos ou um omelete.

— Tanto faz — digo, tentando demonstrar boa vontade.

— Hmmm. Eu podia comer aveia ou ovos mexidos. Torradas com geléia. Ou um bagel com cream cheese — diz, pensando em todas as opções de café-da-manhã que existem. — Adoro waffle belga. Você tem máquina de fazer waffle belga?

— Claro — digo, ligeiramente exasperada e por fim perdendo a paciência. — Sempre tenho um cozinheiro belga especializado em waffles enfiado na despensa. Pelo amor de Deus, é só um café-da-manhã. Só me diga o que você quer.

Kevin cruza os braços por cima do peito, insultado.

— Não quero ser um estorvo, mas eu refiz todo o meu cronograma para vir aqui vê-la e você não consegue nem rearrumar um dia para ficar comigo.

— Eu teria que arrumar muito mais do que um dia para estar com você — falo, soltando o que está no fundo da minha cabeça há semanas.

— O que quer dizer com isso?

— Se formos ficar juntos, eu teria que mudar a minha vida inteira. Me mudar para Virgin Gorda e abrir mão de tudo.

— Tanta coisa para abrir mão — ele diz sarcasticamente. — Nova York é um lugar fabuloso, não é? Um trabalho sufocante. Um bando de idiotas pomposos numa festa. Pessoas babando em cima de uma arte idiota que qualquer criança de três anos poderia fazer. Comida tóxica. É, tanta coisa para abrir mão.

— Você se esqueceu de alguns detalhes — digo, minha voz tremendo. — Meus filhos. Meus amigos. Eu achei que o museu fosse interessante. Pelo menos foi diferente. E acontece que eu gosto do meu emprego e quero mantê-lo.

— Então, é assim — diz Kevin, levantando com raiva da cama. — Não quero impedi-la de fazer nada. Eu vou embora.

Ficamos cada um de um lado do quarto, de frente um para o outro, nos encarando, nenhum dos dois dando um passo ou cedendo um milímetro. O mesmo Kevin de sempre. Machuque-o e acabou. Mas desta vez eu não vou deixá-lo ir com tanta facilidade.

Eu me aproximo e passo os braços em volta dele.

— Não vá. Não assim. Eu te amo, Kevin. E se você me ama só um pouquinho, por favor, esteja aqui quando eu voltar.

Ele faz carinho no meu cabelo, mas não responde. Sinto meu coração batendo forte. Eu não agüentaria voltar e descobrir que ele foi embora.

— Não pode ir embora agora, sua passagem é só para amanhã. Deve valer uma noite comigo para não ter que pagar a multa pela troca de horário — digo, fazendo uma piada fraca.

Kevin suspira.

— Eu fico. É claro que eu fico. A verdadeira multa seria ir embora antes de termos mais uma noite juntos.

Capítulo 16

EM VEZ DE ABRIR o *New York Post* quando entro no trem, fico olhando pela janela, pensando em Kevin e no que ele vai dizer quando nos virmos mais tarde.

— Incomoda-se se eu me sentar aqui? — pergunta Steff, pegando o lugar vago ao lado do meu. Aí, conhecendo a etiqueta do trem, ela acrescenta. — Não precisamos conversar. Você pode ler o jornal.

— Não estou lendo, como deve ter percebido. — E não faria diferença se eu estivesse. Um homem pode se sentar ao lado de um amigo, enterrar a cabeça nas manchetes e não trocar uma palavra além de "bom dia". Mas mulheres que têm uma profissão e se sentam uma ao lado da outra se sentem compelidas pelas leis da irmandade a conversar. No nosso caminho para o centro da cidade para gerenciar empresas e tomar decisões altamente importantes, passamos 35 minutos trocando histórias sobre o novo salão de manicure, o açougueiro traidor (ele está tendo um caso, e pior, ele cobra a mais pelo lombo) e como a professora de arte do jardim-de-infância passa deveres de casa demais.

Mas ao olhar para Steff, percebo que ela está preocupada com alguma coisa além de lombo e de sua nova atividade de furar orelhas. Seus olhos estão inchados e parece não ter dormido. Ela enfia a mão na bolsa e alguns chocolatinhos prateados da Hershey's pulam para fora. Ela desembrulha três e negligentemente os joga dentro da boca. Uh-oh. Comer chocolate pela manhã só pode significar uma coisa.

— Richard disse que vai embora — Steff soluça. — Não é por minha causa. Tivemos um passado e tanto, mas ele disse que está na hora do seu segundo ato.

Olho para ela sem acreditar. As mesmas palavras de Bill. Ele deu o texto para o Richard ou os homens vêm pré-programados com uma cláusula de fuga na meia-idade impressa em seu DNA? Talvez por trás daqueles jornais eles conversem no trem, afinal de contas.

— Ah, Steff, eu sinto tanto — digo, pegando sua mão. — Queria poder fazer algo por você.

— Você já fez. Tenho pensado em você todos os dias. Você me dá esperanças — ela diz, remexendo a bolsa atrás de um lenço de papel.

Endireito os ombros, sentindo uma pontada de orgulho. Pensando bem, lidei com a situação bastante bem. As pessoas sempre dizem que o divórcio é como a morte e que você passa pelos mesmos cinco estágios — negação, raiva, negociação, depressão e aceitação. Fico feliz em ser um exemplo para Steff de alguém que passou por isso, mas devia lhe contar sobre as fases de verdade: foda-se ele, foda-se ele, foda-se ele, foda-se ele e que se dane, não estou mais nem aí.

— Há esperança. A vida continua. Depois que você superar o choque inicial, na verdade é meio emocionante voltar ao mundo — falo no meu tom mais encorajador. — Podemos fazer um futuro para nós mesmas, qualquer que seja ele.

— É fácil para você falar — diz Steff. — Bill disse ao Richard que ele e Ashlee terminaram.

— O que isso tem a ver comigo? — pergunto.

— É isso que está me dando esperanças — ela fala, aparentemente não tão inspirada pela minha força quanto pela última fofoca. — Com Ashlee fora da história, vocês dois podem voltar.

— Não, não podemos — digo secamente. — Não sou tão burra. Ele me traiu uma vez, vai trair de novo. Se não for a Ashlee, vai ser a Candi ou a Randi ou a Mandi. Com um "i" em vez de dois "e".

— Pelo menos não ficaria sozinha. Você teria um marido.

— Não o tipo de marido que quero — falo. — Além do mais, eu tenho um namorado.

Steff larga o lenço de papel, estupefata.

— Um namorado? — pergunta, absorvendo a nova informação. E então, rindo com a palavra, acrescenta: — Isso parece tão... de colegial.

— Acredite em mim, não é — digo pretensiosamente.

— Você dorme com ele? — pergunta Steff, algo entre chocada e interessada.

— É claro — falo aereamente. Apesar de que, entre a distância e a disenteria, Kevin e eu não fazemos amor há tempo demais. Pelo menos isso é uma coisa que eu sei que posso consertar hoje à noite.

***

Quando chego em casa, é Kevin quem está fazendo o conserto. Um frango está assando no forno, a mesa está posta com velas — e apesar do clima de seis graus negativos, Kevin me recebe usando apenas um calção de banho.

— Belo visual — digo, desamarrando minha echarpe e passando-a de brincadeira em torno do pescoço dele.

— Teria aberto a porta pelado, mas essa é a minha concessão ao subúrbio conservador.

— Falando por mim mesma e por toda a associação do bairro, pelado teria sido bom.

— Sem problema. — Ele arranca o calção e se mostra em frente à janela.

— Kevin! — grito, fechando rapidamente as cortinas. Eu disse a Steff que tinha um namorado, mas ela não precisa de tantas provas assim.

— Me desculpe por hoje de manhã — ele diz.

— Me desculpe também. Culpa minha.

E é isso. Nós dois sabemos que há mais a dizer — muito mais — mas há algo que temos que fazer primeiro.

— Com fome? — Kevin pergunta, me beijando.

— De você.

— Era o que eu esperava que dissesse.

Nós fazemos amor — avidamente — bem ali no chão da sala. Talvez eu devesse ter deixado as cortinas abertas, se não para a Steff, pelo menos para a Darlie. Ela provavelmente não vê isso sendo feito direito há muito tempo.

O jantar não é tão formal quanto Kevin havia planejado, mas é muito mais romântico. Levamos o frango inteiro (perfeitamente assado, mas com um pouco de alho demais) para a cama numa bandeja e o despedaçamos com os dedos. Eu seguro um pedaço para o Kevin e ele o pega com a boca e depois lambe meus dedos, um por um. Nós nos beijamos, gordurosamente, e eu rio quando nossos lábios escorregam ao se afastarem.

— Peito ou coxa? — pergunto, oferecendo-lhe outro pedaço de frango.

— Hmmm, os dois — ele diz, beijando um dos meus seios e descendo vagarosamente para a minha coxa.

Esquecemos do jantar e fazemos amor de novo. Conforme a cama balança, nossos restos caem da bandeja nos lençóis, mas estou extasiada demais para me importar.

Estamos deitados nos braços um do outro quando o telefone toca e, percebendo que é o número do Adam, eu atendo, como sempre faço.

— Oi, Adam. Como você está, querido?

Adam se lança em uma descrição entusiasmada de seu dia esquiando e, enquanto me sento para falar com ele, faço "Desculpe" com a boca para o Kevin, que dá de ombros.

Detalhe por detalhe, Adam me conta sobre sua descida em uma das pistas mais radicais. Enquanto estou ocupada falando, Kevin rola para o lado, ficando de costas para mim, e eu me estico para massagear seus ombros.

— Parece que foi um dia ótimo — digo ao Adam, desejando cortar a conversa, para variar. — Dê um beijo na Emily por mim. E quando voltar à faculdade amanhã, dirija com cuidado.

— Obrigado, mamãe. Eu nunca pensaria em dirigir com cuidado se você não me lembrasse.

— Não se preocupe. Sempre vou lembrá-lo. — Eu rio, sabendo que não importa o quanto eles fiquem velhos — e o quanto eu me ache sensata — vou continuar citando todos os clichês maternos que existem.

Eu desligo e beijo a nuca do Kevin mas, antes que ele tenha a chance de se virar, o telefone toca novamente. Emily.

— Mamãe, você me mandou um beijo pelo Adam? — diz, fingindo indignação. — Não podia mandar você mesma? Não sabia que estava tão ocupada.

Olho para Kevin pensando que não vou dizer a Emily exatamente o quanto tenho me mantido ocupada.

Como Adam, Emily está cheia de histórias, mas sua inclinação pelas pistas é outra. Em especial um lindo instrutor de esqui que lhe ofereceu chocolate quente e ela acha que se apaixonou. Primeiro mergulho, agora esqui. Tenho que manter minha filha longe dos esportes. Quem foi que disse que você deveria fazer as meninas se envolverem com atividades físicas para não passarem o tempo todo pensando em garotos?

— Meus filhos são o máximo — digo alegremente a Kevin quando por fim volto para baixo das cobertas.

— Você tem filhos legais — Kevin concorda mas, em vez de expressar algum interesse mais profundo na minha vida familiar, ele pega o controle remoto e liga a TV. Nós nos aninhamos nos travesseiros e ele fica mudando de canal — jogo de hóquei, noticiário, seriado ruim, reprise dos *20 Melhores Momentos da TV segundo a TV Guide* (originalmente eram 50, mas quem é que tem tempo?), Weather Channel, seriado ruim. Se pararmos no canal de compras, talvez eu compre mais umas jóias.

Tiro o controle remoto dele gentilmente e desligo a televisão.

— Há algo errado? — pergunto.

— Não — ele diz, sem ser convincente.

— Sinto muito termos sido interrompidos — falo, tentando me aconchegar mais perto. — Mas sempre vou atender o telefone quando meus filhos ligarem.

— E deve — ele diz.

— Há um "mas" aí no meio.

Ele suspira e se levanta da cama, andando de um lado para o outro na minha frente.

— Estou começando a entender o que você quis dizer hoje de manhã sobre arrumar a sua vida. Não é tão fácil assim, não é? Não me diverti tanto nesta viagem, tentando me encaixar no seu mundo.

— Isso é só a intoxicação alimentar falando — digo.

— Não, é a realidade.

— Sinto muito se não se divertiu — falo, me sentindo na defensiva. — Fiz o melhor que pude.

Kevin pára de andar de um lado para o outro por um momento e olha firme para mim.

— Eu sei disso. Nós dois tentamos. Eu larguei tudo para vir vê-la na época mais cheia do ano para mim.

— E agora está zangado porque não larguei tudo para estar com você todos os minutos.

— Não estou zangado — Kevin diz, parado ao pé da cama. — Eu gosto de você, Hallie, de verdade. Mas o seu mundo é aqui, o meu é em Virgin Gorda. Sempre fui sincero quando dizia que não voltaria nunca mais. Mas agora que estou aqui, posso ver como é realmente a sua vida. Seria terrível para você ter de sacrificar tudo por mim.

— Ficar com você nunca seria terrível — falo. Eu me aproximo e passo meus braços em torno dele, descansando a cabeça contra seu peito nu. Então, baixinho, eu acrescento: — Mas pode ser difícil. Difícil demais.

Nós nos abraçamos sem dizer uma palavra. Kevin acaricia o meu cabelo e eu sinto minhas lágrimas correndo por seu peito.

— O que você acha? — ele pergunta.

Respiro fundo e enterro ainda mais a cabeça nele.

— Acho que não posso me mudar para Virgin Gorda — digo, a voz falhando. — Nem por você. Acho que, no fundo, já sei disso há algum tempo, mas não podia admitir.

— Eu também sei — ele diz. — Não sou bom com compromissos. Você entendeu isso no primeiro dia em que ficamos juntos. Mas pensei que talvez dessa vez. Arrisque-se, vá para Nova York. Mas o que posso dizer? O lugar me deixa doente.

— Não é justo. Nosso futuro ser determinado por um canapé de siri estragado.

— Quem poderia imaginar. — Ele me abraça e ficamos em silêncio por um longo tempo.

— Arrepende-se por eu tê-lo encontrado? Eu deveria tê-lo deixado em paz depois de todos esses anos? — finalmente pergunto com uma voz fraca.

— Nunca — ele diz ardentemente. — Foi maravilhoso. Foi incrível vê-la naquele primeiro dia na ilha. A Hallie do colégio veio para o meu paraíso.

— Para mim agora vai ser o paraíso perdido — falo.

Pelo menos ele entende a minha alusão literária.

— Acho que tivemos que ler isso no último ano — ele diz. — Dickens, não é?

— Milton, mas chegou perto.

— Eles escreveram na mesma época?

— Não, com alguns séculos de diferença. Mas Dickens e Milton eram ambos ingleses.

— Pelo menos eu acertei isso — ele fala.

— Você acertou muitas coisas. Na verdade, não consigo pensar em nada que você faça errado, a não ser morar num lugar onde não posso morar.

Nós nos abraçamos apertado, Kevin passando sua mão forte para cima e para baixo nas minhas costas.

— Acha que teria dado certo se tivéssemos continuado juntos depois do colégio?

— Não, nossos mundos já eram diferentes demais naquela época. — Kevin levanta o meu queixo e me dá um sorriso triste. — Acho que isso é uma coisa que não mudou.

— Ainda posso visitar o seu paraíso? — pergunto.

— Quando quiser — ele promete.

— E podemos nos apaixonar um pelo outro a cada vinte anos?

— Pode apostar — diz. Ele me dá um beijo longo e carinhoso. — Algo para ficar esperando. E o melhor motivo que posso imaginar para envelhecer.

Kevin e eu conseguimos fazer agora o que não conseguimos no passado — continuar amigos. Depois que ele foi embora, nos falamos quase todos os dias e, por volta da nossa segunda semana afastados, as conversas são tranqüilas, na verdade muito mais agradáveis do que na fase hesitante do nosso relacionamento depois que fui embora de Virgin Gorda. Sentada em meu escritório tarde da noite, ligo para ele só para bater papo. Ele está alegre e cheio de novidades porque a filmagem com Angelina Jolie começou. Tudo está — nas palavras dele — fluindo. Eu rio e o provoco sobre quantas vezes ele acha que pode usar essa imagem.

Eu desligo, me sentindo reconfortada e sabendo que tomei a decisão certa. Nesses anos com Bill, às vezes eu ficava exasperada com o meu casamento e imaginava como teria sido a minha vida se tivesse ficado com um dos meus outros namorados. Agora, tenho a chance de voltar e tomar minha decisão de novo. E ainda disse "não" em vez de "sim" — para o Kevin, para o Eric. Para o Ravi? Bem, não tive realmente chance de dizer "não" ao Ravi. Não consegui falar de quase nada com ele.

Pensativamente, abro a gaveta da minha mesa para pegar o guardanapo que havia guardado depois do meu corajoso jantar sozinha no Brasserie — onde anotei os nomes dos homens com quem não me casei. Pego a lista e fico olhando para ela, fixando o quarto nome, Dick Benedict. Ravi me fez perceber que a gente tem que viver no presente, mas isso não muda o arrependimento infinito que sempre vou sentir a respeito do nome número quatro. Dobro o guardanapo de novo e o seguro na mão por um minuto. Não, nem todas as escolhas que se faz na vida são as certas. Eu ainda tinha que enfrentar isso.

Volto a trabalhar e me forço a concentrar nos papéis diante de mim. Sinceramente, não há mais nada em que me concentrar no momento. Nenhum marido, nenhum namorado — de jeito nenhum eu vou perder este emprego. Procurando pistas no caso Tyler, revejo cada depoimento que pegamos. Releio o de Melina Marks, mas não há nada. Como o Sr. Tyler, ela se negou terminantemente a falar, dizendo apenas que merecia a promoção. Ir ouvi-la falar em Dartmouth pode não dar em nada, mas neste momento estou seguindo qualquer pista. Mando um e-mail de madrugada para Arthur explicando por que vou estar fora do escritório amanhã. Só posso esperar que, quando eu voltar, não haja outra pessoa sentada à minha mesa.

Saio às 5h da manhã do dia seguinte para dirigir até Dartmouth e, em homenagem ao Kevin, corro pela estrada com os vidros abaixados e Bon Jovi saindo dos alto-falantes aos berros. Cristais de gelo se formam nos meus cílios e eu finalmente desisto e ligo o aquecimento. É mais fácil ser um espírito livre nos trópicos.

Quando chego em Dartmouth, ando pelo campus, invejando os jovens que podem passar o dia ouvindo ótimos professores e meditando sobre os assuntos importantes da vida. Eu anseio voltar à faculdade. Assistir a aulas, e escrever trabalhos sempre parece tão atraente quando você não tem mais que fazer isso. Mas por que acho que é melhor do que participar de reuniões de trabalho e escrever memorandos?

Eu me perco três vezes perambulando à procura do prédio, mas alguns alunos alegremente me apontaram a direção correta. Finalmente vejo Adam e sua amiga Evahi esperando por mim do lado de fora da sala de palestras. Os dois se aproximam e me beijam na bochecha. Quando liguei para o Adam para avisá-lo de que viria hoje, eu lhe contei tudo sobre o caso, o papel de Melina e a ameaça ao meu emprego. Meu leal filho prometeu que tanto ele quanto Evahi ajudariam.

— Obrigada por me deixarem assistir à sua aula — digo.

— Sem problema. Acho que o que você está fazendo é legal — diz Evahi, que está de jeans e um suéter largo. Ela não está usando nenhuma maquiagem, mas com o brilho natural de uma garota de 19 anos, parece ainda mais bonita do que estava no Natal.

— Talvez a gente ajude a resolver o caso e vamos acabar na TV do Tribunal — fala Adam.

— Ou fazer um filme — diz Evahi animadamente. — Tantas atrizes lindas em filmes sobre discriminação sexual. Demi Moore em *Assédio sexual*, Merryl Streep em *Silkwood*, Charlize Theron em *Terra fria*.

— Melina Marks em *Como mamãe perdeu seu emprego* — acrescenta Adam.

— Obrigada, querido — falo, dando um tapinha no ombro do meu filho.

A sala está lotada e, enquanto os jovens se sentam, fico feliz em escorregar para um lugar no fundo, fora do campo de visão da palestrante convidada. Pela minha experiência, espero que o professor tenha cabelos brancos, ombros curvados e use um terno de tweed velho com remendos de couro gastos nos cotovelos. Mas este, que os jovens chamam de Joe, tem 30 e poucos anos e é alto e bonito o suficiente para estar no cinema em vez de estar ensinando sobre ele. Mais um incentivo para eu voltar à universidade. Ele faz uma apresentação simpática de Melina, que sorri e agradece por tê-la convidado. Subindo ao pódio em seu terninho azul-marinho e sapatos sem salto, Melina não parece exatamente a *femme fatale* do caso. Ela folheia alguns cartões de notas e então inicia uma palestra inteligente sobre os aspectos do marketing cinematográfico, explicando que os agentes de publicidade são mais importantes do que se imagina na criação de uma estrela.

Os alunos na sala estão atentos, e até mesmo eu estou aprendendo uma ou duas coisas. Céus, não sobre processo, mas que Tom Cruise pirou no sofá da Oprah logo depois de ter demitido seu agente de longa data e contratado sua irmã inexperiente — que achou que mantê-lo na linha era uma missão impossível. E aprendo que, para botar as celebridades nas capas, as revistas femininas às vezes deixam o agente escolher as fotos e o redator e controlar o que é perguntado. A ética que ensinam nas faculdades de jornalismo já era.

Depois de cerca de meia hora, Melina começa a se afastar de sua palestra preparada.

— Eu adoraria responder às perguntas — ela diz de forma simpática.

Algumas mãos entusiasmadas se erguem e Melina aponta para uma moça sentada perto de Evahi.

— Antes de mais nada, obrigada por todas essas informações maravilhosas. Você é uma inspiração tão grande, uma mulher numa posição importante — diz a estudante que está obviamente prestes a enfiar seu currículo nas mãos de Melina. — Pode me dizer a melhor maneira de conseguir um emprego?

— Tire excelentes notas na universidade e depois puxe o saco de alguém da indústria cinematográfica — brinca Melina. A turma ri e eu olho em volta para me assegurar de que não há nenhum espião anotando essas frase para usá-las contra o Sr. Tyler no tribunal. Mas não, parece que eu sou a única espiã.

— Sério, contatos são importantes — Melina continua. — Mas sempre achei que é realmente o trabalho duro que compensa.

Bem, assim é melhor. Agora ela pode ser citada pela defesa.

Melina aponta para outro estudante.

— A indústria cinematográfica é mesmo tão competitiva como nós ouvimos dizer?

— É, mortal — ela diz, pegando um dedo e passando teatralmente pela garganta. — Tenho tantas cicatrizes que sou obrigada a usar gola alta. — Ela puxa a gola de seu suéter para provar enquanto os alunos riem de novo.

— Echarpes da Hermes também servem — sugere uma garota esperançosa na segunda fila, que provavelmente já comprou sua passagem para Los Angeles. Talvez depois da palestra eu lhe conte sobre as echarpes Echo... lindas e um oitavo do preço.

— Outras perguntas? — indaga Melina.

Mais mãos se erguem, e as próximas três perguntas são todas sobre como arrumar emprego em publicidade para o cinema. Melina está relaxada e tranqüila com os jovens, dizendo a eles tudo de que precisam saber sem ser seu número de celular e seu endereço de e-mail.

— Qual o seu melhor conselho para quem quer subir na carreira?

Melina faz uma pausa e ajusta um brinco enquanto pensa na resposta.

— Controle o seu ego — diz finalmente. — Se você é a pessoa de idéias, tem que tentar não ficar chateado se outra pessoa levar o crédito. O importante é que o seu chefe saiba o que você fez, não que o mundo inteiro saiba.

Eu me inclino para a frente. Isso é interessante. Estou louca para fazer uma pergunta. Mas sou obviamente melhor como espectadora do que como interrogadora. Melina está se policiando muito menos com a turma do que jamais fez comigo.

Evahi está acenando loucamente com a mão e Melina olha encorajadoramente para ela.

— Isso já aconteceu com você? — Evahi pergunta. — Alguma vez não levou o crédito?

— Claro — diz Melina.

Agora ela realmente prendeu meu interesse. Será que o fato de não receber o crédito pode ser o motivo pelo qual Melina recebeu a promoção em vez da Beth? Se fosse isso, o Sr. Tyler sabia a respeito e tinha algum motivo para manter em segredo.

— Pode nos contar como foi? — Evahi persiste.

Exatamente o que eu queria perguntar. Se Evahi não se tornar minha nora, talvez eu a adote.

— Posso lhe dar um exemplo hipotético — diz Melina, tentando ser útil para sua platéia jovem e ansiosa. — Digamos que você teve uma idéia para promover uma grande estrela que mudou completamente a imagem e a carreira dela. Ela está muito grata, mas o dono da empresa leva o crédito. Ele deixa muito claro que tem que continuar sendo o número um com a estrela. Todas as idéias são idéias dele. Se sair por aí contando que o plano de gênio foi seu, ele vai ficar aborrecido e demiti-la.

— Você recebeu alguma coisa por tudo que fez? — pergunta a garota que recomendou a echarpe Hermes, sem se convencer de que vale a pena jogar em equipe.

— Uma promoção — Melina diz. Mas aí, percebendo que falou demais até mesmo para um grupo de universitários, ela conserta rapidamente: — Não disse que era eu. É só hipotético.

— Mas foi você, não é? — Evahi pergunta animadamente.

Melina balança a cabeça fazendo que não e então fala:

— Não, não, de jeito nenhum.

— Quem era a estrela? — dispara Evahi, sem desistir.

Uma sombra passa pelo rosto de Melina.

— Olhe, esqueça esse exemplo — diz nervosamente, ajeitando seus cartões e puxando sua gola alta, como se a sala tivesse inesperadamente ficado quente demais. Ela olha suplicante para o professor Joe e abrevia a palestra.

— Acho que é tudo o que tenho a dizer. Obrigada pela oportunidade.

Os alunos aplaudem Melina generosamente e ela sorri, trêmula. Palestra encerrada, os futuros magnatas do cinema se agrupam em volta de Melina. Eu espreito do fundo da sala, tentando juntar as peças do quebra-cabeça. E, de repente, acho que entendi. Alguns minutos depois, conforme a multidão se dispersa, Melina me vê. Ela parece surpresa por um instante, mas então pede licença aos alunos restantes e vem na minha direção.

— A namorada do meu filho disse que você daria uma palestra hoje — digo antes que ela tenha chance de me perguntar o que estou fazendo ali. — Você foi excelente.

— Obrigada. Espero que os alunos tenham gostado. Mas talvez eu tenha falado demais.

— Não, você disse exatamente o que devia — asseguro.

Ela olha preocupada para mim.

— Olhe, finalmente entendi o que aconteceu. Seu marido, Charles Tyler, não a promoveu por favoritismo. Você ganhou a posição no lugar de Beth por causa de alguma idéia que o seu patrão, Alan Alladin, alegou ser dele.

— Eu não disse isso — diz Melina.

— Não, eu estou dizendo. E estou certa?

Melina hesita por um longo tempo. E aí, numa voz tão baixa que mal consigo escutar, ela diz:

— Está.

Olhamos uma para a outra e ela dá um grande suspiro, como se estivesse aliviada por finalmente se livrar de seu segredo.

— Por que nem você nem o Charles me contaram? — pergunto gentilmente.

Melina se afunda em uma das cadeiras antigas da sala de palestras e apóia os cotovelos na mesa presa a ela.

— Olhe, Hallie, eu implorei para o Charles lhe contar — ela fala. — Mas ele sabia que, se a história vazasse, Alan Alladin demitiria nós dois e fecharia as portas de toda a comunidade para nós. Ele é poderoso e ninguém nos contrataria se Alan dissesse para não contratar. Charles queria que você fizesse algum milagre e resolvesse o caso de alguma outra maneira.

— Ah, qual é, vocês dois estão exagerando. O Sr. Alladin não pode exigir que fiquem calados no meio de um processo judicial.

Melina balança a cabeça.

— Pode, sim. O ego do homem é infinito. A logomarca da companhia está em todo lugar e todas as suas camisas são monogramadas com AA. Ele está pensando em processar os alcoólicos anônimos por usarem suas iniciais.

— Bem, no momento, Beth Lewis está processando o seu marido.

— Não é realmente culpa da Beth — diz Melina. — Ela só sabia que o Charles e eu éramos íntimos. Nós nos apaixonamos no trabalho e acho que todo mundo percebeu. Mas isso não teve nada a ver com a promoção. Beth não fazia idéia de que era eu quem estava mexendo todos os pauzinhos pela Angelina Jolie.

— An-ge-li-na Jo-lie? — pergunto, pronunciando bem o nome.

— É melhor você saber de tudo — Melina fala com outro suspiro. — Angelina é cliente do Alan há anos. Todo mundo achava que ela não passava de uma louca que beijava o irmão e usava frascos de sangue em volta do pescoço, e eu tive a idéia de transformá-la numa Audrey Hepburn. Daí ela virou embaixadora da ONU. Eu pensei nisso, eu consegui isso. Depois vieram as viagens para a África por causa da AIDS. Arrumei isso também.

— Mas Alan era quem aparecia?

— Exato. Agora é assim que as pessoas a vêem. E o engraçado é que, por baixo de todas aquelas tatuagens, acho que Angelina realmente é uma grande humanitária.

— Você tem que me deixar usar isso para fechar o caso — suplico.

Melina encolhe os ombros.

— Não vai adiantar nada. Alan vai simplesmente alegar que é mentira e que ele bolou tudo. Quem é que pode provar que não? É a minha palavra contra a dele. Charles vai ficar ainda pior e nós dois vamos estar desempregadas.

— Mude isso para nós todos vamos estar desempregados, inclusive eu. O meu emprego também corre perigo por causa deste caso.

— Sinto muito por ouvir isso — diz Melina. — Mas já pensei em todas as possibilidades. Simplesmente não vejo nenhuma saída.

— Sou capaz de descobrir alguma coisa — falo, pensando em Kevin. — Tenho um amigo que conhece a Angelina. Pode-se dizer que ela precisa dele para respirar.

Capítulo 17

NO PRIMEIRO DIA DO JULGAMENTO, eu e Arthur pegamos um carro com motorista para ir até o tribunal na Center Street, 60, em Foley Square. Desde que o prédio virou cenário do *Law and Order*, sempre que venho aqui sinto como se estivesse indo para um set de TV em vez de para o meu trabalho.

Hoje estou definitivamente torcendo por uma boa virada na trama. Mas Arthur não está a fim de nada que não esteja no roteiro.

— Não gosto de surpresas — Arthur resmunga para mim. — Não podemos entrar num tribunal sem saber absolutamente tudo o que vai acontecer. Essa é a regra número um de todo advogado.

— Sim, estar preparado. Também é a regra número um dos escoteiros. — Não paro para lhe contar que várias vezes fiquei imaginando qual seria a regra número um das bandeirantes. Vender biscoitos? — De qualquer modo, estou preparada, Arthur

— continuo. — Mas às vezes a gente tem simplesmente de seguir o fluxo.

— Fez um bom trabalho em Dartmouth, conseguindo a informação sobre Melina ter feito o trabalho de Alan Alladin. Mas, como ela disse, ele vai simplesmente negar. Vamos terminar com esse ele-disse-ela-disse.

— Pelo menos é um tipo diferente de ele-disse-ela-disse do que normalmente se vê em casos de assédio sexual — sugiro. — Isso não vale alguma coisa? Faz com que nosso trabalho seja interessante.

Arthur só resmunga e olha pela janela. Apesar da minha bravata, espero que depois de hoje eu ainda tenha um emprego para achar interessante. Kevin prometeu trazer nossa testemunha secreta, mas, como Arthur, eu não confio muito em surpresas. Às vezes, elas explodem na nossa cara.

Quando a corte inicia os trabalhos, a juíza Ruth Warren, uma mulher elegante, de cabelos grisalhos, sapatos pretos e toga preta, adentra rapidamente a sala do tribunal. Diferente de mim, ela não tem que se preocupar com o que vestir para o trabalho todas as manhãs. Como os dois lados concordaram em abrir mão de um júri, a juíza faz algumas observações e depois pede as considerações preliminares. O advogado da querelante Beth Lewis fala primeiro, explicando a grave injustiça cometida com sua cliente.

— Talentosa, trabalhadora dedicada, Beth Lewis merecia a promoção. Mas ela lhe foi negada porque seu chefe, Charles Tyler, promoveu injustamente Melina Marks. E por quê? — Ele interrompe para olhar para Beth, que está sentada modestamente à mesa ao lado dele. — Porque o Sr. Tyler, o réu, estava tendo um romance com a Srta. Marks, com quem mais tarde se casou. —

Ele pára novamente e então tira os óculos para encarar a juíza.

— Excelência, a lei diz que o local de trabalho deve ser um campo de competição nivelado. Mas como o campo de competição pode ser nivelado se há uma cama no meio?

Ele se senta enquanto nós todos visualizamos um colchão king-size no meio do gramado do Giants Stadium. Pelo menos seria mais conveniente para os jogadores de futebol e suas tietes.

Mas eu afasto a idéia e me levanto para fazer minhas próprias considerações preliminares. Descrevo cuidadosamente nossa posição, explicando que a defesa não vai negar o fato de que o Sr. Tyler e a Srta. Marks tinham um relacionamento fora do trabalho. (Pensando bem, eles têm um apartamento adorável de dois quartos em Sutton Place. Irrelevante para o caso, apesar de ser uma vitória impressionante no mercado imobiliário de Nova York.)

— A defesa vai mostrar que o Sr. Tyler concedeu a promoção à Srta. Marks estritamente por questão de mérito e traremos um testemunho irrefutável a esse respeito.

Eu vejo o advogado da Beth remexendo em uma grande pilha de papéis à sua frente, preparando-se para chamar sua primeira testemunha. O Sr. Tyler olha com nervosismo para mim, sabendo que está prestes a prestar juramento.

— Nós vamos ficar bem — sussurro para ele, esperando soar mais confiante do que estou.

Neste momento, há uma comoção no fundo da sala e uma mulher entra, imediatamente reconhecível, apesar dos óculos escuros, volumoso casaco marrom e um lenço estilo Grace Kelly escondendo seus cabelos fartos. Fugindo ao protocolo do tribunal, ela marcha vigorosamente pelo corredor, diretamente para o banco.

— Excelência, eu só tenho alguns minutos e preciso falar com a senhora — diz a intrusa misteriosa. Um oficial da corte dá um passo à frente para interceptá-la. Ele toca na Glock automática no coldre, mas então, decidindo que ela não parece nada ameaçadora, põe a mão firmemente em seu braço para garantir que não chegue mais perto da juíza.

— Quem é essa pessoa? — pergunta a juíza Warren, olhando do advogado de Beth para mim.

— É Angelina Jolie — sussurra a estenógrafa, olhando por cima de sua máquina de transcrição, o queixo caído.

— Estou tocando na Angelina Jolie? — pergunta o oficial da corte. Ele imediatamente larga o braço dela, pensando que num confronto direto com a estrela que interpretou Lara Croft, ele vai perder. Além do mais, ele tem questões mais importantes. Pode dar um autógrafo para o meu filho?

— Oficial! — grita a juíza Warren. — Precisamos de ordem!

Angelina anda até o banco das testemunhas.

— Podem me botar sob juramento ou sei lá o quê para eu poder testemunhar?

O advogado de Beth pula para protestar.

— Isso é totalmente irregular. Ela não está na minha lista de testemunhas. Não pode aparecer assim em um tribunal e testemunhar.

— Eu apareci — diz Angelina, despindo rapidamente o casaco e entregando-o ao oficial. Ela dobra seus óculos escuros e os enfia no V da blusa decotada, o que puxa o decote tão mais para baixo que o atônito oficial deixa o casaco cair no chão. Os dois se abaixam ao mesmo tempo para pegá-lo e batem com as cabeças no caminho.

— Nossa — ele fala, esfregando a testa enquanto se levanta. — Agora posso dizer tive um *tête-à-tête* com Angelina Jolie.

A estrela dá uma gargalhada e todos os outros no tribunal também riem — exceto a juíza Warren, que aproveita a oportunidade para bater com seu martelo.

— Senhora, posso pedir que, por favor, se sente?

— Eu me sentaria, obrigada, mas não posso ficar — Angelina diz graciosamente, como se acabasse de ter sido convidada para o chá. — Olhe, só quero lhe dizer que esse pobre homem, Charles Tyler, é inocente. Vocês me conhecem. Tenho fama de corrigir injustiças onde quer que eu vá. E essa reputação se deve a esta mulher maravilhosa bem aqui, Melina Marks.

— Excelência, se essa é uma nova testemunha da defesa, ela precisa depor primeiro — diz o advogado de Beth, erguendo-se novamente, com o rosto vermelho e agitado. — Isso é totalmente inapropriado.

— Sim, é — concorda a juíza Warren. — Totalmente inapropriado. Mas não deixa de ser interessante. E agora já sei quem a senhorita é, Srta. Jolie. Adorei *Sr. e Sra. Smith*. Por favor, continue.

Angelina assente.

— Obrigada. Sinto muito, eu não soube deste processo antes, mas meu câmera, Kevin, acabou de me contar o que está acontecendo. Então, fiz algumas investigações e descobri que ele — Angelina aponta para Alan Alladin, que está sentado com o público — está levando o crédito por tudo que ela — agora apontando para Melina — fez por mim. Ninguém mais sabe disso, mas Melina foi a responsável por mudar a minha carreira.

Angelina faz uma pausa dramática enquanto absorvemos sua informação. Então, a estrela continua.

— E ele — seu dedo longo e fino agora está indicando Charles Tyler — fez exatamente o que era certo ao recompensar Melina com uma promoção e não devia ser processado por ela — Angelina gira para mirar em Beth.

— Eu não fazia idéia — diz Beth.

— Você também foi tapeada. Nós todos fomos — diz Angelina.

— Esperem um segundo. Sou o cabeça dessa empresa e digo que nada disso é verdade — proclama Alan Alladin, agora erguendo-se às alturas, ou pelo menos à altura que um homem de cerca de 1,50m pode chegar e acenando a mão para mostrar o AA monogramado na manga da camisa e suas abotoaduras AA de brilhantes. Esse homem tem problemas sérios de identidade.

— O cabeça da empresa, mas não o cérebro — diz Angelina. — Falei com todos os meus amigos na ONU. Todos dizem que trabalharam com Melina, não com você. Ela estava lá falando e convencendo e fazendo tudo acontecer para mim. Você me enganou, Alan. Odeio gente que finge ser algo que não é.

A profissão de ator é exatamente fingir ser algo que você não é, mas eu não faço essa observação, já que Angelina é minha nova heroína. Sou até capaz de assistir ao DVD de *Garota, Interrompida* e tentar descobrir por que ela ganhou o Oscar.

A esta altura, o advogado de Beth está praticamente apoplético, mas não há muito que possa fazer. Angelina olha para o relógio.

— Eu tenho que ir, mas espero que isso resolva o assunto — diz Angelina, pegando seu casaco com o meirinho e encontrando uma foto autografada para dar a ele.

— Tem certeza absoluta de que o que você está dizendo está certo? — Beth pergunta quando Angelina passa por ela.

— Absoluta — ela responde confiantemente.

— Bem, então para mim resolve — Beth anuncia antes que seu advogado possa impedi-la. — Se Angelina está correta, eu gostaria de retirar a queixa.

Completamente satisfeita com sua atuação matutina, Angelina acena um adeus e marcha para a saída. Ficamos olhando para ela numa perplexidade silenciosa, mas então subitamente o tribunal explode enquanto Arthur me parabeniza, Charles e Melina se abraçam e Beth grita: "Sinto muito!" Mas uma pessoa não está tão entusiasmada com o resultado.

— Você está DEMITIDA! — Alan Alladin grita furiosamente na direção de Melina e Charles. — Na verdade, os dois estão demitidos!

Angelina pára no caminho e dá o mesmo sorriso que deve ter conquistado Brad Pitt.

— Ah, ótimo — ela diz. — Isso facilita tudo. Porque agora eu posso deixar a agência Alladin e contratar vocês dois.

Arthur me chama em sua sala de reuniões mais tarde naquele dia para uma comemoração improvisada em minha homenagem. Alguns dos sócios e associados e todos os assistentes estão reunidos para me brindar com suco de maçã. Mas estou no ramo tempo suficiente para saber que eles não vieram por mim, vieram pelo bolo grátis. E que bolo! — cobertura colorida e recheio de sorvete, no formato do Elmo, escrito "Feliz Terceiro Aniversário, Petey".

— Nem em sonhos achei que você fosse ganhar o caso hoje — diz a assistente de Arthur em tom de desculpa. — Então não encomendei com antecedência. Era só isso que a Carvel tinha.

— Por que o pobre Petey não ganhou seu bolo? — pergunto a ela.

— Ele deu um ataque e disse para a mãe que o Elmo é coisa do passado. Ela teve que comprar um Shrek.

Pego as três velas que ninguém se incomodou em acender. Ah, bem, "Feliz Aniversário, Petey" não é uma mensagem ruim. Podia estar escrito "Bon Voyage", já que cheguei bem perto de essa ser a minha festa de despedida.

Arthur me dá um abraço constrangido e faz um discurso breve sobre como é maravilhoso trabalhar comigo. Aparentemente, tudo foi perdoado.

— Por que não vai mais cedo para casa hoje? — Arthur diz cinco minutos depois, enquanto todos saem da sala para voltar ao trabalho, pratos de bolo na mão. As festas na nossa firma de advocacia são mais conceito do que ocasião.

— Não me incomodo de ficar — falo.

— Vá. Fez um bom trabalho. Me desculpe por pegar tanto no seu pé — Arthur diz em tom jovial.

Eu saio e pego o trem mais cedo, mas, quando estou de volta a Chaddick, não sei o que fazer da vida. A casa está silenciosa e parece mais vazia do que nunca. Troco de roupa e fico me arrastando de moletom, ligando e desligando a TV, depois fazendo a mesma coisa com o rádio, o aparelho de DVD, meu computador e o velho videogame do Adam. Nunca entendi direito por que eles o chamam de Xbox quando só pessoas com cromossomos Y o usam.

Tendo em vista minha manhã incrível, eu devia me sentir triunfante, mas em vez disso estou me arrastando. Já falei com Kevin hoje, mas ligo de novo para maravilhar-me com a proeza miraculosa que ele realizou.

— Tem razão, foi mesmo — ele diz presunçosamente. Aí, em um tom mais modesto, acrescenta: — Mas você não precisa me agradecer. É para isso que servem os amigos, gata.

— Pelo menos os amigos que conhecem a Angelina Jolie — digo, rindo.

De todos os finais que imaginei quando fui a Virgin Gorda ver o Kevin pela primeira vez, receber sua ajuda para salvar o meu emprego e ganhar um caso importante não estava na lista. Mas, como descobri, a vida dá voltas inesperadas.

Quando desligamos, me sinto ainda mais só. Seria legal ter alguém esta noite com quem comemorar. Perambulo até a cozinha, abro uma das garrafas de Dr. Peppers que Bill deixou no ano-novo e dou um gole. Saúde.

Fico virando pensativamente a garrafa nas mãos. Como seria ter Bill em casa novamente? Não sei se consigo imaginar. Todas as lembranças alegres do passado estão misturadas na minha cabeça com as coisas que ele aprontou ultimamente. Quando alguma coisa boa ou ruim acontecia, Bill era a primeira pessoa para quem eu queria contar, porque eu sempre sabia que estaria do meu lado. Mas depois era outra do lado dele — Ashlee. E eu fico imaginando se ela foi a primeira ou se pode ter sido a última.

Meu instinto me diz que o fato de Bill querer voltar foi apenas um impulso passageiro de sua parte. Ele e Ashlee terminaram, então, como Bellini avisou, ele pensou em voltar para sua zona de conforto, com serra elétrica familiar, garagem familiar, jardim familiar e esposa familiar. O que foi que ela disse sobre eu ser como um sapato velho?

Ainda assim, sapato velho ou não, um pouco de familiaridade também seria bom para mim. Disco rapidamente o número do celular do Bill antes que possa pensar demais a respeito. Quando ele atende, conto sobre minha grande vitória de hoje e, como previsto, ele gargalha e me dá parabéns efusivos.

— Queria ter estado lá para ver isso — diz.

— Foi bem legal — admito. Aí, faço uma pausa por um momento. — Se não for fazer nada amanhã, vou comprar os presentes de aniversário da Emily. Quer vir?

— Claro — ele diz. — Por que não? Não sou muito bom para escolher presentes sozinho.

Na manhã seguinte, estou chateada comigo mesma por ter marcado o encontro. No que eu estava pensando? Mantenho-me ocupada com tarefas — vou à lavanderia, ao mercado de frutas. Aí, paro na padaria francesa chique da cidade. Enquanto dirijo até a South Street Seaport para encontrar Bill, mordisco um bolinho de chocolate para me dar coragem. Eu costumava reclamar das passas espalhadas no banco de trás quando as crianças eram pequenas. Agora que eles se foram, como posso explicar todas as migalhas?

— Está com cobertura na boca — Bill fala quando eu o encontro na frente da loja da Abercrombie & Fitch. Ele limpa e me dá um beijo na bochecha, olhando para o saco de padaria que estou carregando. — Isso é para mim?

— Para falar a verdade, é — digo, entregando-lhe o enorme biscoito branco-e-preto que comprei, sabendo que é seu preferido. Depois de ficar dez minutos na fila da Le Pain au Français, fiquei sem graça de comprar só um mísero bolinho. Mas agora estou muito mais sem graça por estar trazendo algo para o Bill.

— Isso significa muito para mim, Hallie — Bill diz, olhando para o biscoito como se fosse o prêmio Nobel da Paz.

— Não veja nada além de um pouco de farinha e açúcar — digo.

— Não vou ver. Mas é bom. — Ele dá uma mordida na cobertura. — E ter você aqui é a verdadeira cobertura do bolo.

Eu sorrio, sem me conter.

— Está tudo bem. Você não tem que ser encantador.

— É o meu jeito.

Entramos na loja e somos imediatamente recebidos por uma explosão de música alta e um modelo usando jeans de cós baixo e um grande sorriso. Seu peito nu é bronzeado e sarado e seus peitorais perfeitos cintilam.

— Bem-vindos à Abercrombie! — ele diz — O que posso lhes mostrar?

— Uma camisa — digo, meio brincando. Olho em volta e há pilhas de camisas em todos os lugares, mas parece que nenhuma era boa o bastante para esse cara. Até que ponto é inteligente um vendedor de camisas passar a mensagem de que você fica mais sexy sem elas?

Bill e eu nos dirigimos ao piso principal lotado e imediatamente aumentamos a média de idade dos consumidores em cerca de dez anos. Ou talvez vinte. Hordas de adolescentes passam por nós, procurando o jeans perfeito com uma determinação que poderiam estar guardando para se inscrever na universidade. Mas o exame de admissão aqui é muito mais difícil.

— Qual é a diferença entre jeans lavado, escovado e com acabamento antigo? — Bill pergunta, olhando para as etiquetas.

— A pergunta mais importante é onde você quer os rasgões — digo, apontando para um mostruário. — Um buraco no joelho? Um rasgão na coxa? Ou meio puído na bunda?

— Todas as respostas acima — ele fala. — Nada é bom demais para a Emily. Na verdade, vamos esquecer os jeans e comprar só os buracos.

— Gênio. Funcionou para a Dunkin' Donuts — digo a ele.

Bill ri.

— É complicado demais comprar jeans para a Emily, não é?

— É. Que tal um suéter? Isso é seguro.

— O quê? — ele pergunta, tentando me ouvir por cima da música, que parece ter ficado mais alta agora que está tocando 50 Cent.

— Um suéter — falo, praticamente gritando enquanto tento competir com o som do baixo. Penso que nem Abercrombie nem Fitch realmente querem que eu compre em sua loja. Se quisessem, estariam tocando Carly Simon, uns 30 decibéis mais baixo.

Mas já que viemos até aqui, eu pego um suéter de losangos rosa-choque e um blazer de veludo cotelê, os quais Bill aprova imediatamente. É claro que eu podia fazê-lo aprovar qualquer coisa agora. Para qualquer um acima de 25 anos, fazer compras nesta loja é praticamente tortura. Agora que o governo fechou Guantánamo, talvez a Segurança Nacional queira conduzir seus interrogatórios na Abercrombie. Depois de uma hora olhando para uma parede de calças cargo disponíveis em sete diferentes tons de cáqui, qualquer terrorista desistiria e confessaria.

Depois de termos pago, Bill pega uma camiseta azul-marinho com o logo do alce — os últimos resquícios da época em que a Abercrombie era uma loja de caça. Não que eu ache que um jacaré é mais elegante, mas por que os adolescentes subitamente querem andar com chifres no peito? Prefiro muito mais o jogador de pólo da Ralph Lauren.

— Quer mesmo esta camiseta? — pergunto ao Bill.

— Eu quero mesmo — ele diz, voltando ao caixa.

Mas, quando chegamos à frente da loja, ele entrega o pacote para o modelo sem camisa.

— Estamos em janeiro. Vista alguma coisa. Você pode pegar uma gripe — Bill diz a ele.

O modelo parece pasmo e eu caio na gargalhada. Bill pega a minha mão e me puxa para fora da loja.

— Uma gripe é o mínimo que ele pode pegar — falo.

Já que a Abercrombie foi idéia minha, Bill escolhe a próxima. Ele deixa para trás a J. Crew, a Guess e a Coach e me leva pela rua de paralelepípedos em direção à Brookstone, uma loja chique de engenhocas que vende de tudo, desde chuveiros giratórios a detectores de radar. Bill está no paraíso masculino das compras, imediatamente cativado pelas quatro versões diferentes de um despertador digital.

— Veja só esse. Você pode saber a hora em sete fusos, a umidade local e a pressão atmosférica.

Eu pego o objeto preto e quadrado com seu visor eletrônico que pisca.

— Ah, sim, a escolha perfeita para uma moça — digo.

Ele o coloca de volta.

— Isso é um não, não é?

— É — confirmo.

— Então nem sempre sei o que as mulheres querem — Bill diz, dando de ombros. — Que homem sabe?

Sento-me em uma das cadeiras de couro preto expostas e dou uma olhada na etiqueta de preço: 4 mil dólares. Por esse dinheiro, é bom que essa cadeira cante e dance. Brinco com alguns botões na lateral e de repente a cadeira está murmurando coisinhas no meu ouvido e gentilmente acariciando meus quadris.

— O que uma mulher quer é um homem tão bom quanto esta cadeira —falo para o Bill enquanto apoio minha cabeça no descanso com alto-falantes embutidos e sinto o assento ficando quentinho, suas vibrações massageando suavemente as minhas costas.

— É isso que o seu namorado faz? — Bill pergunta.

— O quê? Eu não tenho namorado. Onde você ouviu isso?

— Encontrei o marido da sua amiga Steff em Manhattan. Richard e Steff não estão se falando, mas pelo menos estão fofocando. Ele disse que você contou a Steff sobre um garotão com quem estava transando.

— Não falei nada disso — protesto, impressionada como um rápido comentário que fiz havia virado uma bola de neve. Se eu deixasse a bola rolando, amanhã todo mundo ia dizer que vou me casar com Jake Gyllenhaal, se pelo menos conseguissem pronunciar o nome dele.

— Então, qual é a história verdadeira? — Bill pergunta.

Eu me viro na cadeira. É meio difícil ter uma conversa séria com seu ex-marido sobre seu ex-namorado quando está enroscada numa cadeira que briga pela sua atenção.

— Visitei um antigo namorado e depois ele me visitou, mas agora somos só amigos.

— Você dormiu com ele? — pergunta Bill, soando um pouco como a Steff.

— Por que quer saber?

— Estou tentando descobrir se isso nos deixa quites.

Chateada, viro o botão da massagem para "alto" e a cadeira fica tão agitada quanto eu estou. Vale cada centavo encontrar um objeto inanimado que pode expressar seus sentimentos mais profundos.

— Não estamos quites — digo. — Foi você quem foi embora, fugiu com uma garota, agiu como um idiota.

— Acho que é uma maneira de ver — Bill diz cavalheirescamente.

— É a única maneira de ver. Nunca vamos estar quites.

Bill se levanta e anda até a seção de "autopeças inteligentes". Eu o observo de longe, sem ter certeza do que estou sentindo.

Se pude dar uma segunda chance a todos os meus ex-namorados, meu quase-ex-marido também não merece uma?

— Venha cá — ele grita para mim, fazendo sinal para eu me juntar a ele. — Acho que não devia dirigir por aí sozinha sem um calibrador de pneus falante. Eu compro um para você.

Eu olho para a ferramenta. Um típico presente atencioso do Bill — e só 15 pratas. Alta qualidade para ele.

— Ele avisa quando o pneu começa a esvaziar — ele fala. — A pressão baixa é o maior inimigo dos pneus.

— Então temos que lutar contra ela — eu digo, rindo. Por um momento me deixo sentir mais próxima dele e meu humor começa a melhorar.

Mas não muito. O celular toca e Bill olha para o número e sorri. Abrindo o telefone, nem vira de costas para mim enquanto fala animadamente.

— Oi, linda. Ótima noite, não foi? — diz de forma lasciva, obviamente para alguma mulher. Ele faz uma pausa quando ela fala alguma coisa e então replica: — Claro que você não está interrompendo nada, boneca. Só estou aqui sozinho. Não há ninguém com quem eu gostaria mais de falar do que com você. — Ele pisca para mim e depois se afasta para continuar sua conversa.

Fico olhando para ele. Como posso ter me permitido até mesmo 45 segundos de bons sentimentos em relação ao meu ex-marido traidor? Eu estava certa quando disse a Steff que nunca poderia confiar nele. Bill é um imbecil, mas, na verdade, é comigo mesma que estou chateada. Quando ele finalmente volta, estou soltando fumaça.

— Quem era? — pergunto.

— Ninguém especial. Só uma mulher com quem estou saindo — ele diz, descartando a idéia.

— Bill, deixe-me lhe perguntar uma coisa. O que foi todo aquele joguinho seu no ano-novo? Me convidando para sair, levando Dr. Pepper para mim. Toda aquela cascata sobre você querer voltar para casa.

— Era definitivamente uma possibilidade, mas você não pareceu muito interessada.

— Eu sou bem sensata, não é?

— Não entendo, Hallie. Fomos casados durante anos. Eu gosto muito de você. Por que se sente tão ameaçada só porque estou saindo com outras mulheres?

Se não estivesse tão zangada, talvez eu risse de todo aquele egocentrismo idiota. Mas, no momento, só posso pensar em jogar no chão o presente que ele queria comprar e sair da loja. Não preciso daquele calibrador de pneus idiota. Meu maior inimigo não é a pressão baixa — são as expectativas altas.

Na tarde seguinte, é a minha vez de entreter o povo de Chaddick e fico feliz com a distração. Elas começam a chegar pontualmente às 16h e Bellini, mais acostumada a chegar elegantemente atrasada em Manhattan do que neuroticamente na hora no subúrbio, chega 20 minutos depois.

— É uma ótima idéia — diz Amanda. — Uma reuniãozinha domingo à tarde. Tão extravagante.

Bellini olha em volta, tentando descobrir o que poderia ser extravagante em uma sala com seis mulheres decentemente vestidas. Se está esperando um stripper, é melhor eu avisá-la de que a coisa mais chocante que vai ver hoje é uma quiche queimada.

— Eu nunca deixo os gêmeos no domingo. É sempre dia da família — fala Amanda, explicando por que essa reunião parece tão ilícita. — Mas estou feliz em tirar uma folga do barulho.

— E eu fico feliz em tirar uma folga do silêncio — a recém-separada Steff diz pesarosamente.

— Pobrezinha — diz Rosalie, solidária. — Não acredito que Richard foi embora.

— Ou que Bill foi embora — acrescenta Amanda.

— Toda vez que nos reunimos, há um marido a menos para nos preocuparmos — diz Darlie, animada. — É como nos romances policiais de Agatha Christie.

Rosalie olha para mim com esperança.

— Alguma chance...?

— Não — digo resolutamente. — Você pode tentar o quanto quiser se apegar às coisas boas do passado, mas em algum momento vai ter que limpar os armários.

Paro por aí, sem querer entrar em uma longa explicação sobre o que aconteceu ontem — como eu queria ver o Bill, sabia que era uma má idéia, achei que devia a nós dois tentar e então descobri de novo por que não daria certo. Não posso deixar Bill magoar o meu coração de novo. O mundo não tem um estoque ilimitado de biscoitos com recheio duplo.

— Limpar os armários — digo, voltando ao assunto. — Livrar-se do que não serve mais e tentar não se arrepender.

— A gente sempre se arrepende um pouco — diz Bellini, tentando me ajudar. — Mas, seja um vestido velho ou um homem traidor, a gente tem que ir em frente. E é isso que estamos fazendo esta noite, certo? Pelo menos com os vestidos velhos.

— Estou tão animada! — diz Rosalie, batendo palmas, alheia ao tom grave da conversa. — Não foi inteligente da parte da Hallie nos convidar?

Nós todas seguimos para a sala de jantar, onde as mulheres haviam depositado suas sacolas de compras quando chegaram.

Convidei cada uma para trazer pelo menos uma peça de roupa que comprou e nunca usou.

— Eis as regras — digo. — Todo mundo tem aquele Grande Erro pendurado ainda com a etiqueta de preço no armário. Com sorte, alguma outra aqui vai achar que é um Grande Achado. Se não, mandamos para a caridade e ninguém mais pensa no assunto.

— Adorei essa idéia de trocar e papear — diz Amanda.

Bellini dá uma risadinha.

— Quando contei à Hallie sobre isso, falei que se chamava trocar e xingar.

— Estamos no subúrbio — eu a repreendo. — Nós não falamos palavrões.

— Eu falo e, nas circunstâncias certas, posso me dispor a trocar — diz Darlie, provocando.

— Esse é outro tipo de festa, querida — fala Bellini, dando tapinhas no ombro da Darlie. — E isso saiu de moda nos anos 1970.

Jennifer ri nervosa.

— Bem, por falar em sair de moda, deixe-me mostrar o que eu encontrei.

Ela puxa um blazer de veludo laranja com uma flor molenga de paetês costurada na lapela e damos a partida. Os Grandes Erros — a maioria das mulheres já comprou vários — transbordam das sacolas. Bellini pega o blazer de Jennifer, dizendo que pode usá-lo para ir a uma boate no East Village. Meu conjunto de casaquinho e saia plissada não interessa a ninguém, apesar de ainda estar com as etiquetas, porque faz os quadris de todo mundo parecerem grandes. Votamos por mandá-lo para Teri Hatcher, junto com um bolo de três camadas de chocolate. De um jeito ou de outro, Teri ficaria mais bonita com alguns quilos a mais.

O problema do provocante vestido de noite que Bellini trouxe não é que a faz parecer gorda. Ao contrário, ela comprou o vestido pequeno demais.

— Eu o achei no Roberto Cavalli logo depois de passar duas semanas fazendo uma dieta de *grapefruit* e pepino — diz Bellini, erguendo o mini fininho. — Mesmo na época eu mal cabia nele, mas sempre achei que um dia caberia. Guardei-o durante dois anos como inspiração. Mas tive minha verdadeira inspiração hoje de manhã, quando percebi que dane-se. Quem é que precisa ser tão magra assim?

Nós todas rimos, concordando, e decidimos botar o vestido na cesta de ajuda para Teri Hatcher.

Amanda então nos mostra sua grande pechincha, que foi irresistível na época.

— É uma Moschino, por 30 dólares na liquidação, em vez dos 600 dólares originais — ela fala, exibindo uma minissaia branca de vinil com ilhoses de metal na bainha. — Mas quem é que usaria algo assim?

— Heather Locklear. Anna Nicole Smith. Uma prostituta bem-vestida da rua 42. Os freqüentadores da Lucky Changs — sugere Bellini.

— E eu — diz Darlie, arrancando-a das mãos da Amanda e obviamente pensando que está se juntando a uma boa turma de estilistas. Não digo a ela que Lucky Changs é uma famosa boate de travestis no centro da cidade.

— E você, Steff? Qual é o seu Grande Erro? — pergunto.

— Comprar esse babydoll e achar que o Richard ia ligar — ela fala, jogando um lindo Natori de seda creme na mesa. Seus olhos brilham com as lágrimas e ela olha para a confecção rendada. — Ninguém nunca mais vai vê-lo agora. É melhor uma de vocês ficar com ele.

— Eu fico — diz Darlie, pegando de novo. Ela é como um aspirador de pó, sugando tudo o que encontra.

— Não fica, não — diz Amanda, arrancando-o de sua mão. Uma briga de mulheres por causa de um Natori? Começo a me intrometer e explicar que se pode comprá-los na liquidação da Bloomingdale's, mas Amanda tem outras intenções.

— Fique com a camisola, Steff — Amanda diz firmemente, devolvendo-a a ela. — Alguém vai ver. Vai haver outro cara. E aí você vai me agradecer.

Steff passa os dedos pelo material macio.

— Não consigo imaginar que haja outra pessoa. Acredita que só dormi com um homem além do Richard? Só um outro homem.

— Onde ele está agora? — pergunto.

— Não faço idéia — diz Steff —, mas nunca vou me esquecer dele. Peter. Alto, ombros largos e a pessoa mais doce da Terra. Ficávamos acordados conversando a noite toda e planejávamos ter seis filhos juntos.

— Ainda bem que não se casou com ele — Darlie fala. — Seis filhos. Mesmo que parasse no quinto, pense nas estrias.

— StriVectin para as estrias — aconselha Jennifer.

— Eu também tive um Peter — diz Amanda sonhadoramente. — Nós todas não tivemos?

— É um nome comum — diz Rosalie, sem captar o sentido, como sempre.

Amanda ri.

— O meu Peter se chamava Jean-Paul. Muito sexy, muito francês, muito rico. Eu podia estar morando em Paris agora.

Quer dizer, estou feliz aqui em Chaddick, mas pensem no que a minha vida poderia ter sido. — Ela fica em silêncio, obviamente perdida em devaneios de ser Madame Jean-Paul, comendo croissants e chocolate Valrhona, uma daquelas mulheres francesas que nunca engordam.

— Até a minha mãe teve um Peter — diz Bellini. — Eu estava olhando alguns velhos álbuns de fotografia na casa dela há alguns meses e encontrei uma foto preto-e-branco desbotada de um cara louro e bonitão numa praia, usando um calção justo e com o braço em torno dela. Perguntei à minha mãe quem era o cara e ela olhou para a foto e ficou muito agitada. "Este é o homem que namorei antes do seu pai. O homem com quem não me casei."

— Quantos anos tem sua mãe? — pergunto curiosa.

— Sessenta e cinco. Pode imaginar? Ela conheceu esse homem há mais de quarenta anos e está bem casada desde então. Perguntei por que ela ainda guarda a foto, e ela disse: "Gosto de pensar nele, às vezes."

Ficamos todas caladas por um momento.

— É meio assustador — diz Bellini. — E se minha mãe tivesse se casado com seu gato de cabelos louros em vez de com o meu pai? O caminho não trilhado. Eu nem existiria.

— Ou então seria loura — Darlie sugere. — Quer dizer, uma loura *natural*.

Eu rio.

— Esse negócio de caminho não trilhado é que às vezes você pode retomá-lo. Eu retomei.

— Sério? — pergunta Steff.

— Sério — falo e começo lentamente a contar a história de minha busca pós-Bill. Eric, Ravi, Kevin. As mulheres olham para mim de olhos esbugalhados. De repente, não sou mais Hallie a mãe, Hallie a advogada, Hallie a vizinha pé-no-chão da casa ao lado. Sou Hallie a aventureira. Pelo olhar estupefato em seus rostos, eu podia estar contando que fiz bungee-jump no Empire State Building. E, de certa forma, fiz. Eu me arrisquei e consegui voltar.

— Nossa, deve ter sido divertido — diz Amanda e, pelo brilho em seus olhos, tenho a sensação de que ela vai procurar a lista telefônica francesa no Google.

— E foi — falo alegremente.

— Eu levaria uma vida para procurar todos os homens com os quais não me casei — diz Darlie.

— Existem homens com quem você não se casou? — pergunta Steff docemente, refletindo sobre as quatro vezes que Darlie foi ao altar.

— Isso não importa — diz Amanda. Ela pega um colete de crochê que Rosalie trouxe e brinca com a franja de pompons. — Há algo atraente em olhar para coisas antigas de uma nova perspectiva. Acho ótimo que você tenha entrado novamente em contato com seus antigos namorados.

— Sabe o que é ainda melhor? — digo, pensativa — Não só vi os homens novamente como lembrei-me de quem eu era há tantos anos. Eu me senti atraída por tantos tipos diferentes de homens: o cara sensível, o que corre atrás do que quer e o bad boy. Acho que fazia parte de descobrir quem eu sou e experimentar personalidades diferentes.

— Que personalidade usou essa blusa Laura Ashley? — pergunta Steff, rindo da blusa florida com gola de laço que eu trouxe para a troca.

— A que queria arrumar um emprego. Mas não se esqueça de que eu também usei esse vestido justo de malha vermelha — falo, erguendo o vestido até os ombros e rebolando.

— Três homens — diz Steff balançando a cabeça, como se não pudesse imaginar tal coisa. Ela passa a mão pela camisola de seda com a qual Amanda insistiu que ficasse. — Há mais alguém na sua lista?

Eu hesito e mordo uma pelezinha no meu polegar. Mais alguém?

— Não — digo. — É só isso.

Depois que todas as outras mulheres saíram, Bellini e eu nos ocupamos embalando as roupas extras para a caridade. Imediatamente antes de eu fechar o pacote com um barbante, Bellini decide dar o blazer laranja que havia pego, convencida de que há alguma garota de 18 anos por aí que precisa dele mais do que ela.

Quando acabamos, faço um bule fresco de chá e nos jogamos no sofá.

— Então — diz Bellini, dando um gole. — Agora que somos só nós duas, eu posso falar. Você não foi totalmente sincera quando disse que não há mais ninguém na lista.

— O que a faz dizer isso?

— Eu te conheço, querida. Você se entrega quando morde uma pelezinha.

— É mais seguro do que usar tesoura, você sabe. Cortar as cutículas pode levar à infecção ou enfraquecer as unhas.

— Obrigada, Sally Hansen.

No caso de o meu conselho de beleza não ser suficiente para distrair Bellini de perguntar sobre a minha lista, verifico a bandeja do chá e percebo que trouxe o limão, mas não o leite.

— Hum, que tipo de anfitriã eu sou? Deixe-me pegar a leiteira — falo, começando a me dirigir para a cozinha.

Bellini segura o meu braço.

— Não gosto de creme. Não gosto de leite. Eu nem gosto de vacas. Sente-se.

Eu me sento.

— Quem é que não gosta de vacas? Os indianos as reverenciam. Mas eu tenho soja em pó, se preferir.

— Delícia. Mas pare de tentar mudar de assunto.

Eu suspiro.

— Bellini, eu lhe conto tudo. Mas isso é doloroso demais.

— Tem que enfrentar a dor para ir em frente — diz Bellini, soando como se tivesse engolido livros de auto-ajuda demais.

— Essa é a terapia antiga. A terapia moderna acredita em negação.

— Quando mudou? — Bellini pergunta.

— Provavelmente quando os seguros de saúde pararam de cobrir meses de visitas ao terapeuta.

— Então, como a negação está funcionando para você? — pergunta Bellini.

— Não tão bem — digo, dando de ombros.

— Quem foi? Alguém que você amou de verdade? — Bellini pergunta.

— Alguém que me hipnotizou.

Eu me desligo por um momento, enquanto a lembrança de meu furacão de três meses com o Dick retorna num turbilhão. Fui arrebatada por sua nobreza sulista e charme refinado, sem falar na mansão extravagante de seus pais em Nashville e as festas agitadas. Nada parecia mais cosmopolita do que ficar em sua varanda bebericando uísque com hortelã. Ele confessou querer que eu fosse sua esposa uma semana depois que nos conhecemos.

— Seu nome era Dick. Achei que íamos nos casar — conto a Bellini.

Bellini assente.

— Sei o que quer dizer. Tive uns nove ou dez homens com quem achei que ia me casar.

— É, mas para você foram todos no primeiro encontro.

Bellini faz uma careta para mim.

— Você tem sido tão ousada desde que o Bill foi embora. O que a impediria de procurar esse último cara?

Olho pela janela para o dia cinzento e frio

— Ele está ligado à Amy.

— A sua irmãzinha que...

— Isso — digo.

— Talvez ajude se o vir novamente.

— Não sei. Não tenho certeza se agüento. Às vezes, quando você se apaixona, você se machuca. Mas até a terra ruir sob os seus pés, nunca percebe realmente quanta dor o amor pode causar.

Capítulo 18

OS PESADELOS COMEÇAM NOVAMENTE. Mesmo anos depois de termos terminado, Dick invadia meus sonhos e eu acordava gritando. Agora que eu havia pronunciado o seu nome para Bellini, é como se tivesse despertado o demônio outra vez. Noite após noite, Dick me assombra, metamorfoseando-se de Don Juan em Satanás, assumindo formas lúgubres, me perseguindo por becos. Uma dia, eu acordo desorientada e encharcada de suor. Tropeço até a minha escrivaninha e pego a matéria que havia recortado da revista *Time* mencionando Dick, que está concorrendo a uma vaga no Congresso no Tennessee.

Um cargo político? Ele devia ter vergonha de mostrar seu rosto em público, que dirá estampar aquele rosto em broches de campanha. Leio de novo as poucas frases a respeito da candidatura. É um cargo muito disputado e Dick Benedict está alcançando seu oponente. Se houvesse alguma justiça no mundo, em vez de ganhar terreno, Dick estaria debaixo da terra. Posso entender por que ninguém o chama de Richard. Seu apelido de infância sempre combinou mais: Tricky Dick, Dirty Dick, Dirty Trick Dick, Dick sujo e trapaceiro. Eu devia escrever lemas de campanha e deixar que os eleitores saibam quem ele realmente é.

Me preparo para viajar até o Tennessee. Estou quase no automático quando pego o vôo da Delta, vou até o balcão da Hertz e dirijo até uma parte vagamente familiar da cidade. Alguns minutos depois, estou em um escritoriozinho cercada por cartazes de mais de um metro de altura do homem que tentei apagar de todos os recantos da minha mente. Por que me aventurei até aqui? Minhas mãos estão pegajosas e meu coração, a mil.

Uma moça animada que está comandando a recepção na sede da campanha de Dick Benedict se levanta de um pulo quando me vê.

— Oi, veio se oferecer como voluntária? — pergunta entusiasmadamente.

— Não exatamente — digo, secando minhas mãos suadas na bainha do suéter de algodão. — Vim de Nova York para ver o Sr. Benedict.

— Dinheiro de Nova York! — diz a mulher. — Temos tentado conseguir doadores de fora do estado. Você conhece o Donald Trump?

— Conheço — digo confiantemente, me lembrando de que o primo da sogra da minha amiga Amanda mora em um dos prédios dele. Menos que seis graus de separação conta como amizade pessoal e eu cheguei lá em cinco.

— Pode ligar para o Sr. Trump para nós?

— Só se você ligar imediatamente para o Sr. Benedict e lhe disser que Hallie Lawrence está aqui.

A mulher me dá as costas e faz a ligação, mas eu a ouço dizer claramente:

— Está bem, direi a ela.

Quando ela se vira para mim novamente, seu sorriso está um pouco menos caloroso.

— O Sr. Benedict está ocupado. Ele pede desculpas e sugere que deixe um número de telefone.

— Eu espero — falo.

— Ele vai demorar.

— Tenho tempo.

— Vai demorar muito. Talvez até amanhã.

— Amanhã está bom — digo, tirando uma garrafa de água Poland Spring da bolsa para provar que posso sobreviver ali por quanto tempo for necessário. Pego um biscoito de chocolate de um prato posto na mesa para os voluntários e me acomodo em uma cadeira de dobrar.

— Você realmente tem que ir embora, por favor — diz a moça, circulando nervosamente em volta de mim.

— Deixe-me adivinhar.... o nojento do Dicky Benedict lhe disse que não quer me ver.

— Ele me disse para me livrar de você, fazer o que fosse preciso — ela sussurra.

— Bem, experimente isso. Se ele não me receber, todos os jornais no Tennessee vão saber sobre uma história que ele enterrou há vinte anos.

Ela parece não saber o que fazer.

— Vá dizer isso a ele — digo. — Use essas exatas palavras: uma história que ele enterrou há vinte anos.

A moça parece perplexa. Seu diploma recém-impresso de ciência política não a preparou para um escândalo. Embora devesse. Mas, me solidarizando, decido tirá-la do meio da situação. Passo por sua mesa e ousadamente abro a porta para a sala de Dick Benedict.

— Não... — grita a moça, correndo atrás de mim. Mas nós duas vemos imediatamente que a sala está vazia. Um sanduíche meio comido está em cima da mesa e uma TV sintonizada em um canal local de notícias ainda está ligada. A voluntária olha em volta, perplexa, mas eu percebo uma porta dos fundos ainda entreaberta e, saindo correndo por ela, me vejo do lado de fora, num estacionamento. Alguém está ligando o motor de uma Mercedes e eu corro até ela e planto minhas mãos raivosamente em cima do capô.

Encaro o homem de cabelos prateados atrás do volante através do pára-brisa, mas ele se recusa a devolver meu olhar. Ele olha para trás, como se estivesse pronto para dar a ré e acelera o motor.

Dou um soco no capô e, sem pensar, berro:

— Vá em frente, Dick. Atropele-me! Por que não me mata também?

Ele se inclina para fora da janela, o rosto paralisado.

— Por favor, saia da frente. Não quero ter de chamar o serviço secreto.

— Não se tem serviço secreto quando se está concorrendo ao Congresso — disparo. — E qualquer um que o conheça bem sabe que você não vale a ajuda de um guarda de trânsito.

— Por favor, só saia da frente — fala concisamente.

— Saí do seu caminho uma vez e não vou fazê-lo de novo — grito.

Dick desliga o motor e sai do carro, fechando a porta atrás de si. Quase fico surpresa ao perceber que ele não parece nada com o monstro que se apresentava tão grande nos meus pesadelos. Deve ter 1,78m e uma aparência comum, não 2 metros, olhos protuberantes e veias saltando da testa. Em vez de um brilho malévolo, seus olhos só refletem o cansaço normal da meia-idade.

— Se quer falar comigo, essa não é a maneira de fazê-lo — diz.

— O que sugere? No instante em que ouviu que eu estava aqui, você fugiu.

— Eu tinha que ir a um lugar.

— Aonde? Para o escritório do papai, ver se ele podia protegê-lo de novo?

Dick leva um longo momento antes de responder e posso vê-lo tentando esconder seu desconforto.

— O que você quer, Hallie? O que está fazendo aqui?

Olho para ele desdenhosamente.

— Não venho ao Tennessee há muito tempo, Dickie — falo, praticamente cuspindo. — Pensei em dar uma olhada em Dollywood. Ou talvez no Grand Ole Opry.

O Grand Ole Opry. Tento me manter calma enquanto digo isso, mas preciso me apoiar no carro quando me lembro daquela noite com minha irmã caçula Amy sentada ao meu lado, Dick sentado do outro. Todos nós estávamos alegres, comemorando os 16 anos de Amy.

— Tem ido a bons shows ultimamente? — pergunto amargamente ao Dick.

— Hallie, não faça isso — ele diz, uma ponta de angústia na voz.

Meu presente de aniversário para Amy tinha sido uma viagem a Nashville para conhecer meu namorado Dick. Eu não podia acreditar que havia me apaixonado tão rapidamente e em como Dick parecia maravilhoso, e queria que Amy o conhecesse. Dick arranjou uma surpresa especial — ingressos para todos nós vermos o ídolo da Amy, Reba McEntire. Amy ficava repetindo que eu era a melhor irmã do mundo. A família do Dick controlava metade do estado, portanto nossos lugares eram na primeira fila, no centro. No meio do show, Reba cantou "Parabéns a você" e desceu do palco para dar um abraço em Amy. Minha irmã deu gritinhos de alegria, beijou a mim e ao Dick e disse que tínhamos proporcionado a ela a noite mais incrível de sua vida.

Como eu poderia imaginar que também seria sua última?

— Por que eu não deveria falar sobre isso? — pergunto ao Dick agora. — Alguém tem que dizer a verdade. Os eleitores sabem sobre essa parte da sua vida? Eles sabem que você matou uma garota inocente de 16 anos?

Dick respira fundo.

— Hallie, eu não vou ter essa conversa com você.

— Aposto que deve ser bom ser capaz de esquecer tudo o que aconteceu — falo maldosamente.

— Eu não esqueci. Foi a pior coisa que aconteceu na minha vida.

— Não tão ruim quanto foi para mim — digo e, em meu estado extenuado, de repente caio em prantos. Meus soluços ecoam pelo estacionamento e fecho os punhos contra os olhos para parar a torrente de lágrimas. Dick se aproxima hesitante e estica uma das mãos para o meu ombro, como se para me consolar. Eu me encolho e me afasto.

— Afaste-se de mim — digo, meu corpo inteiro tremendo tanto agora que tenho medo de que meus joelhos cedam e eu caia no asfalto.

Dick também deve achar isso, porque diz:

— Pelo menos sente-se — e abre a porta do carro. Sem pensar, eu escorrego para o banco de trás de couro macio e ele se junta a mim. Quando percebo onde estou, fico ainda mais histérica.

— Eu quero sair! Não posso ficar em um carro com você. Ninguém jamais deveria entrar em um carro com você.

Dick fica cinza quando percebe o que significa estar em um carro com a irmã de Amy. Sua cabeça cai e seus ombros começam a sacudir.

— Hallie, foi uma época horrível, horrível — diz.

Ouço sua voz se partir e paro momentaneamente. Fui eu quem foi torturada por isso, não ele.

— Revivi aquela noite um milhão de vezes, com todos os "se" que possa imaginar — ele diz. — Se eu não tivesse me drogado. Se eu não tivesse ficado tão zangado com você depois do show. Se eu não tivesse saído dirigindo feito um louco com a Amy e batido naquela árvore. Se eu tivesse morrido.

— Morrido? Você não sofreu nem um instante. Minha irmã morreu, mas seus pais mexeram todos os pauzinhos para livrar a sua cara. Dois meses de condicional e a suspensão da carteira. Mal foi um tapinha na mão.

Todo mundo na cidade sabia que Dick cheirava cocaína, mas riam disso como se fosse a droga preferida dos ricos. Eu fora inocente demais para entender que ele tinha um problema. Dick era mais velho do que eu — inteligente, rico e bonito. Ingenuamente, acreditei no meu amado quando ele disse que a droga não fazia mal. Aí ele ficou chapado no show e pela primeira vez mostrou-se cruel e agressivo. Dick me desdenhou quando reagi e me mandou crescer. Por que eu era tão certinha?, ele provocou. Fiquei com medo e tivemos uma briga feia.

— Era a minha irmã. Eu devia saber. Devia tê-la protegido.

— Você tentou — Dick diz. — Você insistiu em nos levar de carro para casa, mas o pó me fez sentir invencível. Puxei a Amy e disse a ela que você nos encontraria depois.

— Você não ouvia nada. Eu não sabia como detê-lo.

— Ninguém podia me deter. Depois do acidente, passei seis meses na reabilitação antes de poder admitir para mim mesmo. Não havia nada que você pudesse ter feito.

— Eu podia ter ficado longe de alguém como você.

Dick faz uma careta.

— Podia, teria, devia. Não é assim que nós todos nos destruímos?

— Respostinha conveniente para se sentir melhor — digo com raiva. — Eu não posso me perdoar tão fácil. Como você pode?

— Que outra opção eu tenho? Passei a acreditar que a gente muda as coisas que pode e aceita as coisas que não pode mudar. Foi isso que eu pude mudar. Fiquei careta e agora tenho uma esposa e três boas filhas.

— Que bom para você. Mas como pode ter coragem de concorrer ao Congresso?

— Quer você acredite ou não, acho que posso fazer algum bem. Talvez melhorar a vida das pessoas.

Saio do carro e Dick me segue. Sei por que fugiu quando eu apareci — ele sabe que posso arruinar seus planos. Eu me viro e o encaro de frente.

— Vim aqui me assegurar de que você abandone a candidatura. Posso causar um escândalo tão horroroso que nem o dinheiro do seu pai vai fazer com que escape.

Dick respira fundo.

— É, você pode. Mas há alguma forma de eu convencê-la de que estou fazendo o possível para compensar um passado ruim?

— Não se pode nunca compensar a morte de alguém — digo a ele. — Não interessa o quanto esteja limpo agora ou quantas leis apóie, não pode me dar outra irmã.

* * *

Quando deixo Dick, estou nervosa demais para entrar no meu próprio carro, então passeio pela vizinhança do seu escritório de campanha. Nashville mudou desde a última vez em que estive aqui. As ruas estão ainda mais cheias de turistas clicando suas câmeras e todo quarteirão tem alguns bons restaurantes e pelo menos uma loja vagabunda de bugigangas.

Fico olhando uma vitrine cheia de violões antigos e penso em Amy sentada em seu quarto quando estava crescendo, dedilhando e sonhando em ser uma grande estrela. Ao ver um cartaz anunciando estréias de shows no Grand Ole Opry — Clint Black, Garth Brooks, Vince Gill —, penso no quanto Amy ia ter gostado de ouvi-los. Ela riria se soubesse que o país inteiro virou country. Quando era adolescente, seu gosto por canções caipiras era considerado fora do padrão para uma garota de Nova York. Agora, astros como Clint e Garth são ídolos nacionais.

Em um impulso, entro na loja e pego uma guitarra Gibson.

— Essa é bonita — diz um jovem vendedor aproximando-se de mim, puxando os jeans para evitar que caiam de seus quadris magros. — É para você ou para outra pessoa?

— Acho que estou só olhando — falo, botando-a de volta no lugar. Quando Adam e Emily eram pequenos, eu às vezes imaginava que cresceriam como a Amy, tocando violão e amando música country. Mas nenhum dos dois demonstrou o menor interesse por caubóis de coração partido. Emily se animou quando cantei alguns compassos de "Don't it make my brown eyes blue" só porque achou que eu poderia comprar lentes de contato coloridas para ela.

O vendedor acaricia a madeira finamente polida do braço da guitarra.

— Estou economizando há anos para comprar uma destas — ele diz.

— Cara? — pergunto, procurando a etiqueta de preço.

— Nem tanto. Mas cada centavo que eu tenho vai para pagar a mensalidade. Estou trabalhando para pagar a faculdade.

Olho para ele solidariamente, sabendo tudo sobre as amarguras da mensalidade. Do outro lado da loja, dois outros jovens músicos estão olhando um amplificador e o vendedor pede licença para ajudá-los. Ouço um deles dizer que tem um show marcado em uma boate e os outros o cumprimentam.

— Ainda está estudando com aquele professor de violão maneiro? — pergunta o vendedor.

— Não podia pagar — diz o garoto do show.

— Sei como é. Mas tem que continuar tocando — diz o outro.

Ando pela loja, tentando imaginar como seria ter Amy comigo agora. Ela ainda comporia canções? Talvez estivesse fazendo duetos com Reba McEntire no Grand Ole Opry. Ou talvez a música fosse um hobby e ela estivesse trabalhando como médica em uma clínica gratuita na Costa Rica. Ou estaria morando em Rochester, satisfeita, criando dois filhos. Todas as possibilidades que nunca se realizarão porque o desgraçado do Dick Benedict interrompeu seu futuro.

Pensar em Dick me deixa tão furiosa novamente que agarro uma guitarra e a sacudo no ar. De repente entendo o quanto Pete Townshend deve ter se sentido bem, destruindo um instrumento musical ao final de todos os shows do The Who.

— Você está bem? — pergunta o vendedor, voltando quando me vê balançando descuidadamente um de seus bebês de 2 mil dólares.

Envergonhada, ponho o instrumento no lugar.

— Desculpe, só estava pensando no The Who.

— No o quê? — pergunta.

— No The Who.

— De onde?

— Você nunca ouviu falar no The Who? — pergunto, imaginando se viver no Tennessee é igual a viver presa em um filme de Abbott e Costello.

Ele sorri.

— Só estou brincando com a senhora. Sei exatamente o que quis dizer. Eu adoro o The Who. Na verdade, se algum dia eu tiver minha própria banda, estou pensando em chamá-la de The Whom.

— Banda eclética — digo com uma risada. — Para fãs de rock, country e gramática.

Ele sorri.

— Posso perder o público do rap. Eles não são muito bons em gramática.

— Bem, vá em frente. Espero que termine a faculdade e monte sua banda um dia.

— Obrigado.

Saio da loja, grata ao jovem vendedor por me animar com sua piadinha. Caminho por algum tempo e entro no Centennial Park, onde vejo um banco e me sento. Esta parte do parque está praticamente vazia e os arbustos estão desfolhados, apesar de eu perceber algumas flores corajosas tentando desabrochar no fraco sol de inverno. Eu me recosto no banco e fecho os olhos. Acumulei duas décadas de ódio em relação ao Dick e que bem isso trouxe? Nada cresce das sementes do ressentimento. A raiva é destrutiva — seja destruindo guitarras ou a carreira política de alguém.

Vim para Nashville meio que pensando em destruir o Dick. Mas agora que estou aqui, não tenho certeza de que isso adiantaria. Ele desistir da candidatura não vai melhorar a minha vida, não vai trazer Amy de volta, não vai nem ajudar o garoto da loja de instrumentos a se tornar músico. Nunca terei que perdoar o Dick, mas certamente me sentiria melhor se não continuasse a odiá-lo. Adam e seus professores podem não ser capazes de provar isso em seus laboratórios de física, mas a energia negativa consome toda a nossa força. Estou cansada de me agarrar ao ódio.

Pego meu celular pensativamente e brinco com os botões por algum tempo. Por fim, ligo para o escritório do Dick e, após um longo tempo de espera, minha ligação é transferida.

— Sim, Hallie — diz Dick hesitantemente.

— Estou no Centennial Park. Preciso que você me encontre aqui.

Agora a pausa é tão longa que fico pensando que vai ser primavera quando ele finalmente responder.

— Não se preocupe, é um lugar público. Não vou atirar em você — digo, tentando apressar as coisas.

— Isso já é algum alívio — ele diz.

Descrevo exatamente onde estou e Dick relutantemente concorda em vir me encontrar.

— Pode me dizer o que quer, Hallie? — pergunta, e acrescenta, nervoso: — Está querendo uma compensação?

— A única coisa que você tem que pagar é penitência — falo.

Dick chega antes do que eu esperava e o vejo andando com a cabeça baixa, uma echarpe Burberry xadrez enrolada em volta do pescoço. Ele enfia as mãos nos bolsos e anda em direção a mim. É estranho que durante todos esses anos eu tenha pensado no Dick como o poderoso que abalroou a minha vida e fez o que quis. Agora sou eu quem está no volante proverbial, mas meu objetivo não é mais despedaçar o mundo dele.

— Passei muitos anos pensando no quanto o odeio — digo a ele quando pára na minha frente.

Dick se mexe constrangido e enfia as mãos mais fundo nos bolsos.

— Eu não a odeio.

— Por que me odiaria?

Ele dá um sorriso fraco.

— Tenho a sensação de que você está prestes a me dar um motivo.

— Não, não estou — balanço a cabeça. — Mas sempre achei que você não merecia que nada de bom lhe acontecesse. Diga a verdade. Você é feliz?

Agora Dick parece ainda mais constrangido, obviamente não querendo dizer que, exceto por eu estar ali, a vida tem sido bastante boa. Ele tira uma foto da carteira e me mostra três garotinhas de cabelos desgrenhados.

— Mereça ou não, eu fui abençoado. Seria muito mal-agradecido se não ficasse feliz cada vez que olho para as minhas filhas.

Sem me conter, sorrio com a foto de suas filhas ansiosas e doces em seus uniformes de futebol azul e dourado iguais.

— Talvez uma delas seja a próxima Mia Hamm — digo, devolvendo a foto para ele.

— A pequena é bem descoordenada, mas ainda não disse isso a ela — Dick fala, guardando a foto. — Minha esposa diz que sou um pai superprotetor. Mas é porque eu sei o quanto as coisas ruins podem acontecer rápido. — Ele olha para mim significativamente, então suspira e senta-se ao meu lado.

Nós dois ficamos olhando para longe e tento pensar no negligente Dick como um pai coruja.

— Suas filhas têm sorte. Os meus filhos têm sorte. Amy não teve — digo.

Dick olha para baixo.

— Se pudesse trazê-la de volta para você, eu traria.

— Você não pode, eu sei disso. Ouvi o que você disse antes. Só o que pode tentar fazer é mudar as coisas que ainda podem ser mudadas.

— É uma lição dura de aprender. — Ele esfrega as mãos para afastar o frio. — Então, tendo em vista onde estamos, o que podemos tentar fazer agora?

Boa pergunta. Idéias vagas ficaram rodopiando na minha cabeça a tarde inteira e agora estão começando a tomar forma.

— Conheci um garoto hoje numa loja de instrumentos musicais que está tentando pagar a faculdade e começar uma banda — digo lentamente. — Por que não fazer algo por ele?

— Podemos contratar sua banda para tocar nos comícios da campanha — Dick sugere.

— Não é o bastante. Estava pensando que você podia pagar a faculdade dele, em memória de Amy. E não só ele. Pegue um pouco desse seu dinheiro de família e financie dez bolsas de estudo para música no nome da Amy.

Ele pensa a respeito por um minuto.

— Eu ficaria feliz em fazer isso. Muito feliz.

— E uma cadeira na Vanderbilt — digo, meu plano ganhando corpo. — Quero que haja uma Cátedra Amy Lawrence de professores de música country.

— Acho que deveria ter feito algo assim há anos.

— Faça agora — digo.

— Vou fazer. Podemos pensar nisso como minha forma de lhe pedir perdão.

— Perdão. Algo que você nunca se incomodou em pedir.

Dick põe a cabeça nas mãos.

— Meus pais não me deixaram falar com você depois do acidente e depois me rebocaram para fora da cidade, para um centro de reabilitação no Arizona. Acabei acordando e percebi o que estava fazendo comigo mesmo e com todo mundo de quem eu gostava. Quando saí e finalmente tentei ligar, você nunca atendeu.

— Àquela altura, não havia nada para dizermos um ao outro.

— As nossas vidas foram viradas de cabeça para baixo. E não havia nada que nós dois pudéssemos fazer. Estávamos apaixonados e depois não conseguíamos nem nos falar. É terrível se sentir tão impotente.

— Eu tinha várias idéias sobre o que poderia fazer. Quebrar cada osso do seu corpo estava no topo da minha lista.

— E houve vários dias em que eu desejei que o fizesse. — Ele olha para mim melancolicamente. — O que mais posso fazer agora para consertar as coisas?

Eu cerro as mãos com tanta força no colo que os nós dos meus dedos estão quase brancos. Estou realmente pronta para abandonar a minha raiva? Sempre fui capaz de transformar parte da minha tristeza pela Amy em ódio pelo Dick. Parecia quase que perdoá-lo seria me deixar esquecer a minha irmã. Mas agora espero formas melhores de manter vivo o espírito de Amy.

— Há mais uma coisa que você pode fazer — digo devagar. — Eleja-se para o Congresso. E, quando estiver lá, faça alguma coisa que tenha importância.

Dick olha para mim, os olhos cheios de alívio e gratidão.

— Obrigado. Talvez isso soe ingênuo, mas realmente acho que posso fazer diferença.

— Espero que possa — falo. Olho para o outro lado do parque e, na distância, consigo distinguir as colunas do Partenon de Nashville, uma réplica exata do da Grécia.

— Só peço que, quando estiver no Congresso, não peça ao povo americano para construir no Tennessee um Coliseu romano de mentira para fazer par com o Partenon grego de mentira — digo, tentando fazer uma piadinha para aliviar a tensão.

Dick sorri e estende o braço pelo banco para fechar o acordo com um aperto de mão, mas, em vez disso, eu lhe dou um abraço. Quando nos separamos, nós dois secamos os cantos dos olhos, envergonhados.

— Estou falando sério sobre nada de Coliseus — falo, contornando sentimentos mais profundos. — Nunca entendi por que vocês sulistas copiam marcos de outros países. A gente não vê os gregos construindo estátuas de Robert E. Lee.

— Um Coliseu aqui não seria má idéia — Dick fala, fingindo olhar em volta para o melhor lugar para construí-lo. — E nós não copiamos, nós melhoramos. Já ouviu falar em Foamhenge, na Virgínia? É uma réplica em tamanho natural de Stonehenge, porém mais leve. Feita toda de isopor, em vez de pedras.

— Um dos grande marcos do mundo, menos o peso. Pelo menos ninguém teve uma hérnia tentando construí-lo dessa vez.

Sorrimos um para o outro.

— Você teria dado uma boa sulista, no final das contas — Dick diz.

As lágrimas me vêm aos olhos conforme percebo que, por muitos motivos, eu sinto não ter tido a chance. Dick aperta a minha mão e então fica de pé.

— Hallie, obrigado novamente. Mais do que jamais vou poder dizer.

— Está tudo bem — digo a ele e, desta vez, está mesmo. Eu me recosto no banco. Depois de pensar em Amy durante um dia tumultuado e duas décadas tumultuadas, fico grata por sentir um momento de paz.

Visitar o túmulo de Amy normalmente me deixa triste, mas, quando volto de Nashville, o cemitério é o primeiro lugar para o qual eu vou. Desta vez, não sinto vontade de chorar quando passo pelos portões de ferro batido, e a ligeira neve que cai dá um brilho tranqüilo ao terreno bucólico.

O cemitério é antigo e, passeando pelos caminhos bem-cuida dos, percebo um par de lápides elaboradamente esculpidas honrando a memória de "um marido e pai amoroso" que morreu em 1897 e sua "dedicada esposa e companheira", Mary Alice, que viveu até 1917. Vinte anos sem ele. Tento imaginar como ela se sentiu sozinha durante esses anos finais. Será que teve medo por estar sozinha ou fez uma nova vida? Fico imaginando se ela jamais teve alguém para abraçar à noite novamente. Naquela época não devia haver muitas opções para uma mulher sozinha.

Continuando a perambular, olho para outras lápides e fico chocada, como sempre fico em cemitérios, de como a vida é realmente passageira. O tempo que se tem nunca é suficiente. Meu encontro com Dick foi surpreendentemente libertador e sinto como se agora pudesse comemorar os momentos que tive com Amy, em vez de me lamentar pelos que perdi.

Ando hesitantemente em direção ao túmulo de Amy, e passo minha mão cuidadosamente pela lápide.

— Para você — digo, enquanto coloco as rosas amarelas que trouxe.

Sento-me no chão úmido e puxo os joelhos para perto do peito. Acho que Amy gostaria de saber sobre o Dick, então eu lhe conto a história dos meus dois últimos dias. Imagino-a sorrindo quando fica sabendo da Cátedra Amy Lawrence para professores de música country. Amy sempre foi modesta e engraçada e quase posso ouvi-la implicando comigo por ser tão presunçosa. "Legal", ela diria. "Mas o que isso significa? Alguém pode se formar em Loretta Lynn?"

Sem pensar, dou uma risadinha e um segurança por perto olha para mim severamente. Quero dizer a ele que não se pode ficar triste para sempre. Só o que pode fazer é dar o melhor de si e ir em frente.

Ir em frente é o que venho tentando fazer desde o dia em que Bill foi embora. E tenho que acreditar que a jornada aos homens do meu passado me botou no caminho certo para o meu futuro. Eu realmente pensei que Eric ou Ravi ou Kevin me dariam um final de conto de fadas? Teria sido bom, e as pessoas às vezes se casam com sua primeira paixão mais tarde na vida. Mesmo que não tenha funcionado para mim, há romantismo no reencontro.

Eu estava até meio disposta a reatar os laços com Bill, mas isso também não funcionou. Bill e Ashlee. Bill e a afetada Candi. Bill e quem quer que seja a próxima, que não serei eu. Fui uma boa esposa, apoiando-o sempre. Eu pegava a roupa na lavanderia, fazia aquela lasanha idiota e — quantos pontos isso vale? — cortava os pêlos do nariz dele uma vez por mês. Não merecia ter sido largada tão torpemente.

Estico o braço e toco na lápide de Amy de novo. Deus, quem disse que a gente sempre tem a vida que merece? Só o que podemos fazer é pegar as cartas que nos são dadas e jogar da melhor maneira que sabemos. Voltando de Nashville para casa, durmo facilmente no avião, sabendo que enfrentei Dick e o perdoei. Eu teria motivos para esperar mais duas décadas para perdoar Bill, já que ele não merece nada melhor. Mas pelo meu próprio bem, estou pronta para perdoá-lo agora.

Levantando-me, olho para as datas debaixo do nome de Amy e penso nas pessoas iguais a mim que passarão por aqui daqui a uma geração, pensando em como é triste que uma garota tenha morrido tão jovem. Mas talvez elas sejam sábias o suficiente para entender o verdadeiro motivo de sua vida curta — que não há nada que nenhum de nós possa fazer além de aproveitar ao máximo o tempo que temos.

Capítulo 19

APESAR DA INTENSIDADE dos últimos dias, a vida continua como sempre. Falo com meus filhos, pego dois novos casos no trabalho e faço mingau quente de aveia de manhã. Isso é uma certa mudança e definitivamente uma melhora nutricional em relação às minhas costumeiras barras de cereal no café. No escritório, recebo um buquê de flores de Charles e Melina, me dizendo que abriram sua própria agência de publicidade. Se algum dia eu estrelar um filme, eles prometem me representar de graça.

Bellini tem suas próprias novidades — ou, mais especificamente, uma completa e total surpresa.

— O barista me pediu em casamento! — ela guincha enquanto salta de um táxi na esquina onde estou esperando para encontrá-la depois do trabalho.

Fico tão estupefata que largo a sacola da Pottery Barn que estou segurando e nem ligo quando ouço meu vaso veneziano banhado a ouro de 14 dólares se quebrar.

Sei que Emily Post aconselha que não se diga "parabéns" a uma noiva, mas ela provavelmente também não aprovaria minha reação.

— Você disse "não", não é? — pergunto.

— Por que diria? — Bellini pergunta alegremente. — Você o viu naquela peça do nu. Ele é um cara lindo, hmm, e Venti.

Tenho certeza de que há razões piores para se casar, mas não consigo pensar em nenhuma neste momento.

— Não sabia que vocês eram tão íntimos — falo, pensando que nem sei o nome de verdade do barista-traço-Venti. E não estou completamente convencida de que Bellini sabe.

— Eu mesma não sabia que éramos tão íntimos — ela diz, o que me deixa um pouco preocupada que ele tenha acabado de virar o décimo primeiro daqueles nove ou dez caras com quem ela achou que ia se casar depois do primeiro encontro.

— Como exatamente ele pediu a sua mão? — pergunto.

— Tínhamos acabado de ter uma noite de sexo inacreditável e ele pôs a mão na minha coxa e disse: "O que você acha da gente se casar?" Isso definitivamente é um pedido — ela diz na defensiva.

— Nunca acredite no que um homem diz quando está com a mão na sua coxa — aconselho, dando a mesma advertência que daria à Emily.

— Para a sua informação, ele me pediu de novo de manhã, quando estávamos escovando os dentes — Bellini diz.

Agora estou ficando um pouco ansiosa. Um pedido feito enquanto se passa o fio dental debaixo de lâmpadas fluorescentes é realmente sério. Talvez eu deva apoiá-la mais.

— Se quiser um casamento debaixo d'água, posso lhe arrumar um bom fotógrafo — digo solícita.

Finalmente, Bellini ri.

— Não compre o arroz à prova d'água ainda. Eu fiquei lisonjeada, mas é claro que eu disse "não". É divertido estar com ele, mas não acho que seja minha alma gêmea. Além do mais, não quero que os meus bebês desmamem para tomar moccachinos.

Eu sorrio e lhe dou um abraço rápido.

— Você vai acabar encontrando o cara certo.

— Eu sei — ela diz otimista. — Se o jovem e sexy barista queria tornar oficial, um dia vou ser capaz de me casar com alguém que realmente amo.

Enquanto conversávamos, Bellini e eu andamos metade do quarteirão e agora ela me guia escada acima para um showroom pequeno e com iluminação suave com camas de todos os formatos e alturas enfileiradas ao longo de cada parede.

— Você lembrou que eu queria comprar um colchão novo! — falo. — Estou cansada de dormir com a memória do Bill. A marca do corpo dele ainda está na espuma.

— E uma cama nova para mim também — ela diz. — Percebi que uma das vantagens de me casar com o barista seria a lista de presentes. Eu finalmente ganharia um serviço de porcelana completo e teria uma desculpa para comprar uma suntuosa cama king-size. Mas de repente me pareceu tão antiquado não comprar uma só para mim.

— Acho que se você pode ir para a cama antes do casamento, também pode comprar uma cama antes do casamento — digo.

Bellini ri e olha para a exposição de colchões caros.

— Esses estilos são vendidos apenas em Londres e agora estão sendo apresentados ao mercado americano. Você está em uma exposição exclusiva. Só para o ramo.

Nunca canso de me admirar com o fato de você ter que estar por dentro para fazer qualquer coisa — inclusive ter uma boa noite de sono. Quico entusiasmada em um colchão e, quando vejo a etiqueta de preço, dou um pulo.

— Doze mil dólares? — Eu engulo em seco. — É tecido em ouro?

— Seda, lã de carneiro e cashmere — diz Bellini, que obviamente fez sua pesquisa.

— Melhor que o meu suéter — falo, puxando minha lã de merino.

— Há algo na forma que as costuras e os rebites são feitos que você nunca acorda com marcas no rosto, o que é importante na nossa idade — diz Bellini. — A rainha Elizabeth dorme num desses.

— A rainha Elizabeth? — pergunto ceticamente. — Ela não é exatamente propaganda para uma juventude de pele orvalhada. A Nicole Kidman dorme como?

— Com Botox — diz Bellini com um sorriso.

Sento-me cuidadosamente de novo no colchão real.

— Isso é um Duxiana? — pergunto, tendo ouvido em comerciais de rádio o que alegam ser a cama mais confortável do mundo.

Bellini se joga ao meu lado e, miraculosamente, o meu lado da cama não se move.

— É um Hypnos. Esse Duxiana já era — ela diz, seu tom de escárnio deixando claro que a marca que fora um dia famosa, agora era o Hotel Hilton das camas — um bom lugar para dormir, mas certamente não o Ritz. — Luciano Pavarotti dormia em um Hypnos. Vladimir Putin também.

— A nova Rússia — digo, balançando a cabeça. — Uma cama de 12 mil dólares quase me faz lamentar a queda do comunismo.

Bellini ri, mas aí diz:

— Sério, um bom colchão vale qualquer preço. Você passa um terço da vida na cama.

— Ou, no seu caso, metade — eu provoco.

— Numa semana boa. — Ela pisca.

Viro de costas tentando decidir se essa mixórdia aristocrática de enchimento e molas realmente ajudaria o meu corpo a dormir melhor. Alguém me disse uma vez que experimentar um colchão por cinco minutos numa loja não lhe diz como vai ser passar todas as noites com ele pelo resto da sua vida. O mesmo pode se dizer dos homens.

— Pode economizar um dinheiro e comprar um Sealy Posturpedic e uma caixa de chá de camomila Sleepytime — sugiro para Bellini.

— Ou Ambien e um vibrador — diz Bellini, mais prática do que eu esperaria.

Eu me aconchego em um travesseiro, pensando em comunicar a Bellini minha recém-descoberta sabedoria sobre fazer o melhor com o que se tem. Mas, por outro lado, um pouco de desejo não é ruim. Principalmente se for por uma nova cama e alguém sensacional com quem dividi-la. Bellini se apóia em seu travesseiro.

— O que acha, Hallie? Depois de tudo pelo que passou, ainda pensa que casamento é uma boa idéia?

— Quer dizer, só porque vou me divorciar? — Percebi que ainda não havia dito essa palavra em voz alta e parece estranho saindo da minha boca. — Nunca pensei realmente que meu casamento iria acabar. Quando eu disse "sim", pretendia que fosse para sempre. Mas a vida dá umas voltas engraçadas. Não importa o quanto você tente, nunca pode prever o que vai acontecer.

— Todas as coisas desconhecidas tornam a vida difícil — Bellini diz. — Se o barista acabar sendo um Matt Damon, acha que vou me arrepender por não ter me casado com ele?

— Você sempre quis ir à entrega do Oscar. Mas, e se ele só ganhar o prêmio Starbucks de barista da semana?

— Ainda teria orgulho dele — ela diz fielmente. — Mas acho que em nenhum dos dois casos eu estaria apaixonada. Quer dizer, você não queria ter se casado com Eric, mesmo ele tendo ficado tão rico.

— Não, mas queria ter o apartamento dele em Nova York.

— Imóveis de primeira sempre foram um bom motivo para alguém casar. Só você para deixar a integridade atrapalhar.

— Tem razão. Por que escolho o amor em vez de um quatro-quartos com vista para o Central Park?

— Porque você é você — ela sorri. — Talvez eu não devesse dizer isso quando estamos deitadas uma do lado da outra em um colchão, mas ter você como amiga é melhor do que me contentar com um homem medíocre.

— Obrigada — digo. — Mas devo avisá-la que não corto lenha nem mato aranhas.

— Tudo bem. Pelo menos você não deixa a tampa da privada levantada.

Emily liga para me contar que matérias escolheu para seu segundo semestre. Ouço com atenção e decido que definitivamente falta arte, literatura, feminismo e história.

— Deixe-me entender direito. Teoria do jogo, macroeconomia, mercados financeiros e um seminário especial sobre vender arroz para a China? — digo olhando as anotações que rabisquei enquanto ela falava. — Os chineses já não comem arroz três vezes por dia?

— Exatamente. O desafio é expandir o mercado.

— O que houve com o seu interesse em Susan B. Anthony e as irmãs Brontë?

— Esse é o novo feminismo, mamãe. A questão não é mais teórica. A questão é como cuidar de si mesma e encher os bolsos. A maioria das mulheres acaba sozinha. Olhe para você.

— É, olhe para mim — falo. — Não estou exatamente sentada aqui comendo ração de gato.

— Eu sei, mamãe. Você sempre tem atum enlatado na despensa. — Ela suspira dramaticamente. — Achei que, se me formar em economia, vou estar preparada para o que quer que a vida traga.

— Sua vida vai lhe trazer muitas coisas maravilhosas. A minha trouxe... — digo a ela, rapidamente acrescentando — ...e espero muito mais coisas maravilhosas.

Emily fica em silêncio por um momento.

— Mamãe, tenho que lhe contar a verdade. A amiga do Adam, Evahi, esteve em Nova York e por acaso encontrou o papai. Ele estava com uma garota.

Sinto apenas uma pequena pontada. Emily não está me dando uma notícia inédita.

— Querida, está tudo bem. O papai e eu não estamos mais juntos. — Desde aquele dia em que fui fazer compras com o Bill e o ouvi ao telefone com mais uma conquista, entendi que acabou, está acabado.

— Mamãe, o papai acabou ficando tão fútil. Fico louca por ele continuar a magoá-la.

— Ele não me magoa. Parei de me magoar com coisas que não posso mudar. — Aparentemente, aprendi algo até com o Dick.

— Você não o odeia?

Penso um pouco a respeito.

— Não. E você também não devia. O papai a ama. Lembra-se do que ele sempre disse?

— Ele me ama mais do que todas as estrelas na Via Láctea.

Eu sorrio, lembrando de como Bill lia histórias para Emily dormir quando ela era pequena. Então, abraçando-a apertado, ele falava sobre a vastidão do universo e como seu amor por ela enchia cada pedacinho dele. Como posso odiar um homem assim, mesmo agora?

— As famílias podem ter problemas, mas ainda somos uma família — digo a Emily.

— É, entendi.

— Tenha alguma fé nas suas possibilidades. Esse é o momento na sua vida de estudar o que gosta e presumir que tudo vai sair do jeito que você quer.

Emily parece pensar a respeito.

— Está bem, vou ouvi-la. Mas ainda vou fazer as matérias de economia. Um dos professores é um gatinho.

Depois da minha conversa com Emily, decido que é mais justo com todo mundo terminar oficialmente meu relacionamento com Bill. Medito sobre isso por algum tempo para me acostumar à idéia e finalmente ligo para o Bill para sugerir irmos a um mediador em vez de gastarmos dinheiro com advogados de família. Ele hesita.

— Nem tenho certeza se quero me divorciar.

— Bill, nosso casamento acabou. Nós dois sabemos disso.

— Eu realmente prefiro continuar casado — ele diz.

Conheço-o bem o bastante para não me sentir lisonjeada.

— Me dê dois motivos.

— Isso é fácil. Primeiro: se for casado, ainda posso ir até aí e cortar uma árvore de vez em quando. Segundo: nenhuma das mulheres que eu venha a namorar pode esperar que eu me torne seu marido.

Sem me conter, eu rio.

— Bill, não posso ajudá-lo com as suas mulheres. Mas se quiser continuar sendo meu jardineiro eventual, você é bem-vindo.

— Está sendo muito compreensiva.

— Estou tentando.

Há uma longa pausa.

— Devíamos nos encontrar para conversar sobre isso, certo? Acho que temos algumas coisas para acertar. Como a custódia daqueles ingressos para os Nicks.

Eu rio por dentro. Quem diria que isso seria meu grande poder de barganha? Ele provavelmente me daria um quadro do Picasso por esses ingressos, se tivesse um.

— Precisamos conversar.

— Venha para cá. Acabei de comprar um uísque escocês 25 anos que posso abrir.

— Eu não bebo uísque — lembro a ele.

— Então que tal assistirmos ao Super Bowl? Comprei uma TV LCD de tela plana nova.

Uísque escocês mais velho do que suas namoradas, TV cara de tela plana? Bill é a típica descrição de um dicionário médico para um homem na meia-idade. É fácil entender por que não combinamos mais, apesar de que, se estou me acertando com todos os homens do meu passado, acho que o Bill conta como um deles.

Chego ao apartamento do Bill no domingo à tarde e sou recebida por 60 polegadas de Terry Bradshaw gritando em um som surround.

— Ótimo apartamento, não é? — Bill pergunta, me levando para dentro. — Um dos sócios no meu escritório o tinha há anos. Disse para eu usar pelo tempo que quiser.

— E você comprou uma TV nova?

— Um homem tem que viver — diz expansivamente.

Olho em volta, imaginando se um homem pode realmente viver de uísque, cerveja, um contêiner de guacamole e um saco aberto de Tostitos, que pareciam ser os únicos comestíveis no apartamento. Ah, não, eu o subestimei. Bill traz orgulhosamente um prato de plástico com asinhas de frango picantes e gordurosas, molho de gorgonzola e alguns talos anêmicos de cenoura e aipo jogados para decorar. Então é ele que compra o Superbowl Special por US$ 124,99. Se Bill não puder fazer todas as refeições em uma lanchonete, vai transformar seu apartamento em uma.

Bill se senta e faz um gesto para eu me sentar ao seu lado no sofá de couro. Ficamos ambos hipnotizados pelos jogadores de futebol quase em tamanho natural se esbarrando em sua TV de telão. Sei que está quase na hora do pontapé inicial, mas existem 40 anos de melhores momentos do Super Bowl para botar em dia, sem falar na parte realmente interessante dos jogos, os comerciais. Entendo por que os anunciantes usam mulheres seminuas para vender produtos para os homens, mas o que são aqueles sapos da Budweiser, os cavalos da Clydesdale e os macacos da Monster.com? Isso é que é apelar para os instintos animais.

— Adam ligou há pouco — Bill diz, mergulhando um Tostito no molho de gorgonzola. — Ficamos lembrando daquelas festas de pai e filho que costumávamos fazer no Super Bowl.

— Você sente falta dele, não é? — digo, percebendo como Bill sempre esteve muito próximo das crianças.

— É — ele diz melancolicamente. — Passávamos momentos ótimos.

— Nós éramos uma família ótima — concordo.

— Parece que o Adam e aquela namorada nova, Evahi, estão se divertindo — diz Bill.

— Ela é uma boa menina — falo.

— Não, eu quero dizer "se divertindo" — diz Bill com um sorriso malicioso.

— É do seu filho que você está falando!

— Diversão é o que se deve ter na faculdade — diz Bill alegremente, o despreocupado pai de um filho.

— Emily concordaria com você nisso. Ela lhe contou sobre o instrutor de esqui?

— Tenho certeza de que são só amigos — diz Bill, subitamente o pai protetor de uma filha. — Emily ainda é minha doce menininha. Tenho certeza de que ela passa todos os segundos estudando.

Eu só rio.

— É, é isso que nós mulheres fazemos.

Bill olha para mim.

— Certo. Você já me falou daquele antigo namorado. Qual deles foi?

— Ninguém que você conheça — digo. — Um cara chamado Kevin.

Bill abaixa o som, mais interessado no meu comentário do que no de Terry Bradshaw.

— Kevin, da sua época de colégio? — pergunta com curiosidade.

— É — digo, mas fico momentaneamente surpresa, percebendo o quanto Bill sabe sobre mim. Durante esses anos, contamos todas as nossas histórias um para o outro.

— Não era aquele patife de jaqueta de couro que a fazia matar aula?

— Ele não era um patife — digo, tentando não sorrir.

— Se ia procurar um ex-namorado, eu teria pensado que seria aquele tal de Eric, o rico — Bill diz, balançando a cabeça.

— Também o vi — eu falo.

— Então dormiu com duas pessoas? — Bill pergunta, erguendo dois dedos no ar e inadvertidamente fazendo o sinal da vitória.

— Não dormi com o Eric — digo, pegando imediatamente a vitória de volta. — Só fui ao seu apartamento e comi caviar.

— Alguém mais que eu deva saber? — pergunta o Bill.

— Não que seja da sua conta, mas Barry Stern.

— O intelectual romântico que você conheceu na Europa e que a levou aos museus — diz Bill, provando que estava me ouvindo nesses vinte anos. — O que aconteceu com ele?

— Longa história.

— Sexo, sim ou não?

— Não. Não com o namorado dele por perto.

Bill ergue uma sobrancelha.

— Seu ex-namorado tem um namorado?

— A vida é complicada.

— Nem me diga — Bill diz.

Nós dois ficamos em silêncio e, após nossos gracejos, uma ligeira melancolia se instala. Olho distraidamente para a televisao, onde líderes de torcida com pouca roupa estão sacudindo seus pompons entusiasmadamente para o treinador barrigudo de 50 e poucos anos. As moças casadouras o enlaçam em adoração e as câmeras clicam. É natural que os homens de meia-idade fiquem confusos. Se não querem crescer, ninguém os obriga.

Enfio a mão na bolsa e entrego ao Bill um envelope pardo.

— Documentos da separação — digo, entregando-os trêmula a ele. — Facilita as coisas no futuro. Vou dar início ao processo.

— Não vai dar início. Vai terminar tudo. — Bill abre o envelope e tira uma caneta, depois a põe de volta. — Vou me arrepender disso daqui a algum tempo, não vou?

— Talvez — digo, pensando que algum dia ele vai perceber de que vida boa abriu mão. E até é bom que ele entenda isso vagamente agora.

— Tenho muita coisa para me arrepender.

Mas como ele é o Bill e sempre vai preferir não lidar com algo que o deixa desconfortável, ele só balança a cabeça, pega o controle remoto e aumenta o som de novo bem na hora do pontapé inicial.

— Este jogo vai ser um arraso — diz. — Não precisamos assistir, se você não quiser. Todo mundo já sabe como vai terminar.

Eu pego um palito de cenoura e o mergulho no molho de gorgonzola.

— Nunca se sabe como vai terminar. É por isso que a gente continua jogando.

Capítulo 20

TANTO BILL QUANTO EU estamos determinados a manter as coisas civilizadas e Emily e Adam parecem aliviados por não haver uma Guerra das Rosas. Não temos problemas em dividir nossas posses — até chegar à divisão dos velhos discos que estão guardados no sótão. Concordamos que cada um vai ficar só com o que trouxe para o casamento, já que todos eles têm valor sentimental. Levo uma tarde inteira colocando meus discos em dois engradados brancos grandes e os do Bill em dois azuis. Quando ele vem pegá-los, seus olhos se iluminam quando vêem um velho álbum do Bob Dylan.

— Puxa, fico feliz de pegar esse disco de volta — ele diz. — Sempre vai ser um dos meus preferidos. A segunda faixa estava tocando na primeira vez em que uma garota me pagou um boquete.

Eu limpo a garganta. O que uma futura-ex-esposa pode dizer?

— Só espero que o disco lhe dê muito mais... hmm, prazer auditivo.

— Obrigado — Bill diz sinceramente. Ele tira com impaciência o Cream do engradado. — E este aqui. Nunca irei me esquecer. A quinta faixa foi...

— Dessa história eu me lembro — digo, erguendo as mãos. Na verdade, essa fábula de bolinação no colégio eu ouvi pelo menos cinco ou seis vezes. E, agora que não somos casados, não sou obrigada a ouvir de novo.

Bill olha para o meu engradado e uma sombra de desconfiança passa por seu rosto.

— Por que o *White Album* está no seu lado?

— Porque é meu — digo.

Ele o pega e o segura apertado.

— Não, o *White Album* era meu. O *Black Sabbath* era seu.

— Você está confundindo. O *Black Sabbath* era seu e o *Purple Rain* era meu.

— Eu comprei o *Purple Rain*. O seu era *Pink Floyd*.

Talvez não estejamos tendo uma Guerra das Rosas, mas definitivamente estamos tendo uma guerra de cores. Antes que Bill comece a manusear freneticamente o meu engradado procurando *Yellow Submarine*, *Green Day* ou *Maroon 5*, decido usar o *White Album* como bandeira branca.

— Fique com ele. Fique com o que quiser. Não quero brigar — falo.

Na categoria cármica do é dando que se recebe, Bill adota meu espírito generoso. Ele olha ardentemente para o disco em suas mãos e então o oferece a mim.

— Ah, tudo bem. Fique com o *White Album*. Hoje em dia eu prefiro o *White Stripes* de qualquer maneira.

— Com o vocalista Jack White e não com o comediante Jack Black — digo e, pela tolice da história toda, nós dois rimos.

Bill parece aliviado por essa separação final estar sendo tão tranqüila.

— É bom rir com você de novo — ele diz.

— É. Podemos nos divorciar sem deixar o outro infeliz.

— Podemos nos divorciar e ainda deixar o outro feliz — Bill diz. Ele se aproxima e põe as mãos nos meus ombros. — Que tal um pouco de sexo para provar que ainda somos amigos?

— Não pode estar falando sério.

— Por que não? Uma última rolada no feno em nome dos bons tempos. Vamos lá. Não vai levar muito tempo.

Bill olha para mim de modo hesitante e eu tiro suas mãos dos meus ombros. Sinto-me grata pela proposta porque, para começar, é sempre bom ser convidada. E, em segundo, me divorciar é mais fácil quando Bill fica me lembrando de como ele é idiota.

Mas eu não sou idiota. Estou planejando ir à melhor festa da cidade. A Bendel's está dando uma superfesta para comemorar sua nova linha de jóias apresentando as criações de Inka, um novo e badalado designer que trabalha com uma pedra vermelha rara encontrada apenas no Peru. Seus pingentes caríssimos em formato de coração são o grande sucesso da temporada.

— Corações inteiros, corações lascados, corações partidos... e corações pelo meio para pessoas que precisam de um pouco mais de incentivo — diz Bellini, que, como guru de acessórios da loja, assinou o contrato com Inka.

— Parece que o homem é um gênio. Ele pega as pedras rachadas que qualquer um jogaria fora e cobra a mais por elas.

— As pessoas estão até dando pingentes de corações partidos como presente de casamento. A *Women's Wear Daily* os chama de pós-irônicos.

Imagino que a maioria das mulheres ainda preferiria um diamante não-irônico de cinco quilates e lapidação perfeita, mas quem sou eu.

— Espere até ouvir o que vamos fazer para a festa de lançamento no Chelsea Piers — Bellini diz entusiasmadamente. — Temos um show de luzes, acrobatas do Cirque du Soleil, o DJ mais fantástico de Nova York e duas dúzias de celebridades que já disseram que vão. Mais a melhor parte: TSBP.

— Traga sua bebida preferida? Tendo em vista o que o Inka cobra, a Bendel's devia ser capaz de poder pagar algumas caixas de Cabernet.

— Esse TSBP é Traga o Seu Bofe do Passado. Não é maravilhoso? Você comparece com um ex e aí podemos todas trocar. Tirei a idéia da troca de roupas na sua casa.

— Vamos, confesse — eu provoco. — Você teve a idéia porque andei visitando todos os meus ex-namorados.

— Bem, as duas coisas — admite Bellini. — Mas pense bem. Se alguém pode querer aquele vestido vermelho que você dispensou, imagine só o que poderiam fazer com uma velha paixão ardente.

— Assar marshmallows?

Bellini ri.

— Achei que algumas dessas velhas paixões ardentes podiam acender um outro fogo, inflamar alguns novos romances. Pense nas possibilidades. Uma sala cheia de homens que já foram avaliados.

— E qual dos meus ex-namorados devo levar? — pergunto.

— O que você quiser — ela diz.

Bellini está sendo um pouco otimista. Eu podia aparecer com Barry, o guru gay, ou com Eric, o bilionário solteiro. Mas tenho que admitir: Bellini está sempre inventando uma maneira criativa de conhecer homens. E desta vez ela vai fazer a Bendel's pagar a conta.

Penso no assunto por alguns dias e decido que, se vou à festa, meu único par possível é o Eric. Kevin está trabalhando em seu filme, Barry está ocupado sendo guru, Dick está fora de questão. Eu hesito porque não quero que Eric tenha a idéia errada. Depois daquela noite que passei em seu apartamento, ele previu que eu voltaria, mas agora estou tentando reciclá-lo, não reacender nada romântico. Finalmente, vou até o meu computador para enviar um e-mail para o Eric, perguntando se gostaria de ir a uma festa como meu velho namorado.

Não que você seja velho!, escrevo, então deleto rapidamente, pois isso parece muita bajulação. *Tenho muitas opções* desaparece porque não quero parecer fútil e até mesmo o inócuo *Vai ser divertido!* é cortado por medo que o Eric entenda errado o tipo de diversão que eu quero! Vinte minutos depois ainda estou lutando com as palavras para redigir uma mensagem de duas linhas que devia ter levado dois minutos. Reviso cada frase com mais rigor do que Hemingway. Quem disse que o e-mail facilitaria nossas vidas?

Aparentemente, facilitou a vida do Eric, porque, cerca de um minuto depois que clico "enviar", recebo a resposta do seu BlackBerry: "Claro. Vai ser quente."

Muito bem, isso exige de mim mais 20 minutos para interpretação. Encontrar-se comigo vai ser quente ou ele leu a Page

Six e sabe que a festa de Bellini já é o convite mais quente de Nova York? Talvez só esteja me relatando o clima no Arizona.

A festa começa a gerar tanto buchicho que todos os meus amigos de Chaddick me pedem para arrumar convites, e eu arrumo. Os homens da cidade param de se vangloriar do tamanho do seu bônus e começam a se gabar de quantas mulheres diferentes os convidaram para comparecer como seu Velho Namorado Oficial.

— Ouvi dizer que Jude Law foi convidado quatro vezes, mas dois dos convites foram de babás — Bellini me conta em uma de nossas várias conversas.

— E deixe-me adivinhar. Charlie Sheen foi convidado seis vezes, mas quatro delas foram prostitutas — sugiro.

— Eu não tinha ouvido essa — diz Bellini, fazendo uma observação. — Mas vou ver se a Cindy Adams gostaria de publicar.

Os colunistas de fofocas também estão animados pelos fãs do Inka incluírem as Jennifers — Aniston, Lopez e Garnet. Não surpreende que as atrizes tenham o mesmo gosto em jóias, já que pelo menos duas delas têm o mesmo gosto no quesito homens.

— Dissemos ao Ben Affleck que ele não pode vir com a esposa, Jennifer Garnet. Mas se quiser vir como o homem com quem a J. Lo não se casou, isso é outra história — Bellini relata. — Vai ser uma noite e tanto.

O dia da festa também não é mau. Chego ao apartamento de Bellini no East Side por volta do meio-dia para ser preparada pelo cabeleireiro e pelo maquiador, cortesia do departamento de beleza da Bendel's, e para me vestir com os vestidos elaborados que Bellini deu um jeito de pegarmos emprestados, cobrando favores de seus estilistas favoritos. Eu giro em frente ao espelho, me admirando no vestido Badgley Mischka de cetim e chiffon com bainha ornamentada.

— Não ouse suar hoje à noite — Bellini me adverte enquanto me envaideço. — Esses vestidos vão ser devolvidos amanhã.

— Talvez devesse ter injetado botox nas axilas — digo, tendo lido sobre a última aplicação da droga miraculosa como antiperspirante.

— Se vai usar botox, eu colocaria nessa ruga na sua testa primeiro — Bellini diz, e quando olho preocupadamente no espelho, ela cantarola: — Peguei. Ainda não tem rugas. Só estou brincando.

— Engraçadinha. Me dê outro susto desses e eu vou precisar de uma plástica de emergência.

Nossas jóias, é claro, são do Inka. Fecho o gancho de um pingente de coração que está lascado, não partido, já que pareço estar me restabelecendo. O coração no colar da Bellini está inteiro, mas tem arame farpado de ouro enrolado em volta. Pós-irônico demais para eu entender, mas talvez ela e o Jon Stewart possam começar a namorar.

Estamos quase prontas para sair quando Eric liga para o meu celular.

— O que ele disse? — Bellini pergunta quando desligo.

— Está voltando de jatinho de Moldávia e vai chegar um pouco atrasado à festa. Vai me encontrar lá.

Bellini assente.

— O barista está fazendo um teste para um programa no qual ele vai usar roupas, então não vai conseguir vir.

Nós nos dirigimos, desacompanhadas, para um táxi.

— Eu sei que é difícil arrumar um namorado, mas quem diria que seria tão difícil arrumar um ex-namorado... — Bellini diz rindo, enquanto escorregamos para o banco de trás. O motorista percebe nossa produção glamourosa e nos lança olhares de admiração pelo retrovisor.

— Aposto como vocês não vão jogar basquete hoje à noite — diz ele enquanto sai da West Side Highway e se dirige para o Chelsea Piers, o gigantesco complexo que se estende pelo rio Hudson e que inclui salões de festa e estúdios de TV, sem falar em paredes de escalada, pistas de boliche, campos de golfe, pistas de skate e quadras de basquete. Há espaço para cada esporte que um nova-iorquino queira fazer — pelo menos, os dentro da lei.

— A festa é no Píer 60. Só siga as limusines — Bellini direciona.

O taxista entra na fila atrás de duas limusines pretas com vidros escuros. Um Hummer listrado de branco aparece do nosso lado com uma mulher sozinha recostada no banco de trás. Talvez ela precise de um tanque blindado grande o bastante para um batalhão para entrar na festa, mas acho que deveria mandar pintar a porcaria do jipe e mandá-lo para o Exército dos Estados Unidos.

Quando encostamos na entrada, pego a minha bolsa de festa com pedrarias. Passei meia hora esta tarde fazendo uma triagem, escolhendo o que trazer nessa bolsinha minúscula. Consegui enfiar um *gloss*, três Listerines, metade de uma escova dobrável (tive que quebrá-la ao meio) e minha chave de casa — só a da porta da frente, não a dos fundos. Eu tinha certeza de que tinha posto duas notas de 20 dólares, mas agora não consigo encontrá-las.

— Você tem algum dinheiro? — pergunto para Bellini.

— Está brincando? Não tenho espaço nem para um cílio postiço extra — responde, levantando sua bolsinha emprestada, a qual, sendo metade do tamanho da minha, custa duas vezes mais. No mundo da moda, menos é definitivamente mais.

Penso na nossa situação por um momento e então explico para o motorista, pedindo seu endereço.

— Eu sinto muito, mas vou mandar o dinheiro para o senhor assim que chegar em casa hoje à noite — prometo apologeticamente.

— Sei, claro. Não vou cair nesse papo.

Ele desliga o motor e, quando saltamos do táxi, também salta. Tem cerca de 115 quilos, com uma barba preta irregular e tênis puídos.

— O que está fazendo? — pergunto.

— Vou entrar com vocês. Se não têm dinheiro, alguém aí neste lugar chique deve ter os meus 12,50 mais gorjeta.

— Fique aqui. Vou encontrar alguém — falo, em pânico que o motorista possa realmente entrar e fazer uma cena.

— De jeito nenhum. Vocês estão tentando me dar o cano. Nunca vão voltar — ele ruge enquanto sai marchando em direção à porta.

— Espere um minuto! — grito, mas ele continua avançando como um trator. É óbvio que é um homem que já foi abandonado antes, mas agora não é hora de lidar com seus problemas de rejeição.

O taxista entra onde a festa já começou. A música está alta e garçons passam com taças de Dom Perignon. Trezentas das mulheres mais escolhidas e talvez escolhedoras circulam pelo salão, conversando e paquerando enquanto exibem seus vestidos caros e ex-namorados desejáveis.

Antes que eu possa impedi-lo, o taxista se planta na frente da multidão.

— Quem tem 15 pratas para emprestar para essas moças ricas? — ele urra.

Ouço diferentes sons de espanto. Algumas pessoas olham nervosas por cima de suas taças e várias outras se afastam. Deve haver capital suficiente naquele lugar para financiar a próxima missão a Marte, mas ninguém se oferece para pagar a nossa curta viagem de táxi.

— Vamos lá, pessoal. Quinze paus só. Algum de vocês pode resolver isso — o taxista berra.

É melhor alguém resolver isso logo ou eu vou morrer de vergonha. Ou isso ou vou botar um preço nesses brincos de valor inestimável do Inka que estou usando — 15 dólares. Talvez eu possa vender por 30 e conseguir o suficiente para o táxi da volta.

Enquanto todos se afastam rapidamente do nosso tumulto, um homem alto e de smoking vem na nossa direção.

— Algum problema? — pergunta, olhando para o taxista.

— Essas mulheres pegaram o meu táxi e não puderam pagar — ele diz acusadoramente.

— Bolsa pequena — explica Bellini, dando de ombros e erguendo sua minibolsa.

O homem alto sorri, obviamente achando divertido, e pronto para ajudar. Ele tira a carteira e puxa uma nota de 20 dólares.

— Aqui está — ele diz, entregando-a ao taxista. Aí, acrescenta elegantemente: — Posso lhe oferecer algo para comer antes de ir embora?

— Claro — diz o motorista, enfiando o dinheiro no bolso e esperando seu grande bônus.

O Sr. Lindo-de-Smoking vai até uma transbordante mesa de bufê, volta com dois espetos grandes de frutos do mar e os entrega ao motorista, que os brande como espadas de duelo e se encaminha rapidamente para a porta.

— E você? — diz nosso bom samaritano com covinhas, agora sorrindo para mim. — Posso pegar um camarão para você também? Ou algo do bar de ostras?

— Não — digo, evitando seus olhos. Balbucio um agradecimento rápido por seu cavalheirismo e apressadamente me viro para pegar uma bebida. Bellini me lança um olhar surpreso e então, para compensar minha falta de modos, demonstra efusivamente sua gratidão.

— O que há com você? — pergunta quando se junta a mim alguns minutos depois. — O cara é bonitinho. Acho que ele gostou de você.

— Eu o conheço — falo entre dentes cerrados. — Estou mortificada. Aquele é o Tom Shepard.

— Quem?

— O amigo do Eric. O que me salvou quando fui fazer uma caminhada um dia depois de o Bill me deixar. Lembra? Ele me encontrou chorando ao lado da estrada em Cold Spring e me deu uma carona até o meu carro. Foi assim que voltei a encontrar o Eric.

— Então agora ele a está salvando de novo. É praticamente o seu Clark Kent pessoal. Isso é bom, não é?

— É, sensacional. Da última vez, eu estava enlameada, inchada por causa das mordidas de mosquitos e não conseguia encontrar o meu carro. Desta vez, eu sou a idiota que não consegue achar o dinheiro. Pode imaginar o que ele vai dizer ao Eric sobre mim? E o que ele está fazendo aqui, por falar nisso?

— Quem se importa? Hallie, querida, você é uma mulher solteira agora. Quando um homem bonito lhe oferece ostras, você morde.

Eu faço uma careta.

— Ostras são gosmentas. E você não percebeu? Ele está usando uma aliança.

Olho através do salão para Tom Shepard, ainda mais bonito em seu smoking do que de Timberlands. Mas quando ele devolve o meu olhar, rapidamente desvio os olhos.

Bellini sacode a cabeça ao ver meu constrangimento.

— Você não tem jeito. Mas se não vai falar com o Tom, vamos fazer um *cruise* por aí.

— Você disse mesmo "Tom" e "*cruise*" na mesma frase?

— Brincadeirinha — Bellini sorri. — Mas Tom Cruise podia ser nosso código secreto quando estamos conhecendo homens. Significando "Vamos procurar outra pessoa".

Rindo, eu pego meu vinho branco e passeio com Bellini pelo salão do Chelsea Piers. Ao olhar pelos janelões, fico pasma com a vista deslumbrante do majestoso rio Hudson. Mas a festa oferece mais distrações do que a paisagem. Em um lado do salão, acrobatas do Cirque du Soleil estão se balançando na corda bamba e se contorcendo sem o menor esforço em posições impossíveis. Um trapezista balança para a frente e para trás acima de nós e, aparentemente, somos sua única rede de proteção. Enquanto eu observo, um homem mais velho, ligeiramente bêbado, com um barrigão e abotoaduras de diamante ainda maiores se aproxima e joga um braço em volta de Bellini.

— Ei, belezinha, posso lhe pagar um drinque? — pergunta, olhando lascivamente para Bellini. Aí, olhando para mim, diz: — Pago uma bebida para as duas. Duas pelo preço de uma.

— Tom Cruise — falo para Bellini.

— Tom Cruise — Bellini concorda e nós duas caímos na gargalhada. Quando nos viramos para nos afastar, topamos imediatamente com a Darlie.

— Queridas — Darlie diz, nos dando dois beijinhos sem encostar e passando as mãos pelo vestido Harve Leger justíssimo. — Festa maravilhosa. Vejo que já conheceram meu ex-namorado, Hiram. O que acharam?

— É exatamente o tipo de homem com quem eu esperaria vê-la — diz Bellini, conseguindo dar uma resposta honesta. Pessoalmente, posso ver por que não deu certo. Darlie jamais ficaria com um homem que usa diamantes maiores do que os dela.

— Foi gentil da sua parte trazer um ex tão disponível — falo, tentando ser elegante.

— Ele não está disponível — Darlie retruca. — Uma vez apaixonado pela Darlie, sempre apaixonado pela Darlie.

Não sei quanto tempo "sempre" dura para minha amiga multicasada de Chaddick, mas ela realmente deixa uma impressão duradoura.

Uma olhada para a multidão exuberante confirma que a festa Traga Seu Bofe do Passado é um grande sucesso. Casais que não se viam há anos estão flertando de novo ou ajudando seus ex a conhecerem novos pretendentes. Minha bem-casada vizinha Amanda apresenta seu antigo namorado à recém-divorciada Steff e o novo par imediatamente engrena uma conversa animada.

— Você tem que conhecer o convidado de honra. Aquele é o Inka — diz Bellini, me guiando até um homem louro e bonitão que interpretou "traje formal" como significando botas de caubói, calças vermelhas e uma gravata *bolo* preta. Uma multidão de admiradores está reunida em volta do famoso designer de jóias, que está cintilando de mãos dadas com um louro igualmente lindo ao seu lado. Quando Inka vê Bellini, dá um sorriso de mil watts.

— Que idéia ótima. Obrigado por esta festa — diz Inka efusivamente. — Este é meu ex-namorado, Aztek.

Pelo que eu me lembro, os incas e os astecas estavam separados por um continente, mas esta noite parece tê-los aproximado.

Mas não parece estar me aproximando nem um pouco do Eric. Olho para o relógio de novo.

— Acha que aquele seu ex-namorado vai aparecer em algum momento? — pergunta um homem vindo por trás de mim.

Tomando um susto, eu me viro e de repente estou cara a cara com Tom Shepard, que sorri para mim e dá um golinho em seu uísque com gelo.

— O avião atrasou — digo.

— Nunca entendi por que o Eric tem um jato particular. Seu histórico de pontualidade é pior do que o da United. — Ele põe seu copo numa mesa. — Por falar nisso, caso não se lembre, eu sou Tom Shepard.

— É claro que me lembro de você. Meu herói da estrada.

— O Eric me convidou para vir com ele esta noite. Achou que eu precisava sair de casa e conhecer gente nova.

— Estava imaginando o que você está fazendo aqui — digo.

— Ele definitivamente não é um Tom Cruise — Bellini murmura no meu ouvido enquanto se afasta, obviamente para nos deixar sozinhos.

Tom estica a mão para apertar a minha. Involuntariamente, sinto um pontadinha de nervosismo.

— Eu estava bem mais enlameada da última vez em que nos vimos — falo.

— Você fica bonita arrumada. Esse vestido é lindo. Muito bonito.

— Emprestado — eu admito.

— De jeito nenhum. A beleza é toda sua.

Olho para a aliança de ouro em sua mão.

— Obrigada pelo elogio. Mas tenho que lhe dizer, sou um pouco sensível. Não acho que homens casados devam paquerar.

Tom parece surpreso, mas, antes que possa responder, o patrimônio líquido no salão aumenta quando Eric chega, seu assistente Hamilton correndo atrás dele em uma afobação de celular tocando e BlackBerry apitando. Eric se afasta tempo suficiente para me dar um beijo na bochecha e agarrar Tom para um abraço afetuoso com direito a tapa nas costas.

— Fico feliz que esteja aqui — digo ao Eric.

— Eu também — diz ele. Mas Hamilton interrompe nossa conversa que mal havia começado com uma pergunta urgente, fazendo-me imaginar se em algum momento Eric está "aqui" quando está aqui. Ainda assim, Eric olha com satisfação do Tom para mim.

— Então vocês dois já se encontraram. Ótimo. Meu trabalho está feito — ele fala, como se estivesse aprovando uma fusão comercial.

— Se trabalho nunca está feito — Tom brinca.

— Claro que está. Agora você tem que fazer a sua parte — Eric diz. Ele pega um minicachorro-quente de um garçom que está passando, mergulha-o no molho de mostarda e o enfia na boca. — Hmm, gostoso. Tenho que mandar meu assistente descobrir o que é isso. Talvez possamos botar no avião.

Tom e eu trocamos um olhar de cumplicidade e começamos a rir.

— Enroladinho de salsicha, Sr. Bilionário — diz Tom. — Talvez você os conheça como *petit boeuf en croute.*

— Não me torture — diz Eric com um sorriso. — Encontrei uma nova namorada para você, não foi?

Estou confusa. Será que Eric costuma encontrar novas namoradas para o Tom de aliança de casado?

— Não é minha namorada ainda. De qualquer modo, eu a encontrei sozinho. Imunda, mas com potencial — Tom diz, sorrindo para mim.

— E tem falado nela desde então. Achou que ela era boa juíza de caráter quando não quis ir para as Bermudas comigo. Ou era Londres? — Eric balança a cabeça fingindo desespero. — Quanto apoio eu recebo do meu melhor amigo.

Agora eu estou claramente constrangida. Quero chamar Eric para um canto e perguntar qual é a do Tom. Mas, como sempre, Hamilton reaparece, tão chato quanto um mosquito que você não consegue afastar.

— Sr. Richmond, o presidente está ao telefone — Hamilton diz cheio de importância.

Eric sai andando um pouco mais orgulhoso quando se afasta.

— Não fique muito impressionada — diz Tom. — Provavelmente é só o presidente do clube do Eric querendo marcar um jogo de golfe.

— Ou o presidente da Moldávia — sugiro. — Pedindo para o Eric ajudá-lo a pôr seu país no mapa.

Nós rimos de novo. Droga, não me importa o que o Eric pensou. Eu não vou começar a gostar desse cara.

Tom coloca uma das mãos no meu cotovelo.

— Por mais divertido que isso seja, quer sair um pouquinho? Dar uma volta, respirar ar puro?

Eu hesito. Talvez esteja sendo pudica demais. Tom não precisa ser solteiro para eu ir dar uma volta com ele. Por outro lado, há o problema de onde essa volta pode levar.

— Olhe, eu sou advogada. Gosto de saber os fatos de cara. Essa aliança significa alguma coisa?

Tom olha para a aliança lisa e pensativamente a gira em torno do dedo.

— Sim, significa muito. Mas, se está me perguntando se sou casado, a resposta é não mais. Eu sou viúvo.

De repente, fico envergonhada por ter sido tão direta.

— Eu sinto muito — gaguejo rapidamente, pedindo desculpas tanto pela minha pergunta quanto por sua perda na mesma frase curta.

— Obrigado. Não tem sido fácil. Eric tem sido um bom amigo. Arruma tempo para nossas viagens para pescar e me telefona muito. Ele me importuna, eu poderia dizer — acrescenta com um sorrisinho.

— Perdeu sua esposa recentemente?

— Há cinco anos. Foi quando saí de Manhattan para me concentrar em criar nossos filhos, nos afastar de Nova York e de todas as lembranças.

— Como vão as crianças?

— Surpreendentemente bem. Estão felizes e adoro estar com elas. Infelizmente, elas crescem. Meu segundo filho foi para a faculdade este ano.

— A minha também — falo.

— Uma grande mudança, não é? Não posso mais passar todos os fins de semana indo a jogos de futebol e competições de natação. Acho que está na hora de voltar ao mundo real.

— Se você chama namorar de mundo real — dou uma risada.

— E não sou muito bom nisso. Por exemplo, estou aqui com uma mulher linda e só o que consigo pensar em oferecer a ela é ar puro.

— Bem, você já me deu 15 dólares — digo, pensando no taxista.

— Você é advogada. Quinze dólares só me compram um minuto do seu tempo.

— Vamos aproveitar ao máximo — digo.

Quando saímos, sinto um arrepio e Tom tira o terno do smoking e o passa pelos meus ombros. Salvando-me de novo — o que, como Bellini observou, é bom.

Passeamos pelo píer, falando animadamente sobre nossos filhos. Em pouco tempo, descubro que Tom é um especialista em doenças internas e passou os últimos anos trabalhando tranqüilamente com poucos pacientes como médico no interior. Agora está pensando em voltar para Nova York e aceitar um emprego como professor que lhe ofereceram no Columbia Medical Center.

— Estou finalmente pronto para um novo começo — diz.

— É engraçado, são nossos filhos que deviam ter a vida inteira pela frente, mas eu me sinto pronta para qualquer coisa.

— Eu também. É bom se sentir assim — Tom diz, guiando-me para subir alguns degraus.

Entramos, mas eu não estava prestando atenção e, em vez de voltarmos para a festa, parece que estamos em outra parte do Chelsea Piers.

— Gosta de jogar boliche? — Tom pergunta com um sorriso travesso.

— Nunca mais tentei desde os 12 anos — falo, imaginando como meu vestido de 8 mil dólares vai ficar com sapatos de boliche.

Alguns minutos depois, eu descubro.

— Acho que os sapatos verde e prata ficaram muito bem — diz Tom, sorrindo quando me levanto com meus sapatos alugados tamanho 39. É bom tirar o salto alto, independente do que esteja vestindo.

— Jogar boliche é muito diferente do que eu me lembrava — falo, olhando pelo boliche, que parece mais uma boate do que um centro esportivo. Um rap está tocando e uma máquina de fumaça lança nuvens finas. Em vez de lâmpadas fluorescentes que não nos valorizam, o boliche tem luz negra e pinos pintados com tinta fluorescente.

Tom pega uma bola para mim e vou para a pista, tentando imitar a postura clássica do jogador de boliche só com uma das mãos. Mas a bola é um pouco pesada demais e o vestido é um pouco justo demais para qualquer manobra sofisticada. Então, segurando os sete quilos de cerâmica sólidas com as duas mãos, eu me dobro para a frente, solto a bola na pista e lhe dou um empurrãozinho. A bola escorrega devagar pelo centro da pista lisa.

— Strike! — Tom grita alegremente quando os pinos todos caem e o placar começa a piscar.

— Sorte de principiante — falo, andando orgulhosamente até onde ele está.

Na vez do Tom, ele solta a bola com grande estilo e ela começa a descer promissoramente pelo meio, então aderna precariamente para a beirada da canaleta. Um pino derrubado. A segunda tentativa produz o mesmo resultado.

— Não é culpa sua. É difícil jogar boliche de gravata-borboleta — falo encorajadoramente quando Tom volta.

— Não seja paternalista comigo, Cinderela do strike.

— Um strike — falo encolhendo os ombros. — Ninguém quer levar um strike no beisebol. Quem decidiu que isso era a melhor coisa no boliche?

Na jogada seguinte, nossa sorte se inverte. Tom consegue fazer um strike, mas o melhor que eu consigo é derrubar dois pinos.

— Acho que sou do tipo ou tudo ou nada — falo, olhando minha pontuação no placar eletrônico.

— Você definitivamente merece ter tudo — Tom diz, passando o braço em volta de mim.

— Eu mereço — falo, e então, jogando todas as fichas, inclino-me para a frente e lhe dou um beijinho de leve.

Tom parece encantado.

— Se você gosta de uma mulher, leve-a para jogar boliche. É o que vou ensinar ao meu filho — ele diz, sorrindo com covinhas para mim.

— Não é um conselho comum, mas está funcionando para mim — admito.

Olhamos um para o outro, imaginando o que vai acontecer a seguir. E, certo e garantido, algo acontece. O celular do Tom toca. Ele olha para o número.

— O que será que o Hamilton quer? — ele diz enquanto atende a ligação. Tom escuta por algum tempo e então fecha o telefone e agarra a minha mão.

— Hamilton está em pânico. Emergência. Eles precisam de um médico. Eric está engasgando ou sei lá o quê.

— Provavelmente um cachorro-quente — digo, pensando que Eric provavelmente não sabe mastigar nada além de caviar.

Saímos correndo da pista de boliche e estamos na metade do caminho pelo píer quando percebo que não estou tendo nenhum problema para correr.

— Ainda estou com os sapatos de boliche — falo, surpresa.

— Droga, você tem razão — diz Tom também com os seus. Ele olha brevemente para baixo. — Vamos ter que trocá-los depois. Não temos tempo agora.

De mãos dadas, corremos de volta para o Píer 60 no que deve ser tempo recorde. Quando chegamos lá, Eric está deitado no chão, com uma multidão reunida em volta e uma linda mulher praticamente deitada em cima dele. Bellini.

Tom corre até ele e se ajoelha ao lado de seu melhor amigo Eric, cujos olhos estão esbugalhados. Ele parece bem e feliz. Eu me ajoelho ao lado da minha melhor amiga, que parece ainda mais feliz.

— Está tudo sob controle — Bellini fala, erguendo os olhos de sua posição debruçada sobre o Eric. Ela se vira para seu paciente e pressiona seus lábios contra os dele, então se vira, pressiona, se vira, pressiona.

— O que está fazendo? — pergunta o Dr. Tom.

— O Eric estava engasgando, então primeiro eu fiz o Heimlich — explica Bellini calmamente. — E, quando ele já estava bem, eu o deitei para fazer respiração boca a boca.

— Bom trabalho com o Heimlich, mas não sei se precisa fazer boca a boca — diz o Tom, puxando Bellini gentilmente para trás.

Sorrindo, Eric se senta e puxa Bellini — sua nova médica preferida.

— Ela definitivamente precisa fazer isso. Nunca me senti tão bem na vida.

Tom ri e todos nós nos levantamos.

— Venha, Eric, me dê cinco minutos para dar uma olhada em você. Depois, você e a Bellini podem voltar a brincar de médico.

Os dois homens se afastam e Bellini e eu olhamos para eles alegremente.

— É melhor tomar cuidado. O Eric é um pé no saco — falo carinhosamente. — Exigente e autocentrado.

— Também é bonito, rico e beija muito bem.

— Verdade, mas é arrogante.

— Ousadamente confiante — rebate Bellini.

— Nunca disponível.

— Não é do tipo grudento que te irrita.

Eu rio.

— Desisto. Vocês dois são o par perfeito.

Bellini me dá um abraço.

— Não se importa se eu pegar o seu ex-namorado?

— É claro que não. Estou pronta para um novo.

Olho para cima e vejo Tom Shepard, caloroso, solidário e sexy andando na minha direção.. Sua cabeça está ligeiramente baixa e o vejo tirar sua velha aliança, segurá-la na palma da mão por um momento e então enfiá-la discretamente no bolso.

— Ainda resta algum arrependimento a respeito de todos os homens com quem você não casou? — Bellini me pergunta, olhando para Eric enquanto ele se dirige até ela.

Eu balanço a cabeça.

— Finalmente percebi que não se pode voltar atrás. Só o que se pode fazer é ir em frente.

Tom vem para o meu lado. Penso por um momento no quanto nós nos divertimos esta noite e em tudo que ainda temos para descobrir um sobre o outro. Mal posso esperar para adivinhar como será o futuro. Talvez daqui a vinte anos olhe para trás e me lembre dele com carinho como um homem com quem não me casei. Talvez eu não pense nele de forma nenhuma. Ou talvez esteja acordando ao lado dele todos os dias, feliz e satisfeita.

Tom estica a mão para mim.

— Você me concede a primeira dança? — pergunta.

— É claro — digo. Sorrio para mim mesma, percebendo que, se você se permitir, realmente aprende com o passado. Há apenas alguns meses, eu teria pigarreado e dado desculpas sobre como tenho dois pés esquerdos. Mas agora eu só acrescento: — Embora eu ache que devêssemos pegar nossos sapatos de verdade primeiro.

— Claro que não — diz Bellini, a árbitra do *au courant*, enquanto Eric pega sua mão. — Vestidos de baile e sapatos de boliche. Adorei. Vocês dois podem estar começando uma moda nova.

Nós todos rimos e eu escorrego para os braços de Tom para deslizar pela pista de dança. Uma moda? Provavelmente não. Mas, com alguma sorte, vamos começar algo um pouco mais duradouro.

Este livro foi composto na tipologia Caxton LT BT,
em corpo 10,5/16, e impresso em papel offset 90g,
no Sistema Cameron da Divisão Gráfica
da Distribuidora Record.